2019년 봄, 자백과 함께여서 행복했습니다.
다음에 더 좋은 작품으로 찾아뵙겠습니다.
여러분 모두 행복하시길 바랍니다.

2019. 05. 임희철

자백

1

임희철 대본집

자백 1

초판 1쇄 발행 2019년 5월 24일
초판 2쇄 발행 2022년 1월 28일

지은이 | 임희철
펴낸이 | 金湞珉
펴낸곳 | 북로그컴퍼니
주소 | 서울시 마포구 와우산로 44(상수동), 3층
전화 | 02-738-0214
팩스 | 02-738-1030
등록 | 제2010-000174호

ISBN 979-11-89166-91-5 04810
ISBN 979-11-89166-90-8 04810(세트)

· 이 도서의 국립중앙도서관 출판예정도서목록(CIP)은 서지정보유통지원시스템 홈페이지 (http://seoji.nl.go.kr)와 국가자료공동목록시스템(http://www.nl.go.kr/kolisnet)에서 이용하실 수 있습니다.(CIP제어번호: CIP2019018339)

임희철 대본집

1

북로그컴퍼니

작가의 말

귀를 간지럽히는 봄바람이 창문을 열어놓은 카페 안을 휘돌고 나갑니다.

계절이 바뀌는 것조차 느낄 여유를 가져보지 못했던 지난 6개월의 작업실 생활...

어떻게 여기까지 올 수 있었을까...

신기하기도 하고, 대본 작업을 끝낸 지금은 안도감만이 머릿속에 가득합니다.

카페 안 탁자 위에 커피 한 잔과 노트북이 놓여 있습니다. 외롭고 고된 글 작업을 함께해온 저의 동지들... 지금도 그 동지들 중 하나인 노트북 모니터를 물끄러미 바라보고 있습니다. 대본집 인사말을 써야 해서입니다.

인사말은 드라마 대본을 쓰는 것보다 더 어렵습니다.

그래서 짧게 쓰는 걸로 결정하고 시작해보겠습니다.

2017년 3월 27일...

'1. (과거) 공사장 건물 밖/ 아침'이라는 첫 지문을 쓰기 시작한 날입니다.

이후로 첫 방영일인 2019년 3월 23일까지 2년이라는 시간이 걸렸습니다.

다른 작품들도 그렇듯이 〈자백〉도 드라마화되기까지 많은 우여곡절이 있었습니다.

드라마 작가로 데뷔한다는 것...

많은 글쓰기 지망생들의 분노를 자아낼지 모르지만, 저는 처음 글을 쓸 때만 해도 제 작품이 드라마화될 거란 사실을 믿어 의심치 않았습니다. 하지만 처음 가졌던 그 자신감이 무너지는 데는 몇 달 걸리지 않았습니다. 어마무시한 수정 작업이 기다리고 있었고, 그 수정 작업 끝에도 편성이 되리라는 보장이 없다는 걸 알았을 때, 글을 쓸 의욕도 점차 식어갔습니다.

이름 있는 기성작가들의 작품들이 편성 대기 중이라는 방송국 편성표를 보았을 때는 처음 가졌던 근거 없는 자신감이 부끄러워 견딜 수 없을 정도였습니다.

사실, 드라마라는 것을 처음 써봤고, 드라마 보조작가 생활조차 해본 적 없는 저로서는 편성이 갖고 있는 무게감을 알 리 없었습니다. 그렇게 제 작품에 대한 확신이 무너져갈 때쯤, 손을 내밀어준 제작자가 있었습니다. 그 후, 주연배우가 캐스팅되고, 편성이 되고... 돌이켜보면, 신인작가의 글이 세상에 나오기까지 그 제작자님의 추진력이 모든 일을 다 했다고 해도 과언이 아닙니다.

이 지면을 빌려 민현일 제작자님께 진심으로 감사하다는 말을 전합니다.

감사 인사를 전하고 싶은 분들이 어디 제작자뿐이겠습니까.

위험한 도박인 줄 알면서도 신인작가의 글을 과감하게 편성해주신 최진희 대표님, 박지영 상무님, 김진이 CP님 이하 tvN 드라마 관계자님들.

평범한 대본을 유려한 영상으로 표현해주신 김철규 감독님, 윤현기 감독님 이하 스태프 여러분들. 드라마를 보며 영상에 감탄해본 게 얼마 만인지 모릅니다.

이준호 님, 유재명 님, 신현빈 님, 남기애 님을 비롯해서 출연한 모든 배우분들.

연기 구멍 1도 없다는 게 어떤 뜻인지 비로소 느끼게 해주셨습니다.

자신의 작품을 뒤로하고, 신인작가와 함께 해주신 최현진 기획작가님, 중간에 합류해서 정신없는 와중에도 끝까지 작품의 디테일을 책임져준 서상욱 보조작가님. 건강상 끝까지 함께하진 못했지만 작품의 흐름과 완성도를 다듬어준 신보람, 김선영 보조작가님. 정말 감사드립니다. 특히, 주연희 기획피디님... 〈자백〉이 혹시라도 좋은 평을 얻는다면 그 공의 대부분은 주연희 피디님 덕분입니다. 그리고, 대본집 출판 결정을 해주신 북로그컴퍼니 분들께도 감사의 인사를 드립니다.

마지막으로 제 가족...

평생 이쁜 동반자인 강민희 님, 보석 같은 딸, 효진 양.

그대들이 있어, 지금까지의 험난한 과정과 모든 시련들을 극복할 수 있었습니다.

사랑하고, 사랑하고, 또 사랑합니다.

일러두기

1. 이 책의 편집은 임희철 작가의 드라마 대본 집필 형식을 최대한 따랐습니다.

2. 드라마 대사는 글말이 아닌 입말임을 감안하여, 한글맞춤법과 다른 부분이라 해도 그 표현을 살렸습니다.

3. 말줄임표는 두 개, 세 개, 네 개 등으로 다양하게 표현되어 있습니다. 이는 대사 시 호흡의 양을 다양하게 표현하고자 한 작가의 의도를 반영한 결과입니다.

4. 쉼표, 느낌표, 마침표 등과 같은 구두점도 작가의 의도를 따랐습니다. 마침표가 없는 것 역시 작가의 의도입니다.

5. 이 책은 작가의 최종 대본으로, 방송되지 않은 부분이 포함되어 있습니다.

차례

일사부재리...

(어떤 사건에 대해 판결이 확정되면 다시 재판을 청구할 수 없다는 형사상 원칙)

2017년 12월 5일 당시 615,354명.

'조두순 출소 반대' 국민 청원에 최종 동의한 사람의 숫자다.

이 한 줄 청원에 우리나라 전체 인구의 1%가 넘는 인원이 서명을 했다.

청원 개요는 단순하다. 재심을 통해 조두순의 형을 무기징역으로 바꿔야 한다는 것.

조두순 사건은 2008년 12월 경기 안산시에서 8세 여아를 강간, 상해한 사건으로 피해자였던 여아는 대장, 생식기, 항문 80%의 영구 장애 피해를 입어야 했다.

하지만 그 당시 들끓는 국민적 분노에도 법은 조두순에게 12년형만을 선고했다.

그런 조두순의 출소 소식은 어린아이를 자식으로 둔 대한민국 부모들을 불안에 떨게 만들었으며, 청원에 서명하지 않은 사람들에게도 법 처벌을 불신하게 만든 일등공신이 되었다.

하지만 조두순을 다시 가둘 어떤 현행법도 대한민국에는 존재하지 않는다.

'일사부재리의 원칙'이란 그 견고한 법의 테두리 덕분이다.

피고는 살인을 했습니까?

그래! 내가 했다! 그렇다고 날 다시 재판할 수는 없어.

여기 이런 상황이 있다.

5년 전, 살인사건으로 기소되지만 무죄 판결을 받은 사건.

하지만 또 다른 살인사건으로 기소되어 재판을 받는 과정에서 5년 전 살인사건의 진범임을 자백하지만...

일사부재리의 원칙 때문에 처벌을 할 수가 없다.

범인의 자백에도 처벌을 하지 못하는 법의 아이러니.

그렇게 결국 풀려나야 하는 것일까...

피고는 사람을 죽였습니까?

아니오. 죽이지 않았습니다. 다시 재판을 받고 싶습니다.

여기 또 다른 경우도 있다.
살인죄로 사형을 선고받고 10년을 교도소에서 지내는 사형수.
그에게 사형수의 옷을 벗을 수 있는 기회가 왔다.
10년 동안 입을 다물고 있던 그가 드디어 자백을 번복한 것이다.
하지만 심경의 변화를 느껴 살인죄를 부인했을 때는 너무 늦어버렸다.
수인에게 있어서만큼은 세상 어떤 벽보다 높고 단단한 교도소 담벼락.
그에게는 그보다 더 높고 단단한 벽이 존재한다는 걸...
그것이 일사부재리의 원칙에 따른 재심이라는 걸...
그 사실을 깨달았을 때는 이미 많은 희생이 따른 뒤였다.

심장이식을 기다리던 한 환자의 갑작스런 죽음.

그로 인해 선택된 18세의 새로운 심장이식의 주인공.

그때는 몰랐다.

아들을 살리기 위한 아버지의 선택이 어떠한 결과를 낳을지...

어릴 적부터 심장질환을 앓아온 한 소년이 18세의 생일을 맞이했다.
심장이식이 이루어지지 않는다면 내년 생일을 맞이할 수 없다는 것을, 아니 당장 일 주일 후를 장담할 수 없다는 것을 소년의 아버지는 누구보다도 잘 알고 있다.
하지만 아들을 위해 아무것도 해줄 게 없다. 아무것도...

그때 아버지를 향해 다가오는 뜻밖의 속삭임.

마치 애절한 기도에 답을 하는 것처럼...

소년은 심장이식 수술의 성공으로 새로운 생명을 이어간다.

그 후 변호사가 되는 소년.

사형수가 돼버린 아버지의 무죄를 증명하기 위해 재심을 청구해야 한다.

또 다른 형태의 일사부재리란 그 견고한 법의 성문을 열어젖혀야 하는 것이다.

10년을 준비했지만 길은 보이지 않고...

단서는 엉뚱한 곳에서 시작되는데...

10년이 흐른 후, 한 여성의 살인사건으로

숨어 있던 진실들이 수면 위로 떠오르고...

서로 연관이 없을 것 같은 사건들이 하나의 뿌리로 모여든다.

마침내 거대한 배후가 그 모습을 드러내는데...

공사장에서 시신으로 발견된 참혹한 형태의 여자.

그때만 해도 단순 강도 살인이라 생각했다.

아니, 단순 연쇄 살인일 가능성 정도만이 대두될 정도였다.

재판에 회부된 피고가 무죄 판결을 받으면서 의문이 꼬리에 꼬리를 물게 되고...

아무리 추적해도 드러나지 않는 사건의 배후와 진실. 무얼 감추기 위한 걸까.

누군가는 변호사로, 누군가는 형사로, 또 누군가는 기자로...

서로가 다른 식으로 사건의 진상을 파헤쳐가는데...

하지만 사건의 진상에 다가갈수록 진실의 무게는 결코 가볍지 않다.

누구는 진실 이면에 숨겨진 가슴 아픈 부성애에 괴로워하고, 누군가는 자신이 속한 조직의 명예를 지키기 위해 의도치 않은 선택을 해야 하기도 한다. 또 누군가는 아버지의 죽음이 음모에 의한 걸 알고 절망하기도 한다.

그래도 진실에 대한 추적은 멈출 수 없다.
그들의 입에서 나오는 단 몇 마디의 자백...
'그래! 내가 했다...'
이 말을 듣기 위해서라도.

최도현 (18-28세, 남)

'아버지! 당신이 살인자가 아니라고 말해주세요!'

마른 몸매에 심약한 인상. 가끔씩 보이는 천진한 미소가 매력적이다.

불치병인 심장질환으로 소년기 생활을 거의 병원에서 보낸 힘겨운 삶의 주인공.

어릴 적이나 어른이 된 지금이나 당연히 주먹 쓰는 일과는 거리가 멀다. 하지만 의외로 깡이 있다. 어떤 상대에게도 굴복하는 모습은 보인 적이 없다. 쥐어 터질 줄 알면서도 끝까지 물러서지 않는다.

겉모습은 약해 보이고, 허술한 면도 보이지만 속은 바위처럼 단단하다.

한마디로 외유내강형의 성격.

도현은 어릴 적 뛰어놀아본 적도, 친구들과 어울릴 기회도 가지지 못했다.

하지만 또래 아이들보다 사려가 깊고, 신중했다. 쉽게 말을 내뱉지도 않았다. 항상 두세 번을 더 생각하고서야 자신의 의견을 내보이곤 했다.

매일매일을 죽음의 경계에서 삶에 대한 불확실한 두려움을 안고 살아야 했던 아이이기에 너무 빨리 세상의 처세를 알아버린 건지도 모른다.

미소도 잃지 않으려 노력했다. 자기가 슬퍼하면 늘 옆에서 고통을 같이 나누던, 아니 오히려 더 괴로워하던 아버지의 슬픈 눈을 보고 싶지 않았기 때문이다.

도현의 병은 선천성 심장 기형으로 심장 확장성과 비후성 심근증 두 가지 증상이 동시에 발현한 케이스라 수술도 할 수 없었다.

그런 그가 죽음을 며칠 앞두고 심장이식의 기회를 얻었다.

사실, 심장이식은 조건이 매우 까다롭다. 도너와 레시피언트 사이의 세포조직의 적합성이 좋아야 하며, 적어도 수혈 법칙에 따른 ABO 적합성이 있을 것은 물론, 도너의 림프구와 레시피언트의 혈청과의 교차가 음성이어야 한다. 게다가 일반적인 심장 공여자도 일 년에 몇 명 나타날까 말까 하는 상황에서 도현의 혈액형인 RH- 조건에 맞는 공여자는 나타나기 쉬운 케이스가 아니다. 아니, 거의 없다고 봐도 무방할 상황이다.

그런데, 있었다! 그런 조건을 맞춤형으로 지닌 공여자가.

교통사고로 뇌사 상태에 빠진 채 병원으로 실려 온 환자가 그 조건의 공여자였다.

하지만 도현 말고도 그 병원에는 심장이식을 기다리는 또 한 명의 환자가 있었다.

대기 일순위인 말기 심부전 환자... 그 또한 심장 제공자와 조건이 맞다는 건 도현에게는 가혹한 운명인 셈이다. 도현으로서는 이 기회를 놓치면 기다리는 건 죽음뿐...

하지만 할 수 있는 게 없다.

불치병을 오래 앓은 대부분의 소년들이 그렇듯이 도현도 의사가 되는 게 꿈이었다.

한 사람이라도 자신과 같은 삶에서 구제할 수 있다면... 그래서 꾸어온 의사의 꿈.

하지만 죽음을 앞둔 도현에게는 신기루 같은 상상에 지나지 않았다.

그러나 운명이 그를 외면하기에는 아직 세상에 남겨둘 흔적이 필요했던 것일까.

대기 일순위인 환자의 갑작스런 사망. 그로 인해 도현에게 찾아온 새 생명의 기회.

다행히 심장이식 수술은 성공했다. 하지만 도현에게 새로운 삶에 대한 기쁨을 누릴 기회를 주지 않았다. 도현은 이제 더 이상 의사를 꿈꾸지도 않는다.

이제 그의 목표는 한 사람을 구하는 것.

어찌 된 이유에서인지 사형수가 돼버린 아버지...

이름만으로도 울컥해지는 그 존재를 위해....

현재 그는 변호사다.

도현은 심장 수술 직후에 살인죄로 기소된 아버지의 재판을 지켜보며 사건에 대한 의문을 품는다. 하지만 십 대인 자신이 할 수 있는 것은 없다. 아무리 외쳐대도 들어주는 사람이 없다.

변호인도... 검사도.. 판사도.. 언론도... 마치 미리 판을 짜 놓은 것처럼.

소리쳐봐도 돌아오는 건 그저 공허한 메아리뿐이었다.

십 대 소년이 처음으로 느껴본 세상의 벽은 그렇게 높고, 두터웠다.

그 일을 계기로 법을 공부했다.

직접 아버지의 무고를 증명하는 것이야말로 자신이 살아난 이유라도 되는 것처럼.

도현은 공부를 시작한 지 3년 만에 사시를 차석으로 합격했다. 약한 심장 대신 받은 뛰어난 두뇌 덕분이었을까. 하지만 그의 내면에 숨어 있던 또 다른 뭔가가 그를 짧은 시간 안에 합격으로 이끌었다는 건 알아채지 못했다.

사시에 합격한 그의 일차 목표는 검사. 아버지 사건을 재조사하기 위한 최선의 방편이라 생각했기 때문이다.

하지만 차석인 성적에도 불구하고 원하던 검사 임용에 탈락했다. 사형수인 아버지가 결격 사유로 작용한 것이다. 어쩌면 보이지 않는 힘이 작용한 건지도 모를 일이다.

그래서 어쩔 수 없이 차선으로 선택하게 된 변호사의 길.

검사로서 사건을 다시 파헤칠 수 없다면 변호사로서 재심을 청구하는 방법을 찾아야 했다. 하지만 당시 아버지 사건 관계자들은 살인에 대한 합당한 처벌이었음을 강조할 뿐이었다. 가장 중요한 사건 당사자 아버지마저 살인을 인정한 채 교도소에서 10년 동안 입을 다물고 있다. 항소도, 가석방도, 자신이 살아날 그 어떤 시도도 하지 않은 채 말이다. 게다가 수술에서 살아난 아들의 얼굴조차 10년 동안 보기를 거부하고 있다. 도현은 그 이유를 알지 못한다.

형사 범죄에는 반드시 저변에 깔린 나름의 의도가 있다.

돈이든 치정이든 복수든, 삶에 찌든 여타의 이유라도...

하지만 도대체 알 수가 없다.

왜 아버지가 살인을 저질렀을까... 아버지가 살인을 저지르긴 했을까...

도현에게는 더 이상 나아갈 길이 보이지 않았다. 하지만 포기는 하지 않았다. 아니, 포기할 수가 없다. 평생 군인으로 올곧은 삶을 살아온 아버지가 이유 없이 살인을 할 리가 없지 않은가 말이다.

도현은 서두르지 않았다. 원래 신중한 성격이다. 당장 실마리가 보이지 않는 아버지 사건을 파헤치는 것보다 좀 더 멀리 내다보고, 확실한 단서가 나타날 때를 대비해 준비를 하는 것이 자신이 할 일이었다. 재심은 그만큼 만만치 않은 일이기 때문이다.

재심은 청구한다 해도 기각될 확률이 높다. 또, 청구가 받아들여진다 해도 승소율이

10% 미만이다. 도현 같은 초짜 변호인으로서는 감당하기 만만찮은, 아니 거의 불가능에 가까운 승소율인 셈이다.

도현에게 필요한 건 많은 형사 변호 경험이었다. 돈은 중요하지 않았다.

그래서 변호사가 된 후 대부분은 형사 사건인 국선 변호를 맡았고, 국선 사건이 아닌 건도 모두 형사 사건만 수락했다.

강북의 허름한 사무실에서 먹고 자고 생활하는 것도 교도소에 있는 아버지를 생각하면 도현에게는 사치였다. 게다가 아버지는 언제 사형이 집행될지 모르는 사형수다. 도현은 알고 있는 것이다. 자신이 느꼈던, 어느 순간 죽음이 찾아올지 모르는 그 두려움을 아버지도 느끼고 있을 거라고.

희망은 포기하지 않는 자의 몫이다. 언젠가는 아버지로부터 들을 수 있을 것이다.

'나는 살인을 하지 않았다...'

기춘호 (38-48세, 남)

'형사는 한번 물면 끝까지 가는 거. 그거 하나면 돼!'

전직 은서경찰서 강력팀장. 자칭 타칭 기반장.

한번 의심하면 쉽게 거두지 않고 끝까지 추적하는 성격.

기춘호가 은서경찰서 강력팀장이던 시절, 잔인한 살인 방식으로 국민들의 공분을 산 '은서구 건설 현장 살인사건'에서 기춘호가 진범으로 확신한 한종구는 변호사 도현의 활약으로 인해 무죄로 풀려난다.

워낙 세간의 집중을 받았던 사건이라 담당 수사팀은 '구태의연한 감에 의존한 수사'라는 언론의 집중 포화를 맞게 되고, 수사 책임자였던 기반장은 결국 좌천된다.

그러나 여전히 한종구가 진범이라는 기반장의 확신은 변하지 않는다.

한종구는 무죄 판결을 받은 날 기반장의 귀에 대고 무언가 속삭이는데...

한종구의 말 한마디는 기반장의 인생을 송두리째 바꿔놓는다.
기춘호는 결국 좌천 발령지에 가지 않고 사직서를 놓고 수사팀을 떠난다.
그렇게 퇴임한 지 5년, 기춘호는 여전히 운동화를 신은 채 한종구가 세상 밖으로 나오기만 기다린다.

한종구는 출소 후 바로 김선희 살인사건으로 기소되는데. 그의 결백을 아는 유일한 이. 바로 기춘호다.
기춘호는 과거 한종구의 무죄 판결을 받아낸 도현을 찾아가 한종구가 범인이 아님을 밝히며 대신 무죄 증언의 대가로 도현으로 하여금 5년 전 은서구 건설 현장 살인사건에 대한 한종구의 살인 자백을 받아내게 한다.
하지만 끝난 게 아니다.
기반장의 삶을 뒤흔든 한종구의 한마디.
10년 전 자신이 수사하다 실패한 미제 사건을 건드린 한종구의 한마디는 기춘호로 하여금 다시 그 사건을 추적하게 만드는데...

하유리 (18-28세, 여)

'설마... 아버지가 그렇게 돌아가신 거라고?...
그들의 정체를 세상에 알린다. 음모에 희생된 아버지를 위해서라도...'

전직 기자. 현직 1인 미디어 크리에이터.
말기 심부전을 앓고 있던 아버지를 간호하던 중 같은 병원 환자였던 도현과 둘도 없는 친구가 됐다.
병원에 있던 중 갑작스런 아버지의 죽음으로 천애 고아가 돼버린 유리.
아버지의 죽음으로 아버지를 대신해 심장을 기증받고 살아난 도현은 유리에게 가족이나 다름없다.

술에 취해 엉망이 된 상태에서도 술 내놓으라며 땡깡을 부리는 발랄한 성격.

자기 허세를 부리는 경우가 더러 있음에도 결코 밉지가 않다.

고아였던 유리가 이렇게 밝을 수 있는 것도, 땡깡을 부릴 수 있는 것도 도현이 옆에 있었기에 가능했다.

옷차림과 꾸미는 것은 별로 신경 쓰지 않고 사람을 봐도 겉보다는 내면을 보려고 노력한다.

고등학교 때 돌아가신 아빠의 모든 것을 닮고 싶어서, 같은 장소에서 같은 모습으로 막걸리를 마시기도 했고, 도현이 일하는 모습을 보며 아빠를 떠올리기도 했다.

기자였던 아빠의 뒤를 좇아 기자가 되었지만 조회수와 할당량을 채우는 기레기 생활은 도저히 성정에 맞지 않아 사표를 내고 퇴사한다.

현재는 도현의 사무실에 빌붙어 지내는 처지이며, 월세 대신 도현이 수임한 사건을 도와 조사하던 중 아버지의 죽음에 의문을 품게 되는데...

10년 전 아버지의 갑작스런 돌연사.

그때는 어려서 몰랐다. 부검조차 하지 않았다.

그냥 아버지를 허무하게 보내야 했을 뿐.

그래도 아버지 대신 새 생명을 얻은 사람이 도현이어서...

마음을 털어놓을 수 있는 유일한 친구가 살아줘서...

그래서 다행이라고 생각했다.

유리에게 도현은 이제 연인보다 소중한 가족이다.

아버지의 빈 자리를 도현이 채워주어 버티던 어느 날, 유리 앞에 잔혹한 질문이 찾아온다. '아버지의 죽음이 과연 단순한 돌연사였을까?' 두려운 질문 앞에 유리는 진실을 향해 한 걸음 내딛는데...

진여사 (66세, 여)

'법학, 의학, 정보통신 등 다양한 분야에 능통한 정체를 알 수 없는 만능 사무보조'

신분을 감추고 도현의 변호사 사무보조로 들어가는 인물.

도현이 맡은 사건에서 해박한 의학 지식으로 재판에 결정적인 도움을 준다.

컴퓨터 실력이며 온갖 법 지식 등 갖추고 있는 능력으로 보아 그 이력이 의심스럽다.

명품 차림새는 기본. 말투도 일반 할머니는 아니다.

매사에 까탈스러운 면도 있지만 유독 도현에게는 도가 지나칠 정도로 온화하며 인자하다. 하지만 음식 실력도 도가 지나칠 정도로 맛이 없다.

고급 세단을 몰고 허름한 도현의 사무실로 출근하는 미스터리한 인물.

이현준 (33세, 남)

'언젠간 올라가고 만다. 맨 위 저 꼭대기!'

훤칠한 키에 잘생긴 얼굴이지만 어딘가 얄팍한 구석도 보이는 인상.

국내 최고의 명문대 출신으로 도현과는 연수원 동기지만 대학을 나오지 않은 도현보다 나이가 더 많다.

우리나라에서 권력을 휘두르기 제일 좋은 직업이 검사라고 생각하는 인물.

자기보다 어린 나이에 그것도 대학을 나오지 않은 도현이 변호사 시보로서 뒤집힐 것 같지 않은 사건을 승소를 이끌어내자 자극을 받는다.

이 시점부터 현준은 도현을 운명의 라이벌이라고 생각하지만 도현은 현준을 크게 신경 쓰지 않는 듯 보인다.

도현을 끌어내리기 위해 뒤를 캐던 현준은 뜻밖의 진실들에 다가서게 되고, 이를 자신의 욕망을 채우는 데 이용하기 위해 위험한 계획을 세우게 된다.

최필수 (45-55세, 남)

'내 아들은 살리고 만다. 그 어떤 대가를 치르는 한이 있더라도!'

한눈에 보기에도 강직한 인상.

군대 하사관들이 별 중의 별이라 여기는 준위 계급을 마흔 살이 되기 전에 달아버린 전설적인 인물. 거기에다 군대 모든 사업을 감찰하는 기무사 준위다.

신념을 위해서는 어떤 것에도 휘둘리지 않을 것 같은 그에게는 어릴 적부터 심장병을 앓아온 아들이 있다. 태어날 때 엄마를 잃고, 심장병으로 채 피지도 못하고 시들어가는 아들을 볼 때마다 아무것도 해줄 수 없는 자신이 원망스럽다.

그때, 그를 향해 다가오는 구원의 손길.

가혹한 대가가 따르리라는 건 알고 있었지만 거절하기엔 너무나 절실했다.

'바로 하나뿐인 아들의 생명이 달려 있지 않은가!'

'탕!' 울려 퍼지는 한 발의 총성...

부르르 떨고 있는 최필수의 손에 들려 있는 권총!!!

먹먹한 표정으로 서 있는 최필수...

'우리와 함께 있었던 게 자네의 운명이자 필연이지.'

군인에게 명령은 거절할 수 없는 최고의 가치다.

필수에게 명령이란 자신의 목숨보다 높은 가치다.

그리고, 거절한다면 어렵게 살린 아들의 목숨이 다시 곤두박질칠 게 분명하다.

평생의 신념을 배반한 대가로 영어(囹圄)의 몸이 된 것이 차라리 마음 편한 형벌일지도 모른다.

살인죄로 사형을 선고받은 최필수는 항소도 포기한 채 사형수로 지낸다.

수감 생활 10년 동안 아들인 도현의 면회도 모두 거절했다.

과연, 그는 무엇을 지키기 위해 아들에게까지 침묵하는 것일까?

한종구 (22-32세, 남)

일견 어수룩해 보이고 성격도 소심하지만, 영리하고 눈치가 빠르다.

강한 자에게 맞서기보다는 쉽게 고개를 숙이고 뒤로 돌아서지만 결코 굴욕을 잊지는 않는 인물.

한종구는 '은서구 건설 현장 살인사건'의 용의자로 기소되어 거의 유죄가 확실했지만 도현의 변호로 무죄로 풀려난다.

5년 후. 다시 같은 지역에서 유사한 사건이 발생하자 한종구는 사건의 유력한 용의자로 체포된다. 그런 상황에서 과거 자신을 변호해 무죄로 풀려나게 해준 도현을 변호인으로 부르는 건 당연한 일이었다.

다시금 한종구 앞에 나타난 도현.

도현은 한종구에게 상상도 하지 못한 방식으로 사건의 무죄를 증명하자고 제안하고 그는 고심 끝에 이를 수락한다.

조기탁 (29-39세, 남)

겉으로는 통통한 몸집에 수더분한 인상. 하지만 옷 안에 숨겨진 다부진 근육질의 몸매는 다른 사람들이 짐작도 하지 못한다.

직업 군인이 되고자 하사관으로 입대했다. 부하 병사를 잔인하게 폭행하고 치사에

이르게 한 사건으로 기무사 영창에서 대기 중, 모종의 사건에 연루된다. 현재는 교도관으로 일하고 있다.

동생인 조경선이 병원에서 업무상 과실 치사 사건을 일으키자 동생의 동료 간호사 소개로 도현에게 변호를 의뢰하게 된다. 하지만 도현과의 인연은 이때가 처음은 아니다.

한종구와의 인연도 깊다.

군인 신분으로 오로지 상명하복에 의해 철저히 명령을 따랐던 그가 딱 한 번, 명령과 관계없는 사건을 저지른 적이 있다. 그 사건이 그의 발목을 잡아 도현과 기춘호가 자신을 수사하게 될 줄은 본인도 몰랐다.

꼬리에 꼬리를 무는 사건들 속에 깊숙이 관여되어 있는 조기탁이다.

<또 다른 축의 인물들>

오회장 (57-67세, 남)

'조금의 하자가 있었을지는 몰라. 하지만 다 나라를 위한 것이었어...'

이름은 오택진. 방산업체인 유광기업의 회장.

기무사 군 사령관을 역임하고, 전역 후 방위사업청장 시절 뒷거래를 바탕으로 방위사업에 뛰어들어 큰 성공을 거둔다.

하지만 사업이 예전 같지 않다. 다가오는 차세대 무기 사업 선정에 힘을 발휘해야 이권을 차지할 수 있다. 그런데 걸림돌이 생겼다. 은서구 공사장에서 발생한 살인사건의 피해자가 10년 전 자신과 관련된 모종의 사건과 연관이 있는 것이다.

김선희 살인사건의 변호인이 최필수의 아들, 최도현이라는 것을 알게 된 오회장은 신경이 곤두선다. 만약에라도 그에 관련된 진실들이 밝혀진다면 차세대 무기 사업은 고사하고 지금까지 쌓아 올린 것도 모두 날아갈 판이다.

거기다 현재 회사의 사운이 걸린 차세대 무기 도입 사업이 거의 진행이 된 상황에서 아군인 줄 알았던 사람들의 행동이 심상치 않다.

박시강 (35-45세, 남)

'감히 누가 나한테 이래라저래라 하는 거야?
내가 바로 이 나라 황태자라고!!!'

언제 터질지 모르는 시한폭탄 같은 인물.
고집이 세고, 안하무인인 성격.
과거 정부의 가장 골칫거리로 취급되던 인물이나 누구도 그를 건드릴 수 없었다.
그가 바로 자식이 없던 전직 대통령이 애지중지하던 하나뿐인 조카이기 때문이다.
과거 큰아버지인 박명석이 대통령에 당선되자마자 그가 제일 먼저 발 벗고 나선 일이 돈벌이였다.
'자잘한 건 남이 해먹으라고 해. 우린 뭐든 한 방이야!!!'
그런 박시강에게 딱 안성맞춤인 한 방 거리가 눈에 들어왔다.
대통령조차도 함부로 못하는 인간이 뒤를 받쳐주기로 했다. 능구렁이 같은 심사가 맘에 걸리긴 했지만 나눠 가져도 충분한 돈이 들어올 터였다.
모든 것이 순조롭게 진행되어가고 있던 차에 생각지도 못한 사고가 발생한다.
그로부터 10년...
지나간 세월만큼 그 사건은 서서히 그의 기억 속에서 지워졌다.
국회의원 선거를 앞둔 시점. 선거 자금을 위해 큰 사업 하나를 구상해 밀어붙이는 상황이었다. 그 시점에 은서구 공사장에서 한 여인이 살해당하는 사건이 발생하고, 사건을 캐는 도현과 기반장이 박시강을 옥죄어온다.
'하필 국회의원 선거를 앞둔 이 시점에 누가 쓸데없이 그 일을 꺼내는 거야! 당신이 막아! 안 그러면 당신도 파멸이야!!! 내가 꼭 그렇게 만들 거라고!'

황비서 (33-43세, 남)

'나한테도 한 번쯤은 기회가 오겠지.
언제까지 남의 하수인으로 살아갈 수는 없지 않겠어?'

군대 상사 출신인 현 오회장의 비서실장. 기무사 시절엔 최필수의 부하였다.

과거 기무사 복무 시절부터 사령관이었던 오회장이 군을 나와 방사청장과 사업체를 꾸려 현재에 이르기까지 측근으로 활약한 인물.

뒤에서 드러나지 않는 온갖 험한 일을 처리했지만 아직도 그는 오회장의 비서일 뿐이다. 가끔씩 오회장으로부터 최필수와 비교당할 때마다 자존심도 상한다.

'내가 고작 남의 따까리나 하려고 여기서 이러는 줄 알아?'

오회장의 자리를 호시탐탐 노리며 비밀스럽게 비선 실세와의 관계 또한 돈독히 해오고 있다. 비선 실세에 해가 되는 일들을 비밀스럽게 처리하는 일도 마다하지 않았다.

제니 송 (32-42세, 여)

'이 사업만... 이 사업만 성공시킨다면 어딜 가도 여왕처럼 살 수 있어!'

무기 로비스트. 출중한 미모와 뛰어난 사교술로 남자를 쥐고 흔드는 능력을 갖추고 있는 여인. 술집 여종업원 출신이라는 설이 돌지만 살아온 이력이 밝혀진 것은 없다.

한국군이 차세대 무기 도입 사업을 위해 입찰을 실시하게 되고, 유럽 쪽 군수회사의 로비스트가 되어 나타난 제니 송.

차세대 무기 도입 사업이 미국 쪽으로 거의 기울어진 상황이다. 제니 송은 10년 전 비밀을 손에 쥐고 독일 쪽으로의 사업자 선정을 위해 위험한 도박을 시도하는데...

'지금이 승부수를 던져야 할 때다...'

하지만 제니 송은 알지 못했다. 그녀가 상대하는 누군가가 생각했던 것보다 더 크고 훨씬 무서운 존재였다는 걸...

그리고... 또 한 사람.

추명근 (59-69세, 남)

'앞에 나서서 멋을 부리는 건 하수가 하는 일이지.
모든 역사는 뒤에서 이루어지는 법이야.'

찢어지게 가난한 집안에서 태어났다.

타고 태어난 머리는 좋았으나 세상은 그에게 길을 열어주지 않았다. 도박에 빠져 어린 나이인 자신을 머슴으로 팔아넘긴 아버지는 증오의 대상이었다.

그런 그에게도 기회는 찾아왔다. 머슴살이에서 도망쳐 입대한 군대에서 장군 관사의 허드렛일을 하는 보직을 맡게 된 것이다. 맡은 일을 깔끔하게 해내는 일솜씨에 장군은 군대를 나와 정치계에 입문할 당시 그를 말단 비서로 채용했다. 그는 자신이 모셨던 장군이 대통령이 되도록 가진 모든 수완과 능력을 발휘했다. 뒷거래든 상대방을 뭉개는 일이든 개의치 않았다. 필요한 정보는 무슨 수를 써서라도 얻어서 장군에게 보고했다. 장군이 이 나라 최고 통수권자가 되자 그도 청와대로 따라 들어갔다. 누구의 보고도 그를 거치지 않으면 대통령에게 닿지 않았다. 직책은 비서실장 보좌관이었지만 그를 일개 보좌관이라 생각하는 사람은 없었다.

그 후로 두 명의 대통령이 더 바뀌었지만 그의 힘은 여전했다. 보좌관 시절 챙겨놓은 자금으로 엮어놓은 정치인들이 한둘이 아니었기 때문이다. 그리고 앞서 두 번의 대통령을 만드는 데 실패했지만 다시 찾아오는 건 딱 10년이면 되는 일이었다.

권력은 얼마나 달콤했던가.

그 유혹에서 벗어나는 길은 자신이 죽음을 맞는 순간이다.

정치인을 움직이는 건 결국 돈. 30년을 정치권에 있으면서 언제나 답은 하나였다.

그래서 벌인 일이었다. 사실 간단한 일이었다. 국방부 장관이나 정부 관계자를 움직이는 것 따위는. 게다가 대통령의 조카도 그의 손 안에 있었다.

당연히 그 일은 쉽게 끝났다. 약간의 생각지도 못한 불미스런 일 하나를 빼고는.

그리고 10년이 지났다. 또 정권이 바뀌었지만 그는 여전히 건재했다. 40년을 정치판 어둠 속에서 나라를 주무르고 있었지만 일반인은 그가 누군지, 어떤 힘을 지녔는지 알지 못한다.

딱 한 번, 그의 정체가 적나라하게 드러날 기회가 있긴 했다. 부패방지처로 부임한 초임 검사와 주간지 기자, 그리고 청와대 파견 경찰이 그의 실체를 밝힐 문건을 입수했으나 실패하고 만다. 10년 전 일이었다.

그렇게 영원할 것 같은 그의 권력이 공사장에서 시체로 발견된 여자 때문에 흔들리게 될 줄이야...

용어정리

S#	장면(Scene)을 표시하는 것으로, S 뒤에 장면 번호를 적어 표기한다.
인서트	화면의 특정 동작이나 상황을 강조하기 위해 삽입한 화면. 인서트 화면이 없어도 장면을 이해하는 데에는 별다른 지장이 없으나 인서트를 삽입함으로써 상황이 명확해지는 한편 스토리가 강조된다. 인서트 화면으로는 대개 클로즈업을 사용한다.
(E)	대사와 음악을 제외한 효과음(Effect)을 뜻하며, 보통 등장인물은 보이지 않고 소리만 나는 경우에 사용한다.
(F)	필터(Filter)의 약자로 전화기 너머의(필터를 거쳐 들려오는) 목소리나 마음속으로 하는 얘기 등을 표현할 때 쓴다.
(CUT TO)	가까운 공간 안에서의 각도 전환.
F.O	페이드아웃(Fade-Out). 화면이 점차 어두워지면서 장면이 바뀌는 것을 말한다.
F.I	페이드인(Fade-In). 어두웠던 화면이 점차 밝아지는 상태를 말한다.
클로즈업	배경이나 인물의 일부를 화면에 크게 나타내는 것.
내레이션	장면 밖에서 들려오는 목소리를 나타낸다.
디졸브	앞 장면은 서서히 사라지고 다음 장면이 서서히 밝아지면서 두 장면이 겹치며 전환되는 것을 말한다.
몽타주	따로따로 편집된 장면들을 짧게 끊어서 붙인 화면.
플래시백	회상을 나타내는 장면. 지금 일어나고 있는 사건의 인과를 설명할 때 쓰이기도 하고, 인물의 성격을 설명하기 위해 쓰이기도 한다.
플래시컷	화면과 화면 사이에 들어가는 순간적인 장면. 극적인 인상이나 충격 효과를 주기 위해 삽입되는 매우 짧은 화면을 지칭한다.

1회

S# 1. (프롤로그) 최필수 교도소 전경/ 오전

S# 2. (프롤로그) 최필수 교도소 방 안/ 오전

문이 열리며 들어서는 교도관1.

교도관1 2066번. 면회!

맨 끝 쪽에 등을 돌려 책을 읽고 있는 재소자. 고개를 천천히 돌리며 교도관1 쪽을 바라본다.
날카로운 눈매에 강직한 인상. 최필수(55세, 남)다.

필수 ... 거부합니다.
교도관1 (나가려는데)
필수 ... 앞으로도 찾아오지 말라고 전해주십시오.

교도관1이 돌아보면 필수가 돌아앉아 다시 책을 읽고 있다.
교도관1이 가면. 필수, 책을 내려놓고 창 너머 하늘을 보는.

S# 3. (프롤로그) 최필수 교도소 면회실 안/ 오전

착잡한 심정으로 면회를 기다리고 있는 도현.
그때, 교도관1이 들어선다. 도현이 쳐다보면 교도관1 혼자다.

교도관1 면회 거부입니다. 그리고 앞으로도 찾아오지 말라는 말도 전해달라고 합니다.
도현 분명히 아들이라고 전하셨는지...
교도관1 최도현이라고 분명히 전했습니다. 전에도 이번에도...

교도관1이 나간 자리, 씁쓸한 얼굴로 눈 질끈 감는 도현의 모습에서.
(F.O)

S# 4. (과거) 공사장 건물 밖/ 아침

자그마한 규모의 건물 공사 현장.
인부들이 모여 자판기 커피를 마시며 담소를 나누고 있다.

건설소장 자. 자.. 수다 그만 떨고. 일들 시작해. 오늘 내로 공구리 다 쳐야 한다고! 안전모들 쓰고! 움직여!

마시던 종이 커피를 구기며 건물 안으로 들어가는 인부들.
건물 바깥쪽에서 미장이가 벽돌을 쌓아 올리는데, 그중 하나에 붉은색이 번져 있지만 아무도 보지 못한다.
미장이의 손길에 따라 시멘트 반죽으로 뒤덮이는 붉은색 벽돌.
잠시 후, 건물 안에 울려 퍼지는 비명소리.
소장이 뛰어 들어가고, 모여든 인부들 틈 사이로 보이는 피 묻은 다리.
점점 드러나는 온몸이 난자당한 흉측한 모습의 여자 시체.

휘둥그레 뜬 여자의 눈에는 경악과 당혹감이 그대로 담겨 있는 듯하다.
사이렌 소리 선행되고...
폴리스 라인을 둘러싸고 지켜 선 경찰들.
좁은 골목에 경찰차와 과학수사 승합 차량이 도착해 있고 감식팀장(신재식, 40대 초)과 감식반이 현장 보존 작업을 하고 있다.
불에 탄 유류품, 옷가지 보이고
사체를 발견한 인부와 탐문 인터뷰 중인 이형사.
쭈그리고 앉아 사체를 살펴보는 기춘호, 멀리서 카메라 플래시 터지면 사진 기자를 노려보며 천으로 사체를 덮는다.
감식반원, 조심스레 깨진 사이다병을 봉투에 담는.
공사장 밖에서 비닐 백에 담긴 핸드백을 들고 뛰어오는 경찰.
카메라 옮겨가면 달려와서 기춘호에게 핸드백을 건네는 서형사.
여기에 앵커 목소리 선행되며...

S# 5. (과거) 은서경찰서 사무실 안 + 공중전화 박스/ 밤

'은서구 살인사건 미궁 속 경찰 비난 여론' 자막이 화면 밑으로 흐르고, 뉴스 앵커의 목소리가 들려온다.

앵커 서울 은서구 다가구 주택 공사 현장에서 발생한 20대 여성 살인사건. 다들 알고 계실 텐데요, 사건 발생 후 보름이 지나도록 수사에 별다른 진척이 없자 경찰의 수사력 부재에 대한 비난의 목소리가 커지고 있습니다. 경찰은 오늘 담화문을 통해 범인 검거에 총력을 기울이고 있다고 밝혔지만 반복되는 강력 범죄에 대한 시민들의 불안감이 커지고 있는 상황입니다...

뉴스 화면에서 빠져나오면 경찰서 사무실 안,
컵라면 세 개에 차례대로 물을 붓는 이형사(26), TV 앞에서 뉴스를 보고 있는 서형사(36, 현재 서팀장)에게 컵라면 하나를 건넨다.

서형사 에이 밥맛 떨어지게... 누군 놀면서 안 잡나. (TV 꺼버리는) 뭔 경찰이 욕받이야 욕받이.

이형사 시체를 그렇게까지 난도질해놓은 걸 보면 분명 단순 살인은 아닌데, 아무리 뒤져도 단서 하나 안 나오고... 이러다 진짜 못 잡는 거 아닐까요?

서형사 (옆으로 다가오며) 너 우리나라 살인사건 검거율이 얼만지 알아? 95프로가 넘어 인마!

이형사 그럼 100명 중에 안 잡히는 다섯 명도 있다는 거 아닙니까.

서형사 (금세 수긍) 그치. 다섯 건은 (컵라면에 물을 더 붓는) 미제로 남는 거지.

기춘호(E) 함부로 미제라고 단정 짓지 마.

이형사가 책상 위에 컵라면을 내려놓는.
책상 앞에 앉아 있는 기춘호(43)의 얼굴 드러난다.
기춘호, 의자에 깊숙이 앉아 전화기를 노려보고 있다.

기춘호 악어가 돼야지. 그놈들은 목이 잘려도 한번 문 건 절대 놓지 않거든. 형사도 한 번 물면 끝까지 가봐야 하는 거야.

이형사 (끄덕) 네 명심하겠습니다. 반장님.

서형사 아이고 라면 다 뿔어요.

기춘호 지문 감식 결과 오늘 나오긴 나오는 거야?

이형사 네, 이십 분 전에 확인했는데, 지문 나온 게 워낙 적어서 한두 시간 더 걸린댔어요.

서형사 삼십 분마다 물어보시면 어떡해. 기계가 하는 건데 재촉한다고 나오나. (일어나는 기춘호 보고) 밥 안 먹고 어디 가요?

기춘호 (손가락 위로 가리키며) 분석실.

기춘호가 말하자마자 전화벨이 울리고 멈칫 서는 기춘호.
라면 한 젓가락 입에 넣으려던 서형사 동작 멈추고,
모두의 시선이 주목되고 기춘호가 받으라는 신호 보낸다.
이형사, 스피커폰으로 받고 재빠르게 핸드폰을 갖다 대는 서형사.

이형사 네. 은서경찰서 강력팀입니다. (잠시) 여보세요?

사내(E) ...

이형사 (짜증) 여보세요?

(CUT TO)
삐딱하게 서서 전화기를 들고 있는 남자의 뒷모습.

(CUT TO)
은서경찰서 사무실 안.

사내(E) (조롱하는) 어이구. 이런 굼벵이들. 니들이 그렇게 기어 다니면 날아다니는 나를 무슨 수로 잡냐? (빈정대는) 계속 그렇게 해라. (놀리는) 굼벵이 굼벵이. 크크크.
이형사 또 그놈 장난전환데요?
서형사 굼벵이? 이런 씨... 진짜 지랄하고 자빠졌네. 몇 번째냐?
이형사 오늘만 벌써 네 번쨉니다.
기춘호 ...

다시 전화벨 울리고,

이형사 아! 진짜! (전화 받는) 네. 은서경찰서 강력팀.. (심각한) 네. 네! (전화 끊고) 지문 감식 결과 나왔답니다!

이형사 전화 끊고 모니터 띄우면 주변에 우르르 몰려드는 형사들. 모니터 화면에 한종구 신상명세 떠오르면 뛰쳐나가는 형사들 위로

이형사(E) 용의자 한종구, 1988년생, 만 27세, 일정한 직업 없고요, 현재 거주지는 서울시 은서구 산정로 79, 201호.

S# 6. (과거) 범인 검거 몽타주

- 허름한 원룸 건물 앞으로 모여드는 형사들.

- 거처를 급습하지만 비어 있는 원룸.
- 현관 앞, 추리닝 차림으로 검정 봉다리를 들고 들어서다 형사들을 발견하고 도망가는 한종구.
- 쫓고 쫓기는 기춘호와 한종구.
- 막다른 골목에서 마주하는 기춘호와 한종구. 도망가려는 한종구를 업어치기로 제압하는 기춘호.
- 형사들에 의해 긴급 체포되는 한종구.

S# 7. (과거) 로펌 사무실 회의실 안/ 아침

변호사들이 탁자에 빙 둘러 앉아 있고, 뒤에는 사무장들이 앉아 있다. 상석에 앉아 있는 로펌 대표(54세, 남), 옆에 서 있는 팀장변호사와 서류를 보며 낮은 목소리로 대화를 나눈다. 다이어리를 덮고, 핸드폰을 꺼내는 변호사들. 회의가 끝난 분위기다.

사무장들 옆에 앉아 있는 도현(23세, 남). 회의 시간에 적은 메모들을 보고 있다.

로펌 대표 일어나면, 배석자들 모두 따라 일어나고.

로펌 대표, 밖으로 나가는데.

로펌대표 (나가다 멈추는) 아, 최도현 시보.

멀찍이서 앞으로 한 발 나서는 도현.

도현 네.

로펌대표 국선 배당받았다고?

다들 의외라는 듯 도현을 본다.

도현 네. 은서구 강도 살인사건입니다.

다들 '은서구 살인사건'이란 말에 작은 동요로 술렁인다.

로펌대표 (도현과 눈을 마주치는) 우리 로펌에 시보로 와 있는 상황에서 맡는 사건이니 최선을 다해주세요. 좋은 경험이 될 겁니다.

도현 네. 알겠습니다.

도현, 로펌 대표를 잠시 응시한다.

S# 8. (과거) 법정 안/ 오전

재판 중인 법정 안 풍경.
배석판사들 양옆에 있고,
주임판사석에는 날카로운 인상의 나진희(여, 44세) 판사 앉아 있다.
변호인석의 도현. 첫 재판 변호이지만 긴장한 표정이 아니다.
피고인석에는 한종구(27세, 남) 앉아 있다.
방청석에 앉아 지켜보는 기춘호의 모습도 보인다.

나판사 그럼 변호인. 모두진술 하세요.

도현 (일어서는) 피고인은 모든 범죄 사실을 시인하고, 잘못을 인정하고 있습니다. 또 술에 취한 상황에서 우발적으로 벌어진 범행임을 고려하여 선처를 부탁드립니다.

별 어려운 변론이 아니라는 표정으로 자리에 앉는 도현.
그때 아무 말 없이 앉아 있던 한종구가 벌떡 일어선다.

한종구 저는 죽이지 않았습니다!!!

한종구의 소리에 방청석이 술렁거린다.
도현. 순간 멈칫.
도현의 시선이 한종구에 고정되고.

한종구 저는 죽이지 않았습니다!!! 죽이지 않았다구요!!!

나판사 피고인! 조용히 하세요.

한종구, 털썩 자리에 주저앉고, 방청석의 웅성거림이 잦아든다.
검사와 도현을 앞으로 부르는 나판사.

나판사 변호인. 피고인이 모든 사실을 인정하지 않았습니까?

도현 ... 피고인의 의사를 다시 한 번 확인하기 위해 1회 공판 기일 속행을 요청드립니다. 판사님.

인상 쓰는 나판사.
검사가 뭐 씹은 표정으로 인상을 구기고 있고, 도현의 표정도 굳는다.

S# 9. (과거) 한종구 구치소 접견실 안/ 오후

도현이 한종구 앞에 앉아 있다.

도현 .....

한종구 .....

도현 왜 그러셨습니까?

한종구 (머뭇거리다) 아무리 그래도 제가 안 한 걸 했다고 하는 건 아닌 거 같아서요.

도현 (검찰 조서를 내보이며) 여기 조서에 모든 범행 사실을 시인한다는 한종구씨 사인이 있는데요.

한종구 (울먹이듯) 그땐 제가 너무 겁을 먹어서요. 통화 기록이랑 지문 같은 거 막 들이대면서 형사님들이 막 소리 지르고 정말 너무 무섭고 겁이 나서...

도현 ... 그래서 살인죄를 시인했다? 진짜 한종구씨가 살해하지 않았습니까? 저한테만큼은 있는 사실 그대로 말씀해주셔야 합니다. 만약 한종구씨가 정말 사람을 죽였다면... 그랬다는 것까지도요.

한종구 저는 정말로 안 죽였어요. 정말이에요. 진짜에요. 믿어주세요.

도현 변호인과 한마디 상의도 없이 법정에서 진술을 번복하는 분을 제가 어떻게 믿을 수 있을까요?

한종구 (다급하게 달려드는) 저 진짜 아니라니까요! 그거 다 형사들이 윽박질러서 그런 거라니까! 나 진짜 억울해요 변호사님. 나 같은 사람은 그냥, 어영부영 끌려다니다 재판받고 그러다 무기징역이나 사형 그런 거 당하는 거잖아! 아냐?

한종구를 심각한 얼굴로 쳐다보는 도현.

도현 ... 그럼 제가 한종구씨를 믿을 수 있게.. 제게 진실을 말씀해주세요.

S# 10. (플래시백) 공사장 밖/ 밤

컴컴한 공사장 건물 밖.
담벼락에 오줌을 누고 있는 한종구.
얼핏 눈을 돌리는데 구석에 놓여 있는 핸드백을 발견한다.

한종구(E) 그날 제가 술을 좀 많이 먹어서요. 가는 길에 오줌이 너무 마렵고 그래서... 마침 공사장이 보이길래 들어가서 볼일 보는데 옆에 핸드백이 떨어져 있더라구요. 그래서 제가 그 핸드백을...

핸드백의 지퍼를 열고 지폐 다발을 꺼내고는 핸드백을 휙 뒤로 던져버리는 한종구.
한종구의 발밑 쪽으로 피 묻은 벽돌 하나가 놓여 있다.

S# 11. (과거) 한종구 구치소 접견실 안/ 오후

한종구 뉴스에도 막 나왔잖아요. 그 핸드백 사진. 보니까 내가 그날 밤 돈 가져갔던

핸드백이랑 비슷하네 싶었는데,
게다가 사건 현장도 딱 거기고. 처음엔 혹시나 경찰이 날 찾아오지 않을까 걱정했는데 보름이 지나도록 아무 일이 없는 거예요. 핸드백에 내 지문도 묻었을 텐데.

도현 (서류를 꺼내 올려놓으며) 그럼 이건 왜 그러신 거죠?

도현이 서류를 들어 한종구가 볼 수 있게 앞으로 내미는데,
서류에는 한종구가 경찰에게 걸었던 통화 내역이 쭉 나열되어 있다.

도현 (녹취 서류를 자기 앞으로 돌려 읽는) 이런 굼벵이들. 니들이 그렇게 기어 다니면 날아다니는 나를 무슨 수로 잡냐? (빈정대는) 계속 그렇게 해라. (다시 돌려 보여주며) 한종구씨가 거신 거 맞죠? 그것도 무려 다섯 번이나.

한종구 그건... 전 그때 시간이 갈수록 범인을 못 찾는 경찰이 좀 한심해 보였다고 해야 하나? 아니, 변호사님도 생각해보세요. 돈 몇 푼 가져간 나도 못 찾는데 살인을 저지른 그놈이라고 제대로 찾겠는지?

도현 그래서 경찰을 놀려주려고 그랬다는 겁니까?

한종구 네...

한종구를 보는 도현.

S# 12. (과거) 로펌 사무실 안/ 오전

책상에서 검찰 기록을 살펴보고 있는 도현.
서류를 가방에 집어넣고 일어서서 나가려는데 변호사1이 부른다.

변호사1 어이 시보. 어디 가?

도현 사건 현장에서 살펴볼 게 있습니다.

변호사1 사건 현장엔 가서 뭘 하려고?

도현 의뢰인이 무죄를 주장하고 있어서요. 제가 직접 확인해보는 게 변론에 도움이 될 거 같습니다.

변호사1 (말을 끊으며) 니가 형사야? 변호사는 법정에서 의뢰인을 변호하는 사람이지 현장 찾아다니고 그런 거 하는 사람 아니야. 그럴 시간 있으면 변론 준비나 똑바로 해.

변호사2 그냥 놔둬라. 시보 때야 뭐든 하고 싶을 때지. (도현에게 가보라고 손짓하며) 가서 열나게 현장 조사하세요.

도현, 목례하고 밖으로 나간다.

변호사1 하여간 유난 떤다니까. 고졸 3년 만에 사시 차석이 무슨 대수라고.

변호사2 대수긴 하지. 그래봐야 판검사 임용은 안 돼.

변호사1 차석인데?

변호사2 쟤 아버지가 사형수잖냐.

놀라는 변호사1의 시선에 비친 엘리베이터 앞에 선 도현의 옆모습에서.

S# 13. (과거) 공사장 살인사건 현장 앞/ 오전

공사장 입구 앞에 서 있는 도현.
입구 끝 쪽 문 앞으로 방치된 지 꽤 시간이 지나 군데군데 떨어진 노란색 폴리스 라인 쳐져 있는 것 보인다.
안으로 들어가는 도현.

S# 14. (과거) 공사장 살인사건 현장/ 오전

도현, 양애란 사체가 발견된 문 앞에 서 있다.
문을 여는데 덜컥. 걸리며 열리지 않는.
손잡이를 잡아 문을 흔들어보지만 열리지 않는다.

관리인(E) 누구요?

도현　(돌아보면)

관리인　(험악한 표정으로) 누구냐니까!

도현　그... 전 여기서 일어났던 살인사건 피고인 측 변호인입니다.

관리인　변호인?

도현　네. 현장 좀 둘러보고 싶어서요.

관리인, 다가와 손잡이를 잡아 문을 옆으로 밀어 열어준다.
도현, 놀라 문과 관리인을 번갈아 보는.

(CUT TO)
대화를 나누는 두 사람.

도현　그러니까 현장 검증 때 선생님도 분명히 보셨다. 이 말씀이신 거죠?

관리인　그렇다니까.

(플래시백 - 양애란 사건 현장)
한종구, 수갑 찬 손이 외투로 가려져 있고.
문 앞에 서서 현장 검증을 준비하고 있다.
한종구 양옆에 서형사와 이형사가 서 있고.
기춘호, 앞에서 이 모습을 지켜보고 있다.
한쪽에 관리인과 경찰 관계자와 기자들이 몇 명 서 있다.

관리인(E)　아니. 직접 해봐서 알잖아. 다들 자네처럼 앞으로 밀거든. 나도 그랬고. 근데 그놈은 자연스럽게 옆으로 밀고 들어가더라니까.

한종구, 외투 사이로 손을 뻗어 문고리를 잡고 망설임 없이 옆으로 미는.
기춘호, 이를 포착하는 데서.

(CUT TO)
현재 사건 현장.
곰곰이 뭔가를 생각하는 도현.

S# 15. (과거) 건물 앞/ 오후

한 건물 앞에 서서 종이를 들고 주소를 확인하는 도현.
도현, 경비실에 한종구의 사진을 보여주고.

도현 저.. 혹시 이 사람, 여기에서 일한 적 있습니까?
경비원 (도현 보는) 그렇긴 한데... 근데 이 사람 뭔 일 저지른 거요? 저번엔 형사들이 떼로 몰려왔드만.
도현 형사들이요... 형사들이 뭐라고 하던가요?
경비원 댁하고 똑같이 물어봐서 일했던 델 안내해줬지. 근데 왜 그런지 엄청 실망해서 돌아가드만.
도현 (의아한) 혹시 일했던 곳 좀 볼 수 있을까요? 부탁 좀 드리겠습니다.
경비원 뭐 그럽시다. 돈 드는 것도 아닌데. 따라오슈.

S# 16. (과거) 법정 안/ 오전

법정 풍경이 보여진다.
초초해 보이는 한종구.
그에 비해 담담한 표정의 도현.

나판사 검찰 측 증인신문 시작하세요.
검사 네. 본 사건 담당자였던 은서경찰서 강력계 기춘호 팀장을 증인으로 신청합니다.

(CUT TO)
기춘호, 증인석에 앉아 있고.
검사, 마주 서서 기춘호를 대상으로 증인신문을 하는.

검사 증인. 증인이 피고인을 범인으로 확신하게 된 이유가 뭡니까?

기춘호 몇 가지가 있습니다. 현장에서 발견된 피해자의 핸드백에 피고인의 지문이 묻어 있는 점과 전화로 스스로가 범인임을 드러낸 것, 그리고 현장 검증 과정에서 범인이 아니고서는 할 수 없는 행동을 피고인이 자연스럽게 했기 때문입니다.

검사 범인이 아니고서는 할 수 없는 행동, 그게 어떤 거죠?

기춘호 범행 현장으로 들어가는 문을 여는 방식입니다.

검사 (모니터에 사진을 띄우며) 증인이 말한 현장으로 들어가는 문이 사진에 보이는 저 문 맞습니까?

기춘호 맞습니다.

검사 문을 여는 방식이 어떻게 다른 거죠?

기춘호 저 문은 여닫이문, 그러니까 앞으로 당기거나 밀어서 여는 문처럼 보이지만 그렇지 않습니다. 옆으로 밀어서 열게 돼 있는 문입니다.

검사 이렇게 (옆으로 미는 시늉) 옆으로 미는 미닫이 방식이란 말씀이신 거죠?

기춘호 그렇습니다. 현장 관계자의 말에 의하면 저 문을 처음 보는 사람들은 전부 다 당겨서 열다가 문을 못 열었다고 합니다. 그건 처음 현장에 도착한 저희 형사들도 마찬가지였고요. 그런데 범인은 아무 망설임 없이 단박에 옆으로 문을 열고 들어갔습니다.

검사 그렇다면 범행 시 또는 그 이전에라도 피고인이 저 문을 열어봤다는 반증이군요?

도현 이의 있습니다!

검사 아직 질의가 끝나지 않았습니다!

나판사 피고인 측 이의 신청 기각합니다. 검사 측 신문 이어가세요.

검사 증인, 혹시 저 문을 범행이 일어나던 날 이전에 피고인이 열어봤을 가능성은 없습니까?

기춘호 아뇨, 저 문은 사건 당일 저녁에 설치됐습니다.

검사 그렇군요. 여기까지 하겠습니다.

검사가 자리에 앉자, 일어서서 증인 앞으로 나가는 도현.

도현 증인은 혹시 피고인이 설비기사로 일했던 장소에 가본 일이 있습니까?

기춘호 (질문의 의도를 알겠다) ... 그렇습니다.

도현 (모니터에 사진을 띄우며) 이 사진은 피고인이 3개월 전까지 근무했던 보일러실 입구 사진입니다. 보신 적이 있으십니까?

사진을 보지 않고 도현을 응시하며 말이 없는 기춘호.

S# 17. (플래시백) 보일러실 입구/ 오후

기춘호, 서형사, 이형사, 함께 경비원을 따라 보일러실 입구로 다가간다.
별생각 없이 문을 앞으로 밀어보는 서형사.
열리지 않자 경비원이 나서며 문을 오른쪽에서 왼쪽으로 밀며 연다.
실망한 표정의 기춘호. 서형사가 열받은 듯 발로 문을 걷어찬다.

S# 18. (과거) 법정 안/ 오전

도현 그날 그 자리에 있었던 건물 경비원의 말에 따르면 증인은 사진에 보이는 보일러실 문을 열어보곤 실망한 기색을 보였다고 하던데. 맞습니까?

기춘호 ...... (말없이 도현만 보는)

도현 증인과 함께 갔던 동료 형사 가운데 한 분은 발로 문을 차기까지 했다는데, 이 또한 사실인가요?

기춘호 ...... 흠......

도현 혹시 범행 현장에 설치된 미닫이문이 피고인이 익숙하게 사용해왔던 문과 같은 방식인 것을 확인한 후, 정황 증거가 사라질 수도 있다는 판단에서 보인 반응은 아닙니까?

기춘호 (대답 않고 도현을 쳐다보는)

도현, 화면에 양애란 사건 현장 사진과 건물의 조감도를 띄운다.

도현 증인은 화면을 봐주십시오. 화면에 보이는 곳이 사건 현장 건물이 맞습니까?

기춘호 그렇습니다.

도현 검사 측에서 증거로 제시한 피해자의 핸드백, 즉 피고인의 지문이 나온 핸드백이 최초 발견된 위치가 정확히 어떻게 되죠?

기춘호 건물 바깥쪽 담벼락 부근입니다.

도현 (레이저포인터로 각각의 위치를 짚으며) 그러니까 조감도상으로 봤을 때 핸드백이 발견된 곳은 이곳이고 사체가 발견된 장소는 건물 안쪽 이곳인데 그럼 사건 현장과는 제법 떨어진 곳이네요.

기춘호 그건 범행 후 집어 던졌기 때문에...

도현 (말 끊는) 네. 핸드백의 위치와 범행 현장에는 거리가 있었다. (이어) 증인의 증언대로 피고인도 절도에 대해서는 검찰 조서에도 나와 있듯이 인정하고 있습니다. (나판사 향해) 이상으로 증인신문 마치겠습니다.

도현, 변호인석으로 돌아가고.
가는 도현을 보는 기춘호.
흥미로운 듯 도현을 보는 한종구.

(CUT TO)

검사 (일어서며) 국립과학수사연구소 강찬성 연구원을 증인으로 신청합니다.

국과수 요원이 증인석에 앉아 있고, 검사가 증인석으로 다가간다.
모니터에는 여러 증거물 사진들이 띄워져 있다.
그중 핸드백 사진을 클로즈업하는 검사.

검사 피해자가 소지하고 있던 핸드백입니다. 혹시 피해자의 지문 외에 다른 사람의 지문이 나왔습니까?

국과수요원 핸드백에서 나온 지문은 두 명의 것이었습니다. 피고인의 지문과 핸드백 주인인 피해자의 지문이었습니다.

검사 이상입니다.

도현, 일어서서 증거물의 사진 중 깨진 병 조각의 사진을 클로즈업한다.

도현　검찰에서 최종적인 범행 도구로 제시한 깨진 병 조각입니다. 혹시 여기에서도 피고인의 지문이 나왔습니까?

국과수요원　깨진 병 조각은 불에 탄 상태라 지문을 검출할 수 있는 상태가 아니었습니다.

도현　그렇다면 핸드백을 제외한 다른 증거에서 피고인의 지문이 나온 게 있습니까? 피해자의 옷이라던지...

국과수요원　아뇨, 당시 피해자가 입고 있던 옷과 소지품 모두 그 자리에서 불에 탄 상태였기 때문에 저 핸드백에 남아 있는 지문이 유일합니다.

도현　피해자의 다른 물품은 다 불에 태워 없앴는데 핸드백만 그대로였고 지문이 나왔다. 이 말씀이시군요. 알겠습니다.

(CUT TO)

음성 파일이 순차적으로 재생되며.

소리1　어이구. 이런 굼벵이들. 니들이 그렇게 기어 다니면 날아다니는 나를 무슨 수로 잡냐? (빈정대는) 계속 그렇게 해라. (놀리는) 굼벵이 굼벵이. 크크크.

소리2　이걸로 다섯 번째 거는 거야. 아직도 내가 어딨는지 모르겠지? 쪼다 같은 경찰 놈들... 크크크

녹음 파일이 흘러나오자 방청객 작게 웅성이고.
방청객을 돌아보는 도현.

도현　여기 다섯 번의 통화 모두 단순히 경찰 수사를 조롱하는 말일 뿐 피고인이 살인을 했다는 명확한 언급은 없습니다. 결국 이 통화들은 술에 취한 피고인이 범인을 체포하지 못하는 경찰에 대한 불만이 섞인 치기 어린 장난에 불과합니다.

웅성거리는 방청석. 방청석에 앉아 도현을 바라보는 기춘호.

(CUT TO)

나판사 변호인. 최후변론 하세요.

도현 재판장님. 피고인은 절도를 했을지언정, 살인은 하지 않았습니다. 피고인은 사건 현장 근처에서 우연히 피해자의 핸드백을 발견하고 얼마간의 현금을 가져간 적이 있을 뿐입니다. 또한 피고인이 사건의 심각성을 인지하지 못하고 경찰서에 장난전화를 걸긴 했지만, 이 점에 대해서는 진심으로 반성하고 있습니다. 하지만 이런 사실은 모두 검찰 측의 기소 내용과는 전혀 무관한 것이며 이번 살인 혐의를 입증할 어떠한 증거도 제시되지 않았습니다. 따라서 본 변호인은 피고인에게 무죄가 선고되어야 한다고 확신하는 바입니다.

침착하게 자리에 앉는 도현,
한종구 피식 웃고 그런 한종구를 응시하는 기춘호.

S# 19. (과거) 은서경찰서 사무실 안/ 오후

심각한 얼굴의 기춘호. 자리에 털썩 주저앉자 서형사와 이형사가 궁금한 표정으로 다가온다.

서형사 어떻게 됐어요?

기춘호 ......

서형사 분위기 별로에요?

기춘호 ....

서형사 이런 씨. (뭔가 생각났다는 듯) 그럼 이거 혹시 우리한테 불똥 튀는 거 아닙니까?

기춘호 (심각한 표정으로) 그냥 넘어가진 않겠지. 걱정들 마.

그렇게 말하고 웃지 못하는 기춘호, 의자 돌려 앉고 눈을 감는다.

S# 20. (과거) 법정 안/ 오전

판결 선고를 위해 재판정으로 들어오는 판사들의 모습이 보인다.

나판사 사건 번호 제2014 고합 1078번에 대해 다음과 같이 판결한다. 검찰 측에 의해 기소된 사항에서 공소 사실을 유죄로 인정할 만한 직접 증거는 존재하지 않거나 인정하기 어렵고 그 외 간접 증거들을 종합적으로 고찰한다 해도 증명력이 있다고 보기 어려우므로 피고인 한종구에게 무죄를 선고한다.

무죄 판결이 나오자 방청석이 웅성거리고, 피해자 가족에게서 분노에 찬 목소리가 터져 나온다.
기자들이 서둘러 빠져나간다.
굳은 표정의 도현.
법정 한구석에서 가만히 한종구를 노려보는 기춘호.

S# 21. (과거) 은서경찰서 사무실 안/ 오전

앵커 은서구 공사 현장에서 발생한 양모씨 강도 살인사건을 기억하십니까. 어제 1심 판결이 났는데요. 법원은 기소된 한모씨에 대해 무죄를 선고했습니다. 이로 인해 경찰이 범인 검거에 급급해 무리한 수사를 진행했다는 논란이 일며 경찰 수사력과 수사 정당성에 대한 비판적인 시각이...

TV를 보던 서형사와 이형사, 동료 형사들이 눈치를 보며 뒤의 책상을 돌아본다.
박스를 책상 위에 올려놓고 책상 서랍을 정리하고 있는 기춘호.
파일 하나를 들고 있는 기춘호.
표지에 양애란 살인사건이란 제목이 붙어 있다.

(플래시백 - 피고인 대기실 앞)
한종구, 피고인 대기실로 들어가려는데.
어느새 따라와 한종구를 부르는 기춘호.

기춘호 한종구!

한종구, 돌아서서 기춘호에게 다가간다.
눈앞까지 붙는 한종구에도 꿈쩍 않는 기춘호.
한종구, 기춘호의 귀에 뭐라 말하는데 말소리도 입모양도 보이지 않는다.
피고인 대기실로 들어가버리는 한종구.
기춘호의 일그러지는 표정에서.

(CUT TO)
다시 사무실 안.
양애란 살인사건 파일을 박스에 넣는 기춘호. 테이프로 박스를 봉하고
기춘호, 박스를 들고 걸어 나가는데.
이형사, 박스를 받아 들고 따라나서고
허리에 손을 댄 채 천장을 보는 서형사.
어깨를 툭 치고 나서는 기춘호.

S# 22. (과거) 법원 앞/ 오후

법원 계단에서 내려오는 도현.
도현 앞에 서는 기춘호.
기춘호의 얼굴을 확인하고 가볍게 목례하는 도현.
비켜가려는 도현의 몸을 막아서며 비켜주지 않는다.

도현 뭐하시는 겁니까?
기춘호 기분이 좋아 보이는군. 살인범을 풀어줬으니 기분이 좋겠지. 실력 발휘를 제대로 한 셈인가?
도현 한종구씨는 살인범이 아닙니다. 유죄가 입증되지 않았으니까요.
기춘호 유죄가 아니라고 자신할 수 있나? 난 그놈이 살인범이라고 확신해. 한종구 그놈이 양애란을 죽인 살인범이 맞아!
도현 전 변호사입니다. 변호인으로서 최선을 다했을 뿐입니다. (가려는데)

기춘호 (막아서는) 최선? 너!!! 피해자 가족들 앞에서도 최선을 다했다고 말할 수 있어? 억울하게 희생당한 사람은 생각해봤나? 한 번이라도 생각해본 적 있냐고! (법원 손가락으로 가리키며) 이런 게 정의라는 거야?

도현 저도 질문 하나 하죠. 형사님은 그동안 잡아넣은 사람들이 모두 진범이라고 확신할 수 있습니까?

기춘호 ... (대답 못하고 길게 심호흡하는) 후...

도현 만에 하나 한종구씨가 정말 범인이라면, 또 그런 확신이 있었다면, 그걸 입증하지 못한 경찰은요. 무능한 거 아닐까요?

기춘호 뭐가 어째!!

험악한 얼굴로 도현 앞으로 바짝 다가서는 기춘호. 도현을 노려보는
속을 알 수 없는 표정으로 그런 기춘호를 마주 보는 도현.

기춘호 ...

도현 ...

기춘호 한종구 그놈은 정말 위험한 놈이야. 어쩌면 이번 건 말고 다른 희생자가 더 있을 수도 있고... 앞으로 더 나올 수도 있어.

도현 ...

기춘호 (도현을 응시하다 체념한 듯) 내가 뭐하는 짓인지 모르겠다. (힘없이) 말 몇 마디로... 사람 죽인 놈을 그렇게 쉽게 풀어주면 안 되는 거야...

걸어가는 기춘호의 뒷모습을 보는 도현의 모습에서... F.O

S# 23. 도현 사무실 안/ 저녁

자막) 5년 후

연식이 느껴지는 낡은 건물.
통일되지 않은 가구들로 꾸며진 실내 인테리어.
그러나 깔끔하게 관리된 공간의 느낌을 준다.

창문에 최도현 변호사 사무실이라고 아크릴로 새겨져 있다.
책장에 법에 관련된 여러 가지 서적이 꽂혀 있는 사무실 안.
탕! 탕! 탕! 누군가가 문을 두드리는 소리.
소파에 담요를 뒤집어쓰고 자고 있는 도현..
탕! 탕! 탕! 계속 누군가가 문을 두드리고 있다.
담요를 확 걷으며 몸을 일으키고는 듣기 싫다는 듯 머리를 벅벅 긁어대는 도현.
슬리퍼를 찾다 한쪽 슬리퍼만 대충 신은 채 문으로 다가선다.

도현 (문을 열며) 누구세요... 어?

도현의 눈앞에 고개를 숙인 채 누군가가 서 있다.
손가락 하나를 들어 앞머리 반쪽을 한쪽으로 걷어 올리자 드러나는 유리(28, 여)의 얼굴. 얼굴색이 벌겋다.

유리 (씩 웃으며) 도현아... 마이 브라더. 최도현!

비틀거리며 안으로 들어오려는데 바로 문을 닫아버리는 도현.

유리(E) 야! 최도현! 이 문 안 열어? 빨랑빨랑 열어야지!

문을 발로 차대며 질러대는 소리에 한숨을 쉬고는 결국 문을 여는 도현.

유리 옳지. 착하네. 우리 도현이.
도현 (코를 막으며) 윽! 대체 얼마나 퍼마시면 이렇게 되는 거냐?
유리 (검은 봉지를 흔들어대며) 흐... 아직. 아직 마실 술이 한참 남았다네. (혀 꼬부라진 목소리로) 내가 어제 뭘 했는지나 알아?
도현 그거 맞추면 나가줄 거야?
유리 좋아! (몸을 비틀거리며) 맞추면 내가 가고, 못 맞추면 나하고 밤이 다시 올 때까지 마셔주고! 콜?
도현 (별 생각하지도 않고) 사표 냈지?

유리 (눈이 동그래지며) 어? 어.

도현 (몸을 문 쪽으로 밀며) 자, 이제 가.

비틀거리며 소파로 가서 얼굴을 파묻으며 널브러지는 유리.

유리 (한쪽 고개를 돌려 도현을 보며) 치사한 놈. 좀 져주면 안 되냐?

그대로 눈을 감고 잠이 드는 유리. 유리를 보는 도현이 고개를 절레절레 흔든다.
익숙한 듯 간이침대를 펴고 눕는 도현.

S# 24. 허름한 주택가 골목 안/ 밤

골목길을 걷고 있는 김선희(30, 여)
노란색 상의 끝에 꽃무늬의 레이스, 빨간 입술과 빨간 손톱이 눈에 띄는.
걷다가 누군가와 부딪치는 김선희.
욕설을 퍼붓고는 길을 가는데,
누군가가 쫓아오는 낌새를 느끼고 근처 건물 구석으로 숨는다.
아무런 기척이 없자 나가는데. 어느새 누군가가 뒤에 서 있다.
서늘한 기분에 돌아서다 놀라 비명을 지르는데 김선희의 입을 틀어막는 손.

S# 25. 건물 밖/ 아침

철거 예정이라 휑한 모습인 건물 앞.
경찰차와 과학수사대 승합차가 건물을 따라 대어져 있고.
건물 앞에 폴리스 라인이 쳐져 있다.
찡그리며 건물에서 튀어나오는 순경, 곧이어 다른 순경 하나도 구토가 나올 듯 입을 막고 튀어나온다.
웅성거리며 지켜보는 동네 주민들. 그 사이에 흥미로운 얼굴로 건물 안쪽을 바라보는 한종구가 있다.
그런 한종구를 지켜보는 누군가(기춘호)의 시선.

S# 26. 건물 안/ 아침

감식반과 형사들이 사체 주위에 몰려 있다.
감식반원이 시체를 회색 비닐로 감싸고 있고, 다른 감식반원은 현장에 찍힌 발자국을 채취하고 있다.
또 다른 쪽에선 쇠파이프며 주위에 떨어진 담배 등을 수거하는 모습도 보인다.
그중에 불에 타다 남은 노란색 옷가지가 유난히 눈에 띈다.
그 모습을 보고 있는 서팀장.
감식팀장이 다가와서 장갑과 마스크를 벗으며 사망 시간을 알려준다.

감식팀장 시신 상태 봐서는 얼마 안 됐어. 길어야 예닐곱 시간 지난 거 같은데.

서팀장 어후. 술 냄새. 어제 또 마셨어? 그러고도 안 짤리는 게 참 미스테리합니다.

감식팀장 나도 짤리고 싶어 미치겠다. 이런 꼴만 보다간 내가 제 명에나 가겠냐? (고개를 갸웃거리며) 근데 좀 이상한 게 있어. 벽이고 바닥이고 비산 혈흔 범위가 좁단 말이야.

서팀장 그게 무슨 소리야? 여기서 죽인 게 아니다?

감식팀장 저 정도로 사체를 난도질했다면 피가 튄 범위가 더 넓어야 한다는 거지. 분명 여기가 살해 현장은 맞는 것 같은데.
그리고 저 시체 보니까 생각나는 사건 있지 않아?

서팀장 무슨 사건?

감식팀장 5년 전인가? 이 근처 공사장에서 술집 여종업원 사체가 발견된 사건 있었잖아.

서팀장 사수 옷 벗은 사건을 어떻게 잊어. 이름도 안 까먹었다 한종구. 금마 결국 강도 짓거리하다 빵에 갔... 가만! ... 피해자 소지품하고 옷가지를 다 태우고 병을 깨서 시신을 훼손하고...

S# 27. 은서경찰서 사무실 안/ 오전

화이트보드에 출력한 사건 현장 사진을 붙이며 '김선희 살인사건 개요'를 만드는 신참 형사(김형사), 누군가와 통화 중인 이형사.
형사들이 분주히 움직이고 있다.

이형사 (전화를 끊고 급하게) 팀장님! 한종구 3일 전에 출소했답니다.
서팀장 그래? 일단 한종구 거주지 파악하고 행적 탐문해봐.
김형사 팀장님! 여기 와서 이거 좀 보시죠.
서팀장 (김형사에게 다가가서 모니터를 보며) 뭔데?
김형사 사건 발생 시점에 현장 근처 차량 블랙박스에서 뽑은 건데요. 여기...

화면을 확대하면 골목 한쪽에 숨어 어디를 보고 있는 사내의 모습이 찍혀 있다.

서팀장 이거 봐라.

그 소리에 이형사가 달려와 모니터를 본다.

이형사 맞네요. 한종구. 오랜만에 봐도 징글징글하네.
서팀장 (김형사에게) 사진 뽑아. (이형사에게) 이형사는 체포영장 청구하고. 이 새끼 이거... 이번엔 안 놓친다.

S# 28. 모텔 안 (한종구 검거 몽타주)/ 오후

지저분한 모텔 방 안. 한쪽 구석에 각종 쓰레기봉투들이 어지럽게 놓여 있다.
TV 채널 돌려가며 볼 만한 걸 찾는 한종구.
갑자기 문이 벌컥 열리며 형사들이 들이닥치고...

영문을 몰라 어리둥절한 표정의 한종구를 체포하는 형사들.
방 안을 구석구석 뒤지던 형사들.
TV 선반을 들어내자 선반 뒤에서 검정 쓰레기봉투가 발견된다.
봉투 안을 보면 간이영수증과 함께 흰색 운동화가 넣어져 있다.

S# 29. 은서경찰서 사무실 안/ 오후

형사들이 소파에 모여 앉아 짜장면을 먹고 있다.
취조실에서 걸어 나오는 서팀장을 보자 짜장면을 먹다 다들 일어서려는데, 서팀장이 손짓으로 제어하며 옆으로 와 앉는다.

이형사 뭣 좀 불어요?
서팀장 죽어라 잡아뗀다. 내가 그랬습니다 할 리 만무하지. 신발 족적 검사는 연락 없어?
이형사 그게... 현장에 인부들 발자국이 워낙 많이 남아서 시간이 좀 걸린답니다.
서팀장 이거 잡아둘 수 있는 시간 얼마 안 되는데 큰일이네.
(서팀장의 전화 울리고 반색하는) 아이고! 어쩐 일이십니까? 네? 앞이요?

S# 30. 은서경찰서 입구/ 오후

경찰서 입구에 후줄근한 차림의 남자 서 있다.
한 손에는 수첩을 들고 왔다 갔다 하고 있고.

서팀장 (허겁지겁 나오며) 형님!

돌아보는 남자, 기춘호다.
어두운 표정에 반가운 미소가 옅게 스민다.

서팀장 안 그래도 연락할라고 했는데 딱 오셨네. 한종구 그 자식이요.. (하는데 핸드폰 울려대고) 아, 참 나!

기춘호 받어.

서팀장 (전화 받는) 아! 왜! (누그러지는) 그래? DNA 결과 나왔다고? 알았어. (전화 끊자마자 이르듯이) 한종구 그 자식 저 안에 있어요. 소주 한잔하면서 얘기할라고 아껴뒀는데.. 먼저 들어가볼게요.

기춘호 근표야... (뭔가 말을 할 듯) 아니다.

서팀장 (들어가며) 죄송해요. 형님. 연락드릴게요!

이미 돌아서서 가고 있는 서팀장.
기춘호, 수첩을 든 채 보고 있는데,

서팀장 (돌아보며) 이번에 꼭 처넣을라니까 기대하세요. 형님!

서팀장, 들어가고.
기춘호, 손에 든 수첩을 손바닥에 툭툭 치며 잠시 생각에 잠기는.
기춘호, 발길을 돌린다.

S# 31. 인터넷 신문사 사무실 안/ 오후

유리, 작은 박스 하나 책상에 올려놓고 짐을 싸고 있는데 성준식(37세, 남) 들어온다.

성준식 야 너 드디어 짐 싸는 거야? 기사 올리는 족족 잘리더니 결국 네가 잘리는구나.

유리 어허 이 싸람이.. 잘리다니. 내 발로 나가는 거라니까요.

성준식 (자기 자리로 가 노트북 열며) 아무 대책도 없이 나가서 뭘 어쩌겠다는 건지 나는 도통 네 속을 모르겠다.

유리 거 후배가 뜻한 바 있어 큰 결심하고 장도에 나서는데 선배라는 사람이 노잣돈을 보태주지는 못할망정 자꾸 그렇게 초를 칠래요?

성준식 노잣돈? 조선시대냐? (노트북 들여다보며) 그나저나 이번엔 또 어떤 미친놈

일라나?

유리 뜬금없이 무슨 소리에요?

성준식 그 왜 은서구 살인사건 있잖아? 용의자가 체포됐는데 경찰이 꽁꽁 싸매고 아무것도 내놓질 않네. (전화 걸며) 뭔가 있는 게 분명한데... (연결되면 통화하며 구석으로 가는) 아이고~~ 강형사님 안녕하셨어요? 성준식입니다.

유리 ...

유리 무심히 그런 성준식 보다가 다시 짐 싸는 데서

S# 32. 은서경찰서 유치장 안/ 밤

구석에 웅크리고 앉아 불안해하며 손톱 물어뜯고 있는 한종구.

S# 33. 도현 사무실 안/ 아침

쾅! 쾅! 소리에 소파에서 자고 있던 도현이 담요 위로 고개를 내밀어 시계를 보면 6시다.

도현 (일어나 앉아 눈도 채 못 뜬 상태로) 또 시작이야.

문으로 가 열면 아니나 다를까 술에 취한 유리가 서 있다.

도현 어떻게 똑같은 상황이 반복되는 거냐. 이게 영화도 아니고.

유리 (웃음) 흐... 딸꾹! (시간을 가리키며) 딱 제시간에 왔지? 잠자리 체인지!

도현이 말릴 틈도 없이 소파에 가서 드러눕는 유리.

유리 진짜 때려쳤어! 때려쳤다고... 이제부턴 여기가 즐거운 나의 집...

말을 다 끝내지도 못하고 잠이 들어버리는.
어이없는 표정으로 바라보다 포기했다는 듯 고개를 절레절레거리는 도현이다.
책상 위 칫솔을 들고 사무실 안에 있는 화장실로 향하는 도현.
잠시 후, 책상 위에 놓인 전화기가 울린다.
화장실에서 칫솔을 입에 물고 나타나는 도현. 재빨리 전화를 움켜쥔다.

도현 네. 최도현 변호사 사무실입니다. 누구요? (사이) 네. 전화드리겠습니다.

전화를 끊고, 칫솔질을 하며 생각에 잠기는 도현.
칫솔을 입에 문 채로 컴퓨터를 켜서 기사를 검색한다.
은서구 재개발 지역 김모씨 살인사건, 용의자 검거. 헤드라인 보이는.

S# 34. 도현 사무실 밖/ 오전

도현, 서류가방 든 채 건물을 빠져나가고.
변호사 사무실을 쳐다보는 한 여성(진여사, 60대 중반).
선글라스를 낀 세련된 외모와 옷차림이다.
선글라스를 벗어 건물 3층을 쳐다보는 진여사.
허름한 건물 외양 3층 창문에 '최도현 변호사'라는 글자 커다랗게 새겨져 있다.
고민하다 결심한 듯 건물 안으로 들어선다.

S# 35. 도현 사무실 안/ 오전

문을 열고 얼굴을 내미는 진여사.
사무실 안을 기웃거리다 코 고는 소리가 들리는 소파 쪽으로 다가선다.

진여사 (나지막이) 저기요. 변호사님?

불러도 담요를 얼굴에 덮은 채 깨어날 생각이 없자, 주위를 둘러보는 진여사.
청소가 안 됐는지 지저분한 사무실 풍경이다.

S# 36. 한종구 구치소 전경/ 오전

구치소 전경이 보인다.

S# 37. 한종구 구치소 접견실 안/ 오전

구치소 접견실 탁자에 앉아 누군가를 기다리는 도현.
문이 열리며 교도관이 한종구를 데리고 들어선다.
불안한 표정의 한종구.
도현을 보자 반가운 표정을 짓는다.

도현 오랜만입니다. 한종구씨. 저 기억하시겠어요?
한종구 그럼요. 어떻게 변호사님을 잊겠어요...
도현 (보는) 그것보다 제가 급히 오느라 사건 기록을 못 읽어봤습니다.
(한종구의 표정을 꿰뚫듯 응시하는) 어떻게 된 거죠?
한종구 ....
도현 말씀 안 하실 건가요?
한종구 (표정 풀리며) 그게 아니구요. 뭘 얘기해야 할지 몰라서...
도현 우선 경찰에 진술한 그대로 말씀해보세요.

S# 38. (플래시백) 은서경찰서 취조실 안/ 저녁

신문 테이블에 한종구가 두려운 표정으로 앉아 있다.
문을 열고 들어서는 서팀장과 이형사.

테이블 위에 일부러 소리 나게 노트북 내려놓고 분위기를 잡는.
블랙박스 영상을 튼 뒤 한종구가 볼 수 있게 노트북을 돌린다.

이형사 사건 당일 밤, 진현동 재개발 지역에서 찍힌 영상이야. 사건이 일어난 곳과 불과 100미터도 안 떨어진 곳이지.

한종구 네에?

서팀장 왜? 놀랐어? 용케 CCTV 없는 데를 잘도 골랐어. 근데 말이야. 요샌 CCTV 보다 더 무서운 게 블랙박스라는 거야.

한종구 아니. 그게 아니라,

서팀장 시끄러! 블랙박스에 찍힌 영상에서 우리가 사진을 뽑아내 확대한 게 이거다 이 말이야.

서팀장이 다른 사진을 꺼내는데,
사진에는 골목 한쪽에 숨어서 보는 한종구의 모습이 찍혀 있다.
한종구, 눈만 껌벅이고.
서팀장이 또 다른 사진을 들어 보이는데, 구경하는 사람들 사이로 한종구가 찍혀 있다.

서팀장 범인은 반드시 사건 현장에 나타난다. 구닥다리 같은 명언이지. 하지만 우린 그 말을 믿어.

한종구 그건... (억울하다는 듯) 그냥 사람들이 모여 있으니까. 궁금해서 가본 거에요. 다들 그러잖아요.

서팀장 (뚫어지게 바라보다) 뭐 좋아. 그건 그렇다 치고. 이제 본론으로 들어가보자고.

현장 사진을 꺼내 한 장 한 장 죽 늘어놓는데, 슬쩍 보기에도 처참하게 훼손된 여자의 모습이다.

한종구 (고개를 돌리며) 전 아닙니다! 제가 죽이지 않았다구요!

서팀장 (소리를 높이며) 일단 봐! 사진들 보라고!

고개를 숙이며 사진 보기를 거부하는 한종구.
서팀장이 벌떡 일어나 한종구의 턱을 고정시켜 사진으로 눈을 향하게 한다.
어쩔 수 없이 사진들을 보게 되는 한종구.
후두부가 가격된 사진, 온몸에 뭔가로 찔려 난자당한 여자의 알몸 사진 등등.
어떤 한 사진에 눈이 멈추자 한종구의 눈빛이 좀 의아스럽다는 표정으로 변한다.
'빨간 매니큐어 손톱이 빛나는 여자의 손이 찍힌 사진!'
하지만 서팀장, 눈치채지 못한다.

서팀장 왜? 니가 보기에도 5년 전 니 수법하고 똑같지? 일차로 후두부를 가격하고, 그다음 병 깨서 온몸을 찌르고, 옷 벗겨서 다 태워버리고... 너 도대체 경찰을 뭘로 보는 거냐?

한종구 (시선을 피하는) 아 진짜 나 아냐...

서팀장 너 그땐 운이 좋아서 빠져나갔지 이번엔 절대 못 빠져나가!

한종구 (흘깃 서팀장을 보고는 고개를 숙여 시선을 피하는) 아니라니까요.

서팀장 빵에 좀 있더니 온몸이 근질거렸어? 나온 지 3일 만에 똑같은 짓거리를 하고. 어? (계속 고개를 숙이고 있자) 고개 들어! 한종구!

한종구 (슬며시 고개 들고는 답답한 듯) 전 정말 아니라구요!

S# 39. 한종구 구치소 접견실 안/ 오전

다시 구치소 접견실이다.

도현 사건 현장엔 왜 가신 겁니까?

한종구 말씀드렸잖아요. (억울하다는 듯) 그냥 그 근처 지나다 사람들 잔뜩 모여 있어서 가본 것뿐이라니까요. 전 거기가 사건 현장인 줄은 꿈에도 몰랐습니다.

도현 좋습니다. 그럼 왜 하필 사건 당일 밤에도 거기 계셨던 거죠?

한종구 거기가 재개발 동네라 술값이 싸요. 예전 단골 술집도 거기구요. 그 근처에서 사건이 일어날 줄 제가 어떻게 알았겠어요?

도현 그런데 그곳이 5년 전 사건이 일어났던 현장 근처고, 하필 또다시 사건이 일어났다? (미심쩍은 표정으로) 뭔가 이상하지 않나요? 혹시... 이번에도 빠져나갈 수 있다고 생각한 건 아닙니까?

한종구 이번에도요? (발끈하며) 그럼 그때 변호사님은 제가 죽였다고 생각했던 거에요? (어이없다는 듯) 근데 무죄라고 변호해줬다고?

도현 그렇게 얘기한 적 없습니다.

한종구 (태도가 돌변하며) 말 돌리지 말고 똑바로 얘기해봐! 내가 죽였다는 거야? (벌떡 일어서며) 똑바로 얘기해보라니까!

뒤의 교도관이 달려오자 도현이 손짓으로 괜찮다고 말린다.
도현을 노려보는 한종구.
도현이 손을 들자 교도관이 한종구를 데리고 나가는데, 나가는 한종구의 얼굴에 분한 감정이 역력하다. 잠시 깍지를 끼고 생각에 잠기는 도현.

S# 40. 북부지검 전경/ 오전

S# 41. 북부지검 복도/ 오전

복도를 걸어가고 있는 현준. 지나가는 여직원들이 인사를 하자 가볍게 목례를 한다.
현준이 부장검사실 문 앞에 서서 옷매무새를 여미고는 노크를 한다.

S# 42. 양인범 부장검사실 안/ 오전

책상 위 '양인범 부장검사' 명패,
소파에 부장검사인 양인범 검사가 사건 파일을 뒤적이며 앉아 있다.
노크 소리와 함께 들어오는 현준, 목례한다.

양인범 이리 와 앉아.

현준이 자리에 앉자,

양인범 어때? 북부지검 분위기 마음에 들어?
현준 제 스타일입니다.
양인범 (피식) 와서 처음 맡는 사건인데. 잘할 수 있겠어?
현준 네. 염려 마십시오. 증거가 워낙 확실합니다.
양인범 상대 변호사가... 최도현. 이 검사랑 연수원 동기군.
현준 네 그렇습니다.
양인범 그래. 잘해봐. 내 특별히 이길 만한 걸로 자네에게 맡긴 거니까. 첫인상이 중요해.
현준 (일어서서 90도로 절하며) 열심히 하겠습니다!

S# 43. 도현 사무실 안/ 오전

손을 걷어붙이고는 책상 위부터 하나하나 정리를 해나가는 진여사.
여기저기 청소를 하는데, 쿵 하는 소리가 들려 돌아보면 유리가 자다가 소파에서 굴러 떨어진다.
에구구 소리를 내며 몸을 일으키는 유리.
눈앞에는 진여사가 빗자루를 들고 서 있다.

유리 누구...
진여사 그러는 그쪽은 누구시죠? 여기 최도현 변호사님 사무실 아닌가요? (실망한 투로) 아.. 벌써 사람을 구한 건가요?
유리 사람요? 무슨 사람요?
진여사 (정보지를 보여주며) 여기서 사무보조 구한다고 해서요.
유리 (정보지를 낚아채다시피 해서 살펴보다) 아니. 얘가? 이런 거라면 진즉 나한테 얘길 해야지. (진여사를 보며) 저기... 이미 채용 끝났어요. 가보셔도 될 거 같아요.

진여사 (유리를 위아래로 훑어보다) 아닌 거 같은데요.

유리 아니긴요. 이미 끝났다니까요.

진여사 그 얘긴 지금 그쪽 분이 채용됐다는 거예요?

유리 (고개를 오버하며 끄덕이고는) 그~ 럼요.

유리를 위아래로 천천히 보는 진여사. 청바지에 야상 점퍼에 더군다나 점퍼 곳곳에 흘러내린 국물 자국들.

유리 (야상을 벗어놓으며) 여긴 나이 드신 분이 일하기에는 무지 전문적인 곳이에요. 법률 지식도 해박해야 하고, 컴퓨터도 능숙해야 하고...

진여사 그런가요?

유리 그쵸! 그러니 이제 돌아가셔도 될 거...

진여사가 어느새 백에서 자격증을 꺼내 유리의 눈앞에 쫙 펴든다.
MOS, 워드프로세서, 컴퓨터 활용능력, 전산회계, 웹디자인 등등, 그리고 사이에 영어로 된 인증서(미국 의대 PhD) 포함돼 있는.

진여사 (자격증을 내리며) 형사소송법 제1조. 관할의 직권조사. 법원은 직권으로 관할을 조사하여야 한다. 제2조. 관할위반과 소송행위의 효력. 소송행위는 관할위반인 경우에도 그 효력에 영향이 없다. 제3조. 3조 알아요?

유리 (고개를 젓는)

진여사 (잘 들으라는 듯) 관할구역 외에서의 집무. 법원은 사실발견을 위하여 필요하거나 긴급을 요하는 때에는 관할구역 외에서 직무를 행하거나 사실조사에 필요한 처분을 할 수 있다. 더 해야 해요?

유리 (!!!) ... 하여간... 안 돼요. 왜냐면...

진여사 그런데... 이건 그쪽이 결정할 부분이 아닌 거 같은데...

유리 그.. 제가요. 사실 어제 사표 냈거든요. 당분간 갈 데가 없어서요. 그냥 좀 양보해주심 안 될까요.

도현(E) 누구시죠?

진여사와 유리가 돌아보면 도현이 어느새 둘 가까이 와 있다.

도현의 눈에 나갈 때보다 훨씬 정리가 되어 있는 사무실이 뜻밖이다.

도현　이거 니가 해놓은 일이라고 보기엔 너무나 가당찮고. (진여사를 보는)
유리　(끼어들며) 내가 왜? 나도 맘만 먹으면 이런 정리 따위는 순식간이야.
도현　그 맘을 평생 걸려서도 안 먹는 게 문제지. (다시 진여사의 뒷모습을 쳐다보며) 저기..

진여사가 돌아보자,
어디선가 본 적이 있다는 표정으로 고개를 살짝 갸웃거리는 도현.

진여사　사무보조를 구한다고 해서요.
도현　(뭔가 의심스런 표정으로 진여사를 뚫어지게 쳐다보는)
진여사　(눈을 맞추듯 지그시 보며) 왜... 그러세요?
도현　(고개를 내저으며) 아.. 아닙니다. 근데 제가 구하는 분은...
진여사　(다시 자격증 수첩을 좍 펼쳐들고) 형사소송법 제1조. 관할의 직권조사. 법원은 직권으로 관할을 조사하여야 한다. 제2조...
유리　(손을 내저으며) 알았어요. 알았어요. 합격입니다. 합격!
도현　(어이없다는 표정으로) 아니. 니가 왜...
유리　내가 충분히 면접을 봤어. 자, 그럼 내일부터 우리 잘해보자구요.
도현　우리? 넌 또 왜? 너 진짜 그만뒀어?
유리　장난인 줄 알았어? 나도 내일부터 여기로 출근할 거야. 당분간 (눈을 한쪽 구석 빈 책상을 바라보며) 쪼기서 1인 미디어 만들 거야. 개인 방송. 임대료? 물론 내야지. 잘되면.
도현　(골치 아프다는 듯) 하.... (진여사를 보며) 저기.. 혹시 이력서 갖고 오셨어요?
진여사　(핸드백에서 이력서를 꺼내며) 여기.. 레쥬메를 하도 오랜만에 써봐서 제대로 됐는지 모르겠네요. 호호호.
도현　(이력서를 받아 들고는) 일단 오늘은 돌아가시죠. 연락드리겠습니다.
진여사　그럼. 잘 부탁드릴게요. (유리에게 눈웃음을 흘기며) 또 봐요. 아가씨.

진여사가 사라지자 도현이 멍한 표정으로 문 쪽을 보고 있다.

유리 저 여사님 하는 말 들었지? 레쥬메? 웬만해선 저 나이에 나올 수 없는 단어 아냐?

도현 쓸데없는 소리 말고 너도 이제 가. 바빠.

도현, 가방을 들어 유리의 품에 안기고는 등을 떠미는데.

유리 임대료 낸다니까.

유리, 재빨리 도현을 피해 빈 책상으로 가서 가방 풀며.

유리 (도현 보고) 뭐 도와줄 건 없어?

유리를 보는 도현의 황당한 표정에서.

S# 44. 도현 사무실 밖/ 오후

사무실 밖으로 나와 선글라스를 끼고는 걸어가는 진여사.
잠시 후, 진여사가 걸어간 방향에서 고급 세단이 다가오는데, 운전석에 진여사가 보인다.

S# 45. 도현 사무실 안/ 밤

한종구 사건 기록을 살피는 도현 뒤로 와서 사건 파일을 힐끔 보는 유리.
파일을 덮는 도현.

도현 유리야 집중하고 싶다.
유리 집중해. 도와줄 거 있으면 어려워 말고 부탁하고?
도현 오늘은 약속 없어?
유리 누가 들으면 내가 맨날맨날 술 약속 잡고 다니는 줄 오해하겠다!

도현 그래 조심할게. 맨날은 아니고 격일이던가? 자, 오늘은 이쯤에서 퇴근해주라.

일어나서 유리 외투와 가방을 떠안기는 도현.

유리 야! 내 발로 나갈 거야!

문을 닫고 웃는 도현.
자리에 앉으며 다시 심각해지는 도현, 파일을 첫 장부터 다시 펼친다.

S# 46. 한종구 구치소 방 안/ 밤

벽에 기대앉은 한종구, 생각에 잠겨 있다.

(플래시백 - 포장마차)
포장마차 입구에서 계산하는 여자의 실루엣.
술이 취해 눈을 가느다랗게 뜨며 여자를 본다.
포장마차에서 일어나는 한종구.

(CUT TO)
구치소 방 안.
한종구, 피식 웃는 데서.

S# 47. 도현 사무실 안/ 아침

블라인드 틈으로 햇빛이 새어 들어온다. 책상 의자에 앉은 상태로 잠이 들어 있는 도현.
갑자기 블라인드가 젖혀지며 사무실 안이 환해진다.
그에 맞춰 헉! 하고 눈을 뜨는 도현. 마치 악몽을 꾸다 깬 표정이다.

도현 (안도의 한숨을 쉬며) ....

들어오는 햇빛에 눈이 부신 도현이 둘러보면, 진여사가 다른 창문의 블라인드를 젖히고 있다.

도현 저... 저기요.
진여사 뭐 먼저 할까요? 서류 정리? 사건 분류? (주위를 둘러보며) 아니다. 청소 먼저 해야겠네. 깨끗한 환경에서 하루를 시작해야 수임도 막 들어오고. 그러겠죠?

도현이 말릴 틈도 없이 콧노래를 부르며 걸레를 들고 밖으로 나서는 진여사.
도현이 소파 쪽을 보자 몸을 돌리며 담요를 뒤집어쓰는 유리가 보인다.

도현 ... 언제 들어온 거야?

S# 48. 북부지검 밖/ 오전

서울 북부지검 건물의 외양이 보여지고, 입구로 사람들이 드나들고 있다.
정문 로비로 들어서는 도현.

S# 49. 북부지검 복도/ 오전

검사 사무실 앞에서 멈춰 선 도현.
잠시 고민하다 결심을 한 듯 문을 힘주어 연다.

S# 50. 현준 검사실 안/ 오전

문을 열고 들어오는 도현.

임수진 실무관(여, 20대 후반)이 일어나 맞이하는.

임실무관 어떻게 오셨나요?
도현 김선희씨 살인사건 담당 검사님 뵈러 왔습니다.
임실무관 누구신데요?
도현 (명함 건네며) 변호사 최도현입니다.
임실무관 잠깐만요.

임실무관, 안쪽 책상으로 다가가자 검사 이현준이라는 명패가 보이고, 현준이 통화를 하고 있다.

임실무관 검사님. 한종구씨 변호인이 오셨는데요.

통화를 하다 알았다는 듯 손짓으로 임실무관을 보내고 계속 통화를 이어가는 현준.
통화를 마치고도 계속 서류를 들춰보며 도현을 부를 생각이 없다.
개의치 않는다는 듯 서서 주위를 둘러보며 기다리는 도현.
임실무관이 계속 도현 쪽을 힐끗거리자.
안병호 계장(40대 초반)이 손짓으로 현준 책상 쪽을 가리킨다.
일어서서 다시 현준에게 가는 실무관.

임실무관 검사님.
현준 (시계를 보고는 일어서며) 아. 맞다! 점심 먹어야지. 중식 어때요?
임실무관 저... 그게 아니고...

현준, 당황하는 임실무관을 지나, 도현을 본 체 만 체 지나가려다, 아! 하고는 뒤로 한 발 물러서서 도현 앞에 서는 현준.

현준 오랜만이다? 연수원 47기의 스타, 최도현 변호사님.
도현 아, 네... 오랜만입니다.
현준 (서류 뭉치를 내밀며) 이것 때문에 온 거지?

현준이 내민 서류 뭉치를 받아 보면, '은서구 철거 건물 살인사건 검찰 조서' 제목이 쓰여 있다.

현준 (도현의 어깨를 툭툭 치며) 어쨌든 잘해보자. (뒤를 돌아보며) 여기 변호사님 보내고 정리들 하고 와요.

현준이 문을 나서고, 도현이 선 채로 서류를 넘겨본다.
서류가 이상하다는 듯 안계장에게 고개를 돌리는 도현.
안계장, 민망한 표정으로 눈치를 보며 자리를 정리하는 척한다.
도현이 들고 있는 조서를 보면 군데군데 까맣게 지워져 있고.
도현, 어쩔 수 없다는 듯 조서를 덮고 검사실을 나간다.

S# 51. 은서경찰서 앞/ 오전

본관 건물에서 나오는 서팀장과 이형사에게 다가가는 도현.
도현을 발견한 서팀장, 피하기 위해 걸음 빨라지고.
도현, 뒤에서 서팀장 부르는.

도현 팀장님!
서팀장 (인상 쓰며 멈춰 섰다 아무 일 없다는 듯 돌아보며) 어! 최변. 무슨 일이야?
도현 아시잖아요.
서팀장 (한숨) 딱 10분이야.
도현 (웃으며) 충분합니다.

(CUT TO)
서팀장과 도현 마주 보고 서 있는.

도현 팀장님. 지금 한종구씨가 범행을 부인하고 있거든요.
서팀장 (말이 끝나기 무섭게) 야! 이형사! 가자!

도현 반장님!

서팀장 한종구 건이면 난 할 말 없어.

도현 (빤히 보다 작은 소리로) 전에 그 이혼 상담...

서팀장 (황급히 주위를 둘러보는) 알았어! 알았다고. 이게 마지막이야.

도현 (미소 지으며) 그럼요.

서팀장 검찰 신문 조서 봤을 거 아냐. 거기 적힌 게 다야. 그걸로 충분하지 않아?

도현 (서류를 꺼내며) 그게.. 이렇게 돼 있어서 말입니다.

서팀장, 도현에게 건네받은 검찰 조서를 몇 장 넘기는데,
조서의 중요 문구마다 까만 매직으로 칠해져 있다.

서팀장 검찰에 웬수라도 졌어?

도현 그러게요.

서팀장 하긴... 국선 주제에 툭하면 소송에서 이겨버리니 검찰이 웬수 취급할 만하지. 그래도 이건 좀 심한데.

도현 조서에 지워진 문구들만 말씀해주시죠.

서팀장 (조서 도로 건네며) 잘 들어. 사건이 5년 전과 너무 비슷해. 피해자가 둘 다 술집 여종업원, 살해된 시간대, 장소, 사체 훼손 부위, 성폭행 흔적도 없고. 병을 깨서 범행한 것과 소지품을 태운 것까지. 이 모든 것들이 일치할 확률이 얼마나 될 것 같아?

도현 ...

서팀장 대한민국에 아무 형사나 잡고 물어봐. 이 상황에서 동일범이라고 생각 안 할 형사 있나. 근데 한종구 개가 입도 뻥끗 안 해. 왜냐?! 다 정황 증거뿐이니까. 그놈이 아는 거야. 물증이 없으면 빠져나갈 수 있다는 걸. (빈정대듯) 그런 거 누구 때문에 학습했는지는 앞에 계신 분이 더 잘 알겠지?

도현 그럼 물증이 없는데도 구속했다는 겁니까?

서팀장 (고개를 저으며) 아니. 이번엔 결정적인 물증이 있어.

도현 그게 뭡니까?

서팀장 여기까지! 더 이상은 나도 곤란해. 나머진 검찰을 구워삶든 한종구를 구워삶든 최변이 할 일이고. 10분 끝! 간다.

서팀장, 서둘러 자리를 뜨고.
도현, 생각에 잠긴.

S# 52. 도현 사무실 복도/ 오후

열쇠공이 문 앞에서 도어록 작업을 하고 있다. 옆에서 지켜보는 유리.

유리 아직 멀었어요?
열쇠공 다 돼갑니다. 아가씨가 여기 사무실 주인은 맞는 거죠?
도현(E) 아닌데요.

놀라 뒤를 돌아보는 유리. 도현이 언제 왔는지 뒤에서 덤덤하게 지켜보고 있다.

도현 아저씨. 지금 이거 위법입니다.
열쇠공 (당황하며) 예? 난 이 아가씨가 사무실 주인이래서...
유리 (말을 끊으며) 아저씨. 이쪽은 신경 쓰지 말고 그냥 빨리 해주세요. (도현을 보며) 이제 사무실 식구도 늘었는데 열쇠 맞추는 거보다 이게 편해. 손가락으로 또도독. 최첨단 홍채 인식으로 할까 하다 싸고 편한 걸로 골랐어. 잘했지?

도현 어이가 없다는 표정으로 문을 열고 안으로 들어간다.

S# 53. 도현 사무실 안/ 오후

도현이 사무실 안으로 들어와 소파 옆에 서류 가방을 놓고는 털썩 주저앉는다.
도어락 작업이 끝난 듯 흥얼거리며 안으로 들어서는 유리.
진여사도 음료수를 들고 두 사람에게 다가온다.

유리　비밀번호 뭐라고 했게?
도현　글쎄.
유리　너한테 최고로 의미 있는 숫자니까 맞춰봐.
도현　나한테 제일 의미 있는 숫자?
진여사　(끼어들며) 1202!

유리, 어떻게 알았지? 하는 표정이다.

진여사　맞췄네. 유리씨 생일 12월 2일, 여기 변호사님은 9월 14일. 여기서 일하려면 그 정도 신상파악은 기본이죠.
유리　도현아 이거 개인정보법 위반 아니야?
도현　쓸데없는 소리 말고 이제 그만 가지? (시계를 보고는) 그러고 보니 6시네. 정시 퇴근을 허하노라. 아니다. 아예 퇴근 시간을 없애줄게. 안 나오면 더 좋고.
진여사　그래요. 유리씬 안 나와도 돼요. 여긴 우리 둘이서 잘해나갈 수 있을 것 같은데요?
유리　무슨 말씀이세요? 도현인 나 없으면 화장실도 못 갔던 애라구요. 여사님이야말로 안 나오셔도 돼요.
도현　됐고요. 두 분 다 이제 그만 퇴근하세요. (유리의 등을 떠 밀며) 자.. 자. 어서.
진여사　(프린트물을 도현에게 주는) 말씀하신 사례들 스크랩했습니다.
전 아침 정시 출근이에요. 내일 봐요.
유리　난 이따 밤에 출근할지도 몰라.

유리를 따라 가방을 챙기고 나가는 진여사.
두 사람이 나가고, 서랍을 뒤져 파일을 하나 꺼내는 도현. 파일 속에 끼워져 있는 사진들을 꺼낸다.
현준이 건네준 검찰 조서를 펼쳐 비교를 해보는데, 조서에 있는 사진들은 희미해서 확실히 알아볼 수 없다.
검찰 조서를 책상 위에 던져놓고는 길게 한숨을 내쉬는 도현.
다시 손을 뻗어 검찰 조서를 펼친다.
조서 피의자란에 한종구 쓰여 있는.

도현, 생각에 잠긴다.

(플래시백 - 1회 8씬, 법정 안)
아무 말 없이 앉아 있던 한종구가 벌떡 일어서며.

한종구 저는 죽이지 않았습니다!!!

(플래시백 - 1회 9씬, 한종구 구치소 접견실 안)
한종구 나 같은 사람은 그냥, 어영부영 끌려다니다 재판받고 그러다 무기징역이나 사형.. 그런 거 당하는 거잖아!

(CUT TO)
도현 사무실 안.
도현, 자리에서 일어나 겉옷을 챙겨 들고 사무실을 나선다.

S# 54. 도현 사무실 밖/ 오후

전봇대에 기대어 서서 도현의 변호사 사무실을 바라보고 있는 기춘호.
수첩을 손바닥에 탁탁 치며 고민하던 기춘호가 건물로 들어가려는데 안에서 도현이 나온다.
막상 도현을 보자 몸을 돌려 피하는 기춘호.
도현의 뒷모습을 보며 다시 수첩을 탁탁 치고 있다.

S# 55. 건물 안/ 저녁

사체가 발견된 철거 건물로 들어서는 도현. 핸드폰을 꺼내 불을 비추며 주위를 둘러본다.
폴리스 라인이 찢겨진 채 바닥에 널브러져 있는.
도현, 분필로 사체의 형체를 그린 자욱이 남아 있는 곳에서 멈칫.

가져온 사진과 사건 현장을 유심히 비교해보더니 건물 구석구석 사진 찍고 건물을 빠져나간다.

S# 56. 건물 밖/ 밤

건물을 나와 걸어가는 도현.
철거 건물 옆에서 기춘호가 모습을 드러내는데, 뒷모습만 보인다.

S# 57. 택시 안/ 밤

달리는 택시 안. 창밖으로 보이는 풍경엔 빌딩들이 스쳐 지나간다.
뒷자리에서 눈을 감고 있는 도현.

S# 58. 도로 위 + 택시 안/ 밤

눈을 뜨는 도현. 차가 멈춰 있다. 창밖을 보면 주변에 건물 하나 없이 깜깜하다.

도현 (당황하는) 기사님. 여긴 어디...

그때, 화물차 한 대가 서서히 차 쪽으로 다가온다.
갑자기 속도를 높이는 화물차. 운전석을 향해 맹렬히 달려온다.
도현, 놀라는데...
쾅!!! 차 안이 크게 흔들리고...
도로 위에 흩어지는 승용차의 파편들에서...

- 제1회 끝 -

2회

S# 1. 도로 위 + 택시 안/ 밤

(1회에서 이어지는)
눈을 뜨는 도현. 차가 멈춰 있다. 창밖을 보면 주변에 건물 하나 없이 깜깜하다.

도현 (당황하는) 기사님. 여긴 어디...

그때, 화물차 한 대가 서서히 차 쪽으로 다가온다.
갑자기 속도를 높이는 화물차. 운전석을 향해 맹렬히 달려온다.
도현, 놀라는데...
쾅!!! 차 안이 크게 흔들리고... 도로 위에 흩어지는 승용차의 파편들.
차 안을 비추면 도현이 앉아 있던 뒷자리엔 아무도 없다.
운전석에 피를 흘리며 정신을 잃은 누군가만 보이는데...
클로즈업되면 드러나는 얼굴... 도현이다!!!

S# 2. 도현 사무실 안/ 아침

헉! 소리와 함께 놀라며 벌떡 몸을 일으키는 도현.
순간 심장이 저릿하지만 이내 괜찮아지고. 주위를 둘러보면 사무실이다.
도현, 안도하며 소파에서 일어난다.

S# 3. 도현 사무실 욕실/ 아침

쏟아지는 수돗물.
도현, 수도에 가까이 얼굴을 대고 세수하고 있다. 수도를 꽉 잠그고 천천히 거울을 바라본다. 창백해진 얼굴빛, 거울 속에 비친 자기 얼굴이 낯설다.

S# 4. 한종구 구치소 접견실 안/ 오전

문이 열리고, 한종구 들어온다.
도현 앞에 마주 앉는 한종구.

도현 잘 지냈습니까?
한종구 감빵이 편할 리가 있겠어요.
도현 몇 가지 확인할 게 있어서 왔습니다.
한종구 변호사님. 저 정말 (흘리듯) 이번엔 아니라니까요.
도현 이번엔요?
한종구 (얼버무리듯) 아니.. 뭐.. 이번도 아니라는 뜻이지.

도현, 한종구를 쳐다보다 검찰 조서를 본다.

도현 (검찰 조서를 넘기며) 한종구씨 신발자국이 사건 현장에 있던 발자국과 일치합니다. 그 신발 밑창에 피해자 혈흔이 묻어 있구요.
한종구 (흥분하며) 난 그 신발 본 적도 없어!
도현 ?
한종구 경찰한테 내 신발이 아니라고 몇 번이나 말했다고! 근데 개무시나 하고!

도현 (다시 서류를 보며) 한종구씨 숙소에서 그 신발이 나왔다고.. (서류를 가리키며) 여기 이렇게... 정말 한종구씨 운동화가 아닙니까?

한종구 (억울한, 탁자를 치며) 정말 아니라고!

도현 ... 알겠습니다. (한종구를 가만히 보다) 한종구씨. 무작정 아니라고 하기엔 증거가 너무 뚜렷합니다. 차라리 형량을 낮추는 방향으로 가는 게 나을 것 같은데요.

한종구 미치겠네. 안 한 일을 어떻게 했다고 하라는 거야! 차라리 여기서 죽어버릴 거야!

한종구가 머리를 탁자에 부딪치지만.
그 모습을 별로 놀라지도 않는 표정으로 바라보는 도현.
뒤의 교도관이 달려와 한종구를 제압하고 끌고 간다.

한종구 (끌려가며) 다 필요 없어! 다 필요 없다고!

한종구의 태도 변화에 이질감을 느낀 도현. 닫힌 문을 바라보고 서 있다.

S# 5. 도현 사무실 안/ 오전

사무실로 들어서는 진여사. 사무실에는 아무도 없다.
진여사, 창문을 열고 청소를 하려는데 도현의 책상 위에 놓인 검찰 조서가 보인다.
주위를 한번 둘러보고는 검찰 조서를 열어보는 진여사.
매직으로 글씨들을 가려놓은 조서가 신경 쓰인다.
잠시 생각하다 커튼을 모두 닫고, 사무실 불을 다 끄고는 검찰 조서를 들고 자리로 가는 진여사.
스탠드 등을 켜고 조서를 비추자 매직에 가려져 있던 글자들이 희미하게 나타나기 시작한다.
보면서 키보드를 치기 시작하는 진여사.

S# 6. 은서경찰서 전경/ 오전

S# 7. 은서경찰서 사무실 안/ 오전

서팀장, 조서를 뒤적이며 보고 있는.
어느새 뒤에 와서 서 있는 도현.

도현 뭘 그렇게 보세요?

서팀장 아이! 깜짝이야! (도현 보고) 가. 더 이상 너한테 줄 게 없다.

도현 제가 드릴 게 있어서요. (가져온 홍삼 박스 책상 위에 올려놓는)

서팀장 뭐야 이거? 형사가 이런 거 받으면 김영란법 위반인 거 몰라? 변호사가 이거 이거. 큰일 나 큰일.

도현, 고개를 돌려 시선을 이동하면.
서팀장의 시선도 도현의 시선을 따라간다.
두 사람의 시선 끝에는 이미 홍삼 뜯어서 먹고 있는 이형사의 모습 보이고.

서팀장 저 자식이 진짜. (어쩔 수 없다) 할 말이 뭔데?

도현 김선희씨 살인사건 현장 사진 말인데요..

정색하는 서팀장.

서팀장 (진지한) 최변. 한종구 사건. 내 사수 목 날아간 사건이야. 그 이후로 나랑 최변, 이런저런 일 있었지만 이번 건 안 돼.

도현 저도 무리한 걸 부탁드리는 건 아니구요. 현장 사진 파일. 그것만 주시면 바로 갈게요. 시간이 좀 촉박해서요.

서팀장 아 진짜! 확실히 사진만 주면 되는 거야?

도현 네.

서팀장 하여간 최변 사람 귀찮게 하는데 뭐 있어. (이형사 쪽으로) 이형사, 김선희 사건 현장 사진 복사 좀 해줘. 딱 현장 사진만.

이형사 넵!

도현 고맙습니다. 또 올게요.

서팀장 오지 마!

S# 8. 도현 사무실 앞/ 오전

사무실 건물로 들어서는 도현, 뭔가 이상한 낌새를 느껴 뒤를 홱 돌아본다. 건물 입구로 다가오는 유리, 어깨에 카메라 가방과 카메라 삼각대를 메고 있다.

도현 몇 시냐?

유리 왜? 제때 나오면 월급이라도 주게?

도현 그럴 리가.

유리 그러니까.

먼저 건물로 들어가는 유리.
도현, 유리를 따라 건물로 들어가다 뒤를 한번 본다.
고개를 갸웃거리다 건물로 들어가는 도현.
도현의 모습이 보이지 않자. 기춘호, 옆 건물에서 나온다.
기춘호, 변호사 사무실을 쳐다보는.

S# 9. 도현 사무실 안/ 오전

도현과 유리, 사무실로 들어오자 반기는 진여사.
도현, 인사하고 자리로 가 책상 위에 놓인 검찰 조서를 펼쳐보는데.
매직 자국이 없는 검찰 조서다.
검찰 조서 들고 진여사 책상으로 가는 도현.

도현 (검찰 조서를 내보이며) 이거 여사님께서 하신 거세요?
유리 (다가오며) 왜? 무슨 일 있어? 혹시 무슨 사고라도 치신 거야?
진여사 변호사님 바쁘실까 봐... 주제넘었나요?
도현 아닙니다. 많은 도움이 될 거 같습니다. 감사합니다.
진여사 아녜요.
유리 (김샜다) 아주 두 분이서 훈훈하구만.

유리, 자리로 가고.

(시간 경과)
사무실에 불이 다 꺼져 있고, 도현의 자리만 조명이 비추고 있다.
자리에 앉아 심각한 얼굴로 검찰 조서를 살피기 시작하는 도현.
도현은 조서를 한 장씩 걷으며 중요 부분에 줄을 쳐가며 읽고 있다.
'피해자 김선희 인적사항', '피해자 남자친구 당일 알리바이 확인', '발견 당시 피해자의 타다 남은 옷가지', '용의자의 운동화, 현장에서 발견된 족적과 일치' 등..
노트북으로 현장 사진들을 보고 있는 도현. 사체를 찍은 사진들도 넘겨보고 있다.
사진의 한 부분을 확대해 보는데, 희미해졌던 사진의 초점이 맞으면 손톱 부분이다.
손톱마다 선명히 빛나고 있는 빨간색 매니큐어!
책상 한쪽에 놓여 있던 양애란의 사진들을 뒤지는 도현.
그중 한 장을 꺼내 들어 돋보기로 살펴보는데, 빨간색 매니큐어를 바른 손톱이 짓이겨져 있다.
양애란의 다른 한 장을 꺼내 들어 보면, 입술이 짓뭉개져 빨간색 루즈가 입 주위로 번져 있다.
노트북 모니터에 띄운 김선희의 얼굴 사진엔... 입술 부분을 확대해 보면 빨간색 루즈가 멀쩡하다.
모니터를 보며 생각에 잠기는 도현.

S# 10. 한종구 구치소 면회실 밖/ 오전

누군가가 문을 열고 들어가는데, 문 위에는 면회실이라 적혀 있다.

S# 11. 한종구 구치소 면회실 안/ 오전

누군가가 등을 진 채 면회실 출입구 바라보고 있다.
한종구, 면회실로 들어오다 면회 온 사람 확인하고는 돌아 나가려는데.

기춘호(E) 지금 나가면.. 너 평생 후회한다.

돌아보면 마이크 폰에 대고 이야기를 하는 인물. 기춘호다.
손가락으로 까닥거리며 앞으로 오라는 기춘호. 그래도 머뭇거리는 한종구.
마이크 폰을 가리키는 기춘호의 손짓에 할 수 없이 다가와서 기춘호 앞에 앉는 한종구.

한종구 (마이크 폰을 켜고) 아.. 안녕하세요?
기춘호 안녕 못하지. 니 덕분에 옷 벗었잖냐.
한종구 ...
기춘호 다시 또 들어오니 기분이 어때?
한종구 좋을 리가 없잖아요. 내가 죽인 것도 아닌데.
기춘호 알아.
한종구 ???
기춘호 이번 은서구 김선희 살인사건. 니가 범인이 아닌 거 알고 있다고.
한종구 네?
기춘호 아! 아! 이번엔. (손가락으로 가로저으며) 저번엔 아니지.
한종구 ???
기춘호 나한테만 얘기해봐. 그럼 내가 널 꺼내줄지도 몰라.
한종구 무슨...
기춘호 5년 전 양애란 사건. 니가 한 거지?

한종구 5년 전 일을 아직도 못 잊고. 뒤끝 진짜 심하시네요.

기춘호 지금 내 고민이 뭔지 알아?

한종구 ???

기춘호 넌 김선희를 죽이지 않았어. 나한테 증거가 있거든.

한종구 (흥미로운 듯 앞으로 상체를 숙이는)

기춘호 내가 이걸 묻어버리면 넌 무조건 유죄야. 그 말은 5년 전, 니가 양애란을 죽인 대가를 이번 일로 대신 치를 수 있단 얘기지.

한종구 그게 무슨...

기춘호 근데 그러자니 김선희를 죽인 놈은 아무 처벌도 안 받고 편하게 살 거란 말이야. 어때? 말도 안 되지?

한종구 (눈빛이 흔들리다) 전요. 아무 짓도 하지 않았다구요. 5년 전에도, 요번에도요.

기춘호 그래? (손바닥을 마주치며) 그럼 그냥 가지 뭐. (일어서며) 너 오늘 나한테 얘기 안 한 거. 분명 후회한다.

기춘호 밖으로 나가고.
한종구, 기춘호가 간 방향을 보고 앉아 있다.

S# 12. 도현 사무실 안/ 오전

여러 사진들을 화이트보드에 붙이는 도현.
한쪽엔 '5년 전, 양애란'이라는 글자 밑으로 사체 사진과 증거품들을 찍은 사진들을, 옆에는 '현재, 김선희'라고 쓰고 사진들을 붙여나가는 도현.

유리(E) 이번에 맡은 변론이야?

도현 (사진 밑에 매직으로 쓰는) ... 응.

유리 (화이트보드를 유심히 보다) 이거 그 변태 살인사건이잖아. 이런 변태 사이코는 콩밥을 먹여서 다시는 못 나오게 해야 되는데.

도현 (떨어져서 보며) 재판에서 형이 확정되기 전까지는 그 누구라도 무죄야.

유리 (도현을 물끄러미 보는) 근데 옆에 양애란 사건이란 건 뭐야? 혹시... (앞으로

가 자세히 보다) 맞네! 5년 전 네가 무죄 받아낸 사건. 그거잖아.

도현 어. 그때 피의자가 이번엔 용의자로 체포됐어.

유리 그럼 뭐야? 설마 그때 그 사건도.. 그놈이 진범이었던 거 아냐?

도현 (다시 화이트보드로 가서 매직으로 쓰며) 무죄로 판결 났으니까 그 사건은 무죄지. (사이) 유리야.

유리 어?

도현 나 일하고 있는데..

유리 네, 네. 제가 귀중한 시간을 뺏었죠? 사장님 일하십시오.

(시간 경과)

유리, 이어폰을 끼고 노트북 속 촬영 동영상 화면을 체크하고 있는.
도현이 유리 앞으로 와서 앉으며 탁자 위에 서류를 한 장 올려놓는다.
유리, 흘깃 보고는 관심 없다는 듯 다시 화면에 집중하는데.

도현 하기자님.

유리 (모니터에서 눈을 안 떼는) ......

도현 (유리 귀에서 이어폰 빼며) 유리야. 일 하나만 해주라.

유리 일하시느라 바쁘다더니? (고개로 모니터 방향을 가리키며) 나두 바쁘거든요. 일이라면 쪼기 네가 좋아하는 여사님 계시잖아.

도현 그래? 그럼 뭐. (서류를 들고 일어서려는데)

유리 (탁 잡는) 넌 삼고초려도 몰라? 최소한 세 번은 부탁해야지.

도현 (두 손을 모으고) 해주라. 해주라. 부탁할게. 됐지? (서류를 내보이며) 죽은 피해자 주소야. 이 사람 주변 좀 조사해줘.

유리 피해자? 피해자 쪽은 왜?

도현 보면 알겠지만 피해자 거주지가 주연동이야. 근데 왜 하고많은 지역 중에 저 멀리 은서구, 그것도 곧 철거될 지역까지 와서 사고를 당했을까? 이게 도무지 이해가 안 돼서.

유리 (서류를 보며) 기자가 무슨 흥신소야? (그러다 씩 웃으며) 그럼 이걸로 이번 달 임대료는 대신하는 거다.

도현 (미소 지으며) 하는 거 봐서.

얼른 노트북을 닫고 일어나는 유리.

S# 13. 유리 취재 몽타주/ 오후

- 복도식 다세대 주택 앞에 선 유리, 핸드폰으로 찍어 온 조서 주소를 확인하고 맞는 듯. 건물 안으로 들어간다.
- 203호 문 앞에 서 있는 유리. 벨을 누르지만 아무 반응이 없고. 문 아래에는 사람이 드나든 지 오래된 듯 각종 전단지가 흩어져 있다.
- 다시 김선희 집 건물 앞에 선 유리. 경비실로 가서 문을 두드린다.
- 경비실로 들어서는 유리. 경비원에게 203호 김선희씨의 행방을 묻고. 경비원 뭔가 말하는데 유리의 시선에 경비실 한쪽 CCTV 영상 기기가 보인다.

S# 14. 도현 사무실 안/ 저녁

도현 책상 위에 외장하드 내려놓는 유리.

도현 (외장하드를 들어 보며) 그러니까 이게...
유리 피해자 집 앞에 설치된 CCTV 한 달 녹화분이야. 이거 구하려고 얼마나 사정사정했던지 (쉰 목소리 흉내) 목이 다 쉬었어.
도현 수고했어.
유리 (외장하드를 뺏으며) 이 싸람이! 공짜로 드시려고. 담 달 임대료 어때?
도현 (손 내밀며) 너, 한 번이라도 낼 생각을 하고는 있는 거야?
유리 (건네며) 빚지지 않고 사는 게 내 인생 모토야.
도현 그 인생 모토. 웬만하면 한 가지로 압축 좀 하지?
유리 한 가지로 살기엔 인생이 좀 변화무쌍해야 말이지. 나 간다.
도현 어딜?
유리 (손으로 술잔 꺾는 시늉) 열일했으니 보충해줘야지. 그럼 수고~~

유리, 나간다.

유리가 가지고 온 CCTV 기록 보고 있는 도현.
한 화면이 모니터에 정지되면, 김선희가 건물에서 나오는 모습이다.
자세를 바꾸며 계속 들여다보고 있는 도현의 모습이 고속으로 비춰진다.
재생이 끝나고 다시 back 하다 한 화면이 모니터에 고정되면, 좀 전에 보았던 건물에서 나오는 김선희의 모습. 꽃무늬 레이스가 달린 인상적인 옷차림을 하고 있다.
도현이 모니터에 나타난 날짜를 유심히 보는데, 날짜가 사건 발생 5일 전.

도현 (머릿속으로) 사건 발생 5일 전에 나가서 돌아오지 않았다?

뭔가 이상하다는 걸 눈치챈 듯한 도현의 표정에서.

S# 15. 막걸리집 안/ 밤

테이블에 막걸리병이 늘어나 있다.

김기자 그 은서구 살인사건 있잖아? 그거 5년 전 양애란 살인사건하고 비슷한 점이 많아. 성기자. 니 생각은 어때?

성준식 다들 그쪽으로 초점을 맞추는 거 같은데 내가 흥미로운 건 사건보다 사건을 맡은 변호사야.

유리 변호사요?

성준식 5년 전 양애란 살인사건과 이번 사건 변호인이 같은 사람이야.

김기자 그래?

성준식 (끄덕이고) 이번에 경찰이 뭣 때문에 용의자를 긴급 체포했는지 알아? 5년 전과 범행 수법이 일치했기 때문이야. 여기서 재밌어지지. 5년 전 사건은 무죄를 받았거든.

유리 선배 말은... 이번 사건이 유죄면 그 5년 전 사건도 사실은 유죄다? 또는 유죄일 수 있다 이거에요?

성준식 (막걸리 잔을 채우며) 그렇게 단정 지을 수는 없지만 만일 그렇다면 그 변호사는 5년 전 진범을 풀려나게 해준 거나 다름없다 이거지.

유리 그건 아니죠. 그걸 왜 변호사가 책임져요? 변호사는 할 일을 한 건데. 굳이 비난해야 한다면 체포해놓고 범죄 사실을 제대로 입증 못한 검사 측에 포커스를 맞춰야 하는 거 아닌가?

성준식 나도 변호사를 비난하겠다는 게 아냐. 니 말대로 변호사는 할 일 한 거니까. 단지 그게 알고 싶어. 두 죽음이 동일범의 소행으로 결론 났을 때 과연 그 변호사는 어떤 기분일지.

잔을 만지며 생각에 잠기는 유리.

S# 16. 도현 사무실 전경/ 아침

S# 17. 도현 사무실 안/ 아침

창문 커튼이 휙 걷혀지고, 밝은 햇살이 안으로 들어온다.
책상에 앉은 채로 자고 있는 도현.
진여사가 어깨를 건드리자 헉! 하며 고개를 든다.
눈이 부신 듯 인상을 찌푸리지만 악몽에서 깬 것이 다행이라는 표정으로 한숨을 내쉰다.

진여사 안 좋은 꿈이라도 꿨어요? (안쓰러운 듯) 소파에서라도 주무시지.

도현 (손으로 소파 쪽을 가리키며) 선착순에서 밀려서요.

소파에는 유리가 자고 있다.
진여사, 못 말린다는 듯. 고개를 젓는.
진여사를 유심히 보는 도현.

진여사 왜요? (자신의 복장을 보며) 뭐라도 묻었어요?

도현 그게 아니구요. 저기... 여성분들은 보통... 같은 옷을 며칠씩 입진 않죠? 그.. (유리 쪽 가리키며) 쟤는 빼구요.

진여사　대부분 그렇죠. 남자들도 마찬가지고. (도현 가리키며) 변호사님은 빼구요.
도현　(자기 옷차림을 한번 보고) 직업적 특성 때문에 화려한 옷차림을 하는 여성이라면 더 그렇겠네요?
진여사　그렇죠. 왜요? 잘 안 풀리는 문제라도 있으세요?
도현　... 피해자의 최종 행적이 사체 발견 6일 전인데.. 검찰 조서에 적힌 사망 추정 시각은 사체 발견 6시간에서 8시간 전이라서 이 부분이 좀 걸려요.
진여사　음.. 닷새 정도의 시간이 비네요.
도현　무언가 놓친 게 있을 수도 있으니 다시 들여다봐야죠. 얘기 들어주셔서 감사해요.
진여사　아녜요.

도현, 생각에 잠기고.
진여사, 그런 도현을 보는.

(시간 경과)
화이트보드에 붙인 사진과 자료들을 바라보며 생각에 잠겨 있는 도현.
가방을 들고 일어서는데 소파에서 유리가 일어나며.

유리　어디 가?
도현　깼어? 피해자 남자친구 좀 만나보려고.
유리　남자친구? 왜? 남자친구가 혐의점이 있는 거야?
도현　그건 아니야. 지금 시점에선 피해자를 제일 잘 알고 있는 사람이니까 만나야지.
유리　아.. (망설이다) 도현아.. 있잖아.. 너 혹시 한종구가 범인이 아니길 바라는 거야?
도현　(보는)
유리　(도현 대꾸 대신) 변호인이니까, 당연히 그런 거 아닌가?
도현　... 갔다 올게.

도현, 밖으로 나간다.
유리, 걱정하는 얼굴에서.

S# 18. 아파트 복도/ 오후

한눈에도 허름하게 보이는 복도식 아파트.
주소를 들고 복도를 걸어가는 도현. 한 사내가 아파트 복도 끝에서 나오며 도현을 지나친다.
도현이 복도 끝 아파트 앞에 서서 벨을 누르자 멈춰 서서 돌아보는 사내(이철수).
이상한 느낌에 도현도 돌아보자 눈이 마주친다.
획 돌아서서 빠른 걸음으로 걸어가는 이철수.

도현(E) 잠시만요.

뒤에서 쫓아오며 부르는 도현의 소리에 돌아보고는 갑자기 뛰어가는 이철수.
도현이 그 뒤를 쫓아간다. 커브를 도는 순간,
기다리고 있던 이철수, 도현의 머리를 뭔가로 친다.
쿵! 쓰러지는 도현.

(시간 경과)
도현의 시야가 밝아지면 아까 그 아파트 복도 끝이다.
두통 때문에 이마에 손을 대고 인상을 찡그리는 도현.

누군가(E) 정신이 들어?

소리가 난 쪽으로 고개를 돌리면 낯선 운동화가 먼저 보인다.
카메라가 위로 서서히 이동해 인물을 비추면, 기춘호가 옆에 쪼그려 앉아 도현을 보고 있다.
눈을 뜨고 고통스런 표정을 짓는 도현.
도현이 몸을 일으켜서 보면, 기춘호 너머에 이철수가 무릎 꿇고 앉아 있다.

도현 (그제야 알아보고) 기반장님?

기춘호 최변을 사채업자로 착각했어. (이철수를 향해) 눈썰미하고는 (쯔쯧)

(CUT TO)

도현, 이철수와 대화 중인.

이철수 저도 사채업자한테 쫓기는 처지라 잘 못 만났어요.

도현 마지막으로 본 게 언젠지 기억해주셔야 합니다.

이철수 선희가 죽었다는 걸 알기 한... 1주 전에 보고 못 봤어요.

도현 그렇군요...

S# 19. 아파트 공터/ 오후

담배를 피우려다 주위를 돌아보고는 주머니에 집어넣는 기춘호.
조금 떨어진 곳에서 도현과 이철수가 서서 얘기를 나누고 있다.
잠시 후, 기춘호에게 다가오는 도현. 이마를 문지르며 인상을 찡그린다.

기춘호 아픈 만큼 건졌나?

도현 (이마를 만지며) 아픈 만큼은 아니어도 확인할 건 했습니다. 근데 반장님이 여긴 어떻게...

S# 20. 아파트 단지 주차장 / 오후

이철수, 주차장을 가로질러 아파트 입구로 향하는데.
뒤에 따라붙은 누군가.

S# 21. 포장마차 안/ 저녁

기춘호의 술잔에 소주를 따르는 도현.

기춘호 (한 잔 마시며) 자네 뒤를 쫓았지. 크...

도현 저를요?

도현이 술병을 들려 하지만 기춘호가 만류하며 스스로 술잔을 채운다.

기춘호 이번 사건 변호사가 최변인 걸 알고 솔직히 놀랐어. 그래서 궁금해졌지. (의아한 표정의 도현에게) 이번엔 또 한종구를 어떻게 풀어줄까...

도현 그 사건... 아직도 맘에 담아두고 계신 겁니까?

기춘호 아직도? (한 잔 마시며) 내가 형사 생활을 얼마나 했는지 아나? 자네 요만할 때부터 했어. 그렇게 형사 생활 오래 하다 보면 자연히 감이란 게 쌓여. 살아 보면 그 감이란 거 함부로 무시 못해.

도현 감... 때문인가요? 그런 이유라면 전..

기춘호 음. 최변 혹시 기억나나? 5년 전 사건 범행 도구?

도현 (생각하는) ... 1차로 둔탁한 흉기, 2차로 깨진 병 조각이었죠.

기춘호 그래 시신을 훼손한 그 깨진 병 조각 말이야. 최변은 그게 어떤 병 조각인지 알아?

도현 어떤? 제 기억이 맞다면 조서에 병 종류까지는 나와 있지 않았습니다만.

기춘호 그랬지. 나도 나중에야 안 사실이야.

S# 22. (플래시백) 법정 피고인 대기실 앞/ 오전

기춘호(E) 최변 덕분에 무죄 판결을 받고 대기실로 가는 한종구를 찾아간 적이 있어. 화가 나기도 했지만 마지막까지 계속 걸리던 게 있었거든.

한종구, 피고 대기실로 들어가려는데.
복도로 따라 들어오며 한종구를 부르는 기춘호.

기춘호 한종구!

한종구 (두려운 표정을 감추며) 아 깜짝이야. 왜 또 이러세요? 다 끝났잖아요.

기춘호 알아! 끝난 거. 해코지할 생각 없으니 긴장 풀어. 딱 하나만 물어보자.

한종구 ???

기춘호 너 말이야. 사건 현장에 다른 연장들도 많았는데, 범행 도구로 왜 하필 소주병을 고른 거냐?

알 수 없는 표정의 한종구.
기춘호에게 다가간다.
눈앞까지 붙는 한종구에도 꿈쩍 않는 기춘호.

한종구 (속삭이는) 소주병 아니고 사이다병. (시선은 기춘호에게 둔 채 큰 목소리로) 아, 내가 안 죽였다니까요!

기춘호 !

한종구, 피고인실로 들어가버리고.
기춘호의 표정이 일그러지는 데서.

S# 23. 포장마차 안/ 밤

도현과 마주하고 있는 기춘호.

기춘호 조서 어디에도 깨진 병 조각이라고만 되어 있지 병의 종류에 대한 언급은 없었어. 당시 수사 때 집중했던 건 지문의 유무였으니까.
(접힌 서류 한 장을 꺼내 펼쳐 보이며) 이건 한종구가 범인이 아니면 절대 알 수 없는 거야.

도현이 펼쳐진 서류를 보면, '범행 도구로 사용된 깨진 병 조각 복원 결과, 사이다병 조각으로 판명.'이라고 쓰여 있다.
구치소 면회 장면이 떠오르는 도현.

(플래시백- 2회 4씬, 구치소 접견실 안)

한종구 변호사님. 저 정말 (흘리듯) 이번엔 아니라니까요.

(CUT TO)

포장마차 안.

한종구의 목소리가 도현의 머릿속에 맴돈다.

도현, 서류를 접어 다시 기춘호 앞에 놓는.

도현 이제 와서 인정한다고 해도 변하는 건 아무것도 없습니다.

기춘호 왜 없어! 있지!

도현 ???

기춘호 죄책감. 한종구가 양애란을 죽인 진범이면 자넨 그 피해자와 가족에게 떳떳할 수 있나?

도현 형사소송법에서는 무죄 추정이 원칙입니다. 전 변호인으로서...

기춘호 (잔을 탁자 위에 탁 치며) 그따위 직업윤리 들먹이지 말라고!

도현 ...

기춘호 하나만 물어보지. 이번 사건은 죄를 인정하고 대가를 치른다 치더라도 5년 전 살인은 어떻게 죄를 물을 건가?

도현 ...

기춘호 나한테 이번 사건에 대한 중요한 정보가 있어. 그 말은. 내가 증언을 하면 한종구가 풀려날 수도 있다는 거지.

도현 (보는) 그게 뭡니까...

기춘호 마음 같아선 그냥 한종구를 유죄 판결받게 하고 싶어. 근데. 상황이 참 더럽게 꼬여버렸어.. 김선희 사건의 진범은 따로 있는데.. 한종구를 풀어줄 수도 없고. (술을 한 잔 마시는) 크... 이해돼?

도현 굳이 그런 얘기를 저한테 하시는 이유는... 저 하기에 따라 증언을 할 수도 있다는 거군요.

궁정도 부정도 않고 도현을 바라보는 기춘호

기춘호 ...

도현 ... 제가 어떻게 하면 되겠습니까?

기춘호 한종구 그놈에게 5년 전 살인죄의 대가를 물을 방법을 찾아내.

도현 !!! (잠깐 생각하다) 한종구씨가 5년 전 사건의 진범으로 밝혀진다 해도 일사부재리 원칙이 적용돼서 처벌할 수는 없습니다.

기춘호 그래서 하는 소리야. 법이... 그리고 자네가 풀어줬다면... 최도현 변호사가 다시 가둘 방법도 생각해보라고. 그 정도 책임은 져야 하는 거 아닌가? (수첩을 꺼내 번호를 쓰고는 쪽지를 찢어 탁자 위에 올려놓으며) 준비되면 연락해. (일어서서 가려는데)

도현 ... 반장님 말을 어떻게 믿죠?

도현, 기춘호를 응시한다.
기춘호, 멈춰 서서 도현을 보는.

기춘호 그건 니 선택이지.

기춘호, 나가고.
도현은 묵묵히 탁자 위에 펼쳐진 종이와 쪽지에 적힌 전화번호를 바라보고 있다.

S# 24. 도현 사무실 건물 옥상/ 밤

건물 옥상 난간에 앉아 동네 전경을 바라보고 있는 도현.
머릿속으로 울려 퍼지는 목소리.

기춘호(E) 한종구가 양애란을 죽인 진범이면 자넨 그 피해자와 가족에게 떳떳할 수 있나? 이번 사건은 죄를 인정하고 대가를 치른다 치더라도 5년 전 살인은 어떻게 죄를 물을 건가?

도현 (괴로운)....

고민하는 도현의 모습 너머로 동네 곳곳에 십자가가 퍼져 있다.

S# 25. 최필수 교도소 방 안/ 밤

성경책을 읽으며 가만히 앉아 있는 최필수.
복도를 걸어가던 교도관, 최필수의 모습을 보고 지나간다.
최필수, 성경책을 넘기는데. 성경책 사이에서 사진 한 장 떨어지는.
빛바랜 사진 한 장. 도현과 최필수의 모습이 찍혀 있는.
최필수, 사진을 집어 들어 성경책 사이에 넣고 책을 덮는.
교도소 안으로 최필수의 그림자가 드리워져 있다.

S# 26. 유리 집 거실 안/ 밤

유리 다녀왔습니다!

인사하며 들어서는 유리.
들어서며 거실 불을 켜고 주방, 방마다 문을 열어놓고 불을 켠다.
하지만, 아무도 없는 집이다.
소파에 우두커니 앉아 있는 유리.

S# 27. 진여사 집 서재/ 밤

의학 관련 서적들이 빼곡한 방 안.
진여사, 책상 앞에 앉아 태블릿 PC로 캡처해 온 변사사건 발생 보고서를 보고 있다.
고민하던 진여사, 자리에서 일어나 책장으로 가 책을 한 권 뽑는다(guyton & hall, Medical Physiology 같은 종류의). 책장을 넘겨가며 책을 보고 있는 모습에서...

S# 28. 도현 사무실 안/ 오전

어두운 도현 사무실 안.
간이침대에서 일어나 창으로 향하는 도현의 실루엣 보이고.
도현이 커튼을 걷으면 사무실이 환해지고.
외출할 준비를 마친 도현의 모습 보인다.

S# 29. 법정 안/ 오전

타자기 소리가 들리며.
자막) 김선희 살인사건 공판 첫째 날

일반적인 형사 법정 모습이 보여진다. 판사석으로 들어오는 판사들.
5년 전 양애란 사건을 맡았던 판사, 나진희(여, 49세)다.

나판사 사건 번호 2019 고합 871번 공판을 시작하도록 하겠습니다. 검사 측 모두진술 시작하세요.

현준 (일어서며) 재판장님. 피고인 한종구는 은서구 진현동 소재 한 철거 건물에서 피해자 김선희를 무참히 살해하고 시신을 훼손하였습니다. 이에 형법 제250조에 의거 살인죄와 161조에 의거 사체 유기죄로 기소하는 바입니다.

나판사 피고인 측 모두진술 하세요.

도현 (일어서며) 검찰 측 공소 사실을 인정하지 않습니다. 본 변호인은 피고인의 무죄를 주장합니다.

나판사 피고인. 동의합니까?

한종구 저는 죽이지 않았습니다!

방청석에서 웅성거림과 빈정거림이 섞여 커진다.
심각한 얼굴로 지켜보고 있는 기춘호.

뒤쪽 구석에는 한종구를 지켜보고 있는 사내(황비서)도 있다.

현준 (일어서서 앞으로 나오며) 본 사건과 관련한 증거 목록을 제출합니다.

현준이 나판사에게 서류를 제출하자 나판사가 도현을 쳐다본다.

나판사 피고인 측은 제출할 증거나 신청할 증인이 있으신가요?

고민하는 도현. 방청석의 기춘호를 쳐다본다.
고개를 저으며 증언 거부 의사를 밝히는 기춘호.

도현 (평소보다 힘이 빠진) 피해자가 거주했던 건물의 CCTV를 증거물로 제출하겠습니다.

나판사 변호인.

도현 ?

나판사 증거 신청할 게 그게 전부인가요?

도현 ... 네.

나판사 알겠습니다. 그럼 검사 측부터 시작하시죠.

돌아가 굳은 표정으로 앉아 있는 도현.
각종 자료가 모니터에 뜨고, 그중 운동화 바닥이 찍힌 사진들이 커다랗게 확대된다.
운동화 바닥에는 혈흔이 묻어 있다.

현준 피고인 한종구가 지내던 백운여관 301호에서 발견된 운동화입니다. 운동화 밑창에서 피해자 김선희의 혈흔이 검출되었고 사건 현장에서도 이 운동화의 족적이 발견되었습니다.

한종구 난 저 운동화를 본 적도 없어!

나판사 피고인은 조용히 하세요!

종구의 돌발행동에도 도현은 따로 만류하지 않고 있는.

(CUT TO)
도현의 변호가 이어지고.

도현 피해자가 마지막으로 목격된 CCTV 화면입니다. 여기 피해자의 옷차림을 봐 주시기 바랍니다. (다시 옆으로 독특한 레이스의 옷 조각 사진을 띄우고는) 이건 현장에서 발견된 피해자의 옷을 태우다 남은 옷 조각입니다. CCTV에서 보이는 옷과 동일한 것을 알 수 있습니다. (다른 사진 띄우면 귀걸이 보인다.) 귀걸이도 마찬가지입니다.

나판사 (도현을 보는)

도현 피해자가 CCTV에 찍힌 건 사건 발생 5일 전. 평소 피해자가 화려한 옷차림을 즐겼다는 주위 사람들의 증언과 CCTV에서 마지막으로 목격된 이후 어디에서도 피해자의 행적이 전혀 발견되지 않았다는 점으로 봤을 때 피해자가 납치나 감금 상태 같은 특수한 상황에 처해 있었다는 합리적 의심이 가능합니다.

현준 재판장님! 이의 있습니다! 지금 변호인은 계속해서 사실이 아닌 추측을 이야기하고 있습니다.

나판사 검찰 측이 제기한 이의를 받아들입니다. 변호인. 피해자가 납치됐다는 구체적 증거가 있습니까?

도현 ……

별다른 대답을 못하는 도현.
한종구가 불안한 표정으로 지켜보고 있다.

(시간 경과)
재판이 끝난 법정 안.
방청객들이 빠져나가고..
기춘호와 황비서가 나가는 것도 보인다.
도현이 담담한 표정으로 탁자 위 서류를 정리하고 있다.
도현 앞으로 다가오는 현준.

현준 고생은 했는데. 좀 더 해야겠더라. 뭐 계속 이렇게 하는 것도 나쁘진 않고. 먼저 갈게.

현준, 도현의 어깨 툭툭 치고 법정 밖으로 나가는.
물끄러미 보고만 있는 도현.

S# 30. 법원 앞/ 오후

도현, 법원을 나오는데.
법원 앞에 서 있는 기춘호.
도현, 기춘호를 발견하고 멈춰 선다.

기춘호 재판, 이대로는 힘들겠던데?
도현 .....
기춘호 내 제안... 생각해볼 때가 되지 않았나?
도현 증거라는 게 대체 뭡니까?
기춘호 (말을 끊으며) 그냥 이대로 감옥에 집어넣는 것도 나쁘지 않아. 그게 누명이든 뭐든 살인자를 사회에 풀어놓는 것보단 낫잖아?
(일어나 가려다) 그래도 그놈 입에서 자기가 죽였다는 말 한마디 정도 듣고는 싶군.

기춘호 떠나고, 자리에 서 있는 도현.

S# 31. 도현 사무실 안/ 아침

도현, 화이트보드 앞에 서서 보드 가득 메모해둔 양애란 사건과 김선희 사건을 들여다보고 있다.
고민하다 자리로 가 사건 관련 서류와 겉옷을 챙겨 밖으로 나가는 도현.

S# 32. 기산대학 전경/ 오전

대학 전경이 보이고.

도현(E) 제가 맡고 있는 사건의 피해자 사진입니다.

S# 33. 기산대학 교수실 안/ 오전

사진을 보고 있는 범죄심리학 전공 교수.
양애란(5년 전 사건)의 사체 사진과 김선희의 사체 사진들을 비교하며 보고 있다.

도현 (양애란 사진 손가락으로 가리키며) 여기 보시면 손톱과 입술 주위가 심하게 훼손되어 있거든요.

교수 (사진에서 눈을 떼지 않고) 이건 특정 대상에 대한 맹목적인 집착이나 피해의식에 사로잡힌 행동처럼 보이는데요. 입술과 손톱.. 혹은 붉은색.. 어쩌면 붉은색에 대한 집착일 수도 있겠군요. 입술과 손톱에서 붉은색을 지우려고 한 것처럼 보이기도 하는데.. 성폭행이나 성적 학대의 흔적은 없었습니까?

도현 없었습니다.

교수 이쪽의 경우도?

도현 네. 마찬가지로 없었습니다.

교수 특이하네요. 두 케이스 다 여성을 대상으로 한 범죄인데 성폭행은 없었다...

도현 혹시 동일인에 의한 범죄일까요?

교수 음.. 동일인이라는 가정하에 본다면 가해자는 점점 더 강한 자극을 원했던 것 같네요. 이 사진(김선희 사진 가리키며)보다 이쪽 사진(양애란)의 훼손 정도가 눈에 띄게 심하죠?

도현 그게... (손으로 김선희 사진 가리키며) 이쪽이 나중입니다.

교수 네? (의외라는 듯 갸우뚱) 음... 사진으로 봤을 때는 동일인의 소행이라고 보긴 힘들 거 같은데요.

도현 왜 그렇죠?

교수 이 정도 집착을 보이는 인물이라면 전에 보였던 행동 패턴이 갑자기 사라지기는 어렵죠. 정도가 더 심해지는 거라면 모를까...

심각한 표정으로 듣고 있는 도현.

S# 34. 기산대학병원 근처 길/ 오전

걷고 있는 도현.

교수(E) 두 케이스가 동일인에 의한 범죄가 아니라면 말씀드린 대로 손톱을 으깬 쪽은 계속해서 강한 자극을 원했을 가능성이 있습니다.

도현, 걸으며 생각에 잠겨 있는데.
의사가 스쳐 지나가다 도현을 불러 세운다.

심장의 도현아!

부르는 소리에 주위를 두리번거리다 다가오는 의사를 보는 도현.
후덕한 인상의 심장외과 전문의, 우호진이라는 이름이 새겨진 가운을 입고 있다.

도현 아! 선생님.
심장의 날 보러 온 거니?
도현 아뇨... 다른 볼일이 좀 있어서요..
심장의 너 검진한 지도 한참 지난 거 같은데.
도현 그게... 요즘 일이 좀 바빠서요.
심장의 그럼 온 김에 검진 날짜라도 잡고 가.
도현 다음에요.
심장의 작은 징후라도 무시하고 넘어가면 안 돼. 그럴 땐 바로 와야 한다.

도현 ... 네.

심장의 그래. 조만간 검진받으러도 꼭 오고.

도현 그럴게요.

도현의 어깨를 툭 잡고 자리를 뜨는 심장의.
도현, 잠시 멈춰 서 있다 걸어가기 시작하는 데서.

S# 35. 도현 사무실 안/ 오후

진여사가 화이트보드 앞에 서 있다.
손에 사건 자료를 들고 화이트보드에 붙은 사진들과 비교하며 자세히 살피는 진여사.

(플래시백 - 2회 17씬, 도현 사무실 안)
도현, 진여사에게 말하는.

도현 ... 피해자의 최종 행적이 사체 발견 6일 전인데.. 검찰 조서에 적힌 사망 추정 시각은 사체 발견 6시간에서 8시간 전이라서 이 부분이 좀 걸려요.

(CUT TO)
유리가 다가와 옆에 선다.
유리, 진여사가 보고 있는 조서 속 변사사건 발생 보고 페이지를 보는,

유리 이건... 사망 추정 시각이네요?

대답도 없이 돋보기안경을 벗고는 곰곰이 생각하는 진여사.
다시 돋보기안경을 끼고 사건 자료를 보는데, 유리도 따라 고개가 내려간다.

진여사 맞아요. 이건 그냥 표준 일람표에 적힌 매뉴얼대로 사망 추정 시각을 적은 거예요. 그런데... 지금 조서에 적힌 내용하고 현장 사진만으로 사망 추정 시

각을 단정하기엔... 무리가 있어 보이네요.

유리 (감탄하는) 호오!

진여사, 자리로 가는.

S# 36. 기산대학병원 복도/ 오후

곰곰이 생각에 잠긴 채 복도를 걷고 있는 도현.
도현, 생각에 잠겨 있는데 핸드폰 벨소리 울린다.
도현이 액정을 보면 진여사님.

도현 네. 진여사님. 네. (심각해지는) 사망 추정 시각이요?

S# 37. 도현 사무실 안/ 오후

전화 끊는 진여사.
유리, 잔뜩 수상해하는 기색으로 진여사 주위를 얼쩡대며 이리저리 보고 있다.
진여사, 신경 안 쓰려고 하지만 결국 못 견디는.

진여사 유리씨. 할 얘기 있으면 하세요.
유리 아네요. 그냥 보는 건데요. (그러면서 한결 더 수상하게 보는)
진여사 ... 제 얼굴에 뭐라도 묻었나요?
유리 아아니요오.
진여사 근데 왜 그렇게..
유리 여사님. 진짜 뭐하시는 분이세요?
진여사 저요? (능청스레) 그야 여기서 사무보조 하는 사람이죠.
유리 아. 네에. 그러시죠. 알, 겠습니다.

유리, 슬쩍 진여사를 뒤돌아보며 자리로 돌아가고.
진여사, 아무 일도 아니라는 듯 앉아서 문서를 정리한다.

S# 38. 도현의 꿈/ 밤

반복되는 꿈이다. 화물차가 돌진하자 차 안에서 놀란 눈을 하고 있는 도현.

S# 39. 도현 사무실 안/ 밤

괴로워하는 도현.
헉! 소리와 함께 벌떡 몸을 일으키며 잠에서 깬다.
땀에 젖어 있는 셔츠.

S# 40. 도현 사무실 화장실 안/ 밤

세면대로 가 물을 최대한 틀고 머리를 담근다.
고개를 들어 거울을 보는데, 거울 속에 마치 자신이 아닌 다른 사람이 있는 듯하다.
눈을 비비고 다시 보는 도현. 수척한 자신의 얼굴이 보일 뿐이다.

S# 41. 법정 안/ 오전

자막) 김선희 살인사건 공판 둘째 날

도현, 증인신문을 하고 있는. 증인석에는 감식팀장이 앉아 있다.

도현 사망 추정 시각을 사체 발견 시간 기준 6시간에서 8시간 전으로 추정하셨는데 어떤 근거죠?

감식팀장 피해자 사체의 시체 변화와 부패 현상을 중점으로 봤습니다.

도현 일반적으로 사체의 변화 또는 부패 정도로 사망 시각을 추정하는 것이 정확한가요?

감식팀장 경우에 따라 다릅니다. 날씨나 습도 그리고 세균의 번식 환경 등 고려해야 할 요소가 많으니까요.

도현 그 말씀은 피해자 김선희씨의 사망 추정 시각 또한 정확한 것은 아니다, 이 말씀이신 거죠?

현준 재판장님 이의 있습니다! 지금 변호인은 증인에게 유도신문을 하고 있습니다.

나판사 인정합니다. 변호인은 주의해주세요.

도현 네. 보통 사체의 사망 시각을 어떻게 추정하는 겁니까?

감식팀장 실제로 변사사건의 사망 시각을 추정할 때에는 사체의 변화와 부패 정도 외에도 변사자의 마지막 행적, 예를 들어 카드 사용 내역이나 통화 기록 등을 종합적으로 판단해서 사망 시각을 추정합니다.

도현 이 사건의 경우는 어땠습니까?

감식팀장 이번 사건의 경우 피해자의 행적으로 사망 시각을 추정할 만한 단서들이 없었습니다. 그래서 사체의 상태를 통해서만 사망 시각을 추정할 수밖에 없었죠.

도현 그렇다면 만일 피해자가 사망 후 기온이 낮은 곳에 있었다거나... 냉장된 상태로 있었다고 한다면 피해자의 사망 추정 시각에 변동 가능성이 있는 거군요?

웅성이는 법정, 당황하는 현준.
감식팀장을 보는 도현에서.

(플래시백 - 2회 37씬에 이어서, 도현 사무실 안)
진여사, 도현과 통화 중인.

도현(E) 사망 추정 시각이요?

진여사 보통 부검을 하기 전에 사체를 냉장 상태로 보관하죠. 사체의 부패를 가급적

늦추기 위해서 그러는 건데. 같은 논리로 만일 사망한 직후 사체에 이와 비슷한 처리가 이루어졌다고 한다면 얼마든지 사망 추정 시각을 조작할 수 있어요. 이런 가능성도 한번 생각해보세요.

(CUT TO)

법정 안.

현준 재판장님 이의 있습니다. 변호인은 지금 사실이 아닌 추측에 의거한 증인신문을 하고 있습니다.

나판사 변호인. 피해자의 사망 추정 시각에 의문을 제기하는 건가요?

도현 네. 그렇습니다.

나판사 (생각하다 감식팀장 보며) 답변하세요.

감식팀장 만약 사체를 냉장 상태로 보관하였다면 체온 하강과 혈액의 응고.. 그리고 사후경직 소요 시간에 영향을 주기 때문에 정확한 사망 시각 추정이 어렵습니다.

(인서트 - 모처 지하실)

지하실 공간.

한쪽에 놓인 업소용 냉장고를 여는 누군가의 손.

안에는 하얀 기류가 떠오르고,

누군가, 사람을 들어서 냉장고에 넣는데.

냉장고 속 시체의 얼굴 보이는... 김선희다.

(CUT TO)

법정 안.

화면에 "2월 3일 : 피해자 마지막 행적 / ***동 CCTV **시 **분, 2월 8일 22시 경찰 추정 사망 시각, 2월 9일 06시 사체 발견" 등의 내용을 보여주는 도표가 떠 있고

도현 현재까지 확인된 피해자 김선희씨의 마지막 행적은 2월 3일 오전 11시경, 사체 발견 시각은 2월 9일 오전 6시입니다. 경찰은 사망 시각을 2월 8일 22시

경으로 추정했습니다만 사체가 냉장 상태로 보존되었을 가능성을 전제로 한다면 정확한 사망 시점을 산출할 수 없게 됩니다. 이는 피해자의 사망 시각이 2월 8일에 한정되는 것이 아니라 (새로운 도표 띄우면 4일부터 8일까지가 사망 추정 가능 시간으로 표시돼 있고) 2월 4일에서 8일 사이로 확대되는 것을 의미하고 이렇게 되면 피고인이 범인이 아닐 가능성 또한 배제할 수 없게 됩니다.

나판사 그건 어째서입니까.

도현 (도표 중간의 2월 6일 칸을 가리키며) 피고인은 2월 6일 00시 교도소에서 출소했기 때문입니다.

웅성거리기 시작하는 방청석.
한쪽 구석에서 지켜보는 황비서.

(CUT TO)
현준, 검사석에서 일어나며.

현준 피해자의 남자친구인 이철수씨에 대한 증인신문을 시작하겠습니다.

현준이 증인석에 앉아 있는 이철수에게 다가간다.

현준 증인은 피해자 김선희씨의 남자친구죠?
이철수 정확하게 얘기하면 전 남자친구입니다. 작년 말쯤에 싸워서 헤어졌으니까요.
현준 그럼 헤어진 날이 마지막으로 만난 날입니까?
이철수 아닙니다. 연락이 없다가 사체로 발견되기 전날 밤 갑자기 찾아왔었습니다.

도현, 이철수의 말에 표정이 변하는.

(인서트 - 2회 18씬, 아파트 복도)
이철수 저도 사채업자한테 쫓기는 처지라 잘 못 만났어요.
도현 마지막으로 본 게 언젠지 기억해주셔야 합니다.
이철수 선희가 죽었다는 걸 알기 한... 1주 전에 보고 못 봤어요.

(CUT TO)

법정 안.

계속해서 증언을 이어가고 있는 이철수.

이철수 사채업자들에게 쫓기고 있다고 도피 자금으로 천만 원을 빌려달라고 하더라고요. 제가 그런 큰돈도 없고... 그냥 지갑에 있던 돈을 줘서 보냈습니다.

현준 재판장님! 이철수씨가 피해자를 마지막으로 만난 건 사체가 발견되기 전날 밤입니다. 비록 피해자의 사망 시각을 정확히 추정할 수 없다 하더라도 피고인 측이 주장하듯 5일 간 피해자가 행방불명이 되었다고 할 수 없습니다. 이상입니다!

도현이 굳은 표정으로 보고 있고, 방청석에 앉아 있는 기춘호의 표정도 굳어진다.

도현 (증인석으로 다가가) 증인은 저를 만난 적이 있죠?

이철수 네.

도현 그때 저한테 뭐라고 하셨습니까?

이철수 아까 검사님에게 말씀드린 그대로 얘기했습니다.

도현 증인은 법정에서의 위증죄가 얼마나 무거운지 아십니까?

현준 이의 있습니다! 변호인은 지금!

나판사 (말을 끊으며 알았다는 듯) 변호인. 증인이 위증했다는 증거가 있어야 합니다.

도현 증거는... 없습니다. (말을 잇지 못하고 증인만 노려보는)

이철수, 도현과 눈을 마주치지 못하고 고개를 돌린다.

S# 42. 도현 사무실 안/ 오후

도현과 유리, 진여사가 소파에 앉아 있다. 다소 허탈한 표정의 도현.

유리 이대로 물러설 거야? 갑자기 말 바꾸는 거 이상하잖아.

도현 이제 내가 해볼 수 있는 건... 이 사건의 결정적 증거를 갖고 있는 사람의 증언뿐이야.

유리 그런 사람이 있어? 그럼 뭐가 문제야? 그 사람을 증인으로 부르면 되는 거잖아.

도현 그게.. 까다로운 조건이 붙어서 말이야.

유리 까다로운 조건?

웃는 도현, 일어서면.
유리, 고개를 묻듯이 갸우뚱하며 손으로 위를 가리킨다.
끄덕이는 도현.

S# 43. 도현 사무실 옥상/ 오후

도현이 옥상 베란다 난간에 위험천만하게 걸터앉아 있다.
몸을 흔들며 생각하는 도현.

(플래시백 - 2회 33씬에 이어서, 기산대학 교수실)

교수 두 케이스가 동일인에 의한 범죄가 아니라면 말씀드린 대로 손톱을 으깬 쪽은 계속해서 강한 자극을 원했을 가능성이 있습니다.

도현 그렇다면...

교수 가능성이지만.. 그 이전이나 이후로.. 피해자가 더 있을 수도 있습니다.

(CUT TO)
도현 사무실 옥상.
생각에 잠겨 있던 도현, 난간에서 내려 입구로 향하는 도현.

S# 44. 도현 사무실 안/ 오후

자리에서 사건 기록을 정리하고 있는 진여사.
동영상을 편집 중인 유리.
유리, 도현이 들어와도 일에 집중하느라 의식하지 못하는데.

도현 하기자. 한 번 더 수고 좀 해주라.
유리 어... 그래... (창을 내리며) 뭐라고 했어? 소리도 없이 이 사람이...
도현 (서류를 건네며) 한종구씨 가족증명서야. 가족들 좀 만나봐줄래?
유리 (모니터로 고개를 돌리며) 내가 지금 보시다시피 아주 바빠.
도현 이것만 해주면 다음 달 임대료 얘기도 안 나올 것도 같은데..
유리 오케이, (마우스 바쁘게 움직이며) 저장 완. 료. (도현을 보며) 아예 나 여기로 취직할까?

도현, 웃어 보이더니 그냥 가는.

S# 45. 아파트 일각/ 오후

휘파람을 불며 엘리베이터 버튼을 누르는 이철수.
제법 폼 나는 수트를 쫙 빼입고 기분이 좋아 보인다.
고장인지 엘리베이터가 한 층에서 멈춰 내려오지 않고.
이철수, 할 수 없이 중앙 계단으로 올라간다.
핸드폰을 보며 자신의 아파트 층을 걸어가고 있는 이철수.
그때 뒤에서 이철수의 목을 옥죄는 팔.
이철수, 숨 막힌 듯 발버둥 치는.

기춘호 (팔을 풀며 앞에 서서) 너 법정에서 왜 말 바꿨어?
이철수 무슨 소리에요? 전 그런 적 없어요.
기춘호 진짜로 김선희 마지막으로 본 게 언제야?
이철수 그때 법정에서 다 얘기했잖아요. 그만 좀 괴롭혀요. 쫌.
기춘호 (위아래로 훑어보고) 코트가 멋지군. 사채업자 피해서 도망 다니더니 알아보니까 빚도 다 갚았고... 옷도 사 입고... 로또라도 맞았나?

이철수 !! (찔끔하지만 이내) 형사님이 뭔데요? 왜? 자금 출처라도 조사하게요? 맘대로 해보세요.

이철수, 돌아서서 가려는데.
기춘호, 이철수의 어깨를 돌려 잡는다.

이철수 아 진짜, 그만 좀 괴롭히라구!

기춘호 (제압하려는 듯 톤을 높여) 최소한 사람이 죽었으면 왜 죽었는지, 누가 죽였는지 궁금해해야 하는 거 아냐? 게다가 김선희는 니 여자친구였어!

이철수 ...

기춘호의 기에 눌려 아무 말 못하는 이철수.
그런 이철수 잠깐 보다 수첩에 연락처를 적고 건네는 기춘호.

기춘호 받아! 생각 바뀌면 연락해.

돌아서서 가는 기춘호.
이철수, 메모지를 받아 들고 기춘호의 뒷모습을 보는.

S# 46. 은서구 재개발 지역 내 주택가 밖/ 오후

한 집 앞에 서서 서류를 바라보다 주소를 확인하는 유리.
초인종을 누르지만 아무 반응이 없다.
몇 번을 눌러도 나오는 사람이 없자 까치발을 들어 안쪽을 살펴보는 유리.

유리 실례합니다. 아무도 안 계세요?

이웃여자(E) 누구세요?

뒤의 소리에 돌아보면 시장을 보고 오는 듯 시장바구니를 들고 있는 40대

여자가 서 있다.

유리　　아! 여기 사세요?
이웃여자　(옆집을 고개로 가리키며) 아니 난 요 옆집에 사는데.. 근데 무슨 일로...
유리　　이 집에 사는 분 찾아왔는데요. 윤이금씨라고...
이웃여자　이름은 잘 모르는데... 여기 할머니 요양원 간 지 오래됐어요.
유리　　요양원이요?
이웃여자　치매가 있다나...
유리　　(의아한 듯) ... 요양원은 언제 가신 건지 아세요?
이웃여자　(고개를 갸웃거리며) 그것까진 잘...
유리　　아, 네...

유리, 핸드폰을 들어 전화하는.

S# 47. 한종구 구치소 전경/ 오후

구치소 입구를 지나쳐 걸어가는 도현.

S# 48. 한종구 구치소 접견실 밖/ 오후

걸어가고 있는 도현. 울리는 핸드폰 소리. 유리다.
핸드폰을 받는 도현.

도현　　어, 유리야. (멈춰 서는) 요양원? 그래, 알았어. (전화 끊고는) 어머니라...

접견실 쪽으로 서둘러 걸어가는 도현.

S# 49. 한종구 구치소 접견실 안/ 오후

접견 탁자 앞에 앉아 있는 도현과 한종구.

도현 한종구씨 어머니 성함이 윤이금씨죠? 그분은 지금 어디 계십니까?

한종구 (흠칫하는) 그건 왜 물어? 그 여자가 이 사건과 뭔 관계가 있는데?

도현 혹시 한종구씨에게 도움이 될까 해서 집으로 찾아갔었거든요. 근데 오랫동안 집을 비운 듯해서요.

한종구 (놀라는) 뭐? (인상이 험악해지는) ... 그 여자 남자랑 바람나서 집 나간 지 오래야! 그딴 일로 오는 거면 변호사든 뭐든 다신 안 만나!

자리를 박차고 가다가 다시 돌아오는 한종구.

한종구 분명히 해두겠는데 (힘주며) 그 여자! 나하고는 이제! 관계가 없다고!

한종구가 나가고 난 후에도 여전히 자리에 앉아 있는 도현.

S# 50. 도현 사무실 안/ 저녁

누군가와 통화를 하다 수화기를 내려놓는 유리.
종이 위 진성요양원이란 이름에 줄을 긋는데, 그 위로 각종 요양원 이름에 모두 줄이 그어져 있다. 유리가 펜을 툭 던지고 한숨을 쉬는데 도현이 다가온다.

도현 어때?

유리 (고개를 저으며) 없어. 전국에 요양원이란 요양원은 다 연락해봤는데 윤이금이나 한종구로 등록된 이름은 없었어.

도현 친아버지 쪽은?

유리 원양 어선 탔다가 사고로 죽은 지 오래됐어.

도현 병원 쪽은?

유리 (진여사 쪽을 보며) 여사님!

진여사가 자리에서 서류를 들고 도현 쪽으로 온다.

진여사 (서류를 내밀며) 병원들도 알아봤는데, 없어요. 당시 실종 신고도 없었고, 사회시설에도 비슷한 사람은 없구요.

유리 아무래도 이상한데? 이렇게 흔적이 없을 수 있나? 분명 이웃집 사람 말로는 요양원에 보냈다고 했는데..

고민하는 표정의 도현. 그때, 한종구가 외치던 말이 떠오른다.

한종구(E) 그 여자 남자랑 바람나서 집 나간 지 오래야!

도현, 잠시 생각하다가.

도현 먼저 들어들 가세요.

유리 왜 어디 가게?

도현 어. 꼭 가봐야 할 곳이 떠올랐어.

도현의 심각한 표정에서.

S# 51. 한종구 집 앞/ 밤

한종구 집 앞에 멈춰 서서 집을 바라보는 도현.

도현 (머릿속으로) 왜 출소 후 여기 와서 지내지 않았던 걸까. 어쨌든 자기 집인데.

대문 앞으로 가 안쪽을 살피지만 보이지 않고.
문을 슬며시 밀어보는데.
끼익 소리 나며 문이 열리는.

S# 52. 한종구 집 마당/ 밤

마당에 조심스레 발을 들여놓는 도현.
대문에 몸이 반쯤 걸쳐진 채.

도현 저기요. 계십니까? 아무도 안 계세요?

조용한.
도현, 마당으로 들어서서 기척을 살피다 현관으로 향한다.
현관문 불투명 유리 한구석이 깨져 있는.
문에 노크하는 도현.

도현 계십니까?

아무 소리 들리지 않는. 도현 고민하다 핸드폰을 꺼내 전화를 거는.
액정에 서근표 형사 뜨고.
신호가 가지만 받지 않는다.
전화를 끊고. 한숨을 쉬는 도현. 어쩔 수 없다는 듯. 조심스레 문을 열고 들어간다.

S# 53. 한종구 집 안/ 밤

창문이 열리고 집 안으로 들어오는 도현. 핸드폰 랜턴을 켜고 사방을 비춰본다.
꽤 오랫동안 거주 흔적이 없어 마루며 가재도구에 먼지가 잔뜩 쌓여 있다.
방 앞에 서는 도현. 문을 열어 랜턴을 비춰 살펴보지만 별다른 게 없다.
다른 쪽 방문 앞에 서는 도현.
문이 살짝 열려 있다.

S# 54. 한종구 집 방 안/ 밤

천천히 방문이 열리고, 도현이 긴장한 표정으로 들어선다.
방 안 이곳저곳을 비추며 살펴보다 벽 한쪽을 보고는 놀라는 도현.
벽면 가득 붉은 립스틱으로 낙서가 돼 있는.
도현이 시선을 계속 벽 쪽에 고정한 채 핸드폰을 들어 다시 서팀장에게 전화를 건다.
신호가 가지만 여전히 전화를 받지 않는.
도현, 전화를 끊고 고민하다 다시 전화를 거는.

도현 반장님. 최변입니다. 한종구 어머니 집으로 와주세요. 급합니다.

S# 55. 한종구 구치소 방 안/ 밤

벽에다 이마를 쿵쿵 치며 생각에 잠기는 한종구.

한종구 (혼잣말로) 재미있어지네...

S# 56. 한종구 집 밖/ 밤

대문을 열고 밖으로 나오는 도현. 뒤를 따라 기춘호가 나온다.

도현 이걸로 가능할까요?
기춘호 아직은 모르지. 검사 결과를 기대하는 수밖에. 어쨌든 법정에서 보자고.

손을 흔들며 먼저 골목길을 걸어가는 기춘호.

S# 57. 법원 전경/ 오전

자막) 김선희 살인사건 공판 셋째 날

S# 58. 법정 안/ 오전

자리에서 고민 중인 도현이 보인다.

나판사 변호인 측, 더 이상 증인이 없습니까? 더 이상 증인이 없으면...

도현 (일어서며) 재판장님. 피고인 신문을 요청합니다.

현준 이의 있습니다! 이미 충분한 증거들이 현출되었고, 더 이상의 피고인 신문은 불필요합니다.

도현 피고인에게 이익이 되는 상황이 발생했을 때는 언제라도 다시 신문을 할 수 있게 되어 있습니다.

나판사 들어보죠. 허락합니다. 하지만 이후 더 이상의 신문 신청은 받아들이지 않겠습니다. 피고인, 증언대에 서세요.

당황한 기색으로 증언대로 가서 앉는 한종구.
일어서서 한종구 앞으로 다가가는 도현.

도현 피고인은... (심호흡을 하고는) 피고인은 5년 전 은서구 공사장에서 양애란씨를 살해했습니까?

갑작스런 질문에 어안이 벙벙한 한종구. 현준도 당황하고, 방청석이 웅성거린다.

(플래시백 - 한종구 접견실 안)
울상을 짓고 있는 한종구.

한종구 어떡해요? 내가 한 짓도 아닌데 너무 억울해요. 진짜.. 씨..

도현 (눈치를 보며) 방법이 하나 있긴 합니다만.

한종구 (눈을 크게 뜨며) 그게 뭔데요?

도현 (머뭇거리는)

한종구 (갑자기 표정이 변하며) 아! 뭐냐구요!?

태도가 돌변하는 한종구를 유심히 바라보는 도현.
한종구가 살짝 시선을 피한다.

도현 (나지막이 힘 있게) 잘 들으세요. 한종구씨. (한종구가 다시 쳐다보면) 이번 사건은 5년 전 양애란씨 살인사건과 살해 방식이 유사한 것 같지만.. 중요한 차이점이 있어요. 근데 그걸 증명하려면... (뜸 들이는)

한종구 (보는)

도현 (한종구 응시하며) 5년 전 양애란씨 살인사건에 대한 한종구씨 자백이 필요합니다. 그 사건의 진범이 한종구씨라고 한다면 이번 사건은 한종구씨의 범행이 아니라는 걸 증명할 수 있습니다.

한종구, 말뜻을 이해 못했다는 듯이 한동안 멍하니 도현을 바라보다

한종구 ... 그러니까 이번 살해 혐의를 벗어나기 위해서 5년 전에 내가 양애란을 죽였다고 자백하라는 얘기야? 내가 지금 맞게 이해한 건가?

도현 맞습니다.

한종구, 천천히 고개를 숙이고.
도현, 한종구를 바라보는.
한종구의 어깨가 들썩이기 시작한다.
한종구, 끅끅 소리를 내며 점차 크게 웃다 천천히 고개를 들고 도현을 본다.
일순간 표정이 변하는.

한종구 이게 무슨 미친 개소리야? 살인자 안 될라고 살인자라고 자백을 하라고? 전에 형사도 와서 헛소리를 하더니, 둘이 나 엿 멕일라고 작전이라도 짠 거야?

도현 (차분하고 단호하게) 김선희씨.. 한종구씨가 안 죽였잖아요.

한종구, 도현의 말에 기분을 가라앉히고.

한종구 이제야 믿는다고? 내가 그렇게 안 죽였다고 했는데도? 좋아. 그럼 5년 전, 양애란은 내가 죽였다고 칩시다. 그걸 자백해서 김선희를 안 죽인 게 돼도 어쨌든 양애란 건으로 다시 잡혀가는 거 아니냐고요. 그럼 뭐. 도로 나무아미타불인데?

도현 아닙니다. 그 사건 자백했다고 해서 한종구씨가 다시 잡혀갈 일은 없어요.

한종구 ... (쳐다본다)

도현 우리나라 형법에는 같은 사건으로 다시 판결을 하지 못한다는 일사부재리의 원칙이 있어요. 다시 말해 5년 전 사건이 한종구씨의 범행으로 밝혀진다 해도 그것으론 다시 재판에 설 일은 없다는 뜻입니다.

한종구 ... 그걸 믿으라고 하는 말이야?

도현 ... 저를 믿으셔야 합니다. 5년 전에도 그랬던 것처럼..

한종구, 도현을 빤히 보는.
도현, 한종구의 대답을 기다리는.

한종구 그래도 내가 하지 않은 일을 했다고는 못하겠어.

도현 그런가요?

한종구 (책상을 쾅 치며) 난 안 죽였어! 당신이 방법을 찾아내!! 당신이 변호사잖아!

가만히 한종구를 바라보던 도현.

도현 ... 제가 찾아낸 방법이 방금 말씀드린 겁니다.

(CUT TO)
법정 안.

도현 다시 묻겠습니다! 피고인은 5년 전 양애란씨를 살해했습니까?

한종구를 노려보는 도현의 표정에서...

- 제2회 끝 -

3회

S# 1. 법정 안/ 오전

증인석에 한종구 앉아 있고, 앞에 서 있는 도현.

도현 피고인은... (심호흡을 하고는) 피고인은 5년 전 은서구 공사장에서 양애란씨를 살해했습니까?

갑작스런 질문에 어안이 벙벙한 한종구. 현준도 당황하고, 방청석이 웅성거린다.

도현 다시 묻겠습니다! 피고인은 5년 전 양애란씨를 살해했습니까?

현준 이.. 이의 있습니다!

도현 (판사에게) 피고인이 5년 전 양애란 살인사건의 용의자였던 점이 본 법정에 서는 데 결정적으로 작용했을 것입니다. 하지만 피고인이 과거 사건의 진범이라면 본 사건의 범인일 수 없다는 증거들이 있습니다. 본 변호인은 피고인의 자백을 통해 그것을 증명하고자 합니다.

다시 웅성거리는 방청석. 한종구도 놀란 표정이다. 굳어지는 나판사의 얼굴.

나판사 조용하세요! 피고인은 잠시 증언을 멈춰주세요. 이 사안에 대해선 논의가 필요할 것 같습니다. 30분간 휴정합니다.

S# 2. 나판사 사무실 안/ 오전

도현과 현준이 서 있고, 나판사가 고민스러운 표정으로 앉아 있다.

나판사 최도현 변호사. 지금 뭐하는 겁니까?

도현 ...

나판사 (한숨) 5년 전 사건은 본인이 변호해서 무죄 판결받은 거 아닌가요? 내 기억이 잘못됐나요?

도현 네 맞습니다. 하지만... 피고인의 이익을 위해서는 어떠한 변론도 허용되어야 한다고 배웠습니다.

현준 자기가 무죄 변론한 사람한테 지금 그걸 번복하라니 어떻게 그런 말도 안 되는 발상을 할 수 있지? 재판장님. 지금 최도현 변호사의 행태는 신성한 법정을... (하는데 나판사 말 끊는)

나판사 두 분 다 잘 들으세요. 만일 피고인이 과거 사건의 진범이고, 변호인이 같은 사건으로 처벌받지 않는다는 일사부재리의 원칙을 이용, 아니... 악용해서 이번 사건을 빠져나가려고 한다면.. 그 사회적 파장을.. 우리는 상상조차 할 수 없을 겁니다. 우선. 대한민국이 법치국가가 된 이래 사상 초유의 판례로 남을 것이고. 이 판례가 어떤 파급 효과를 가져올지는 그 누구도 장담할 수 없겠지요.

도현 판사님께서 어떤 말씀을 하시는지 모르는 바는 아닙니다.

나판사 (보는)

도현 하지만 저는 변호인입니다. 어떤 상황에서도 피고인에게 억울함이 남지 않도록 그의 편에 서야 합니다. 이번 일로 인해 어떤 일.. 제가 상상할 수 없는 그 어떤 일이 벌어진다 해도.. 할 수 없습니다.

현준 미친...

나판사 (골치 아픈 듯) 일단 두 분 다 나가보세요.

S# 3. 법원 복도/ 오전

판사 방에서 나와 앞서 걸어가다 휙 뒤돌아 도현을 보는 현준.

현준 뭐하자는 거야 지금? 어떻게든 이기기만 하면 된다는 거야?

도현 ....

현준 너한테 재판은 그냥 게임이야. 이기기 위해서는 수단, 방법 다 동원하는 게임!

도현 아뇨. 김선희를 죽인 건 한종구가 아닙니다.

현준 니 말대로라면! 뭐가 됐든 한종구가 양애란과 김선희 둘 중 한 명은 죽였다는 거 아냐?

아무 대꾸 하지 않는 도현.

현준 대단하네. 최도현 변호사.

도현 ...

현준 잘 들어. 넌 그저 니 목적을 위해서 법을 도구로 이용하고 있을 뿐이야. 쓰레기 같은 자식.

법정 안으로 들어가버리는 현준. 뒤에 남은 도현은 가만히 서 있을 뿐이다.

S# 4. 법정 안/ 오전

나판사가 들어와 착석하고 재판 개정을 알린다.

나판사 (피고인을 향해) 피고인. 본인에게 유리한 증언이라 판단된다면 진술해도 좋습니다.

도현 ... 재판장님. 자백으로 인해 피고인이 처벌받지 않는다는 걸 다시 한 번 고지해주시기 바랍니다.

나판사 (복잡한) ... 일사부재리의 원칙에 따라 과거 무죄 판결을 받은 사건에 대해서는 피고인이 범죄 사실을 인정하더라도 그 처벌을 하지 아니한다. 하지만 피고인!

뭔가 고민하다 자신을 부르자 깜짝 놀라며 나판사를 보는 한종구.

나판사 본인에게 불리한 진술 또한! (사이) 하지 않아도 된다는 것을 상기시킵니다.

정적이 흐르는 재판장 안. 한종구에게 다가가는 도현.
도현, 한종구를 가만히 보다.

도현 피고인. 피고인은 5년 전 은서구 공사장에서 양애란씨를 살해하고 시신을 훼손한 적이 있습니까?
한종구 (도현 보는)
도현 저는 피고인이 본 사건의 진범이 아니라는 것을 증명하려고 하는 겁니다. 그러기 위해서는 과거 사건에 대한 피고인의 진술이 필요합니다.
한종구 ...
도현 피고인! 양애란씨를 살해했습니까?!!!

대답을 해야 하나 고민하는 한종구. 그러다 도현을 응시한다.
대답을 기다리는 방청석도 긴장된 상태. 역시 긴장된 표정의 도현...

한종구 (들릴 듯 말 듯한 소리로) 그래요. 내가 죽였어요.

방청석, 잘 들리지 않아 작게 웅성인다.

도현 (한 발 다가가) 모두가 들을 수 있게 크게 말씀해주십시오.
한종구 (태도가 바뀌며, 반말 조의 큰소리로) 그.. 그래! 내가 죽였다고!

탄성이 터져 나오는 방청석.
현준의 분한 표정.

씁쓸해하는 기춘호의 얼굴도 보인다.
나판사의 감은 눈이 떨리고.
잠시 침묵하는 도현. 만감이 교차하는 표정이다.
재판장 한구석에서 이를 보고 있는 황비서.
방청석의 웅성거림이 잦아들고.

도현 ... 피고인이 새로운 증언을 했으므로 이어 질문드리겠습니다.
한종구 맘대로 해. 이렇게 된 거 다 말해드리지.
도현 (한종구 보는)
한종구 (맘대로 해보라는 듯 도현을 마주 보고)
도현 ... 피고인. 피고인은 5년 전 왜 양애란씨를 살해했습니까?
한종구 원래 죽일 생각까진 없었어.

S# 5. (플래시백) 포장마차 안 + (플래시백) 공사장 + 현재 법정 안/ 오전

자막) 5년 전

포장마차 안에서 술을 마시고 있는 한종구.
"에휴. 끔찍해" 하며 TV에서 고개를 돌리는 주인아주머니.
그 소리에 TV로 눈길 돌리는 한종구.
TV에서 '미제 사건 추적! 제8화 창현동 여성 살인사건' 타이틀이 나온다.
방송 대형 모니터에 모자이크 처리된 자상을 입은 여성의 시체 떠 있고
그 위로 앵커 멘트에 맞춰서 자막이 올라온다.
(5년 전, 2009년 3월, 창현동 주택가 언덕; 20대 여성, 열두 군데의 자상)

앵커멘트 미제 사건 추적! 제8화 서울 창현동 20대 여성 살인사건 편입니다. 이 사건은 지금으로부터 5년 전인 2009년 3월, 서울 창현동의 한 주택가 언덕에서 20대 여성이 옷이 다 벗겨지고 온몸 곳곳에 자상을 입고 숨진 채 발견되어 세상에 충격을 주었던 사건입니다. 당시 범인은 병을 깨서 시신을 훼손하고 증거를 없애기 위해 피해자의 옷가지는 물론 유류품까지 모두 불태워버리는

잔인함과 치밀함을 동시에 보여주었습니다.

한종구, 끔찍한 사건 영상 보며 뭐가 좋은지 히죽대며 웃는다.
이내 일어나 계산하고 포장마차 밖으로 나간다.

(CUT TO)
포장마차 근처 공사장 인근.
담벼락에 오줌을 갈기는 한종구, 누군가 지나가며 물건을 떨어뜨리는 소리에 비스듬히 돌아선다.
옷을 추스르고 돌아서는 한종구의 눈에 들어오는 여자, 술에 취해 비틀거리며 걷고 있다.
비켜서지 않고 그대로 서 있는 한종구.
본능적으로 위험을 감지하고 돌아서는 여자(양애란).
뭔가 등 뒤로 이상한 낌새가 다가오는 걸 느끼고 고개를 돌리려는 순간, 머리로 날아드는 벽돌. 퍽! 그대로 쓰러진다.
한종구의 손에 들고 있던 벽돌에 피가 튀어 번져간다.
한종구, 피 묻은 벽돌을 벽돌 더미 사이로 던져놓고는 핸드백을 뒤져 현금을 꺼내고 핸드백 던져버린다.
한종구, 양애란에게 시선을 돌리면, 쓰러진 채 아무런 움직임이 없는 양애란.

한종구(E) 돈이나 좀 뺏으려고 했던 건데 죽어버린 거야. 그 순간 기막힌 생각이 떠올랐어.

한종구, 주위를 살피다 양애란을 둘러업고 공사장 건물 안으로 들어간다.
공사장 안에서 쓰러진 양애란을 보고 있던 한종구.
한종구, 불현듯 양애란의 옷을 벗기기 시작하는.

(CUT TO)
법정 안.

한종구 그날 TV에서 방송하고 있던, 창현동 살인사건. 그 사건, 범인이 잡히지 않았잖아. 그거랑 비슷하게 만들어놓으면 되겠구나 싶었어.

(교차 편집 - 공사장 안 + 창현동 살인사건 TV 프로그램)
범행 재연 장면들과 차례로 따라 하는 한종구의 살해 과정이 한 화면에 이어진다.

- 주위를 두리번거리는 한종구, 삽을 들었다가 구석에 버려진 병을 보고 다가간다.
- 한종구가 병들 가운데 사이다병을 들고 깨서 여자에게 다가간다.
- 쓰러진 여자를 훼손하는 장면이 실루엣으로 보이고..
- 깨진 병, 옷, 소지품을 불로 태우는 한종구.

한종구(E) 병을 깨서 온몸을 찌르고, 열 번인가.. 쯤 찌르니까 팔이 아프더라구.

(CUT TO)
법정 안.

한종구 (피식 웃는) 그리고 다음 순서는 뭐였더라. (생각하고는) 어, 옷 벗겼어요. 마지막으로 다 모아 놓고 불을 붙였죠. (실실거리며) 근데 진짜로 경찰이 속아 넘어간 거 같더라고. 너무 한심해 보여서 경찰한테 전화질도 하고 그러다 결국 잡히긴 했지만. 흐흐흐... 그다음은 변호사님, 판사님도 잘 아실 거고.

한종구 보이지 않게 주먹을 꽉 쥐는 도현. 얼굴 표정엔 드러나지 않는다.
굳어진 나판사의 얼굴. 분을 참고 있는 기춘호.
방청석이 다시 웅성거린다.
도현, 다시 차분하게.

도현 피고인. 피고인은 분명 창현동 사건을 모방해서 양애란씨를 살해했다고 했는데 피해자의 손톱과 입술은 왜 훼손한 겁니까? 창현동 사건의 범인은 그렇게 하지 않았는데요?

한종구 (당황하며) ... 무.. 무슨 소리야? 그대로 따라 했다니까!

순간 한종구를 노려보는 기춘호.
말없이 한종구를 지켜보던 도현, 나판사를 향해.

도현 재판장님. 재정증인을 신청합니다.

자막) 재정증인: 형사소송법 제154조에 의거, 소송을 신속히 진행하기 위해 대상이 법원 안에 있는 경우 즉시 소환이 가능한 증인.

현준 (일어서며) 이의 있습니다! 변호인은 피고인 신문을 마지막으로 신청했습니다. 증인 신청을 받아들일 수 없습니다.

도현 피고인이 과거 범행을 자백한 이상 과거 범행이 현재 사건과 다르다는 것을 전문가의 증언을 통해 입증하고 싶습니다.

나판사 "의심스러운 때에는 피고인에게 유리하도록 해석한다." 모두 알다시피, 오래된 법정의 이치입니다. (도현 보며) 변호인의 재정증인 신청을 허락하겠습니다.

(CUT TO)
화면이 바뀌고,
도현이 만났던 범죄심리학자가 증인석에 앉아 있다.
모니터 왼쪽에 양애란 사체(A)와 오른쪽에 김선희의 사체(B)가 보이고, 밑에 A와 B로 구분이 돼 있다.

도현 증인. 화면의 사진을 보고 범죄심리학자의 관점에서 볼 수 있는 두 사진상의 차이점을 말씀해주시기 바랍니다.

교수 ... 일단 왼쪽 A를 보면 빨간색에 대해 지나친 강박을 가진 사람의 범행일 가능성이 높아 보입니다. 빨간색으로 칠해져 있던 손톱과 입술에 유독 집착한 게 육안으로도 보이죠. 그에 비해 오른쪽 B의 경우에는 전혀 그런 게 없어요.

도현 동일인의 범죄라면, 순서는 어느 쪽이 먼저일까요?

교수 동일인의 범죄로 가정한다면 오른쪽 사진인 B 사건이 먼저일 가능성이 높습니다.

도현 왜 그렇죠?

교수 살인 등의 강력 범죄가 연속성을 띨 경우 범행을 저지른 자는 대부분 더 강한 자극을 원하는 경우가 일반적입니다. B를 보면 손톱이나 입술 등에서 나타나는 사체의 훼손 정도가 A에 비해 덜하죠. 그래서 순서를 따지면 B가 먼저고 A가 나중이라고 볼 수 있습니다.

도현 그렇다면 반대로 B가 최근의 사건이라면 동일인의 범죄일 가능성은 낮아진다고 볼 수 있을까요?

교수 네. 확률적으로 그렇습니다. 의도적으로 강박을 숨길 수도 있겠지만 지금 화면의 두 사체를 놓고 얘기를 한다면 A에서 B의 순서로 범행이 이루어졌다면 동일인의 범죄로 설명하기는 어렵습니다.

웅성거리는 방청석.
도현이 방청석의 기춘호를 보는.
기춘호, 도현을 바라보다 자리에서 일어난다.

도현 재판장님, 전 은서경찰서 강력팀장 기춘호씨를 다음 재정증인으로 신청합니다.

한종구 어리둥절하게 돌아보다 표정 굳어져 보면,
방청석의 기춘호가 일어나 나온다.

(CUT TO)
증인석에 앉아 있는 기춘호.

도현 증인. 증인은 5년 전 양애란씨 살인사건의 담당 형사가 맞습니까?

기춘호 그렇습니다.

도현 당시 사건에 대해 증인의 관점에서 말씀해주시기 바랍니다.

기춘호 5년 전, 저는 저기 앉아 있는 한종구를 양애란 살해사건의 용의자로 체포했습니다. 결국 무죄로 풀려났지만 저는 한종구가 당시 사건의 진범이라고 확신했고 그럴 만한 나름의 근거도 있었습니다.

도현 그 근거가 무엇인지 말씀해주실 수 있나요?

기춘호 진범이 아니고서는 절대로 알 수 없는 사실을 한종구는 정확히 알고 있었고... 그 사실을 마치 과시라도 하듯 일부러 제게 흘렸습니다...

(플래시백 - 2회 22씬, 법정 피고인 대기실 앞)

기춘호 너 말이야. 사건 현장에 다른 연장들도 많았는데, 범행 도구로 왜 하필 소주병을 고른 거냐?

알 수 없는 표정의 한종구.
기춘호에게 다가간다.
눈앞까지 붙는 한종구에도 꿈쩍 않는 기춘호.

한종구 (속삭이는) 소주병 아니고 사이다병. (웃는)

(CUT TO)
법정 안.

기춘호 최종 범행 도구에 대해 구체적이고 정확하게 이야기했습니다. 그 내용은 당시의 조서 어디에도 언급되지 않은 것이라서 진범이 아니라면 절대로 알 수 없는 내용이었습니다..

도현 그런 이유로 증인은 피고인이 5년 전 양애란 살해사건의 진범이라고 확신한다는 거군요?

기춘호 그렇습니다. 확신합니다.

도현 그런데 증인은 5년 전 사건과는 정반대로 이번 사건, 그러니까 김선희씨 살해사건의 경우에는 한종구씨가 절대 범인이 아니라고 본 변호인에게 말한바 있는데요.. 맞습니까?

기춘호 그렇습니다... 한종구는 김선희를 살해하지 않았습니다.

술렁이는 법정, 도대체 어찌 돌아가는 판인지 어리둥절한 한종구,
초조한 현준 등의 표정 보이고...

도현 한종구씨가 절대 범인이 아니라는 그 근거가 무엇입니까?

기춘호, 잠시 입을 닫고 한종구도 한 번 보고 도현도 보고.
법정의 공기가 한층 고요해지고 모두 기춘호의 입에 주목한다.

기춘호 한종구와 함께 있었으니까요.
한종구 !!??
도현 ...
기춘호 저는 지난 2월 6일 한종구가 광화교도소에서 출소할 때부터 경찰에 체포될 때까지 일분일초도 놓치지 않고 한종구를 미행했습니다.

방청객 여기저기서 탄식 터지고 이어지는 몽타주 위에 깔리는 기춘호 증언

기춘호(E) 5년 전 한종구는 무죄 판결을 받고 기고만장해 있었습니다. 석방 후 얼마 안 돼 강도짓으로 다시 수감되었지만 출소하면 틀림없이 또 범죄를 저지를 거라고 생각했습니다.

(인서트 - 몽타주)
- 교도소에서 나오는 한종구. 혼자 걸어가는 한종구의 뒷모습을 지켜보는 기춘호.
- 술집에서 나와 술집 주인 여자와 다투고, 안을 쏘아보는 한종구. 전봇대 옆에서 그 모습을 지켜보는 기춘호.
- 빈집(한종구 모친의 집)을 노려보는 한종구. 골목 안에서 보는 기춘호.
- 술에 취해 비틀거리며 여관으로 들어가는 한종구. 멀리서 지켜보는 기춘호.

(CUT TO)
법정 안.

도현 김선희 씨의 사체가 발견된 날까지도 미행하셨다는 거죠?
기춘호 그렇습니다. 한종구가 살인을 했다면 제가 못 봤을 리가 없습니다. 과거 경찰

조직에 몸담았던 형사로서 명예를 걸고 말씀드릴 수 있습니다.

모니터에 흰색 운동화 사진을 띄우는 도현.

도현 이 운동화는 검찰 측에서 피고인을 범인으로 확신하게 만든 가장 유력한 증거인데요. (기춘호에게) 보신 적이 있으십니까?

기춘호 아뇨, 한종구는 출소하는 날부터 체포되는 날까지 회색 신발을 신고 있었습니다.

도현 검찰 측에서 증거로 제시한 운동화입니다. 하지만 해당 증거 물품을 피고인이 구매했다는 참고인 진술만을 확보했을 뿐 구매 내역에 대한 정확한 물증은 없었습니다. 무엇보다! (서류 한 장을 들며) 이건 한종구 숙소에서 발견된 운동화의 지문 감식 보고서입니다. 운동화 어디에서도 피고인의 지문은 검출되지 않았습니다. 다시 말해서 운동화에 피해자의 혈흔이 묻어 있다고 해서 피고인의 운동화라는 증거가 될 수 없습니다.

웅성거리는 방청석. 소리가 점점 작아진다.
무표정한 표정의 황비서.

나판사 검사 측 신문하세요.

현준 (일어서서 나가는) 증인, 증인은 왜 피고인을 미행했죠?

기춘호 (보는) 양애란 사건의 담당 형사로서... 채무감 같은 거라 합시다.

현준 그렇습니까? 증인은 기억력이 좋은 편인가요?

기춘호 ... 보통 사람 정도는 되겠죠.

현준 그렇다면 피고인이 출소한 날 저녁 뭘 먹던가요?

기춘호 저녁이라... 뭐였더라.

현준 (재판정을 향해) 증인은 피고인이 출소한 후 일거수일투족을 지켜봤다고 증언했습니다. 그럼에도 증인은 피고인이 출소 바로 당일, 뭘 먹었는지조차 제대로 기억하지 못하고 있습니다. 이 사실로 봐서..

기춘호(E) 그래서 기록해뒀습니다.

현준, 돌아보면.

기춘호, 손에 수첩을 들고 있다.
현준, 당황한 얼굴.
방청석, 웅성이고.
한종구, 흥미로운 듯 기춘호가 든 수첩을 보고.
도현, 기춘호를 바라본다.

기춘호 (수첩 열어보며) 2월 6일 출소일이면.. 이날 저녁이 좀 늦었네. 여덟 시 사십 분 은서시장 근처 해장국집에서 순댓국에 소주 한 병을 먹었군요. 여기 시간대별로 기록해놨습니다. (페이지를 넘기다) 사건이 발생한 날은 10시 반경에 숙소에 들어갔고 다음 날 아침까지 밖으로 나온 적이 없군요. (내밀며) 필요하면 증거로 쓰셔도 좋습니다.

받아 들고 살펴보는 현준의 표정이 일그러진다.
지켜보고 있는 황비서, 인상을 쓰는.

한종구 (속삭이듯 도현에게) 어쩐지 뒤가 싸하드라고.
도현 (무시하고 일어서며) 재판장님. 증인의 수첩을 증거로 제출하겠습니다.

법정 경위가 수첩을 받아 나판사에게 전달한다.
날짜별로 시간대별로 빼곡하게 적혀진 수첩.

나판사 제출받은 증거물은 재판부의 회의를 통해 증거 채택 여부를 결정하겠습니다. 검사 측, 동의합니까?
현준 (인상을 쓰다 마지못해) 네...
나판사 선고는 2주일 뒤 동 법정에서 하도록 하겠습니다.

얼굴에 미소가 어리는 한종구와는 달리 도현은 그닥 기쁜 표정이 아니다.
도현 옆을 지나쳐 나가는 기춘호.
기춘호가 옆을 지나갈 때 흥미롭게 기춘호를 보는 한종구.

S# 6. 법원 밖/ 오전

기자들이 모여 있고, 한 방송국 기자가 현장 중계를 하고 있다.

기자 과거 살인 혐의로 기소되었다가 무죄 판결을 받았던 피고인이 법정에서 자신이 당시 사건의 진범이라고 자백하는, 사법사상 초유의 일이 벌어졌습니다. 현재 김선희씨를 살해한 혐의로 기소된 한종구씨는 5년 전에도 살인 혐의로 기소됐다가 증거 불충분으로 무죄 판결을 받았는데요, 오늘 재판 과정에서 바로 그 5년 전 사건을 자신이 저지른 것이라고 자백을 한 것입니다. 전문가들은 한종구씨가 자백을 하더라도 이미 한 차례 무죄 판결을 받은 사건이기 때문에 다시 처벌할 수는 없을 거라고 보고 있는데요. 이 사건을 계기로 일사부재리 원칙과 당시 사법부 판결의 정당성에 대한 논란이 거세질 것으로 예상됩니다.

방송 중인 기자 뒤로 계단에서 내려오는 도현의 모습이 보인다.
달려가 카메라 세례를 퍼붓는 기자들.
도현, 묵묵히 계단을 걸어 내려온다.

S# 7. 도현 사무실 안/ 오후

자리에서 인터넷 기사를 보고 있는 유리.
'5년 전 무죄 판결받은 살인자. 일사부재리의 원칙을 적용받을 것인가.'라는 헤드라인이 큼지막하게 보인다.
그 아래로 '사법계의 이단아, 최도현 변호사 일사부재리로 살인범을 풀어줄 것인가!'

유리 아주 난리가 났네. (돌아보며) 어떨 거 같아?
도현 (의자에 기대 눈을 감고 있는)
유리 (계속 보는)
도현 판결을 기다려봐야지.

진여사 (차를 내오며) 결심공판 2주일 뒤에 선고공판이면 굉장히 빠른 일정이네요. 판사가 이미 마음을 굳혔다는 뜻 아닐까요?

도현 ... 저도 그렇게 생각되긴 하는데 어느 쪽일지는..

도현, 대답을 하고는 생각에 잠긴다.

(플래시백 - 3회 5씬, 법정 안)

도현 피고인. 피고인은 분명 창현동 사건을 모방해서 양애란씨를 살해했다고 했는데 피해자의 손톱과 입술은 왜 훼손한 겁니까? 창현동 사건의 범인은 그렇게 하지 않았는데요?

한종구 (당황하며) ... 무... 무슨 소리야? 그대로 따라 했다니까!

(CUT TO)

도현, 사무실 안.

서팀장에게 전화를 거는 도현.

도현 네. 서팀장님. 혹시 수색영장은 언제쯤... 네. 그렇겠죠. 알겠습니다. (전화 끊는)

도현, 생각에 잠기는 데서.

S# 8. (플래시백) 한종구 집 방 안/ 밤

천천히 방문이 열리고, 도현이 긴장한 표정으로 들어선다.

방 안 이곳저곳을 비추며 살펴보다 벽 한쪽을 보고는 놀라는 도현.

벽면 가득 붉은 립스틱으로 낙서가 돼 있는.

벽을 천천히 살펴보던 도현이 바닥에 시선이 멈춘다.

무릎을 굽혀 앉는 도현, 바닥 가까이 얼굴을 가져가 뭔가를 줍는다.

빨간 매니큐어가 벗겨진 부러진 손톱 조각이다.

도현이 시선을 계속 벽 쪽에 고정한 채 핸드폰을 들어 다시 서팀장에게 전화를 건다.

신호가 가지만 여전히 전화를 받지 않는.

도현, 고민하다 다시 전화를 거는.

도현 반장님. 저 최변입니다. 반장님 도움이 필요합니다. 지금 당장요.

S# 9. (플래시백) 한종구 집 마당/ 밤

도현, 문 앞에서 기다리고 있으면.

기춘호와 감식팀장이 들어온다.

도현 이쪽입니다.

감식팀장 (불만스럽게 보다가) 이 사람들 무슨 생각들을 하는 건지.. 근데 이거 수색영장 있어야 되는 거... 둘 다 잘 알잖아?

기춘호 (말 자르고) 확인만 하면 돼.

기춘호, 앞장서서 방으로 향하면.

도현, 따라 들어가고.

감식팀장, 고개 절레절레 흔들고 가방 챙겨 따라간다.

S# 10. (플래시백) 한종구 집 방 안/ 밤

감식팀장이 벽에 루미놀을 분사하며 반응을 확인하는.

반짝이며 군데군데 혈흔이 나타난다.

도현과 기춘호를 보며 고개를 끄덕이는 감식팀장.

도현이 한쪽 구석을 가리키고, 감식팀장이 놓여 있던 부러진 손톱을 발견한다.

핀셋으로 들어 살펴보는데, 빨간 매니큐어에 핏자국이 묻어 있다.

기춘호과 도현에게 확인시켜주고 봉투에 넣는 감식팀장.

S# 11. (플래시백) 한종구 집 마당/ 밤

집에서 나오는 도현과 기춘호,

기춘호 이 자식 이거. 출소하고 왜 이 주변만 얼쩡거리나 했더니 범행 현장 감시하고 있었군. (도현 보고) 근데 어떻게 안 거야?

도현 전에 한종구씨가 친모 이야기를 하다 갑자기 입을 닫은 적이 있어요. 그땐 그냥 그런가 보다 했는데, 범죄심리학 교수님의 이야기를 듣고 나니 혹시나 하는 생각이 들더군요.

기춘호 ...

도현 그 후에 반장님이 힌트를 주셨죠. 엄마와 살던 집을 가까이 가지 못하고 멀찍이서 서성거렸다고...

기춘호 뭐 부모 자식 사이라고 전부 살갑진 않지.

도현 그리고.. 요양원에 갔다는 이웃의 증언과 다르게 한종구씨는 모친이 바람이 나서 도망갔다며 화를 내더군요.

기춘호 ...... 아무튼 제법이군.

감식팀장, 장비 가방을 들고 밖으로 나온다.

기춘호 다 됐어?

감식팀장 (끄덕이고) 다시 말하지만 이걸로 수색영장이 나올지는 미지수야.

도현 시간이 별로 없습니다. 최대한 빠르게 부탁 좀 드립니다.

감식팀장 하는 데까진 해봐야지.

도현 이제 반장님 차렙니다.

기춘호 (보는)

도현 증언 말입니다.

기춘호 아직은 아냐. 사체가 나오지 않는 이상 한종구가 빠져나갈 길은 얼마든지 있어.

도현, 기춘호를 보고 있는 데서.

S# 12. 도현 사무실 안/ 밤

도현, 생각에 잠겨 있는.
유리, 다가온다.

유리 괜찮아?
도현 ... 응?
유리 너 엄청 심각하거든?
도현 ... 그랬나?
유리 ...
도현 ...
유리 (도현 보다가) 만약에 한종구가 이번에 무죄면 5년 전 사건이 유죄란 건데. 그때 무죄 판결을 받게 해준 최도현 변호사는 그럼 유죄야?
도현 ...
유리 한종구가 무죄든 유죄든 어떤 판결이 나도 어차피 니 기분은 엉망인 거잖아.
도현 (보는)
유리 이럴 땐 술이 딱인데. 한잔할래?
도현 (결국 그거야? 하는 표정) 됐다.

유리가 "왜? 한잔해. 진짜라니까." 하며 장난치는 모습에.
그제야 미소 짓는 도현의 모습에서.

S# 13. 지법원장실 안/ 오전

노크 소리와 함께 들어오는 나판사. 지법원장이 책상 의자에서 일어나며 나판사를 맞이한다.

지법원장 어서 와요.

소파에 자리하는 나판사와 지법원장.

지법원장 왜 불렀는지는 짐작하시겠죠?
나판사 네.
지법원장 그래. 결정은 했습니까.
나판사 했습니다.

나판사의 얼굴을 뚫어지게 쳐다보는 지법원장.
나판사도 얼굴을 돌리지 않고 바라본다.

지법원장 어떻게 할 생각입니까?
나판사 (대답이 없는) ...
지법원장 아시겠지만, 사법부에 대한 국민들의 신뢰가 더는 흔들려서는 안 됩니다. 일사부재리 원칙을 악용하는 사례가 한 건이라도 나온다면.. (생각하기 싫다는 듯 한숨) 감안하고 있는 거죠?
나판사 ...
지법원장 잘 한번 생각해봐요. 내가 왜 여기까지 불렀는지. 아시겠어요? 나판사님.
나판사 ...

S# 14. 나판사 사무실 안/ 저녁

컴퓨터에 판결요지서를 작성 중인 나판사, 타이핑 중인 손이 멈춘다.
스크롤을 돌려 죽 훑어보다 머릿속에서 지법원장의 말이 떠오른다.

지법원장(E) 아시겠지만, 사법부에 대한 국민들의 신뢰가 흔들릴 수도 있습니다. 일사부재리 원칙을 악용하는 사례가 한 건이라도 나온다면..

모니터를 쳐다보는 나판사. 의자를 뒤로 젖히는.

S# 15. 법원 전경/ 오전

S# 16. 법원 입구/ 오전

차에서 내리는 도현. 입구에 기자들이 진을 치고 있다가 달려든다.

성준식 한종구씨의 자백에 대해 한 말씀 해주시죠! 당시에도 한종구씨 변호를 맡으셨는데요, 지금 심정이 어떠십니까? 자기 변론을 스스로 뒤집은 셈인데요, 이번 사건도 무죄 판결 기대하십니까?

계속되는 질문에 아무 말 없이 기자들에게 떠밀리다시피 하며 들어가는 도현.

S# 17. 법정 안/ 오전

판사들이 들어와 착석한다.
자리에 앉아 변호인석을 보는 나판사. 도현이 없다.

나판사 변호인은 아직 안 온 겁니까?

현준, 기가 찬 얼굴. 헛웃음을 짓고.
한종구, 주위를 두리번거린다.
황비서, 법정 한구석에 서 있지만 한종구, 보지 못하는.

S# 18. 은서경찰서 사무실 안/ 오전

서류(수색영장)를 들고 뛰어 들어오는 이형사.

이형사 팀장님, 영장 나왔습니다.
서팀장 가자!

우르르 몰려가는 김형사, 이형사 등등..

S# 19. 은서경찰서 건물 앞/ 오전

대기하고 있던 차에 오르며 도현에게 전화를 거는 서팀장.

서팀장 어. 난데. 방금 수색영장 나왔어. (이형사 보고) 가! 가!

거칠게 핸들을 돌리는 이형사, 급하게 출발하는 차들

S# 20. 재판정 입구/ 오전

초조한 표정으로 통화를 하고 있는 도현.

도현 기반장님하고 제 생각엔 거기밖에 없어요.

전화를 끊고 서둘러 재판정 안으로 들어가는 도현.

S# 21. 도로 위/ 오전

경광등 켠 채 도로를 달리는 경찰차들

S# 22. 법정 안/ 오전

급하게 착석하는 도현.
한종구가 도현을 보지만 도현은 한종구를 쳐다보지 않는다.

나판사 우선 판결을 내리기 전 판단해야 될 사항은 다음과 같습니다. 첫째, 피고인의 숙소에서 발견된 운동화는 피고인의 것이었는가. 둘째, 피해자의 사망 시점과 그 시간대 피고인의 알리바이가 있는가, 셋째, 피고인의 진술에 따른 과거 살해 방식과 본 사건의 살해 방식과 비교해볼 때, 동일인의 범행으로 볼 수 없는 명징한 차이가 있는가입니다. 판결문을 낭독하겠습니다.

나판사가 판결문을 낭독을 하고 있지만 들리지는 않는다.

S# 23. 한종구 집 앞/ 오전

경찰차들이 주택가 안으로 들어서며 멈춰 선다.
맨 앞차 안에 서팀장을 비롯한 형사들이 타고 있다.

이형사 (브레이크 걸며) 한종구. 그 자식. 정말 그랬을까요?
서팀장 아직은 몰라. 공판 끝나기 전까지 찾아야 하니까 서두르자고!

차에서 내리는 서팀장과 이형사.

이형사 만약에 아무것도 안 나오고, 한종구가 다시 무죄 판결받으면 어떻게 되는 겁니까?
서팀장 당연히 숨어버리겠지. 너 같으면 나 잡아줍쇼 하고 목이라도 내놓고 기다리겠냐. 그러니까 오늘 꼭 찾아야 돼.

S# 24. 한종구 집 안 + 마당/ 오전

감식반원들과 형사들이 집 안을 뒤지고 있다. 지시를 하는 서팀장의 모습도 보인다.
마당과 주택 주변에는 순경들이 모여 있다.
킁킁거리며 냄새를 맡던 경찰견이 마당 한구석을 발로 긁기 시작한다.
집 안에서 기다리던 서팀장에게 뛰어들어 보고를 하는 이형사.

김형사 팀장님! 뭔가 발견한 거 같습니다!!

서둘러 뛰어나가는 서팀장.

S# 25. 법정 안/ 오전

나판사 (판결문 낭독을 끝내고) 피고인은 기립하세요. (긴장된 표정으로 한종구가 일어서면) 사건 번호 2019 고합 제871번, 은서구 철거 건물 김선희 살인사건에 대해 다음과 같이 판결한다.

법정에 있는 모든 사람들이 아무 소리도 내지 않은 채 긴장된 얼굴로 지켜본다.

S# 26. 한종구 집 마당/ 오전

삽으로 땅을 파고 있는 감식반원. 비닐에 싸여 있는 물체가 드러난다.
언뜻 비닐 사이로 보이는 뼈의 형태들.

이형사 뼈가 보이는데요?
서팀장 나도 보고 있어. 한종구 이 자식..

비닐을 걷자 역하게 풍기는 냄새.

코를 막고 비닐 쪽을 보며 놀라는 서팀장과 이형사!!!

S# 27. 법정 안/ 오전

긴장된 표정의 사람들. 도현만이 재판정 입구 문 쪽을 흘깃거리고 있다.
방청석에 있는 기춘호, 한구석에 자리한 황비서 등.
모두의 시선이 나판사에게 집중되고...

나판사 검사가 제출한 증거들만으로 주위적 및 예비적 공소 사실을 인정하기에 부족하고 달리 이를 인정할 증거가 없다. 이에 각 공소 사실은 범죄의 증명이 없는 경우에 해당하므로 형사소송법 제325조에 의거해 주문과 같이 판결한다. (잠시) 주문. 피고인 한종구에게 무죄를 선고한다.

방청석이 웅성거리고, 기자들이 뛰쳐나간다.
검사석에는 현준이 뭐 씹은 표정으로 앉아 있다가 나간다.
만면에 웃음 띤 한종구, 인상 쓰는 황비서,
도현의 표정은 굳어 있다.
방청석의 기춘호, 한종구를 보고 있다.

한종구 내가 사람을 죽였다고 자백까지 했는데 무죄라니. 크큭. 참 좋은 나라라니까. (도현 보며) 변호사님. 다 변호사님 덕분이에요.
도현 (날카롭게 쳐다본다) ...

한종구, 이 순간을 만끽하듯 법정 주위를 둘러보는데.
황비서가 있던 자리에는 아무도 없다.
그때, 울리는 도현의 핸드폰 진동. 핸드폰을 보면 서팀장의 전화다.

도현 어떻게 됐습니까?

도현 쪽을 보는 한종구.

도현이 핸드폰을 손으로 막으며 일어서서 한쪽 구석으로 간다.

S# 28. 한종구 집 마당/ 오전

핸드폰을 들고 통화를 하고 있는 서팀장.
밑에는 펼쳐진 비닐 위에 개의 형태를 한 두개골과 뼈들이 놓여 있다.

서팀장 (개의 두개골과 뼈들을 보며) 죽은 개 한 마리만 찾았어. 사람 시체는 없어.
도현(F) 아.. 네..
서팀장 집을 다 뒤집었지만 그게 다야.

S# 29. 법정 안/ 오전

전화를 끊는 도현의 실망스런 표정.
한종구는 법정 경위의 호위를 받으며 재판정을 나가려 하고 있다.

도현 한종구씨!

막 재판정을 빠져나가려는 한종구에게 다가가는 도현.

한종구 왜.. (의아한 표정, 그러다) 아! 수임료! 돈 걱정 마요. 재개발 보상금 받으면...
도현 한종구씨 어머니 집. 곧 철거된다네요.
한종구 뭐?
도현 사람이 거주하지 않는 집부터 먼저 철거한답니다.

인상 쓰는 한종구.
도현이 그 표정을 놓치지 않는다.
기춘호, 실망스런 표정으로 도현을 보고.

S# 30. 현준 검사실 안/ 오후

쾅! 문이 열리며 현준이 들어온다. 깜짝 놀라는 안계장과 실무관.
눈길도 주지 않은 채 책상으로 가 서류 보따리를 던지듯 내려놓고는 창문을 향해 서는 현준.
손을 떠는... 분을 삭이는 듯하다.

안계장 (눈치를 보며 다가서서) 저... 부장님이 찾으십니다.
현준 (돌아보지도 않은 채) 알았어요. (움직이지 않는)
실무관 저... 바로 오시라는...
현준 (획 돌아보며, 버럭) 알았다잖아요!

움찔해서 자리로 돌아가는 안계장. 실무관에게 '거, 성질하고는' 하는 표정을 짓는다.

S# 31. 한종구 집 밖/ 밤

주택들 불빛이 거의 다 꺼져 있는 어두컴컴한 주택가.
빗줄기가 세차게 내리고 있다.
비옷을 뒤집어쓴 채 주위를 둘러보다 대문을 열고 들어가는 누군가.

S# 32. 한종구 집 방 안/ 밤

방 안에서 벽장을 들어내고 벽을 곡괭이로 치는 한종구.
벽이 무너져 내리자 비닐에 꽁꽁 싸인 사체가 드러나고....

S# 33. 한종구 집 대문 밖/ 밤

대문을 열고 나오는 한종구.
어깨에 멘 비닐로 싸인 물체에 빗줄기가 튕겨 사방으로 흩어진다.
갑자기 차 헤드라이트가 켜지고... 쏟아지는 불빛에 손으로 눈을 가리는 한종구.
그때, 서팀장과 형사들이 차 옆으로 걸어 나온다.
놀라는 한종구. 어깨에 멘 물체가 힘없이 바닥에 떨어지고...
헤드라이트를 켠 차 옆에서 우산을 쓰고 보고 있는 기춘호.

기춘호 한종구. 결국 어떤 식으로든 끝을 보게 됐군.

저항조차 하지 못하는 한종구를 차에 태우려는 형사들.
멀찍이 서 있는 도현을 발견하는 한종구.
도현 역시 시선을 느끼고 한종구를 본다.
차에 타기 전 한종구가 도현을 노려본다.

서팀장 대가리 접어 이 새끼야!

형사들이 한종구의 머리를 차 안으로 밀어 넣으며 태우자 차가 떠나고...
차들이 빠지고 도현과 기춘호만 남는다.

S# 34. 포장마차 안/ 밤

도현 (기춘호에게 술 한잔 따라주며) ... 고생하셨습니다.
기춘호 고생했지. 누구 때문에. (잔 건네는) 결국 나와의 약속은 지켰군.
도현 (잔을 받아 내려놓는)
기춘호 ... 내가 변호사란 족속을 좋게 보게 되다니.. 역시 사람이 오래 살고 볼 일이야.
도현 ... 반장님은 좀 후련해지셨습니까? 그렇게 잡고 싶던 한종구를 잡았잖아요.
기춘호 뭐 좋아. 음.. 근데 이게 끝이 아니란 게 문젠데.

도현 (보는)

기춘호 (술 따르는) 김선희 사건에서는 이상한 게 너무 많아. 한종구가 묵고 있던 여관에 혈흔이 묻은 신발을 갖다 놓은 것도 그렇고... 피해자 남자친구의 위증도 마찬가지고...

도현 ...

기춘호 왜 그랬을까?

도현 ... (기춘호를 보다) 왜 그랬을 거라고 생각하시죠?

기춘호 가능성은 크게 두 가지야. 한종구가 타겟이 된 경우와 그렇지 않은 경우.

도현 ...

기춘호 한종구가 타겟이었다면 판을 짠 놈은 과정이 어찌 됐든 목적 달성을 했다고 봐야지. 최변이 활약한 덕분에 한종구를 잡아넣었으니까.

도현 (보면)

기춘호 그게 아니라면.. 한종구가 우연히 걸려들었다는 건데... 나는 그럴 가능성은 별로 없다고 봐.

도현 네. 모든 정황이 분명하게 한종구씨를 지목하고 있으니까요.

기춘호 ...

도현 도대체 누가, 뭣 때문에 이런 일을 벌였을까요?

기춘호 이제 그걸 알아봐야지. (술 마시고)

도현, 기춘호를 보다가.

도현 ... 반장님.

기춘호 (도현 보고)

도현 반장님은... 모든 사건의 진범을 잡고 싶으신 겁니까?

기춘호 당연한 거 아닌가?

도현 그런데 경찰은 왜 그만두셨죠?

기춘호 몰라서 묻는 거야? 최변 때문이잖아.
최변이 한종구를 무죄로 풀어준 바람에 보따리 싼 거 아닌가.

도현 ...... (작게 한숨)

기춘호 뭐 그리 심각해. 최변한테는 농담도 하면 안 되겠어. 과속 딱지나 끊어주고 있자니 온몸이 근질근질하고 도저히 못 있겠어서 때려친 거야.

도현 ......

기춘호 그렇다고 최변 책임이 아예 없어지는 건 아니니까 나중에 굵어 죽게 생겼으면 책임지라구.

도현 (보는)

기춘호 농담이야. 술이나 한 잔 받아.

기춘호, 도현의 잔을 채워주는 데서.

S# 35. 포장마차 앞/ 밤

도현과 기춘호, 포장마차에서 나오는.

기춘호 추운데 들어가.

도현 네. 들어가십시오.

기춘호, 가려는데.

도현 반장님. 그럼 또 뵙겠습니다.

기춘호 (웃는) 안 보면 더 좋고. (돌아서다) 아, 근데 말야.

도현 ...

기춘호 나한테 증거가 있다는 거... 어떻게 믿었지? 낚시라고 의심은 안 했나?

도현 솔직히... 다 믿은 건 아닙니다.

기춘호 (크게 웃는) 그래? 술이 확 깨는군.

기춘호, 도현을 뒤로한 채 걸어가고.
도현, 가는 기춘호를 가만히 응시하는 데서.

S# 36. 도현 사무실 전경/ 아침

S# 37. 도현 사무실 안/ 아침

커튼이 걷히면, 아침 햇살이 사무실 안을 환하게 비춘다.
담요를 걷으며 눈을 비비는 도현. 진여사가 보자기에 싼 도시락을 꺼내 탁자에 놓는다.

진여사 오늘은 잘 잤어요?
도현 (자세를 고쳐 앉으며) 괜찮아지고 있어요. 들어오시는 소리도 못 듣고 잤어요.
진여사 다행이네요. (찬합을 열어 탁자에 펼치며) 몸이 안 좋은 게 다 제대로 챙겨 먹지 않아서 그런 거예요.

탁자 위에 화려하게 펼쳐진 찬합을 보며 눈이 휘둥그레지는 도현.

진여사 실력 발휘 한번 해봤는데 어떨지 모르겠네요. 어서 들어요.
도현 잘 먹겠습니다.

아이처럼 기대에 찬 표정으로 반찬을 집어 먹는 도현. 근데 응? 하는 표정.
다시 다른 반찬을 먹어보고는 살짝 인상을 구긴다.

진여사 왜요? 입맛에 안 맞아요?
도현 아니요! 맛있습니다.
유리(E) 뭐야? 아침부터 진수성찬을 둘이서만 하시나? 치사하게끔.
진여사 (반기며) 유리씨도 얼른 들어요.

유리가 들어와 도현 앞자리에 앉는다.

유리 (젓가락을 들며) 그럼 사양 않고! (먹음직스런 찬 하나를 입에 집어넣고는 먹어보다) 아... 집밥이라고 전부... 막... 겁나게 맛있거나 막 그런 거는...

도현이 유리에게 고개를 살짝 흔들며 신호를 주고는 여러 음식을 한꺼번에 입안에 집어넣는다.
도현의 신호를 눈치챘다는 듯 겨우 음식을 집어 먹는 유리.
진여사, 자기 자리에서 둘의 모습을 흐뭇하게 바라본다.

S# 38. 유광기업 로비 안/ 오전

오회장과 황비서, 임원들이 걸어가고 있다.

S# 39. 유광기업 건물 입구/ 오전

오회장 차 주차돼 있고.
오회장, 임원진들 대동한 채 빌딩에서 걸어 나오면.
대기하고 있던 황비서, 차 문을 열어준다.
오회장, 차에 오르고. 일제히 인사하는 임원진들.
황비서, 차 문을 닫고 앞좌석에 탑승한다.

S# 40. 오회장 차 안/ 오전

오회장, 뒷좌석에 앉아 눈을 감은 채.

오회장 그 아이 재판 건은?
황비서 언론 쪽은 재판 결과에만 프레임을 맞추고 있고 검찰과 경찰은 양쪽 다 좋을 게 없는 사건이라 알아서 묻고 가는 분위기입니다.
오회장 (눈을 뜨며) 분위기가 결과는 아니지. 끝까지 지켜봐.
황비서 네.
오회장 박의원 쪽은 따로 연락 없었고?
황비서 돈이 좀 급하다는데 일단 시간을 끌고 있습니다.

오회장 그래.. 만나기로 한 건.

황비서 금요일 오후 2시입니다.

오회장 그래. 이번에 완전히 못을 박아야 해. 선거철이라 주도권도 우리 쪽에서 쥐고 있으니까.

황비서 네. 알겠습니다.

오회장, 피곤한 듯 의자에 몸을 묻는다.

S# 41. 주택가 연립주택 앞/ 오전

도현이 대문 앞에 서 있다.
도현이 벨을 누르자 안에서 들려오는 소리.

소리 누구세요?

도현 저는... 저...

소리 (인터폰이 끊어지고)

도현 (다시 누른다) 저는...

소리 괜찮습니다.

도현 변호사입니다!

소리 네? 누구요?

도현 양애란씨 사건 용의자 변호를 맡았던 최도현 변호사입니다. 잠깐 얼굴 좀 뵐 수 있을까요?

소리 ...

... 덜컹 문이 열린다.
양애란의 자매쯤으로 보이는 젊은 여자가 나온다.

언니 ... 왜 이러세요.

도현 ... 죄송합니다.

언니 ... 우리도 그쪽 잘못이 아니란 거 알아요. 범인이 잘못한 거지 변호사님이 잘

못한 거 아니죠. 근데. 마음이란 게 안 그래요.

도현 ... 죄송합니다..

언니 다시는 찾아오지 말아주세요.

도현 ...

언니 그...

도현 (보는)

언니 범인이 자백했다고 뉴스 나왔을 때 엄마도 저도 많이 울었어요. 최소한 누가 그랬는지라도 알고 싶었으니까..

도현 ...

언니 ... 그걸로 됐어요.

고개 숙이는 도현.
언니, 들어가고. 문이 닫힌다.
문이 닫히고도 한동안 고개를 숙인 도현의 모습에서.

S# 42. 납골당 밖/ 오후

납골당으로 들어서는 도현.

S# 43. 납골당 안/ 오후

아무도 없는 납골당 안. 납골함에 김선희 이름 보이고,
도현이 꽃다발을 든 채 김선희의 사진 앞에 서 있다.
환하게 웃고 있는 모습이 사체로 보던 얼굴과는 판이하게 다른 모습이다.
꽃다발을 내려놓고, 잠시 김선희의 사진을 바라보다 고개를 숙이며 참배를 하는 도현.
도현이 걸음을 옮기며 복도로 나서는데.
갑자기 뭔가 떠오른 듯 발걸음을 돌려 다시 돌아온다.
유골함에 붙여진 김선희 사진이 보이고.

김선희의 사진을 자세히 살피는 도현.

도현 (머릿속으로) 어디서 봤지? 어디서 봤을까...

필사적으로 생각해내려는 도현 위로 플래시 되는.

S# 44. (플래시백) 법정 안/ 오전

교복을 입고 있는 도현, 앞에 필수가 서 있다.

필수 이제 니 아버지는 세상에 없는 사람이다...
도현 ...
필수 최도현!
도현 ...
필수 앞으론 너만 생각하며 살아.
도현 (아무 말도 안 나오는)
필수 갑시다.

법정 경위들, 다시 필수를 돌려세워 데리고 간다.

도현 (목이 메어 소리가 잘 나지 않는) 아... 아버... 아버지..

필수, 돌아보지 않고 계속 가고.
도현, 뒤늦게 따라가려는데. 이미 재판정 밖으로 나간 필수.
도현, 망연자실 그 자리에 선 채 아버지를 되뇌는.
이제야 소리가 밖으로 나오기 시작한다. 아버지...
도현, 힘이 풀려 주저앉은 채 한동안 일어서지 못하는데.
다가오는 누군가 도현을 일으켜 세워주는.
도현, 고개를 들어 올려다보고
카메라 천천히 올라가면 드러나는 얼굴, 김선희!!!

김선희의 얼굴에서.

S# 45. 도현 사무실 안/ 밤

재판정의 김선희의 얼굴이 핸드폰 액정 속과 겹쳐진다.
액정 속 김선희를 보는 도현의 심각한 표정.

도현 (혼잣말로) 김선희씨... 당신이 왜 거기 있었던 겁니까?

김선희 사진을 응시하던 도현. 일어서서 책장 쪽으로 간다.
책장 사이에 손을 넣어 열면, 숨겨진 벽이 나타나고!!!.
벽에는 사진들과 각종 종이들이 붙어 있고, 매직으로 쓴 글씨들도 있다.
목격자란 문구 밑에 오회장 사진. 밑으로 유광기업에 대한 내용들.
옆에는 사건 관련자들인 죽은 차중령, 양인범, 로펌 대표의 사진도 있다.
최필수의 사진, 차중령 살인범 사형 선고 기사를 보며 생각에 잠기는 도현.

S# 46. (플래시백) 법정 안/ 오전

죄수복을 입은 필수. 재판정에 들어선다.
검사 측에 차장검사(현 로펌 대표), 양인범(현 부장검사) 검사 앉아 있고.
그리고 고등학생인 도현이 초조한 표정으로 보고 있다.
재판장(현 지법원장)이 판결을 낭독하기 시작한다.

재판장 이에 본 법정은 피고인 최필수를 법정 최고형인 사형에 처한다.

재판장의 판결 선고에 방청석에는 탄식과 박수 소리가 같이 들린다.
재판정에 앉아 있는 도현. 고개를 숙이고 있다.
도현 주위 방청객들이 하나 둘씩 자리를 뜨는.
필수, 포승줄에 묶인 채 법정 경위들에 의해 끌려가는데.

도현, 뒤에서 달려와 앞을 막아서며.

도현 왜 아무 말도 안 하는 건데!

필수 ...

도현 진짜... 아버지가 한 거야?

필수 ...

도현 아니잖아!

필수 ...

도현 왜 아무 말도 안 하는 건데? (재판정 가리키며) 저기서도, 내 앞에서도!

필수 ...

도현 정말 끝까지 아무 말도 안 할 거야!

필수 (도현을 바라보다) ... 수술 잘된 거 같네.

도현 지금 그게 중요해!

법정 경위들, 도현 밀치며 필수를 데리고 가려는데.
호송당해 가던 필수.

필수 잠시만.

경위들 (멈춰 서고)

필수 잠시만.. 마지막으로.. 짧게 얘기만 좀 하겠습니다.

경위들 (필수의 몸을 도현 쪽으로 돌려주는)

도현 ...

필수 도현아.

도현 ... (눈물이 맺히는)

필수 이제 니 아버지는 세상에 없는 사람이다...

도현 ...

필수 최도현!

도현 ...

필수 앞으론 너만 생각하며 살아.

도현 (아무 말도 안 나오는)

필수 갑시다.

법정 경위들, 다시 필수를 돌려세워 데리고 간다.

도현 (목이 메어 소리가 잘 나지 않는) 아... 아버... 아버지..

필수, 돌아보지 않고.
필수가 가는 뒷모습을 보는 도현.

S# 47. 도현 사무실 안/ 밤

다시 사무실.
도현, 시선이 이동하는.
시선 따라가면. 맨 밑에 붙여놓은 사진,
경찰 정복을 입고 있는 한 인물... 기춘호다.
차갑게 사진 속의 기춘호를 보는 도현.

S# 48. 한종구 구치소 방 안/ 밤

쿵쿵 소리가 들린다. 자고 있던 재소자 하나가 그 소리에 벌떡 몸을 일으킨다.

재소자 아! 미치겠네. 도대체 어떤 새끼야! (벽을 쾅! 치며) 야! 잠 좀 자자! 여기 억울한 놈이 너뿐인 줄 알아! (계속 소리가 들려오자) 아이고. 또라이 새끼 하나 나셨네.

담요를 뒤집어쓰고 다시 눕는 재소자.
누운 채 반복적으로 바닥에 뒤통수를 쿵쿵 찧던 한종구.
천장을 응시한 채 생각에 빠져 있다.

S# 49. 주상복합 CCTV실 안/ 밤

의자에 앉아 CCTV 보고 있는 기춘호.
사람 하나 없는 어두운 화면을 무료하게 보면서,
탁자에 놓인 수첩을 의미 없이 톡톡 두드리는데.
수첩을 열어 힐끗 보려는데 CCTV 화면 속 수상한 움직임이 보이고.
자리에서 일어나 화면 속, 도어락 앞에서 전기충격기를 꺼내 드는 한 남자의 모습.

S# 50. 문 앞/ 밤

달려오며 절도범 낚아채는 기춘호.
들고 있던 전기충격기 들어 기춘호에게 저항하지만,
기춘호, 순식간에 절도범을 제압하고 수갑을 채우려 허리춤을 만지는데.
허리춤의 수갑이 없어 순간 당황한다.
기춘호, 벨트를 풀어 범인의 팔목을 묶는다.

S# 51. 은서경찰서 현관 앞/ 밤

서팀장, 이형사 달려 나오고.
이형사에서 절도범을 인계하는 기춘호.

서팀장 경찰을 부르시지 왜 직접 오셨어요?

기춘호 현행범이잖아. 바로 잡아넣어야지.

서팀장 하여튼 형님도 참.. 여전하시네.. (기춘호의 복장 훑어보는) 어째, 할 만하세요?

기춘호 편안해. 뜨끈한 데 앉아서 CCTV나 보고. 잠복 안 해도 되고. 밥도 제때 먹고 퇴근도 제때 하고. 너도 힘들면 이리로 와.

서팀장　내 귀에는 현장에 있을 때가 더 그립단 말로 들리는데요.
기춘호　하.. 그런가..
서팀장　한종구도 잡았겠다 이번 기회에 복귀 어떠십니까?
기춘호　내 발로 나갔는데 복귀가 되냐?
서팀장　경력 채용도 있잖아요. 진지하게 한번 생각해보세요 형님.
기춘호　그건 그렇고, 김선희 사건 어떻게 돼가?
서팀장　우리도 죽겠어요. 열심히 뛰어다니긴 하는데... 뭐 없네요.
기춘호　...
서팀장　형님, 저 들어가볼게요.
기춘호　그래, 수고해.

손 흔들고 들어가는 서팀장을 물끄러미 바라보는 기춘호.

S# 52. 거리/ 밤

주머니에 손 넣고 거리 걷는 기춘호.
골목에 멈춰 서서 담배 꺼내려는데 주머니에서 수첩이 잡혀 나오는.
수첩을 잠시 바라보다가.
오던 방향의 반대 방향을 지그시 바라보는.

S# 53. 김선희 집 앞/ 밤

공동주택 복도를 걸어오다 문 앞에 멈춰 서는 기춘호.
현관 벨을 누르는데, 버튼이 눌리기만 할 뿐 소리가 나지 않는다.
기춘호, 바닥에 떨어져 있는 우편물을 주워 들면 수취인 '김선희' 이름 보이고.

기춘호　(되뇌이듯) 김선희...

고지서들을 살펴보지만 별거 없다.
기춘호. 씁쓸한 표정 짓고는 일어나고.
수첩을 꺼내 손바닥에 툭툭 치고 걸어가는 기춘호의 모습에서.

S# 54. 밝은정치당 당사 기자회견장 안/ 오전

'서울의 심장 중앙구! 박시강을 중앙구의 대표로'라는 플래카드가 걸려 있고, 비어 있는 단상 앞에 기자들과 카메라가 몰려 있다.

기자 제가 있는 이곳은 밝은정치당 당사 기자회견장입니다. 잠시 후 이곳에서는 전직 대통령의 조카인 박시강 밝은정치당 비대위원장이 서울 중앙구 국회의원 보궐선거 출마 연설을 가질 예정입니다. 아! 지금 박시강 비대위장이 나오고 있습니다.

반듯한 양복 차림의 박시강이 단상으로 올라온다. 터지는 카메라 세례.

박시강 이렇게 바쁘신 와중에도 불구하고 많이 와주신 우리 중앙구민 여러분, 정말 고맙습니다. 현재 이 순간에는 아무도 그렇게 생각하지 않지만 지나고 보면, '그것이 역사의 현장이었고 나 스스로가 역사의 현장에 있었구나.' 이렇게 느낄 때가 있습니다. 이제 선거가 얼마 남지 않았습니다. 그동안 제가 중앙구 곳곳을 돌아다니면서 많은 시민 여러분의 목소리, 어려움을 들었습니다. 한결같이 살림살이가 나아지게 해달라는 말씀이었습니다.

S# 55. 도현 사무실 안/ 오전

TV를 통해 박시강의 국회의원 출마 방송을 보고 있는 유리.

유리 저러다 대통령까지 하는 거 아냐...
도현 (책상 위에서 서류를 보며) 저 사람 잘 알아?

유리　대한민국에 박시강 모르는 사람도 있어? 박시강. 박명석 대통령의 하나뿐인 조카. 한마디로 철부지. 박시강이 청와대 보좌관 시절 내부에서 골치깨나 썩었지. 별별 구설수에 다 올랐으니까. 하지만 아무도 말은 못 꺼냈지. 왜냐! 박명석 대통령이 아주 대놓고 끼고돌았거든. 아들도 아니고 겨우 조칸데? 라고 생각할 수 있겠지? 하지만 박명석한테는 딸 하나밖에 없잖아. 박시강은 그 집안의 종손이고 대를 이을 존재인 셈이지. 어때 분위기 파악되지?

도현　(계속 서류를 보며) 아 그래? 난 정치엔 관심 없다.

유리　뭐어? 정치에 관심 없다고 아무렇지 않게 말을 하다니...! 저런 인간들은 정치판에 들락거리게 해서는 안 되는 거라고.

도현　(무덤덤하게) 나 투표 거른 적 없다. 나 나갔다 올게.

유리　어딜?

도현　어디 좀.

유리　어. 그래. 갔다 와.

도현 나가는데.
유리, TV에 시선 고정된 채.
TV에 박시강 얼굴이 클로즈업된다.

S# 56. 법원 기록실 안/ 오전

법원 기록실 팻말이 보이고.
기록실 사서 앞에서 서 있는 도현.

사서　10년 전 사건 재판 기록 영상이요?

도현　네. (종이를 내밀며) 사건 번호 2009 고합 317번입니다.

사서　(종이에 적힌 번호를 들고 컴퓨터로 조회하고는) 이 사건의 영상 기록은 없는데요. 당시 재판장이 허가하지 않았다고 나와 있어요.

도현　(실망스러운) 그런가요.... 혹시 다른 특이사항은 없었나요? 재판과 관련된 아무 거라도 좋습니다.

사서　(키보드를 쳐보다) 이게 도움이 될지는 모르겠는데...

도현 ...

사서 (컴퓨터 모니터를 보며) 그 사건 당시 기자 하나가 사진 촬영하다 벌금형에 처해졌네요.

도현 사진 촬영이요? 그게 누군가요?

사서 음... 성준식이라는 분이에요.

'성준식...' 중얼거리는 도현의 얼굴에서.

S# 57. 도현 사무실 안/ 오후

사무실로 들어오는 도현, 유리에게 다가간다.

도현 유리야. 혹시 성준식 기자라고 알아? 전에 네가 있던 신문사 기자던데.

유리 성준식? 엄청 잘 알지. 나하고는 톰과 제리 같은 관계랄까?

도현 ...

유리 물론 내가 제리, 그쪽이 톰이야.

도현 그래. 뭐. 나 그 기자님하고 연결 좀 시켜줘.

유리 왜?

도현 그냥 알아볼 일이 있어서.

유리 안 돼.

도현 잘 안다면서.

유리 알잖아. 내가 궁금증이 생겼을 때는 그냥 넘어갈 수...

도현 (유리의 말을 끊으며) 김선희 사건 때문이야.

유리 김선희 사건? 그 사건과 성준식 기자가 왜?

도현 ... 김선희씨. 10년 전 우리 아빠 재판정에 있었어.

유리 (!!) 뭐? 그 사람이 거기 왜?

도현 아직 몰라. 그때 재판정 관련 기록이 하나도 안 남았는데. 그 기자님이 현장 사진을 찍었나봐. 그 현장 사진 안에 내가 모르는 또 다른 사람들도 있지 않을까 해서.

유리 음.. 알았어! 내가 알아볼게.

도현 그냥 소개만 시켜줘. 이 일은 내 개인적인 일이야.

유리 모르는 소리. 성준식. 절대 호락호락한 인간이 아니다. 변호사가 가면 뭔가 냄새를 맡고 물고 늘어질 거라고. 톰에게는 제리가 정답이지.

도현 유리야 그냥 다리만 놔주면... (포기하고) 그냥 사진만 구해줘.

유리 날 믿어 브라더.

서둘러 자리로 가 가방을 챙기는 유리의 모습에서.

S# 58. 수제버거집 안/ 오후

탄산수를 마시는 유리와 한입 가득 햄버거를 먹는 성준식.

성준식 이거 맛있네.

유리 많이 드세요.

성준식 니가 (메뉴판 보며) 이런 걸 산다는 건... 아주아주 불가능한 부탁이겠네. 얘기나 해봐.

유리 눈치도 빠르시긴. 역시 성기자님은 달라도 뭔가 달라. (손가락으로 가로저으며) 하지만! 이번은 틀렸어요. 아주 간단한 거에요.

갑자기 먹는 걸 멈추는 성준식. 왜? 하는 표정의 유리.

성준식 본능적으로 이거 먹다간 탈 날 거 같은 느낌이 오는데?

역시 쉽게 볼 인간은 아니라는 표정의 유리.

유리 혹시 차승후 중령 살인사건 기억나요? 선배가 재판 상황 촬영하다 벌금 물었던...

성준식 내가 재판장에서 벌금 문 게 한두 번이라야 말이지. 가만있어보자... (생각하는 척하다) 근데! 그건 왜?

유리 기억나요, 안 나요?!

성준식　니가 이제부터 하는 말에 따라 기억날지 말지 결정되겠지.
유리　아 그래요 선배? (성준식의 음료수 잔을 당겨 마시는)
성준식　고급 요정에서 일어났던 총기 살인사건이었지? 현역 기무사 중령이 예비역 준위한테 살해당한...
유리　잘 기억하면서... 그럴 줄 알았어.
성준식　현재 이 돌아가는 느낌상으로 볼 때... 그때 촬영한 사진이 필요한 건데..
유리　(고개 끄덕이는)
성준식　없어.
유리　네?
성준식　그때 뺏겼지. 그 후 법원에서 소각해버렸고.
유리　그래요?
성준식　근데 대체 뭘 알려고 하는 거야?
유리　사진 없다면서요? 그럼 내 입에서도 나올 말이 없죠. (햄버거 뺏으며) 그럼 이것도 그만.
성준식　(도로 뺏으며) 방청객 스케치라면 재판 시작 전에 찍어둔 게 있지.

순간, 유리의 표정이 확 밝아졌다 들킬까 봐 금세 실망한 표정으로 돌아온다.

유리　뭐... 방청객 스케치가 필요한 건 아닌데... (눈치를 슬쩍 살피며) 혹시 모르니 그거라도 좀 볼 수 있어요?
성준식　(유리를 가만히 보다) 혹시 모르니 나머지도 얘기해주면 좋겠는데... (계속 보는)
유리　(도저히 못 속일 인간이라는 듯) 아. 졌어. 졌어. 나도 뭐가 어떻게 연결되는지는 몰라요.

유리의 얘기를 듣는 성준식의 표정이 진지해진다.

S# 59. 도현 사무실 안/ 저녁

사무실로 들어서는 유리.
도현의 책상 위에 사진 몇 장을 척! 놓는다.

도현 (보는) !

유리 내가 이걸 얻으려고 밀당을 얼마나 했는지 알면 놀랄 거다. 들어간 돈은 또 얼마고.

사진을 들어 살펴보는 도현. 재판 전 방청석을 찍은 사진이다.
사진을 살펴보는 도현.

유리 니가 갔다면 사진은커녕 머릿속에 있는 거 죄다 털어놓고 왔을 거야. 난 이제 일하러 간다.

도현 (사진에 집중) ......

유리 야! 너 뭐라고 말을... 고맙다. 아님 잘 다녀와라. 이런 말이라도 해야 하는 거 아냐?

도현 (영혼 없는) 고맙다. 잘 다녀와라.

유리 됐다. 됐어. 너나. 성준식이나.

유리, 툴툴거리며 나가고, 유리를 보며 웃는 도현.
사진을 보던 도현, 멈칫.
방청석 사진 속에 김선희의 모습 찍혀 있다.
유리가 나가고 다시 다른 사진을 보려는데 울리는 전화벨.

도현 네. 최도현 변호사 사무실입니다. 한종구씨요? (한숨) 아니오. 거절한다고 전해주세요.

전화를 끊고 여러 장의 사진 중 한 장을 집어 드는 도현. 보다 흠칫!
사진을 내려놓고는 급하게 전화를 건다.
사진에 찍혀 있는 사람들 중 누군가의 얼굴에 포커스가 맞춰지는데...
한종구다!

S# 60. 한종구 구치소 전경/ 오전

S# 61. 한종구 구치소 접견실 안/ 오전

도현이 앉아 있다.
교도관과 들어오는 한종구. 도현 앞에 앉고는 히죽 웃는다.
무표정으로 그런 한종구를 보고만 있는 도현.

한종구 이거 내가 너무 염치없는 건가?

도현 (심각한 표정)

한종구 거 표정 좀 푸쇼. (인상 쓰며) 정작 열받은 사람이 누군데. 제대로 내 뒤통수를 치셨더구만. 하긴 속아 넘어간 내가 병신이지. 누굴 탓하겠어?

도현 저를 보자고 한 이유가 뭡니까?

한종구 (몸을 뒤로 젖히며) 구치소에 있는 인간이 변호사를 뭐 때문에 보자 하겠어.

도현 이번 사건은 맡지 않겠다고 전달했을 텐데요.

한종구 이번엔 나를 꺼내달라는 얘기가 아냐. 나도 뭐 빼도 박도 못하는 상황이니까. 그냥 뭐 형량을 좀 줄여보는 쪽으로다가.

도현 누가 변호를 해도 그건 어렵습니다. 존속 살해에다 사체 유기, 또... 한종구씨 같은 경우에는 일사부재리가 적용 안 된다 하더라도..

한종구 (말을 끊으며) 그러니까! (몸을 앞으로 당기며) 왜 그걸 자백시켰냐고!

도현 최소한 하나는 무죄가 입증됐잖습니까.

한종구 이거나 저거나 결과가 같잖아! 결과가! (손을 내저으며) 됐고! 이번엔 내가 다 인정할 테니까 어떻게 손 좀 써주쇼.

도현 ...

한종구 (도현이 대답이 없자) 궁금하지 않아? 왜 또 내가 당신을 변호사로 지목했는지?

한종구를 보는 도현. 한종구도 도현을 보는데 의외로 여유가 있다.

도현 궁금하지 않습니다. (일어서며) 더 하실 얘기가 없으시면 이만...

돌아서는데, 뒤에서 나지막이 들리는 소리.

한종구 최필수.

멈춰 서는 도현. 다시 들리는 한종구의 소리.

한종구 최필수. 당신 아버지. 아니 최필수 준위님이라고 해야 하나?

도현이 천천히 돌아선다. 히죽 웃고 있는 한종구.
노려보는 도현에서...

- 제3회 끝 -

4회

S# 1. 한종구 구치소 접견실 안/ 오전

한종구 궁금하지 않아? 왜 또 내가 당신을 변호사로 지목했는지?

한종구를 보는 도현. 한종구도 도현을 보는데 의외로 여유가 있다.

도현 궁금하지 않습니다. (일어서며) 더 하실 얘기가 없으시면 이만...

돌아서는데, 뒤에서 나지막이 들리는 소리.

한종구 최필수.

멈춰 서는 도현. 다시 들리는 한종구의 소리.

한종구 최필수. 당신 아버지....

도현이 천천히 돌아선다.
히죽 웃고 있는 한종구.

도현 ...

의도대로 도현이 먹이를 물었다는 듯 씨익 미소를 띠는 한종구.
한종구를 보는 도현.

한종구 더 듣고 싶으면 결정해요. 변호할 건지 말 건지.
도현 (보는)
한종구 변호사님도 이유가 있으니까 날 찾아왔을 텐데...
도현 ......
한종구 그래요. 뭐. 천천히 합시다. 천천히. 단계적으로다가.

도현, 한종구를 뚫어져라 보다가.
안주머니에서 가져간 사진을 꺼내 책상 위에 놓는.

도현 10년 전 제 아버지 재판에 간 적 있죠?

한종구가 사진을 슬쩍 보는데 재판정 입구에 자신의 모습이 찍혀 있다.

한종구 와 이거 나야? 이때 사진이 다 있네? 이게 어디서 났대?
도현 ...
한종구 아, 말 좀 해요. 난 변호사님 말 안 하고 있을 때가 제일 무섭더라.
도현 ... 거기 왜 갔습니까?
한종구 다 관계가 있으니까 갔겠죠? (히죽거리는) 뭐, 아직은 말할 단계가 아니고.
도현 ... 몇 단계까지 있는 겁니까.
한종구 (손가락으로 세는 시늉을 하며) 한 세네 단계쯤. 변호사님이 하는 거 봐서 늘어날 수도 있고 줄어들 수도 있고?
도현 (가만히 한종구를 보는)
한종구 먼저 변호사님이 변호를 한다고 해야지. 그래야 나도 말을 하지?
도현 ...
한종구 별로 고민할 게 없어 보이는데. 변호. 맡으시겠어요?
도현 (흔들리는 눈빛) ...

한종구 (대답하라는 듯 보는)
도현 ... 맡지 않겠습니다.

돌아서 나가려는 도현. 다시 뒤에서 들리는 소리.

한종구 나 운전병이었어. 당신 아버지가 쏴 죽인 기무사 차승후 중령 운전병.

도현의 얼굴에 놀라는 표정이 살짝 스치고, 이내 담담해지는 도현. 돌아본다.

한종구 아, 이거 벌써 1단계를 꺼내놓으면 안 되는데... 내가 성질이 좀 급해요.

도현을 보며 씨익 웃는 한종구.
둘의 눈빛이 허공에서 부딪친다.

S# 2. 한종구 구치소 복도 + 한종구 구치소 밖/ 오전

평소와 달리 빠른 걸음으로 구치소 복도를 걸어 나오는 도현.
구치소 밖에 나와 숨을 고르는 도현.
숨이 막히는지 타이를 느슨하게 푼다.

(플래시백 - 3회 44씬, 법정 안)
필수 이제 니 아버지는 세상에 없는 사람이다...
도현 ...
필수 최도현!
도현 ...
필수 앞으론 너만 생각하며 살아.

(CUT TO)
생각하다 다시 걸어가는 도현.

S# 3. 기춘호 차 안/ 오전

기춘호, 빵 한입 베어 문 채로 수첩 열어 보는.
수첩에 김선희 집, 신발가게, 이철수 집 주소 차례로 적혀 있다.
김선희 집 옆에는 X표 쳐져 있다.
빵을 씹어 삼키고 입을 닦은 후 차를 출발하는 기춘호.

S# 4. 신발가게 앞 + 신발가게 안/ 오전

신발가게 주인, 진열해놓은 신발들 먼지를 털고 있다.
다가가는 기춘호. 한종구의 사진을 내민다.

기춘호 이 사람 기억나요?

신발가게 주인. 기춘호를 올려다보는.

기춘호 이 사람, 여기서 운동화 사 간 거 맞습니까?
가게주인 (건성으로 보고) 왜 또 오셨대. 일이 잘 안 됐어요?
기춘호 기억을 하시네?

가게 주인 안으로 들어가 의자에 앉고.
기춘호, 따라 들어가 앞 의자에 앉아 가게 주인을 똑바로 응시한다.

기춘호 징역이 나올라나 벌금 좀 때려 맞는 게 나올라나?
가게주인 예?
기춘호 사장님 덕분에 엉뚱한 사람이 살인 누명을 쓸 뻔했는데 어떻게 갚을 거요?
가게주인 살인 누명이라뇨... 그게 무슨.
기춘호 당신이 참고인 진술에서 거짓말하는 바람에 엄한 사람이 살인죄로 뒤집어쓸 뻔했다고. 위증죄가 얼마나 무서운지 몰라요?

가게주인 (잔뜩 겁먹은) 위증이요? 아니 나는 그게 아니고...

기춘호 (날카롭게 쳐다보면)

가게주인 (에라 모르겠다) 아. 솔직히 나는 아무 기억 안 나요. 하루에도 드나드는 사람이 백 명도 넘는데 그걸 내가 어떻게 기억합니까?

기춘호 근데 왜 경찰한테는 이 사람이 맞다고 진술한 겁니까?

가게주인 아니 장사도 안 되게 자꾸 경찰이 찾아와서 귀찮게 하고... 사진을 들이밀면서 맞지 않냐고 하도 그러니까 얼떨결에 그냥 그런 거 같다고 그런...

주눅 들어 말꼬리 흐리는 주인, 답답한 기춘호.

S# 5. 기춘호 차 안/ 오후

운전하고 있는 기춘호.
생각에 잠기는.
전화가 울리고, 받는 기춘호.

기춘호 아, 네. 지금 가고 있는 중입니다. 금방 도착합니다. (시계 보고) 무슨 시간이 이렇게 빨라... (다시 전화 거는) 바빠? 콜 들어온 데 출동 좀 나가주라. 나 반차 낸 거 월차로 바꿔주고.

S# 6. 도현 사무실 안/ 오후

도현의 노트북에 변호사 선임계 서류가 떠 있다.
고민하는 도현.
도현, 인쇄 버튼을 누르자 프린터에서 선임계가 인쇄되어 나온다.
가방에 집어넣고 일어서는 도현.
각자 자리에서 집중하느라 도현 신경 못 쓰는 유리와 진여사 보이고.

도현　(밖으로 나가며) 법원 좀 갔다 올게요.

진여사, 뒤늦게 둘러보면.
도현은 이미 나가고 없고.
자리에서 노트북을 보며 괴로워하고 있는 유리.
다가오는 진여사.

진여사　유리씨. 뭐 안 좋은 일이라도 있어요?

유리, 머리를 감싸며 답답해하는.

진여사　우리 저녁에 술 한잔할까요?
유리　네? 정말요!

활짝 웃는 진여사.

S# 7. 법원 행정처 안/ 오후

여러 서류가 꽂혀 있는 탁자 위에 선임계를 꺼내놓는 도현.
사인을 할까 말까 망설인다.

(플래시백 - 4회 1씬, 한종구 구치소 접견실 안)
한종구　나 운전병이었어. 당신 아버지가 쏴 죽인 기무사 차승후 중령 운전병.

(CUT TO)
법원 행정처 안.
생각하다 결심한 듯 사인을 하는 도현.

S# 8. 한종구 구치소 접견실 안/ 오후

도현이 앉아 있고 한종구가 느긋하게 들어와 앉는다.
먹이를 손에 쥔 맹수처럼 씩 웃는 한종구.

한종구 야... 성격 급하네. 우리 변호사님.

한종구가 앉자마자 도현이 가방에서 김선희 사진(납골당)을 꺼내 내민다.

도현 이 여자 아십니까?

한종구 (사진을 보는) 우와. 엄청 미인이네. (사진을 도현 쪽으로 돌리며) 이 여자가 대체 누군데 나한테 묻는 거요?

도현 10년 전. 이 여자분도 차승후 중령 살해사건 재판 때 있었습니다.

한종구 당신 아버지한테 사형 때린 재판 말이야? (키득거리는)

도현 ... 본 적... 있습니까?

한종구 어디서 본 거 같기도 하고.

생각하다 사진을 다시 자기 쪽으로 돌려 보는 한종구.
순간 고개를 갸웃하는.

한종구 그 여자잖아. 죽은 여자 김선희. 이렇게 보니까 다른 사람 같네.

도현 기억납니까?

한종구 누가 기억난대요? (약 올리듯 도현 눈치 살피며) 그 전에. 나 몇 년까지 받아줄 수 있어요? 무죄는 안 되나?

도현 제가 5년 전 한종구씨의 무죄를 주장했던 것은 한종구씨를 유죄라 단정할 증거가 없었기 때문입니다. 지금은, 아닙니다. 한종구씨가 분명히 죄를 지었다는 걸 알고 있어요. 증거도 명백합니다.

한종구 (도현을 독기 어린 눈으로 쳐다보다 실실 웃으며) 솔직히 내가 죄지었는지 아닌지 그게 중요한 게 아니잖아. 이번에도 우리 변호사님은 날 꺼내줄 수 있잖아요. 살인죄도 무죄로 만들어주신 분이신데.

도현 한종구씨. 변론을 그만둘 수도 있습니다.

한종구 변호사님 아직도 분위기 파악이 안 돼요? (김선희 사진 톡톡 건드리며 혼잣

말하듯) 이 여자가 왜 그때 재판정에 있었을까? 나하고는 도대체 무슨 관계길래 이렇게 얽히나? 그리고 (도현 올려다보며) 당신 아버지하고는 또 무슨 관곌까?

도현 ..

한종구 나도 궁금해 죽겠단 말이야.

도현, 아무 말 없이 한종구를 보고.
한종구, 태연자약하게 도현을 보는.

도현 ...

한종구 아. 피곤하네. 빵에선 자도 자는 것 같지가 않아. 오늘은 그만하죠.

한종구, 일어나서 돌아서고.
한종구의 뒷모습을 바라보는 도현의 표정에서.

S# 9. 음식점 안/ 저녁

자리에 앉아 주위를 둘러보는 진여사. 허름한 음식점이다.

유리(E) 이래 봬도 역사와 전통을 자랑하는 맛집이에요.

진여사가 자리에 앉는 유리를 보고 미소를 짓는다.

진여사 운치 있는데요?

유리 여기... 어릴 때 아빠 따라 자주 왔던 곳이에요.

진여사 아빠 따라서요? (어린애가 올 분위기가 아니라는 듯 주위를 한번 둘러보고는 따뜻한 미소를 지으며) 어떤 분이세요? 유리씨 아버지.

유리 아버지... 기자셨어요. 10년 전에 돌아가셨지만.

진여사 아, 미안해요.

유리 에이 아니에요.

진여사 그래서 유리씨도 기자가 된 거에요?

유리 네. 어릴 때는 뭐든지 다 아빠처럼 되고 싶었어요. 이 가게도 아빠처럼 시원하게 막걸리를 마시고 싶어서...

진여사 (안쓰럽게 바라보는)

유리 (막걸리를 한 잔 들이켜며) 아! 시원하다! 이제 여사님 얘기 좀 해주세요. 혹시 자제분들은 없으세요?

진여사 아들이 하나... (뒤끝을 흐리는)

유리 진짜요? (약간 신난 표정으로) 아드님은 어떤 분이세요? (진여사가 뭐라 하려고 하자) 잠깐! 제가 맞춰볼게요. 여사님 닮아서 훈남은 기본일 거고, 공부도 맨날 1등, 예의도 바르고..

듣는 진여사, 말없이 웃음 지으며 막걸리 잔을 들어 입에 가져간다.

S# 10. 진여사 집 이층 방 안/ 밤

불이 켜지며 방으로 들어서는 진여사. 책장에는 법 관련 서적이 가득하다.
책상으로 가는 진여사. 책상 위에 사진 액자가 놓여 있다.
액자를 들어 보는 진여사.
대학교 졸업식 사진인 듯 누군가(노선후)와 진여사가 다정하게 찍혀 있다.
액자를 가만히 보다 가슴에 안는 진여사.

S# 11. 도현 사무실 옥상/ 밤

옥상 난간에 서서 생각에 잠겨 있는 도현.

(플래시백 - 4회 1씬, 한종구 구치소 접견실 안)

한종구 나 운전병이었어. 당신 아버지가 쏴 죽인 기무사 차승후 중령 운전병.

(CUT TO)

도현 사무실 옥상.
고민하는 도현.
유리, 옥상에 들어서다 도현을 발견한다.
옥상 난간에 기대어 서 있는 도현.
다가가 도현 옆에 서는 유리.

유리 표정이 왜 그래?
도현 (보는)
유리 세상 걱정 혼자 다 짊어졌잖아. (도현 얼굴 표정 따라 하는)
도현 ...... (웃는)
유리 너 처음 봤을 때도 그 얼굴이었어.

유리의 표정에서.

S# 12. (플래시백) 기산대학병원 옥상/ 오후

병원 옥상 난간에 위태롭게 서 있는 10년 전 도현. 환자복을 입고 있다.
환자복 바지를 잡는 누군가. 도현이 돌아보면 10년 전 유리.

유리 웬만하면 내려오지?

물끄러미 보는 도현.

유리 너 지금 이상한 상황 연출하려는 건 아니지?
도현 ...
유리 만에 하나 그렇다 해도 내 눈이 직접 목격하는 건 원치 않아.

도현이 난간을 짚고 내려와 보면.
뒤쪽에 휠체어에 앉아 졸고 있는 환자가 보인다.

유리 우리 아빠야. 날씨가 좋아서 바람 쐬어드리려고 온 건데, 누구 때문에 기분 망치면 좀 그렇잖아?

도현 ... 나도 그냥 바람 좀 맞고 있었을 뿐이야.

유리 너 1204호 맞지? 지나가다 몇 번 봤는데.

도현 다음부터는 방해하지 마.

유리를 스쳐가는 도현. 걷는 모습이 힘들어 보인다.
휠체어로 다가가는 유리. 여전히 조는 모습의 환자(하명수).

유리 재도 아빠처럼 심장이 아프대. 아빠도 재도 다 건강해지면 좋겠다.

유리, 휠체어를 천천히 미는.

S# 13. 도현 사무실 옥상/ 밤

유리, 도현을 보고 있는.

유리 얘기해봐. 고민이 뭔데?

도현 ... 없어.

유리 있는데 말 못하겠다? 그래. 오늘은 나도 두 번 안 물어본다.

하늘을 올려다보는 유리.
웬일인가 유리 얼굴 보는 도현.

유리 근데 지금 너... 니 마음 다 보여. 나도 우리 아빠 많이 보고 싶거든.

유리의 얼굴에 그리움이 서리는.
도현의 얼굴에도 그리움과 답답함이 서린다.

도현(E) 정말 거기 계시긴 한 걸까.

S# 14. 최필수 교도소 방 안/ 밤

재소자들이 일렬로 누워 잠든 수감실 안.
재소자들 위로 달빛이 누군가의 그림자를 만든다.
일어선 채로 뒷짐을 지고 창살이 박힌 문을 바라보고 있는 최필수.
성경책 맨 앞장을 표지에서 펼쳐 빼, 달빛 아래 비추면 도현이 환자복을 입고 웃고 있는 사진이 끼워져 있다.
사진을 보는 필수의 눈동자가 흔들린다.
필수의 표정에서... F.O

S# 15. 한종구 구치소 접견실 안/ 오전

도현과 한종구, 마주 앉아 있는.

도현 김선희씨를 알고 있었다면 어떤 관계인지 얘기해주셔야 합니다. 한종구씨가 김선희씨 살인범으로 몰린 건 단순한 우연이 아니라 누군가 의도적으로 꾸몄을 가능성이 있습니다.

한종구 (골똘히 뭔가를 생각하며) ... 그런 거 아니었으면 좋겠는데. 그냥 내가 재수 없어서 걸린 거겠죠? 세상에 우연이라는 게 많잖아요. 에이 아니겠지?

도현 짐작되는 사람이 있습니까? 있다면 제게는 솔직히 말해주셔야 합니다.

크큭 웃는 한종구.

한종구 (일어나는) 나 걱정하는 척 답을 듣겠다? (도현 얼굴 가까이 얼굴을 밀착하며) 무죄 변론 써 와요. 그럴 거 아니면 오지 마쇼. 나도 피곤하니까.

도현 한종구씨!

급히 자리 뜨는 한종구.

S# 16. 편의점 안/ 저녁

보안업체 옷을 입고 있는 기춘호.
컵라면에 뜨거운 물을 따르고 젓가락을 끼워놓는다.
가만히 생각에 잠기는.

(플래시백 - 3회 5씬, 법정 안)

도현 피고인. 피고인은 분명 창현동 사건을 모방해서 양애란씨를 살해했다고 했는데 피해자의 손톱과 입술은 왜 훼손한 겁니까? 창현동 사건의 범인은 그렇게 하지 않았는데요?

한종구 (당황하며) ... 무.. 무슨 소리야? 그대로 따라 했다니까!

방청석에서 보고 있는 기춘호.

(CUT TO)
다시 편의점 안.

기춘호 창현동이라...

기춘호, 전화기를 꺼내 들고 어딘가(감식반장) 전화를 건다.
퉁퉁 불어 있는 컵라면 면.

기춘호 나야. 기춘호.

감식반장(F) 왜, 뭐 또 시체라도 발견했어?

기춘호 시체가 나오면 좋아?

감식반장(F) 기반장이 나한테 전화할 일이 그것밖에 없잖아.

기춘호 딴거야. 한종구가 흉내 냈다는 그 창현동 사건, 자기가 감식했지?

S# 17. 고깃집 안/ 저녁

고기가 불판 위에 던져진다.
테이블 위에 맥주잔과 소주잔이 엎어진 채 쌓여 있는.
어깨를 움츠리고 가게 안으로 들어오는 감식팀장(신재식).

신재식 날이 맵네. 전화로 할 말 다 했는데 뭐가 또 궁금하신가?
기춘호 사장님 맥주!

병맥주 두어 병을 가져오는 직원.
테이블 위 엎어진 채 놓여 있던 맥주잔 하나를 들어 맥주를 채우는 신재식.
기춘호 빈 맥주잔을 하나 들며.

기춘호 이게 10년 전 창현동 고은주 살인사건이야. (소주잔 하나 잡아 옆에 놓으며) 이건 5년 전 양애란 사건이고.
신재식 (맥주를 마시기 위해 잔을 들려고 하는데)
기춘호 (신재식의 맥주잔 가져오며) 그럼 이건.
신재식 뭐야?
기춘호 (눈으로 신재식의 맥주잔 가리키면)
신재식 그건... 이번에 김선희 사건이겠지.
기춘호 (맥주가 차 있는 맥주잔을 잡으며) 우린 김선희 진범이 (소주잔 옆에 가져오고) 양애란 사건을 모방했다고 생각했지만 사실은 김선희 살인범은 (빈 맥주잔을 채우며) 고은주 사건을 모방했거나 아니면...
신재식 아니면?
기춘호 모방한 게 아니라 애초에 같은 놈일 수도 있는 거지!!

테이블에 맥주잔 내려놓으면 같은 모양의 맥주잔 2개!!와 빈 소주잔 하나.
맥주잔을 하나씩 나눠 들고 원샷하는 기춘호와 신재식.

신재식 그래서? 김선희 범인을 잡기 위해서 고은주 죽인 놈을 찾겠다? 10년 전 범인을 무슨 수로 잡나.

기춘호 수는 만들어야지. 희생자가 하나 더 늘어난 만큼, 그만큼 증거나 흔적도 많아졌으니까. 그놈은 이제 빼도 박도 못하게 잡히는 일만 남은 거야.

신재식 누군지 그놈 큰일 났네. 악어한테 딱 걸렸어.

S# 18. 은서경찰서 전경/ 오후

은서경찰서 외관이 보이고, 정문으로 들어가는 기춘호.

S# 19. 은서경찰서 사무실 안/ 오후

기춘호가 들어오는 걸 본 서팀장.

서팀장 아이고. 형님. 누가 보면 복귀한 줄 알겠어요. 거의 현역 수준으로 경찰서를 오셔.

기춘호 너 보러 온 거 아니다. 이형사.

이형사 네! 반장님.

서팀장 뭐? 누가 반장님이야?

기춘호 오늘 하루 내가 반장 노릇 좀 하자. 가자 형찬아.

이형사 네!

나가는 기춘호와 이형사.

서팀장 한 하늘 아래 두 반장은 없는 건데...

S# 20. 중앙경찰서 입구/ 오후

중앙경찰서 입구 쪽으로 걸어가는 기춘호, 이형사.

기춘호 이형사, 오늘은 10년 전 창현동 사건 자료만 파는 거야.

이형사 네, 반장님.

S# 21. 중앙경찰서 취조실 안/ 저녁

문을 열고 형사 하나가 두꺼운 서류 박스를 들고 들어온다.

형사 외부 유출은 안 됩니다. 그리고 뭔가 새로운 거라도 나오면 저희에게도 알려주셔야 합니다. 나중에라도 우리 빼고 뭐 했다고 하면 곤란해요.

이형사 그냥 잠깐 살펴보기만 하려는 겁니다. 장기 미제인데 당장 뭐 해결할 리도 없고요.

형사가 나가고, 자료들을 살펴보는 이형사와 기춘호.

(시간 경과)
뒤에서 코 고는 소리 들리고.
기춘호, 보면 이형사가 몸을 젖힌 채 코를 골며 자고 있다.
핸드폰을 열면 액정에 뜨는 시간, 오전 1:40 .
눈을 비비다 의자에서 일어나 몸을 돌리고, 발차기를 해보며 스트레칭을 한다.
다시 자리에 앉아 자료를 넘기던 기춘호.
여전히 코를 골며 자고 있는 이형사를 슬쩍 보고는 핸드폰으로 자료들을 찍기 시작한다.

S# 22. 창현동 주택가 편의점 안/ 아침

편의점 안 탁자에 앉아 핸드폰의 액정을 들여다보고 있는 기춘호.
액정에는 얼굴 사진이 떠 있다.

이형사(E)　그건 언제 또 찍어 오신 겁니까?

탁자 위에 음료수와 편의점 도시락을 놓는 이형사.

기춘호　(사진들을 넘기며) 언제긴 언제야? 니가 코 골고 자고 있을 때지.
이형사　(도시락의 비닐을 뜯고 기춘호 앞으로 내밀며) 순댓국이라도 한 그릇 하시는 게 낫지 않을까요?
기춘호　너 나하고 달리기 한판 할래?
이형사　진짜요? 뭐 걸고요?
기춘호　... 말이 그렇다는 거지. (한 젓가락 뜬다)
이형사　의심 가는 인물들 하나같이 확실한 알리바이가 있는 케이스는 드문 거 아닙니까?
기춘호　그러니까 미제지. 근데 모두 확인된 건 아니야.
이형사　네? 또 누가 있습니까?
기춘호　(몽타주 사진이 있는 액정 화면을 보여주며) 여기 이 사람.
이형사　(사래 들리는) 컥.. (물을 마시고) 그 사람. 영창에 있었다면서요.
기춘호　영창에 있단 서류 한 장만 받고 참고인 조사도 안 했어. 너무 허술했단 생각 안 들어?
이형사　에이... 군대에서 설마 일개 사병 알리바이를 만들어줬을까요?

기춘호의 표정에서.

S# 23. 북부지검 화장실 안/ 오전

손을 씻고, 머리를 매만지는 현준.
옆으로 류검사가 와서 손을 씻는다.

류검사　이검, 최도현 알지?
현준　최도현이 왜요?
류검사　나 이번에 배당받은 한종구 존속 살인 건 또 최도현이 맡았더라.

현준 네?!

류검사 어린 게 승소 몇 번 했다고 검찰을 아주 물로 본 거지. 걱정 마. 이번엔 제대로 갚아줄 테니까.

류검사, 나가고. 현준, 일순간 멍한.

S# 24. 은서경찰서 사무실 안/ 오전

전화벨 울리는. 전화 받는 서팀장. 옆에 기춘호가 와 있다.

서팀장 네. 은서경찰서 (강조) 강력팀장. 서근표입니다. 네. (심각한) 뭐? 최도현 변호사가? 알았어. (전화 끊는)

기춘호 (보는)

이형사 무슨 일입니까?

서팀장 (기춘호에게) 반장님. 한종구 존속 살해 건. 최도현 변호사가 맡았다는데, 알고 계셨습니까?

기춘호 무슨 소리야? 그럴 리가 있나.

서팀장 (핸드폰을 들어 보이며) 그렇다는데요?

이형사 (믿지 못하겠다는 듯) 진짜요!

서팀장 지가 잡아넣고 지가 변호를 해? 참 나. 형님 뭐 아시는 거 없어요?

믿지 못하겠다는 표정으로 사무실을 나가는 기춘호.

S# 25. 도현 사무실 안/ 오후

문이 거칠게 열리며 들어오는 기춘호.
문 앞에서 기춘호와 가깝게 마주치게 된 도현.

기춘호 어떻게 된 일이야!

도현 (차분하게) ... 그렇게 됐습니다.

도현을 노려보는 기춘호.
담담히 그런 기춘호의 눈빛을 마주하는 도현.

기춘호 그렇게 돼? 알아듣게 설명해봐. 왜 그랬는지.
도현 ... 전 변호인입니다.
기춘호 ... (기막혀서 말을 잇지 못하고)
도현 ... (나가려는데)
기춘호 ... 누가 자네 직업을 물었나? 단지 그뿐인가?
도현 ...
기춘호 (유리와 진여사를 보며) 누가 대신 얘기 좀 해줄 수 있어요? 왜 최변이 한종구 변호를 또 맡았는지, 그 이유 말이요.
진여사 ...!
도현 ... 의뢰인이 요구하고, 그 요구가 변호의 원칙에 어긋나지 않는다면 저로서는 거절할 명분은 없습니다. 그게 다입니다.
기춘호 그게 다? ... 내가 최변을 잘못 본 건가?
도현 ...
진여사 그러지 마시고 앉아서 차분히 얘기 나눠요. 차를 좀 내올까요?
기춘호 내가 전에 얘기했지? 세 치 혀나 놀리는 변호사는 되지 말라고.
도현 ...
기춘호 군이 하겠다니 말리진 않겠어. 하지만! 지켜보겠어. 그 명분이 뭔지.

기춘호, 도현을 보다 밖으로 나가는.
우두커니 서 있는 도현.

S# 26. 도현 사무실 앞/ 오후

사무실 건물에서 나오는 기춘호.

기춘호 무슨 생각을 하고 있는 건지...

기춘호, 고개를 저으며 재킷 주머니에서 담뱃갑을 꺼낸다.
하지만 비어 있는 담뱃갑.
화풀이하듯 꽉 쥔다.

S# 27. 도현 사무실 옥상/ 저녁

옥상 난간에서 생각 중인 도현.

S# 28. 한종구 집 앞/ 오전

호송차가 도착하고 취재진들이 카메라를 앞세우고 차 앞으로 달려든다.
차 문이 열리고.
차 안에 앉아 있는 한종구, 마스크로 얼굴을 거의 가린 상태다.
그대로 앉아 있는 한종구.

서팀장 야 안 내리고 뭐해?
한종구 컨디션이 별루네요. 오늘은 못하겠네.
서팀장 뭐야?

노려보는 형사들의 시선이 한종구에서 옆으로 이동하고,
한종구 옆에 앉은 도현이 그제야 보인다.

도현 한종구씨, 타당한 이유가 있어야만 거부 가능합니다.
한종구 하기 싫다고...

도현, 잠시 생각하다 류검사에게 다가간다.

류검사 안 내려요? 뭐하는 겁니까?

도현 의뢰인 심리 상태가 불안정합니다. 아무래도 오늘 현장 검증은 힘들 것 같습니다.

어이없다는 듯 보는 류검사.

S# 29. 국밥집 안/ 저녁

보안업체 유니폼을 입고 있는 기춘호.
국밥을 먹으며 TV를 보고 있다.

(인서트 - 뉴스 화면)
현장 검증을 취소하는 도현의 모습.
도현의 몸 뒤로 차 안에 마스크를 쓴 한종구의 모습이 얼핏 보이고.
한종구가 타고 있는 차의 문이 닫힌다.
차가 출발하면. 기자들 차에 붙어 따라가는.

(CUT TO)
국밥집 안.
낮게 한숨 쉬는 기춘호.
수첩을 덮고 상 위에 던지듯 놓는.
입맛이 떨어진 듯 국밥을 물리고 물을 마시는 기춘호.
그때 전화가 울리고. 받는 기춘호.

기춘호 근무 일정? 연차 더 못 쓴다며. 앞으로 한 달 내내 한다고 했잖아. (사이) 그래. 안 쉬고. 끊어.

기춘호, 전화 끊고 수첩을 꺼내 스케줄을 보는.
3월 말부터 4월 중순 언저리까지 화살표로 쭉 그어놓고. 근무!

S# 30. 도현 사무실 안/ 아침

(인서트 - 1회 58씬, 도로 위 + 택시 안)
도로 위에 서 있는 차.
화물차가 돌진하자 차 안에서 놀란 눈을 하고 있는 도현.

(CUT TO)
도현 사무실 안.
헉 소리 내며 소파에서 일어나는 도현.
햇살이 창문을 통해 사무실 안을 비추고 있는 아침 공간.
자리에서 인터넷 뉴스를 보던 유리, 도현 보며.

유리 너 왜 그래?
도현 아니.. 꿈을 좀.
유리 웬 땀이 이렇게, 야, 너 괜찮아?
도현 괜찮아.

비척대며 자리에서 일어나 화장실로 들어가는 도현.
유리, 걱정스러운 얼굴로 바라보다가 다시 노트북으로 인터넷 뉴스를 본다.

앵커 우리 정부가 차세대 전투 헬기 도입을 추진하고 있다는 소식입니다. 현재 우리 군의 주력 헬기는 AH-1S급의 코브라 헬기입니다만 이미 상당히 노후화가 되었고, 또한 주한 미군이 보유하고 있던 헬기 철수로 인해 대체기 사업이 시급하다는 판단이 그 추진 배경입니다.

뉴스 볼륨을 키우는 유리.

유리 이번에는 헬기를 가지고 해먹겠단 소리인데.. 누가 해먹으려고 이렇게 대대적으로 보도를 하시나...

혀를 차는 유리.

S# 31. 박시강 사무실 건물 앞/ 오전

건물 앞으로 차가 서고, 황비서가 내려 뒷문을 열면 오회장이 내린다.
오회장이 건물을 올려다보면, 거의 빌딩 벽을 가릴 정도로 커다란 선거용 플래카드가 걸려 있다.
엄지 척을 하고 있는 박시강의 사진과 문구. '바꾸자 중앙구! 중앙구민과 함께하는 박시강'

S# 32. 박시강 사무실 안/ 오전

소파에 앉는 오회장. 뒤쪽에 서는 황비서.

오회장 여기서 보자 하신 이유가...
박시강 아! 그거요? 오회장님도 여기 와서 직접 봐야 내가 얼마나 열심히 하는지 알 거 아뇨? 여기 살림이 만만치 않다는 것도 좀 확인하시라고.
오회장 그건 전에 전해드렸잖소.
박시강 5억? 그런 푼돈으로는 여기 애들 한 달 밥값 하면 끝이에요.
오회장 더는 저도 좀...
박시강 참 나.. 이래서 연로하신 분들은 곤란하다니까. 내가 이번에 큰 사업 하나 벌여보려고 합니다. 거기에 유광기업이 끼게끔 자리 하나 만들어놓을 겁니다.
오회장 차세대 무기 도입 건은 이미 결정 난 거잖소.
박시강 결정 난 거니 뒤집으면 그만큼 오는 것도 많지. 어때요? 구미가 좀 당기지 않습니까?
오회장 생각 좀 해봅시다. 회사 자금 사정도 봐야 하니...
박시강 생각해보셔야지. 여기서.

오회장의 표정에서.

S# 33. 오회장 차 안/ 오전

황비서, 전화를 받고 있다.

황비서 그래. (뒷자리 오회장에게) 방금 안전하게 전달했답니다.
오회장 수고했어.

오회장, 창밖을 보며 생각에 잠긴.

오회장 어르신께서는 모르고 계시나?
황비서 네. 아직 말씀은 안 드렸는데. 오늘 언론 보도 나갔으니 어느 정도는...
오회장 그렇겠네. 그래도 직접 말씀드리는 건 확실해지고 나서 그때 하기로 하고.
황비서 네. 알겠습니다.

오회장, 몸을 시트에 기대고 눈을 감는.

S# 34. 기산대학병원 정신건강의학 진료실 안/ 오전

의사와 도현이 마주하고 있다.

도현 반복적으로 같은 꿈을 꾸는데요.
의사 어떤 꿈이죠?
도현 사고를 당하는 꿈인데.. 그 순간에는 현실이라고 생각될 정도로 생생합니다.
의사 음... (문진표를 살피며) 사고당한 적도 없는데... 우리가 흔히 알듯이 꿈이란 게 무의식이 반영되는 부분이 있죠. 언제부터 그랬죠?
도현 음... 한 달 정도 됐습니다.
의사 경우에 따라서 본인은 인지하지 못하지만 트라우마나 과거의 강렬한 경험이 기억 속에 숨어 있다가 어떤 일을 통해 각성되기도 하죠. 그게 꿈의 형태로 발현되기도 하고.

도현 ...

의사 혹시 최근에 뭔가 큰일을 겪었거나 심경의 변화가 있었나요?

도현 (잠시 생각해보다) 음... 정확히 잘 모르겠습니다.

의사 일단 일상생활을 하는 데 불편한 정도는 아닌 거 같으니 필요하시면 시간 내서 한번 오세요. 정식으로 수면 검사를 한번 해보죠.

S# 35. 기산대학병원 수납처 앞/ 오전

약봉지를 들고 수납 창구에서 돌아서는 도현.
차트를 들고 지나가던 김간호사가 도현을 보고 멈춰 선다.

김간호사 도현아!

도현 아. 김간호사님.

김간호사 잘 만났다. 그렇지 않아도 연락하려고 했어. 조간호사님, 얘기 들었어?

도현 ???

S# 36. 현준 검사실 안/ 오전

현준, 자리에 앉아 조서를 보는데. 도저히 안 들어오는.

현준 뭐야 대체. 한종구랑.. 최도현...

그때, 노크 소리 들리고.

안계장 네.

문이 열리고. 문 앞에 호송 경찰과 여자(조경선, 30대 중반)가 서 있다.

안계장 업무상 과실 치사 사건 피의자가 와 있는데요.
현준 (자리를 고쳐 앉으며) 들어오세요.

조경선이 현준 책상 앞에 와 앉는다.
경찰 조서를 보는 현준.

현준 과다하게 약을 주입해서 환자를 사망에 이르게 했다... 매일 하던 일이었을 텐데 어떻게 용량을 모를 수 있죠?
조경선 ...

현준, 조경선이 대답이 없자 조서에서 눈을 떼고 올려다보는데.
조경선, 현준을 담담히 보고 있다.

현준 (조서를 넘겨보더니) 경찰 조사 때에도 묵비권. 여기 와서도 묵비권.
조경선 ...
현준 당신... 이거 일부러 그런 거 아냐?

조경선, 검사 앞인데도 주눅 든 표정이 아니다. 담담히 고개를 젓는.

S# 37. 기산대학병원 수납처 앞/ 오전

김간호사 사망한 환자는 심장이식 수술을 하루 앞두고 있던 상황이었어.

(플래시백 - 기산대학병원 김성조 병실 안)
침대에 누워 있는 환자(김성조). 산소호흡기와 여러 선이 연결되어 있다.
환자 팔에 연결된 주사선 끝에 달린 링거병.
링거병에서 약이 똑똑 떨어지다가 더 이상 떨어지지 않는다.
간신히 팔을 뻗어 비상벨을 누르는 김성조.
급하게 병실 안으로 들어오는 조간호사.
조간호사, 서둘러 링거병에 연결된 곳에 주사기로 약물을 주입한다. 안도의 한숨을 쉬고는 약이 들어가는 조절기를 살펴보고는 나간다.
잠시 후, 갑자기 심박수가 급증하고 체내 산소포화도가 낮아지더니
김성조가 괴로워하다 입에 거품을 물고 숨이 막혀하더니 몸에 힘이 풀리는.
심정지 알림음만이 빈 병실을 채운다.

김간호사(E) 그게 언니가 약물을 과다 투여해서 그랬다는 거야.

(CUT TO)
수납처 앞.
여전히 도현과 마주하고 있는 김간호사.

김간호사 네가 변호해주면 좋겠다. 언니 아시는 분이 변호사를 찾고 있다 했거든.

난처한 표정의 도현.

김간호사 좀 전까지도 창구 앞에 있었는데. (주위를 두리번거리며) 가셨나? 아마 또 올 거야. (호출 벨이 울리고) 어? 가봐야겠다.
도현 (명함을 꺼내 건네며) 그분 만나면 꼭 저한테 연락하라고 전해주세요.
김간호사 알겠어. (손 흔들며) 가.

김간호사 급히 자리를 떠나고, 잠시 생각 중인 도현.

S# 38. 도현 사무실 안/ 오후

문이 반쯤 열리고. 문에다가 노크를 하는 허재만.

허재만 계십니까...
진여사 (일어서며) 어떻게 오셨어요?
허재만 (명함을 들어 보이며) 최도현 변호사님 찾아왔는데요.

책상에서 일어서며 의아한 표정으로 보는 도현.

(시간 경과)

허재만(E) 경선이가 그랬을 리가 없습니다.

소파에 앉아 얘기를 하고 있는 허재만.
유리가 자기 자리에서 귀를 도현 쪽으로 향한 채 듣고 있다.

허재만 완전히 실수입니다. 실수한 것을 가지고 구속하다니 말이 안 되잖습니까.

도현 업무상 과실 치사는 실수라도 적용이 됩니다.

허재만 아무리 그렇다고 해도 갑자기 구속영장이 나왔어요. 경찰에선 아무 말도 없었는데.

도현 ... 조간호사님은 뭐라고 하시던가요?

허재만 아무 말도 안 합니다. (비난하듯) 하여간 물러 터져가지고...

도현 병원에선요?

허재만 순전히 경선이 탓만 합니다. 자기네들도 피해자라고. 유가족이 병원에도 손해배상 청구 소송을 걸었다는 겁니다. 좀 전에도 가서 따졌는데 들은 체도 안 해요.

도현 (미안하지만 단호하게) ... 제가 다른 건 때문에 상황이 안 됩니다. 정식 변론은 어려울 것 같고 한번 만나뵙고 도움드릴 수 있는 방법을 찾아보겠습니다.

허재만 제발 부탁 좀 드리겠습니다.

도현 ...

유리 접수됐어요.

도현 유리야!

유리 조간호사님께는 제가 신세를 많이 졌거든요. (도현에게) 최변호사님도 그렇지 않아요?

도현 ...

허재만 경선이한테요? 무슨 신세를...

유리 예전에 저희 아빠도 그 병원에 있었거든요. 여기 변호사님도 그렇고.

허재만 아 그렇군요.

유리 (도현에게) 이건 거절할 수 없는 의뢰잖아. 나도 도울게.

허재만 ... 도와주십시오.

도현 ... 일단 알겠습니다. 성함이...

허재만 허재만입니다.

도현 허재만씨요. 두 분 관계가...

허재만 ... 경선이가 가족이 없어요. 전 어렸을 때부터 같이 지낸 사인데요. 저 말고 도와줄 사람이 없어요.

도현 허재만씨. 검토 후에 다시 연락드릴 테니 오늘은 이만 돌아가시죠.

허재만 (일어서서 고개를 숙이며) 잘 좀 부탁드리겠습니다.

나가는 허재만을 보는 도현과 유리.

(시간 경과)

도현, 가방 챙겨 들고 나가려는데.

진여사 꽤 가까웠던 사이였나 봐요. 그 조경선 간호사라는 분이요. 유리씨도 취재를 간 모양이던데요.

도현 ... 네. 병원에 꽤 오래 있었으니까요. 저도. 유리도.

도현의 말을 기다리는 진여사.

도현 (시선 느끼고 보는)

진여사 (웃는) 우리 변호사님은 조금만 덜 과묵했으면 좋을 텐데.

도현 제가 좀 재미없죠.

진여사 멋있으니까 괜찮아요.

도현 (미소 짓고) 다녀오겠습니다.

진여사 네. 다녀오세요.

도현, 나간다.

S# 39. 은서경찰서 회의실 안/ 오후

이형사, 들어오며 도현에게 서류를 건네준다.
도현, 받아 드는.
도현이 서류를 넘기며 이형사의 얘기를 듣고 있다.

이형사 간호사는 병실에서 나올 때 조절기를 확인했다고 하지만 부검 서류는 달랐어요. 한꺼번에 약물이 주입되는 바람에 심박급속증이 일어났고 심장에서 혈액을 충분히 내보내지 못하면서 쇼크 상태에 빠졌답니다.

도현 그래도 구속은 이해가 안 됩니다. 아무리 과실 치사라 해도 불구속 수사일 텐데 왜 구속까지...

이형사 저희가 한 게 아니에요. 우린 고소장 접수하고 사실 관계를 확인해서 검찰에 송치한 것뿐이에요.

도현 (혼잣말처럼) 검찰에선 단순히 실수라고 보지 않는다...

이형사 끝까지 혐의 사실을 인정 안 해서 그랬는지도 모르죠.

도현 CCTV는요.

이형사 확인했죠. 없어요 다른 사람은. 보호자도 휴게실에 있었구요. 환자가 사망한 시각 두 시간 전후로 병실에 출입한 사람은 그 간호사가 유일합니다.

도현 단순 업무상 과실 치사인 것 같은데... (사건 기록을 가리키며) 이거 복사 안 되겠죠?

이형사, 고개를 가로젓고...

S# 40. 주택 앞/ 오후

카메라 가방을 어깨에 멘 유리.
두리번거리다 주소를 확인하고는 고급스런 주택 앞에 선다.
초인종을 누르는 유리.

S# 41. 주택 안 거실/ 오후

유리, 거실에 앉아 있다.
김성조 처, 다과를 들고 와 마주 앉으며.

김성조처 그래, 우리 일을 기사로 내주는 건가요? 피해자 입장에서 잘 좀 써주세요.

유리 네, 경황이 없으실 텐데 응해주셔서 감사합니다.

김성조처 뭘 말하면 되려나?

유리 병원 고소야 당연한 거지만, 왜 간호사까지 따로 고소를 하셨는지 궁금한데요. 굳이 고소까지는...

김성조처 당연한 거 아닌가요? 멀쩡하던 사람이 죽었는데! 제 남편은요. 30년 넘게 교육자로서 모범을 보였던 사람이에요. 보세요. (거실 벽에 놓여 있는 표창장들을 가리키며) 그렇게 죽어선 안 되는 사람이라구요. 그딴 식으로 일해서 사람을 죽여요? 나 참. 어이없어서.

유리 제가 듣기론 약물의 양이 잘못 조절됐다던데요. 일부러 그랬을 리가 있겠어요. 그렇게 생각하시면 더 힘드십니다.

김성조처 수술 앞둔 사람을 그렇게 내버려두다니, 그게 죽이려고 한 게 아님 뭐예요! 양심이 있음 합의라도 제대로 해야지.

유리 합의를 거절했나요?

김성조처 지 잘못도 아니고, 합의도 못하겠다는 거야. 정말 웃기는 년이라니까. 합의를 해달라고 빌어도 해줄까 말까 한데. (분한 표정) 그런 년은 콩밥을 먹어봐야 정신을 차리지.

계속되는 김성조 처의 분노의 말들에 끄덕거리며 거실을 쭉 둘러보는 유리, 벽에 걸린 표창장들과 장식장에 있는 감사패 등에 '선양여중, 여고' 일색이다.

S# 42. 주택 입구 골목 + 유리 차 안/ 오후

유리가 주택 대문을 나와 전화기를 꺼내 드는데 부재중 1통. 최도현.
통화 버튼 누르며 주차되어 있는 차로 간다.
문을 열고 타는데.

유리　나 방금 김성조씨 부인 만나고 나오는 길인데.
도현(F)　뭐라고 하셔?
유리　아직 슬퍼할 겨를이 없어 보였어. 화풀이만 하시더라.
도현(F)　고생했어.
유리　그래도 합의해줄 가능성이 아주 없지는 않아 보여.
도현(F)　다행이긴 한데... 유리야. 병원도 좀 가줄래? 김간호사님 수술 들어간다고 들었거든. 그 전에 니가 먼저 만나서 당시 상황을 좀 들어줘. 나도 조간호사님 접견하고 바로 갈게.
유리　그 전에 할 얘기가 있는데. 진행비를 좀 주는 게 어때?

이미 전화 끊긴.
유리, 그럴 줄 알았다는 표정으로 차에 타는 데서.

S# 43. 조경선 구치소 접견실 안/ 오후

접견실로 들어서는 조경선.
도현을 보고 의아한 표정을 짓는 조경선.

조경선　아니, 도현이 니가 왜 여길...
도현　김간호사님이 알려주셨어요.
조경선　그랬구나.. 그나저나 바쁠 텐데. 너.. (순간 말을 잘못했다는 듯) 이런 데서 보니까 너라고 못하겠네.
도현　그냥 예전처럼 하세요. (미소를 지으며) 그게 편해요. (시계 보고는) 우선, 그날의 정황 말인데요.. 여러 번 말씀하셨겠지만 제게 다시 말씀해주세요.
조경선　(물끄러미 도현을 바라보다 결심했다는 듯) 급하게 양을 조금 올린 건 맞아. (후회하는 표정) 하지만 분명히 조절기도 확인하고 나왔어. 솔직히... 잘 모르겠어. 하지만 내가 그런 실수를 했을 리도 없고... (혼란스러운 듯 말을 삼키는)
도현　검찰에서는 단순 실수로 보고 있지 않아요.

조경선 일부러 그런 거 아니냐고 계속 몰아붙였어. 그게 아니면 실수로라도 했다고 인정하라고. 근데 인정할 수 없었어. 그때만 해도 난 진짜 조절기를 확인했다고 믿었거든.

도현 실수를 순순히 인정했으면 이렇게 구속까진 되지 않았을 텐데요.

조경선 인정하면 내가 진짜 사람을 죽인 게 되잖아.

도현 피해자는 어떤 분이셨어요?

조경선 (당황하는) 모.. 몰라. 왜?

도현, 조경선의 당황한 모습에 순간 의아하지만.

도현 직업이라던가... 혹시 합의를 해야 한다면 알고 있어야 하거든요.

조경선 (머뭇거리다) 고등학교 교감 선생님이라고 들었어. 그리고 나... 합의할 생각 없어.

도현 네? 과실 치사는 합의가 중요해요. 그렇지 않으면 실형을 받을 수도 있어요.

조경선 (잠깐 생각하다 힘없이) 합의 안 해.

도현 ... 그건 제가 구속영장을 살펴본 다음 다시 얘기해요. 그럼 다시 올게요.

도현, 자리에서 일어나는.

S# 44. 기산대학병원 휴게실 안/ 오후

유리와 김간호사, 휴게실에 들어서서 자리에 앉는다.

유리 경선 언니랑 김성조씨 사이에 뭐 이상한 점은 없었어요?

김간호사 이상한 점? 글쎄... 아! 그러고 보니... 그 환자 두 달 전부터 우리 병원에서 외래 진료받았거든. 올 때마다 경선 언니만 찾더라고.

(플래시백 - 기산대학병원 간호사 데스크 앞)

김성조가 간호사 데스크 앞에서 서성거리며 누군가를 찾고 있다.

김간호사 뭐 도와드려요?

김성조 조간호사는 어디 갔나?

김간호사 오늘 오프에요. 근데 왜 그러세요?

김성조 아냐... 아냐.. 사실 말이야. 조간호사가 (말 삼키는) 아니야. 핸드폰 번호 좀 알려줘.

김간호사 저희 개인 번호는 알려드릴 수 없어요. 병원 방침이에요.

김성조 허, 출근하면 나 좀 보자고 해. 직접 물어보면 되지 뭐.

(CUT TO)

병원 휴게실.

유리와 얘기 중인 김간호사.

김간호사 환자들 중에 간호사 콕 집어서 성가시게 하는 분들이 있어. 김성조씨도 그런 환자 중 하나였어. 그런 면에선 경선 언니가 대단한 거지. 자처해서 김성조 환자 담당을 맡았으니까.

유리 (끄덕이며) 네에.

그때, 들어오는 도현.

김간호사 도현이 왔어? 우선 유리한테 내가 아는 건 다 얘기해줬어.

도현 방금 조간호사님 접견하고 오는 길이에요.

김간호사 (궁금한 표정으로) 어때?

도현 괜찮아 보이시긴 한데 합의할 생각은 없어 보이세요.

그때, 옆을 지나던 환자복 차림의 유준환(19세)과 엄마로 보이는 여자(유현이)가 김간호사에게 인사를 건네며.

준환 조간호사님은 어디 가셨어요?

김간호사 아.. 일이 있으셔서. (여자에게) 준환이 수술한 지 얼마 안 돼서 무리하면 안 돼요. 어머니.

유현이 네. 잘 알아요. 그럼. (인사하고 가는)

김간호사　경선 언니가 저 아이를 참 이뻐했는데.

그 말에 가는 두 사람을 한 번 더 돌아보는 도현과 유리.

S# 45. 기산병원 로비/ 오후

도현과 유리, 에스컬레이터에 타고 로비로 내려오고 있다.

유리　김성조씨 말이야. 선양여고에서 30년 넘게 교직생활을 했대. 그런 사람이 경선언니한테 전화번호를 알려달라고 되게 치근덕거렸나 봐.

도현　(보는)

유리　근데 또 경선 언닌 굳이 그런 환자 담당을 자처했다던데?

도현, 멈칫.

(인서트)

사건 조서에 나와 있는 출신 학교. 선양여고 졸업이라는 문구가 보인다.

(CUT TO)

유리, 도현의 표정이 심상찮음을 보고.

유리　왜?

도현　조간호사님도 선양여고 나왔어.

유리　그럼... 사제지간이었을 수도 있는 거잖아.

도현, 접견실의 조경선을 떠올리는.

(플래시백 - 4회 43씬, 조경선 구치소 접견실 안)

도현 앞에 앉아 있는 조경선.

조경선 (당황하는) 모.. 몰라. 모르는 사람인데. 왜?

(CUT TO)
기산병원 로비.
도현의 표정이 심각해지고.

S# 46. 현준 검사실 복도/ 오후

현준이 걸어오다 자기 사무실 앞에서 문을 열려다 멈춘다.

S# 47. 현준 검사실 안/ 오후

안계장이 실무관과 수군거리고 있다.

안계장 하루에도 우리 지검으로 몇십 건이 배당되는데, 그중에 떨어져도 하필... 에이. 검사님이 알면 심기가 불편해질 텐데.
실무관 그러게요. 왜 또 하필 최도현 변호사래요?
안계장 이쯤 되면 악연이야. 악연. 그나저나 쓸데없는 일이나 안 시키면 좋을 텐데.
실무관 혹시 그쪽에서 우리 검사님 사건을 알고 일부러 맡는 거 아녜요?

문이 열리며 들어오는 현준.

현준 최도현이 뭘 맡았다는 거예요?
안계장 (움찔) 아... 예. 그 기산대학병원 간호사 과실 치사 건 변호인으로 선임됐답니다.
현준 .. 그래요? 재판 날짜는요.
안계장 다음 주입니다.

자리로 가 책상 위 서류 봉투들을 뒤지다 하나를 꺼내는 현준.

'기산대학병원 간호사 업무상 과실 치사 건'
봉투에서 서류를 꺼내어 골무를 끼고 살펴보기 시작한다.
안계장이 우물쭈물거리며 서류 봉투를 들고 다가온다.

안계장 검사님. 이거 오늘 중으로 검토해달라고...

현준은 손가락으로 책상 위 다른 자리를 가리키며 서류에서 눈을 떼지 않는다.
잠시 후, 다 읽었는지 서류를 책상 위에 툭 던지는 현준.

현준 해볼 만한 게 없는데.. 이걸 왜 맡았지... 뭐하는 자식이야.

S# 48. 법원 전경/ 오전

S# 49. 법정 안/ 오전

자막) 조경선, 업무상 과실 치사 건 재판 첫째 날

판사1과 배석판사들이 들어오자 일동 기립한다. 판사들이 앉자 모두 착석하고,

판사1 지금부터 사건번호 2019-고합 을 1096번 기산대학병원, 간호사 업무상 과실 치사 건 재판을 시작하겠습니다. 검사는 피고인에 대한 기소 요지를 진술해주시기 바랍니다.

현준 (일어서서) 피고인 조경선은 다음 날 긴급 수술이 필요한 환자에 대한 주기적인 검진을 소홀히 한 것뿐만이 아니라 약물 투여량을 잘못 조절해서 환자를 사망에 이르게 했습니다. 이는 피고가 결과 발생을 예견할 수 있고, 회피할 수 있었는데도 이를 예견하거나 회피하지 못한 과실이 인정되므로 이에 본 검사는 형법 제268조 업무상 과실 치사 혐의로 피고인을 기소하는 바입

니다.

몇 명 없는 방청석. 도현 법정을 둘러보다
마치 죄인처럼 고개를 숙이고 앉은 누군가(유현이)에 시선이 멈춘다.
고개를 숙이고 있지만 슬픈 표정을 감추지 못한다.

판사1 다음은 변호인 측 모두발언 시작하시죠.
도현 ... 모든 혐의를 인정합니다. 다만, 피고가 자신의 과실을 인정하고 깊이 반성하고 있다는 점을 들어 선처를 부탁드리겠습니다.

현준, 도현을 보는. 무슨 생각인지 알 수 없고.

판사1 그럼 더 이상 다툴 쟁점이 없다는 것을 양측 모두 인정하십니까?
도현 네.
현준 ...
판사1 검사 측, 인정하십니까?
현준 ... 네.
판사1 이상으로 사건번호 2019-고합 을 1096번 기산대학병원, 간호사 업무상 과실 치사 건에 대한 1차 공판. 마치겠습니다. 다음 재판은 더 이상의 공판 없이 바로 판결 선고하겠습니다.

서류들을 챙기며 자리에서 일어나는 유현이를 눈여겨보는 도현.

S# 50. 법정 밖 복도/ 오전

복도를 급하게 나오는 도현.
유현이는 보이지 않는다.
뒤에서 현준, 나타나며.

현준 최도현 변호사!

도현 (돌아보는)

현준 지금 뭐하자는 거야?

도현 ...

현준 아무 변론도 하지 않겠다고?

도현 ... 의뢰인이 원했습니다.

현준 언제부터 니가 의뢰인이 원하는 방향으로 움직였다고. 피해자랑 합의도 안 했잖아!

도현 그것도 의뢰인이 원하는 바입니다.

현준 ...

도현 ... 그럼.

도현이 걸어가고,
그 뒷모습을 보는 현준. 뭔가 찜찜한.

S# 51. 현준 검사실 복도/ 오후

복도를 걸어가며 뭔가 이상한 느낌의 현준.

현준 과실을 인정했는데 합의는 안 한다?

고개를 갸웃거리며 사무실 문을 연다.

S# 52. 현준 검사실 안/ 오후

문을 열고 들어오는 현준.

현준 (안계장에게) 조경선이랑 피해자 김성조 이력 좀 조사해주세요.

안계장 (의아한 듯) 그 사건 끝난 거나 다름없는 거 아닙니까?

현준 판결 선고라도 했습니까? 끝나게?

안계장 아.. 알겠습니다.

인상 쓰며 자리로 가는 현준.

S# 53. 도현 사무실 안/ 저녁

한종구 재판 관련 서류를 파일에 넣고 이형사에게 받아 온 조서를 보고 있는 도현.
자리에서 자료를 뒤적이던 진여사가 일어나 다가온다.

진여사 변호사님 사망한 김성조씨요.....
도현 (고개를 들어 보는)
진여사 (서류를 들고는) 제자 성폭행 건으로 고소를 당한 적이 있어요. 근데 별 징계 없이 넘어갔네요.
도현 (!) 그게 언제죠?
진여사 2001년이요. 의뢰인이 2002년에 졸업했으니까...
도현 ...
진여사 (서류를 건네며) 보세요. 관련이 있을까요?

진여사가 내민 서류를 보는 도현. 심각한.

S# 54. 선양여고 전경/ 오전

S# 55. 선양여고 복도/ 오전

안내하는 여선생을 따라 걷고 있는 도현.

S# 56. 선양여고 교장실 안/ 오전

여선생, 문을 열고 안으로 도현을 안내하고.

여선생 여기서 잠시 기다리겠어요?
도현 감사합니다.

도현의 뒷모습을 유심히 쳐다보다 나가는 여선생.
장식장에 연도별로 졸업 앨범이 꽂혀 있다.
2002년도 졸업 앨범을 보고 있는 도현.
어린 조경선이 혼자 웃지 않는 얼굴로 앨범 속에 있다.

(시간 경과)
소파에 마주 앉아 있는 도현과 교장.

도현 오래전 일입니다만 고인이 불미스런 일로 고소를 당한 적이 있더군요.
교장 오해였어요. 여학교에 근무하다 보면 별일을 다 당해요.
도현 어떤 게 오해라는 말씀이신 거죠? 성폭행이 오해였다는 건가요?
교장 오해죠! 당시에 학생 하나가 고인을 짝사랑해서 있지도 않은 일을 떠벌려서 벌어진 일이었어요. 고소도 취하됐고요. (손사래를 치며) 그만합시다. 더 이상 얘기하면 고인을 욕보이는 것밖에 안 돼요.
도현 그 학생 이름을 좀 알 수 있습니까?
교장 아, 글쎄! 그런 일 자체가 없었다니까요!

S# 57. 선양여고 실내 계단/ 오전

계단을 내려오고 있는 도현.
여선생이 도현을 보고 있다.

여선생 저기요...

도현이 보면 교장실로 안내한 여선생이다.

S# 58. 선양여고 벤치/ 오전

도현(E) 그럼 진짜 있었던 일이라는 거죠?

벤치에 도현과 여선생이 앉아 있다.
한 무리의 여학생들이 즐거운 듯 걸으면서 까르르 웃음을 터뜨리고 장난을 치며 가는.

여선생 우리도 저랬는데... (고개를 돌려 도현을 보며) 저하고 같은 반이었어요. 그 일로 그 친구 옆에 누구 하나 다가가려고 하는 애들이 없었어요. 선생님들도 다들 모른 체하고.

도현 ...

여선생 (눈시울이 붉어지며) 아무도... 아무도 그 애를 지켜주지 못했어요. 누구 하나라도 용기를 냈더라면...

도현 (가만히 보다) 그런 일이 한 번만이 아니었군요?.

여선생 (울컥하며) 그 인간... 다들 쉬쉬했지만 그런 일을 당한 애들 한두 명이 아니었을 거예요.

도현 그런데도 교직을 계속 할 수 있었다는 건가요?

여선생 이사장 조카였으니까요. (분하다는 듯) 말해봤자 정작 피해를 보는 건 학생이었어요. 피해자인데도 조롱거리로 전락하는 기분... 정말... (말을 잇지 못하는)

도현 저기... 김성조씨를 고소했던 피해 그 학생 이름이 혹시...

여선생 잠시 도현을 보는 데서,

S# 59. 도현 사무실 안/ 오후

소파에 앉아 있는 도현과 진여사.

진여사 그럼 의뢰인이 그 성폭행 피해자란 거예요?
도현 (고개를 저으며) 아니요. 당사자는 아니고 의뢰인의 친구였다고 하더군요.

구석에서 카메라 렌즈를 닦던 유리.

유리 선생이라는 작자가... 정말 어이없네. 나한테 걸렸어야 하는 건데. 그랬으면 그냥 아작을!
진여사 그렇다면... 그래도 연관이 있다는 얘기네요.
도현 아직은 아닙니다. 설사 그렇다 해도...
유리 변호인은 의뢰인의 이익을 최대한 추구해야 한다. 이 말이지?
진여사 ... 그래도 사실 관계는 알아야...
유리 여사님이 아직 이쪽을 잘 몰라서 그러시는데요. 살인을 저질렀다는 걸 알아도 의뢰인이 무죄를 주장하면 변호인은 그 길로 쭉 가야 하는 거거든요.
진여사 하지만 그 취지가 진실을 외면하라는 소린 아니잖아요.
유리 (수긍한다는 듯) 음... 그럼 진실이 뭘까요?
도현 ... 당사자밖에는 모르겠지. 지금 나로서는 의도가 없었다는 걸 증명하는 게 최선이니까...
유리 그렇다면 한종구 존속 살해사건 변호에도 적용되는 거야?
진여사 (도현 보는)
도현 그건 ... (한숨 내쉬는) 지금은 말하고 싶지 않다. 나중에...
유리 (한숨) 언제까지 말을 안 한다는 거야. 무슨 일이 있는 건데? 한종구한테 협박 같은 거라도 받는 거야?

나가는 도현.

S# 60. 조경선 구치소 접견실 안/ 오후

구치소 접견실 안에서 조경선과 마주하고 있는 도현.

도현 처음부터 이상하다고 생각했어요.

조경선 ...

도현 조간호사님은 일처리가 정확하신 분이셨어요. 그런 분이 검진 시간을 지나쳤다는 것도, 약물의 양을 잘못 조절했다는 것도 마음에 걸렸었죠.

조경선 그날은 내가 정신이 좀 그랬어. 휴게실에서 드라마를 워낙 크게 틀어놓기도 했었고.

도현 아니요. 드라마에 빠진 건 간호사님이 아니라 환자 보호자였죠. 간호사님은 그 전까진 드라마에 별로 흥미가 없었어요.

(플래시백 - 병원 휴게실)

남자 하나가 뉴스 채널로 돌리자, 욕을 하며 다시 드라마 채널로 돌리는 보호자.

남자가 불평하며 휴게실을 나가고, 그러든 말든 드라마에 집중하는 보호자.

휴게실을 지나치다 그 모습을 보는 조경선.

(CUT TO)

구치소 접견실.

도현 거기서 힌트를 얻었고 거기서부터 계획은 시작됐겠죠. 먼저 보호자가 좋아하는 드라마를 알아둘 필요가 있으셨죠.

(플래시백 - 병원 휴게실)

휴게실에서 같이 드라마를 보며 재미있어하는 보호자와 조경선.

드라마를 보던 조경선이 보호자의 옆얼굴을 슬쩍 보는데, 순간 표정이 냉담하다.

보호자는 알아차리지 못하고 계속 드라마를 보고 있다.

(CUT TO)

구치소 접견실.

도현 간호사님은 그 드라마가 끝날 때까지는 보호자가 병실로 돌아가지 않을 거라 생각했어요. 마침 그날은 드라마의 마지막 2회분이 연속으로 방영됐어요. 미리 알고 계셨겠죠. 실제로 약이 주입되는 두 시간 동안은 보호자가 환자를 살피지 않을 거라는 걸.

조경선 도대체 무슨 말을 하는 건지 모르겠다. 너도 검사하고 똑같은 얘기만 하는구나. 변호사가 원래 이런 거니?

도현 진실을 알고 싶을 뿐이에요.

조경선 (일어나는) 그만 얘기하고 싶어.

도현 유현이씨.... 아시죠?

조경선 (!) 현이... (도현을 가만히 쳐다보다) 내 고등학교 때 단짝이었어.

도현 ... 대신 복수라도 해주고 싶었나요?

조경선 뭐? (눈빛이 흔들리는)

도현 성폭행당했던 친구의 복수라도 해주고 싶었냐구요.

조경선 ...

도현 이건 살인이에요.

조경선 (도현을 뚫어지게 쳐다보다) 증거 있니? 내가 일부러 죽였다는 증거라도 있는 거야?

도현 ... 아직은 없죠. 하지만 검찰이 포착하는 건 시간문제에요.

조경선 내가 순순히 내 실수라고 인정하면? 그래도 검찰이 살인이라고 볼까?

도현, 조경선을 보는 데서.

S# 61. 기산대학병원 현관 앞/ 오후

현관 앞에 택시가 서고, 내리는 도현.
안으로 들어간다.

S# 62. 기산대학병원 로비/ 오후

도현, 로비로 들어온다.
준환, 에스컬레이터를 타고 올라가고 있는.
도현, 준환이를 보고 따라간다.

S# 63. 기산대학병원 옥상/ 오후

준환이 옥상에서 전경을 보고 있다.

도현(E) 여기 좋지?

뒤돌아보면 도현이 다가와 옆으로 선다. 준환을 보지 않고, 전경을 바라보는 도현.

도현 나도 울적할 땐 여기 와서 마음을 달래곤 했어.
준환 누구세요?
도현 (악수를 청하며) 나 최도현이야.
준환 (얼떨결에 손을 잡고는) 전 유준환이요.

미소를 보이는 도현.

(시간 경과)
옥상 난간에 기대어 앉아 있는 도현과 준환.

도현 조간호사님이 특별히 너를 그렇게 예뻐했다는데 이유가 뭐라고 생각하니?
준환 (농담하는) 잘생겨서?
도현 그것도 맞는 말이다만, 다른 이유가 있다면?
준환 형도 수술하셨다니 아실 거예요. 병원비가 장난 아니잖아요. 전 아빠도 없고. 엄마 혼자 제 병원비 마련하시느라 일을 몇 개나 하고 계세요.
도현 그래서 대신 조간호사님이 신경을 써줬다?

준환 그 간호사분, 저희 엄마 친구세요.

도현 친구?

준환 네. 고등학교 때 단짝이셨대요. 오랫동안 못 보다가 제가 이 병원에 오는 바람에 만나셨대요.

도현 !!! .... 혹시 엄마 성함이...

준환 우리 엄마요? 유, 현자 이자 쓰시는데요.

도현 !!!!

(플래시백 - 4회 58씬에 이어, 선양여고 벤치)

학교 벤치에 앉아 있는 여선생과 도현.

도현 저기, 성폭력 피해자였던 그 학생 이름이... 조경선이었나요?

여선생 조경선요? (잠시 도현을 보는)

도현 ...

여선생 오랜만에 듣네요. 그 이름도... (고개를 저으며) 아니에요. 그 친구 이름은 현이에요. 유.. 현.. 이...

(플래시백 - 4회 56씬, 선양여고 교장실 안)

교무실에서 혼자 앨범을 보고 있는 도현. 앨범에 선명히 보이는 '2002년'

웃지 않고 있는 조경선 사진에서 멀지 않은 위치에 유현이의 졸업 사진 보이는.

준환(E) 우리 엄마 아세요?

(CUT TO)

준환의 물음에 정신이 돌아오는 도현.

도현 혹시 너.... 02년생이니?

준환 어떻게 아세요?

도현 !!!

당혹스런 도현의 얼굴에서!!!

- 제4회 끝 -

5회

S# 1. 기산대학병원 옥상/ 오후

4회에 이어,
옥상 난간에 기대어 앉아 있는 도현과 준환.

준환 형도 수술하셨다니 아실 거예요. 병원비가 장난 아니잖아요. 전 아빠도 없고. 엄마 혼자 제 병원비 마련하시느라 일을 몇 개나 하고 계세요.

도현 그래서 대신 조간호사님이 신경을 써줬다?

준환 그 간호사분, 저희 엄마 친구세요.

도현 친구?

준환 네. 고등학교 때 단짝이셨대요. 오랫동안 못 보다가 제가 이 병원에 오는 바람에 만나셨대요.

도현 !!! .... 혹시 엄마 성함이...

준환 우리 엄마요? 유, 현자 이자 쓰시는데요.

도현 !!!!

(플래시백 - 4회 58씬에 이어, 선양여고 벤치)
학교 벤치에 앉아 있는 여선생과 도현.

도현 저기, 성폭력 피해자였던 그 학생 이름이... 조경선이었나요?

여선생 조경선요? (잠시 도현을 보는)

도현 ...

여선생 오랜만에 듣네요. 그 이름도... (고개를 저으며) 아니에요. 그 친구 이름은 현이에요. 유.. 현.. 이...

(플래시백 - 4회 56씬, 선양여고 교장실 안)

교무실에서 혼자 앨범을 보고 있는 도현. 앨범에 선명히 보이는 '2002년'
웃지 않고 있는 조경선 사진에서 멀지 않은 위치에 유현이의 졸업 사진 보이는.

(플래시백 - 4회 53씬, 도현 사무실 안)

진여사 변호사님, 사망한 김성조씨요.....

도현 (고개를 들어 보는)

진여사 (서류를 들고는) 제자 성폭행 건으로 고소를 당한 적이 있어요. 근데 별 징계 없이 넘어갔네요.

도현 (!) 그게 언제죠?

진여사 2001년이요. 의뢰인이 2002년에 졸업했으니까...

도현 ...

(CUT TO)

기산대학병원 옥상.

준환(E) 우리 엄마 아세요?

준환의 물음에 정신이 돌아오는 도현.

도현 혹시 너.... 02년생이니?

준환 어떻게 아세요?

도현 !!! (머릿속으로) 이 아이를 위해서... 그런 거였나?

도현의 표정, 생각에 잠겨 있는데.

준환 (도현의 표정에 의아해하며) 왜 그러세요?
도현 응? (웃으며) 아냐, 어머니가 여기 있는 거 아시면 걱정하시겠다.
준환 지금 병원에 안 계세요. (침울해지며) 오늘은 아침부터 새벽까지 일하신댔거든요.
도현 (보는)
준환 다 저 때문이에요. 제가 수술하느라고... 가뜩이나 돈도 없는데.
도현 (안쓰럽게 보다) 네 탓 아니야. 가족 중에 누군가 아프면... 누구라도 그렇게 할 거야.
준환 ... (밝아지는) 여기 있었던 건 비밀로 해주세요. 엄마 걱정하시니까.
도현 그래. 그럴게. 아, (준환이를 보다 어깨 두드려주며) 난 이제 가봐야겠다. 면역력이 약해져 있으니 몸 관리 잘해야 해. 약 거르지 말고 챙겨 먹고.
준환 꼭 의사 선생님처럼 얘기하시네요.
도현 나도 너처럼 아팠거든. (미소) 먼저 갈게. 너무 오래 있지 마.

도현, 옥상 문을 열고 나가려다 뒤를 돌아보는.
준환이 다시 운동장을 바라보고 있다.
안타까운 시선으로 준환의 뒷모습을 바라보는 도현의 모습에서.

S# 2. 현준 검사실 안/ 오후

현준, 서류를 보고 있는.
안계장, 책상 맞은편에 서 있다.

현준 김성조. 선양여고 이사장 조카. 교감 역임. 2001년 미성년자 성폭행 혐의로 피소당한 전력이 있고 (다른 서류 들어 보며) ... 조경선 선양여고.. 2002년 졸업!!!.

현준, 서류를 던져놓고.

현준 피해자 김성조가 조경선이 졸업한 학교 선생이었고... 조경선이 재학 중이던 시기에 성폭행으로 고소를 당했었다...

안계장 네.

현준 (생각에 잠겨 있다가) 최도현이 이것 때문에 재판을 빨리 끝내려고 했다는 건가? 계장님, 이 건 좀 더 알아봐주세요. 2001년 김성조한테 피해를 당한 학생이 누구인지부터 확인하고.

안계장 아.. 네. 알겠습니다.

안계장, 나가는.

S# 3. 조경선 구치소 앞/ 오후

도현, 민원실을 향해 가는.

S# 4. 조경선 구치소 민원실 안/ 오후

도현, 문을 열고 민원실로 들어오는.
허재만, 신분증을 찾아 나오는데 마주친다.

허재만 어? 변호사님!

도현 아. 허재만씨. 조간호사님 면회 오셨나 봐요?

허재만 네.

도현 뭐라고 하시던가요?

허재만 무슨 말이라도 하면 좋겠는데...

도현 여전히 그러시군요..

허재만 변호사님. 제발 잘 좀 설득해주십시오.

허재만, 인사하고 밖으로 나가고.

도현, 가는 허재만을 보다 접견부로 가서 수감번호 312번 조경선씨 변호인임을 말하는 데서.

S# 5. 조경선 구치소 접견실 안/ 오후

도현, 조경선 마주 보고 앉아 있는.
도현, 무언가를 결심한 듯 조경선을 가까이 바라보며.

도현 조간호사님. 준환이가 김성조씨 아들인 거 알고 계셨죠?
조경선 (순간 놀라지만 아무 말 안 하고 보는)
도현 알고 계셨네요...
조경선 (고개 숙이는)
도현 그리고... 김성조씨가 없으면 준환이가 살 수 있었으니까...
조경선 (눈빛이 흔들리는) ...
도현 정말 조간호사님은 친구를 위해 자신의 남은 인생을 감옥에서 보내실 생각이세요?
조경선 지난번에 왜 합의를 안 하냐고 물었지?
도현 (보는)
조경선 도현아. 나는.. 내 과거와 합의하고 싶지 않아...

조경선, 고개를 들고 도현을 보는 데서.

S# 6. 도현 사무실 안/ 밤

도현, 책상에 앉아 조경선 검찰 조서를 보고 있다.

조경선(E) 도현아. 나는.. 내 과거와 합의하고 싶지 않아...

도현, 조서를 덮고 생각에 잠기는.

S# 7. 한종구 구치소 접수창구 앞/ 오전

보안업체 복장의 기춘호, 민원실 앞으로 걸어온다.
면회 접수창구 앞에 서는 기춘호.

기춘호 수고하십니다. 수감자 면회 왔습니다.

S# 8. 한종구 구치소 면회실 안/ 오전

한종구, 면회실로 들어온다.
의자에 앉아 있는 기춘호.
기춘호, 한종구에게 와서 앉으라고 의자 손으로 가리키는.
한종구, 기춘호를 노려보며 앉는다.

기춘호 (가만히 보다가) 너 김선희 알지? 네가 죽인 건 아니지만 그렇다고 전혀 모르는 사이는 아니지?
한종구 그게 왜 궁금해요? 이제는 형사도 뭣도 아니잖아요.
기춘호 너 하나 김선희 살인범으로 만들겠다고 품이 너무 들어갔어.
한종구 뭐라는 거야.
기춘호 증거 조작에. 증인 매수에.
한종구 ...
한종구 (보는)
기춘호 (마주 보다) 너 누구한테 원한 사고 다닌 거야?
한종구 뭐?
기춘호 대체 무슨 짓을 하고 다녔길래, 누가 너 하나 감옥에 못 처넣어서 안달인 거냐고.
한종구 (기춘호를 보다 피식)
기춘호 이 자식 뭘 알고는 있나 보네.

한종구 글쎄? (헛웃음) 우리 변호사님이야 형량 줄여준다 치고. 형사님은 뭐 해줄 수 있는데? 왜 빈손으로 와서 센 척이야?

기춘호 그래? 뭐라도 가져와라? 너 지금 나랑 거래하자는 거야? 김선희 사건의 진범이 잡혀야 네 신상에도 좋다는 거 모르겠어?

한종구 ...

기춘호 그래 변호사 얘기가 나왔으니 하나만 더 물어보자. 너 도대체 최도현 변호사를 어떻게 구워삶았길래 최변이 다시 네 변호를 맡은 거냐?

한종구 (기춘호 보다가 기분 나쁘게 웃으며) 우리가 연이 좀 깊어. 왜? 질투 나?

기춘호 (한종구를 넌지시 노려보는)

한종구 (그런 기춘호를 놀리듯 마주 보는)

기춘호 ... 또 보자.

기춘호, 면회실을 나간다.

S# 9. 한종구 구치소 앞/ 오전

기춘호, 구치소 면회실을 나온다.
담배를 입에 무는 기춘호.

기춘호 한종구 이 자식... 뭔가 알고 있는 게 분명한데..
최도현... 대체 뭘 숨기고 있는 거야..

기춘호, 핸드폰을 꺼내 든다.
이형사에게 전화를 거는.

기춘호 나야. 뭐 하나 조사해줘. (사이) 최도현 변호사. 인적사항 좀 알아봐줘. 그래! 그 최도현! 가족관계든 뭐든 특이한 게 있으면 전부 다 알아봐줘.

S# 10. 도현 사무실 안/ 오후

도현, 화이트보드에 조경선 과실 치사 사건 관련한 사건 개요와 관련 인물들을 쭉 적고 있다.
피고인 조경선. 사망 김성조. 사건 관계자 유현이.
여기에 덧붙여 천천히 유준환을 쓰는 도현..
도현, 여기까지 적고 한 발 떨어져 화이트보드를 보며 생각하는데.
진여사 다가온다.

진여사 준환이. 병원에서의 출생 기록이 따로 없어요. 출생 신고일은 03년도인데 준환이는 02년도에 태어났다고 했으니... 그럼 김성조씨가 준환이의...

도현 ... 네 김성조씨가 준환이의 생부인 것 같습니다. 여러 가지 이유로 출생 신고를 바로 할 수 없었겠죠.

유리 (어이없다는 듯) 진짜 쓰레기다, 쓰레기!

진여사 ...

도현 ...

유리 (화를 억누르며) 미성년자 성폭행에.. 그것도 선생이 자기 제자를... 그게 인간이야?

진여사 ... 유리씨 말이 맞아요. 피해자에겐 평생 지워지지 않는 상처로 남았을 테니까...

도현 ... 만약 조간호사님이 김성조씨를 의도적으로 죽일 생각이 있었다고 가정한다면... (화이트보드에 쓰는) 친구에 대한 복수. 아니면 준환이를 살리기 위해. 또는 둘 다의 경우일 텐데..

유리 (2번 가리키며) 준환이를 살리기 위해서라니?

도현 그게...

유리 (보는)

도현 김성조씨가 심장이식 1순위였고, 준환이가 2순위였어.

유리 그래서 김성조를 죽였다는 거야? 1순위가 없으면 2순위에게 심장이 가니까?

도현 (잠시 유리의 눈을 피하는)

유리 ... 에이 아닐 거야. 뭐 결과적으로 김성조 대신 유준환이 이식 수술을 받게 된 건 사실이라 해도. 타이밍이 하필... 설마 우연이겠지.

도현 ...

유리를 보다 고개를 돌려 아무 말 없이 서 있는 도현.

S# 11. 도현 사무실 옥상/ 오후

옥상에 서서 생각에 잠긴 도현

S# 12. (플래시백) 기산대학병원 도현 병실 안 + 하명수 병실 안/ 오후

침대에 걸터앉아 창밖을 보고 있는 10년 전 도현.
뛰어 들어오는 유리.

유리 최도현! 아빠 수술 드디어 내일이다!

웃으며 돌아보는 도현.

유리 아 실감 안 나.
도현 (웃는) 내일이면 실감 날 거야. 진짜 잘됐다.
유리 너도 얼른 수술받음 좋겠다. (끄덕이는 도현에게) 자, 이거.

도현 침대 옆 협탁에 올려놓는 작은 화분.

도현 어? 뭐야?
유리 내일 아빠 수술하시면 병동 바뀌잖아. 누나 보고 싶을 때 얘 보면서 참으라고.
도현 아저씨... 수술 잘됐음 좋겠다.
유리 너도 금방 수술받을 거야.

끄덕이는 도현. 화분을 바라보는...

(CUT TO)
유리, 하명수 병실로 들어오는데.
제세동기로 심장 충격을 가하고 반복해서 CPR을 하는 의사들과 하명수를 둘러싼 간호사들 보인다.

유리 아빠!!!

의사들의 CPR에도 불구하고 하명수, 심장박동 돌아오지 않는다.
주저앉는 유리. 믿기지 않는.
의사들을 밀치고 파고들어 하명수를 부여잡은 유리의 눈에서 눈물이 쏟아진다.
뒤에서 지켜보는 도현.

S# 13. 도현 사무실 옥상 + 도현 사무실 안/ 오후

생각에서 돌아오는 도현. 한숨이 나온다.

(CUT TO)
도현 사무실 안.
유리가 멍하니 생각에 잠겨 있다.

S# 14. 조경선 구치소 민원실 앞/ 오후

불안한 표정으로 구치소 민원실 앞에 유현이 서 있다.
주위를 두리번거리다 결심한 듯 민원실 문을 여는 유현이.

S# 15. 조경선 구치소 면회실 안/ 오후

유현이가 창 앞에서 우울한 표정으로 바라보고 있다.
맞은편에 앉아 있는 조경선.

조경선 뭐하러 와. 준환이는 좀 어때? 부작용은 없고?

유현이 네가 지금 준환이 걱정할 때야?

조경선 큰 수술 했는데 걱정되지. 이식 수술하고 예후 잘 봐줘야 하는데...

유현이 경선아...

조경선 난 괜찮대도. 아 참, 변호사 연락 갈지도 몰라. 괜히 만나고 그러지 마. 귀찮아지니까.

유현이 ... 경선아. 합의하자. 합의 안 하면 네가 더 힘들어져.

조경선 (고개를 젓는)

유현이 고집 피우지 말고. 좀!

조경선 됐어. 어차피 내가 지은 죄는 돈으로 갚을 수 있는 게 아니야.

유현이 실수잖아... 그건 정말... 다른 거잖아.

설마... 아니지... 스스로 그렇게 믿고 싶은 눈빛으로 조경선을 보는 유현이.
조경선, 슬픈 표정으로 유현이를 보는 데서.

조경선 그럼.. 실수지.. 맞아... 내가 그랬을 리 없잖아.

유현이 (고개를 크게 끄덕이며) ... 응.

유현이의 눈에 눈물이 고이고.
우는 유현이를 보며 먹먹한 표정이 되는 조경선.

조경선 왜 울어...

유현이 왜 자꾸 나 때문에 이런 일이 생긴 거 같지? 내가 그 사람 너무 미워해서 니 앞에서 힘들어하는 모습 너무 많이 보여줬잖아. 그 사람 죽이고 싶다고도 말 했었고.. 나 때문에 이런 일이...

조경선 이게 왜 너 때문이야. 그런 생각 하지도 마. 여기도 오지 말고. 넌 준환이 회복하는 데만 집중해. 나 금방 나갈 거니까 밖에서 보자.

애써 미소를 지어 보이는 조경선을 보며 눈물이 멈추지 않는 유현이다.

S# 16. 현준 검사실 안/ 저녁

현준, 앉아 있고.
안계장, 메모지 한 장 들고 다급하게 들어오는.

안계장 검사님! 이번에 김성조가 죽으면서 대신 심장이식을 받게 된 아이가 조경선 친구의 아들이랍니다!

현준 (멈칫) 확실한 겁니까?

안계장 네. 최도현 변호사도 이 부분을 확인한 것 같습니다.

현준 그러니까 최도현이 이 사실을 알았기 때문에 과실 치사로 끝내려고 했다는 건데.. 이 자식이 진짜.

안계장 그리고 병원 사무장 말로는 예전에도 피고인이 담당했던 환자한테 비슷한 일이 있었답니다.

현준 (인상 쓰며) 네?

안계장 10년 전에도 심장을 기증받기로 돼 있던 1순위 대기자가 갑자기 사망하면서 다른 사람이 심장을 받게 된 일이 있었는데... 근데 그 심장을 이식받은 사람이... (메모지를 건네주면)

메모지에는 통화하며 메모한 듯 '2009년, 담당 간호사 조경선, 1순위 대기자 하명수, 2순위 최도현!!' 등의 내용 보이고..

현준 !!! 최도현? 최도현 변호사요? (끄덕이는 안계장)
(어이없다는 듯) 하... 뻔한 재판에 왜 들러붙었나 했더니. (잠시 생각하더니) 계장님. 변론 재개 신청서 법원에 송부하세요.

안계장 네?

현준 이 사건 살인 혐의로 다시 기소할 겁니다.

S# 17. 도현 사무실 전경/ 오전

S# 18. 도현 사무실 안/ 오전

도현, 나갈 준비하는데 전화벨이 울린다.
진여사, 전화를 받는.

진여사 네. 최도현 변호사 사무실입니다. 네. 그런데요? (심각한) 네. 네. 알겠습니다. (도현 보면) 법원이에요.

도현 법원이요?

진여사 검사 측에서.. 조경선 간호사 재판... 변론을 재개하기로 했다고 하네요.

도현 ... 공소 내용 변경도 포함된 건가요?

진여사 네. 과실 치사가 아닌 살인 혐의로 공소 내용을 변경한다고...

도현 ...

도현의 심각한 표정에서.

S# 19. 현준 검사실 안 + 도현 사무실 안/ 오전

현준, 앉아서 조서를 보고 있는데. 내선 전화 울린다.

현준 네. 북서지검 이현준 검사입니다...

도현(F) 최도현입니다.

현준 많이 놀랐어?

도현(F) 아닙니다.

이하 교차 편집, 도현 사무실.
도현, 자리에 앉아 통화 중인.

현준　아니긴. 살인 혐의로 공소장 변경했다는 거 알자마자 득달같이 전화한 거잖아?

도현　혹시 조서 내용에 추가된 게 있나 확인차 전화드렸습니다.

현준　있겠어? 피고인이 한마디도 안 하는데. 알잖아.

도현　... 알겠습니다. 그럼.

현준　잠깐만. 오랜만에 전화해놓고. 이렇게 끊으면 아쉽지.

도현　...

현준　너 이번에 제대로 걸렸어. 이걸 과실 치사로 넘어가려고 했어? 재밌는 걸 발견했는데... 재판 때 얘기하지.

도현　...

다시, 현준 검사실
현준, 전화 끊는.
바로 다시 전화가 울리자.

현준　왜? 또? (순간 당황하고, 일어서며) 네! 부장님! (잠시) 알겠습니다!

S# 20. 양인범 부장검사실 안/ 오전

양인범, 자리에 앉아 있고.
현준, 들어온다.

현준　부르셨습니까?

양인범　이거 뭐지?

현준, 다가가서 보면 공소장 변경 허가 신청서가 올라와 있다.

현준　네. 보신 그대로입니다. 이번 사건은 과실 치사로 보기엔...

양인범　이현준 검사.

현준 네!

양인범 재판을 앞둔 검사가 가장 중요하게 생각해야 할 게 뭐야?

현준 네? 우선 사실 관계를 파악하고...

양인범 아니.

현준 ...

양인범 승소야.

현준 아..

양인범 이런 건은 그냥 처음 기소한 대로 가서 과실 치사로 승소하면 될 걸 왜 일을 키우는 거지? 호승심이야? 공명심이야?

현준 그게 아니구요.. 부장님.. 이 사건 동기가 너무 확실한 살인입니다. 기소 내용 변경해도 충분히 이길 수 있습니다!

양인범 (한숨) 내가 왜 굳이 자넬 불러서 이렇게 얘기하는지 다시 한 번 잘 생각해 봐.

현준 네? ... (잘 모르겠지만) 네. 알겠습니다.

양인범 나가봐.

현준, 꾸벅 인사하고 밖으로 나간다.

S# 21. 양인범 부장검사실 문 앞/ 오전

현준, 문을 닫고 나온다.

현준 어쨌든 승소하면 되는 거잖습니까?

현준, 결의를 다지는 데서.

S# 22. 기산대학병원 준환 병실 안/ 오후

손에 작은 화분을 들고 병실로 들어오는 도현,

침대에 걸터앉아 창밖을 보는 준환의 뒷모습이 보인다.

도현 (옆에 서며) 답답하지?

준환 어? 옥상 형?

도현 (미소 짓는) 잘 있었어? (화분 건네며) 자, 이거 선물.

준환 (화분 받아 들며) 고맙습니다. 근데, 어쩐 일이세요?

도현 너 심심할까 봐 와봤어.

준환 ... 엄마 만나러 오셨어요?

도현 들켰네.

준환 여기 있으면.. 할 일이 사람 구경밖에 없으니까.. 사람들의 말과 속마음이 다른 걸 알게 돼요.

도현 (보는) ... 나도 병원 생활할 때 하루 종일 그러고 있었는데. (준환에게 어깨동무를 하는) 왜 그럴까? 다들 속마음을 솔직히 말하면 좋을 텐데.

준환 싫은 거 같아요.

도현 (보는)

준환 자기의 속마음을 다른 사람이 아는 게. 싫은가 봐요.

도현 (그런 준환을 보는데)

유현이(E) 누구세요?

돌아보는 도현, 입원실 안으로 들어서는 유현이.

S# 23. 기산대학병원 카페 안/ 오후

도현과 유현이가 마주 앉아 있다.
도현의 명함을 손에 든 채 긴장한 표정의 유현이, 주위를 두리번거리는.

도현 긴장하지 않으셔도 됩니다. 전 여기 조경선씨를 돕기 위해 온 거니까요.

유현이 변호사님. 제발... 경선이... 꼭 나올 수 있게 해주세요.

도현 네... 그러기 위해선 유현이씨의 도움이 필요합니다.

유현이 제 도움이요? 어떤...

도현　검찰에서 조경선씨를 과실 치사가 아닌 살인 혐의로 기소하기로 했습니다.

유현이　네? 살인이요?

도현　... (끄덕이는)

유현이　말도 안 돼..

도현　... 검사 쪽에서 이미 김성조씨와 조간호사님과의 관계.. 그리고.. (유현이를 조심스럽게 보며)

유현이　...

도현　김성조씨와 유현이씨와의 관계까지 파악한 것으로 보입니다.

유현이　!!!

도현　조간호사님을 돕기 위해서는 당시 무슨 일이 있었는지 제가 정확히 알아야 합니다.

유현이　(고개 숙이고 있는) ...

도현　힘드시겠지만 부탁드립니다.

유현이　죄송합니다. 전 드릴 말씀이 없어요.

도현　... 아닙니다. 제가 죄송합니다. 그럼.

도현, 자리에서 일어나는데.
유현이, 주저하다 힘들게 결심한 듯.

유현이　변호사님!

도현　(보면)

유현이　... 경선이는 저에 대한 죄책감 때문에 그랬을 수도 있어요.

도현　죄책감이요?

도현을 보는 유현이의 표정에서.

S# 24. (플래시백) 선양여고 체육부실 안/ 오후

운동복 차림의 어린 조경선과 어린 유현이가 어쩔 줄 모르는 표정으로 서 있다.

막대기를 들고 두 사람 앞에 서 있는 체육 선생 김성조.

김성조 입시에 필요 없다고 너희들 체육 시간을 무시하는 거야?

고개를 숙인 채 아무 소리도 못하고 있는 두 사람.

김성조 체육부란 애들이 (막대기로 주위를 가리키며) 이렇게 비품 정리도 하나도 안 해놓고. 안 되겠어. 내가 보는 앞에서 다 정리하고 가. (생각났다는 듯) 아! 오늘은 현이, 너 혼자서 해.

유현이 (겁에 질린 표정으로) 저, 혼자만요?

김성조 저 정도 비품 정리하는 거 혼자면 되지. 경선인 내일 하고.

유현이 (옆을 슬쩍 보며) 경선아...

경선이가 머뭇거린다.
그래도 나가지 못하고 우물쭈물거리는 조경선.
김성조가 막대기로 조경선의 머리를 툭툭 친다.

김성조 그래. 그렇게 가기 싫으면 너부터 하자.

조경선 (겁에 질린) 아.. 아니요.

주저하면서도 어쩌지 못하고 문 쪽으로 걸어가는 조경선.
김성조가 유현이를 보며 씨익 미소를 짓는다.
문을 열고 나가려다 뒤를 돌아보는 조경선.
유현이가 고개를 저으며 가지 말라는 신호를 보낸다.
현이의 간절한 눈빛을 순간적으로 피하며 휙 돌아서는 조경선, 울 것 같은 얼굴로 나가며.

조경선 (혼자 되뇌는) 괜찮아. 아무 일도 없을 거야. 아무 일도 없을 거라고.

조경선이 문을 열고 나가고, 문이 닫힌다.
닫힌 문을 보고 있는 어린 유현이의 모습에서.

S# 25. 기산대학병원 카페 안/ 오후

유현이(E) 경선이가.. 그때의 죄책감 때문이라면...

유현이, 눈물 흘리고 있다.

유현이 ... 정말 그런 거라면 어떡하죠? 변호사님... 아니겠죠?

고개를 숙인 채 울고 있는 유현이를 보는 도현의 모습에서.

S# 26. 조경선 구치소 방 안/ 밤

웅크리고 앉은 조경선, 고개를 숙여 표정을 알 수 없다.

(플래시백 - 기산대학병원 김성조 병실 안)
병실에 들어서는 조경선. 잠든 김성조을 보고는 주사 팩을 갈아 끼운다. .
똑, 똑... 천천히 떨어지는 주사약.
떨리는 손으로 조절기를 빠르게 조절하자 떨어지는 속도가 급속도로 빨라진다.
고통에 신음을 하는 김성조.
김성조를 바라보다 한숨을 쉬고는 이건 아니라는 듯 고개를 저으며 조절기를 원래대로 조절하는 조경선.
똑.. 똑, 다시 천천히 흐르는 주사약.
김성조가 어느새 눈을 뜨고 보고 있다.
놀라서 커지는 경선의 두 눈.

(CUT TO)
구치소 방 안.

몸서리치듯 고개 젓는 조경선, 무릎에 얼굴을 파묻는다.

S# 27. 도현 사무실 안/ 밤

진여사, 시계 보면 밤 열 시가 넘었다.
고개를 돌려 도현의 빈자리를 걱정스럽게 보는.
진여사, 퇴근하려고 가방과 외투를 챙겨 자리에서 일어서는데.
도현 들어오다 마주치는.

도현 어? 여사님. 아직 퇴근 안 하셨어요?
진여사 얼굴 뵙고 가려고 조금만 더 기다린다는 게 생각보다 늦어졌네요.
도현 연락이라도 드릴 걸 그랬네요. 죄송합니다.
진여사 아녜요. 제가 기다린 건데요. (가방 내려놓으며) 차 한잔하실래요?

(시간 경과)
찻잔이 놓여 있는.
소파에 마주 앉아 있는 도현과 진여사.

진여사 (안타까운 표정으로) 그랬군요. 친구를 지키지 못했다는 후회가 평생 괴롭혔을 거에요. 유현이씨도 조경선씨도 둘 다 너무 가여워요... 법정에서 공개하실 건 아니죠?
도현 ... 생각 중이에요.
진여사 ...
도현 그리고... 아직도... 풀리지 않은 것들이 있어요...

진여사, 고민하고 있는 도현을 가만히 보다가.

진여사 변호사님은 진실을 아는 게 가장 중요한가 봐요.
도현 네?
진여사 제가 이만큼 살아보니 어떨 때는 진실이 오히려 사람들을 더 힘들게 하는 경우도 많았거든요.

도현 ... 어떻게 보면 전 피고인의 속마음을 이해하고 싶은 것 같아요.

진여사 피고인이요?

도현 최소한 변호인만이라도 피고인의 편에 서야 하는데.. 진실을 알아야만 그들의 입장을 이해할 수 있으니까요.

도현의 모습에서.

S# 28. 법정 안/ 오전

판사석에 판사와 배석판사 앉아 있고.
피고인 측에 도현과 조경선. 검사석에 현준, 자리하고 있다.

현준 피고인 조경선은 사망한 김성조씨의 담당 간호사로서 환자의 관리를 소홀히 한바 형법 제268조에 의거 과실 치사 혐의로 기소되었지만 피고인이 김성조의 목숨을 잃게 하는 데 고의성이 있었다고 판단해 형법 250조에 의거, 살인죄로 기소하는 바입니다.

방청석에 고개 숙이는 유현이,
방청석 한쪽에는 허재만의 모습도 보인다.

판사 피고인 공소 사실을 인정합니까?

조경선 ...

도현 저희 피고인 측은... 피해자를 사망에 이르게 한 책임이 있다는 점에 대해서는 일부 인정하지만 고의성이 있다는 부분에 대해서는 동의하지 않습니다.

(CUT TO)
현준, 피고인 신문을 위해 일어나 있고.
조경선, 자리에 앉아 있다.

현준　피고인, 피고인은 같은 고등학교를 다녔던 유현이씨와 친구 관계가 맞습니까?

조경선　... 네.

현준　그 유현이씨가 고교 시절 사망한 김성조씨에게 성폭행당했다는 사실 또한 맞습니까?

방청객 술렁이고, 조경선 대답 못하고, 어두운 도현의 표정.
사정 안 보고 몰아붙이는 현준.

현준　피고인에게는 그것 말고도 살해 동기가 하나 더 있습니다. 유현이의 아들, 유준환! 유준환이 최근 심장이식 수술을 받고 피고인이 근무하는 기산대학병원에 입원 중인 사실. 맞습니까?

조경선　...

현준　피고인, 유준환군이 받은 심장이 원래 피해자 김성조가 이식받기로 돼 있던 심장이, 맞습니까?

도현, 자리에서 일어나며.

도현　재판장님 이의 있습니다. 지금 검사 측에서는 공소 사실과 관련 없는 것에 대한 신문을 이어가고 있습니다.

현준　피고인과 피해자의 관계를 명확하게 하기 위한 질문입니다.

판사　변호인의 이의 신청 기각합니다. 그리고 피고인.

조경선　(보는)

판사　진술을 계속 거부할 수 있지만 판결에 불리하게 작용할 수 있음을 고지합니다.

조경선　...

판사　검사 측은 피고인 신문을 이어가세요.

방청석에 있는 유현이, 눈물이 흐르지만 얼른 닦는다.
허재만, 불만스러운 얼굴로 지켜보고 있는.
현준, 조경선을 가만히 바라보는.

현준 본 검사는 피고인에게 유준환이 이식받은 심장이 원래 사망한 김성조씨가 이식받기로 돼 있었던 심장인지 물었습니다.

조경선 (현준 노려보는)

현준 (시선 피하지 않고) 그럼 이렇게 묻죠. 피고인. 피고인은 친구 유현이의 아들 유준환을 살리기 위해 심장이식 1순위였던 김성조를 죽였습니까?

조경선 ...

현준, 조경선을 똑바로 보고 있고.
조경선, 고개를 숙인다.
방청석에 있던 유리, 현준과 조경선을 보다 시선을 돌려 도현을 보는.
도현, 유리의 시선 의식 못하고 조경선을 바라보고 있는 데서.

S# 29. 도현 사무실 안/ 오후

도현과 유리, 사무실로 들어오는데 둘 다 기운이 없어 보이는.
소파에 앉는 도현과 유리.

유리 이번 재판 힘드네... (한숨) 마음이...

도현 (유리 보는)

유리 너한테 조경선 간호사님 변호하라고 한 거, 내가 강요한 거 같아서 미안하다.

도현 ... 니가 강요해서 한 거 아니야.

유리 ... 난 병원에 있을 때 경선 언니가 진짜 친언니 같고... 그랬거든.

(플래시백 - 하명수 병실 안)
하명수의 빈 침상.
유리, 울고 있는데.
조경선, 안타까운 표정으로 유리를 지켜보고 있다 다가와 유리를 안아준다.
유리, 조경선을 보면.
조경선, 눈물 흘리며 같이 울어주는 얼굴에서.

(CUT TO)

도현 사무실 안.

유리 아빠 돌아가시고 나랑 같이 울어준 경선 언니가 너무 고마워서...

도현 ... 알아.

유리 ... 도현아 있잖아... 만약에... 만약에 말이야... 조간호사님... 과거의 죄책감 때문에... 아니다. 그 얘기는 그만하는 게 좋겠다.

유리, 슬픈 얼굴...

도현, 말없이 유리를 보는 데서.

(시간 경과)

도현, 화이트보드 앞에 서 있다.

화이트보드에 1, 2번 적혀 있는 아래로.

3번을 쓰고 점을 몇 개 찍는 도현, 생각에 잠기는.

(플래시백 - 5회 5씬, 조경선 구치소 접견실 안)

조경선 도현아. 과거를 다 들추는 게 과연 옳은 일일까?

도현 네?

조경선 너가 저번에 왜 합의를 안 하냐고 물었지?

도현 (보는)

조경선 나는.. 내 과거와 합의하고 싶지 않아...

(CUT TO)

도현 사무실 안.

도현 나 좀 나갔다 올게.

유리 ... 어...

도현, 사무실 밖으로 나가고.

유리, 화이트보드에 시선 고정한 채 서 있다.
2번. 친구의 아들을 위해...

S# 30. 기산대학병원 병실 앞 복도/ 오후

유현이와 마주하고 있는 도현.

도현 부탁드릴 게 있어서 왔습니다.
유현이 저한테요? 어떤...
도현 유현이씨. 혹시 법정에서 증언을 해주시겠습니까?
유현이 증언이요? 네. 경선이한테 도움 될 수 있는 일이라면 뭐든 할게요. 어떤 증언을 하면 되죠?

도현, 어렵게 말을 꺼내는.

도현 ... 지금 조간호사님은 살인죄에 대해서도 아무런 반론을 하실 생각이 없는 듯 보입니다.
유현이 ... 네...
도현 그래서...
유현이 (보는)
도현 ... 힘드시겠지만... 고등학교 때 유현이씨가 겪었던 일을 법정에서 진술해주실 수 있으실까요?
유현이 네? (생각하다) 저... 그게요...
도현 (보는)
유현이 저보다는... 준환이가 이 일을 알게 될까 봐....
도현 ...
유현이 ...
도현 제가 무리한 부탁을 드린 것 같습니다. 죄송합니다.

인사하고 가는 도현.

유현이, 망설이다가 도현을 불러 세운다.

유현이 변호사님!

도현, 돌아보는 데서.

S# 31. 조경선 구치소 면회실 안/ 오후

조경선과 유현이, 앉아 있다.

조경선 오지 말라니까. 왜 또 왔어?
유현이 ... 경선아.
조경선 ...
유현이 니가 이렇게 모든 걸 뒤집어쓰고 들어간다고 나와 준환이가 어떻게 행복하게 살 수 있겠어.
조경선 .. 넌 행복하게 살아. 이건 내 일이야.
유현이 아니. 사실 나 알고 있었어.
조경선 ?
유현이 ... 너도 김성조한테...
조경선 !!
유현이 그동안 모른 척했을 뿐이야..
조경선 ...
유현이 경선아... 제발 솔직히 말하고. 최도현 변호사님 도움받자.
조경선 ...
유현이 그래야만 너도.. 나도.. 준환이도.. 모두가 진짜로 이 해묵은 과거로부터 벗어날 수 있어. 그게 맞다는 거.. 너도 사실 알고 있잖아..

유현이, 눈물이 흐르고.
조경선의 눈빛이 흔들리는.

S# 32. 조경선 구치소 민원실 안/ 오후

도현, 민원실 안에 서 있다.
유현이, 민원실로 들어오는.
도현, 유현이에게 다가가 선다.
눈시울이 빨간 유현이. 도현을 향해 천천히 고개를 끄덕이는 데서.

S# 33. 도현의 사무실 안/ 오후

멍하니 생각에 잠겨 엎드려 있는 유리.
진여사 들어온다.
책상에 엎드린 유리를 보고 조심조심 들어오는 진여사.
얼굴을 옆으로 돌려 엎드려 있는 유리에게 비닐봉투를 흔든다.

진여사 간식 타임? 유리씨 이 시간쯤 되면 배고프잖아요.

진여사 소파로 가 앉으면, 일어나는 유리.
간식 생각이 없지만 와서 앉아 비닐 안의 떡볶이 팩을 여는 유리.
떡볶이를 집지만 먹지는 않는 유리.

유리 여사님... 아주아주 비슷한 일이 반복될 확률은 얼마나 될까요?
진여사 (웃으며) 응? 무슨 일이 그럴까요?
유리 우연일 수도 있고, 진짜 아무 상관도 없는 일일 텐데... 자꾸 오버랩이 돼요.

심각한 유리 표정에 가만히 듣는 진여사.

유리 모른 척하려고 해도... 우연이라고 넘기려고 하는데... 잘 안 되네...
그럼 정말... 안 되는 거거든요. 그냥 우연이어야 되거든요.
진여사 유리씨... 하고 싶은 말 있군요.

유리 ... 근데 말하는 순간... 그게 진짜 내 생각이 맞을까 봐.. 불안해요.

이해한다는 듯 고개 끄덕이는 진여사.
유리, 화제를 돌리려는 듯 갑자기 밝은 얼굴로

유리 여사님이 여기 오신 건 우연일까요?
진여사 어떤 거 같아요?
유리 (웃는) 운명?

의미심장한 미소로 끄덕이는 진여사.

진여사 운명... 좋은데요?
유리씨, 너무 오래 참지 말고... 말하고 싶어지면 언제든지 말해요. 마음에 오래 두면... 그대로 굳어버려서 꺼내지지가 않아요.
유리 (격하게 끄덕이는) ... 네 그럴게요. 그때는 여사님 찬스 쓰겠습니다.

웃는 진여사.

S# 34. 법원 전경/ 오전

S# 35. 법정 안/ 오전

피고인석에 도현이 앉아 있고.
검사석의 현준 시선을 따라가면.
피고인 자리가 비어 있다.

판사 금일 마지막 공판은 피고인 없이 진행하도록 하겠습니다. 변호인 최후변론 하세요.
도현 (일어나는) 최후변론... 하지 않겠습니다.

유리, 진여사. 침착하게 도현을 보고 있다.

판사　정말 하지 않을 건가요?
도현　... 네.
판사　알겠습니다. 그럼 판결을 위해 잠시 휴정...

웅성거리는 사람들의 시선을 따라 판사와 검사 시선 옮겨가면,
조경선이 피고인 측 입구에 서 있다.
도현, 자리에서 일어나며.

도현　재판장님. 본 변호인을 대신해서 피고인 조경선씨가 직접 최후진술을 요청했습니다.

도현, 판사 피고인 측 입구를 보면. 조경선이 서 있다.
도현 표정에서.

(플래시백 - 조경선 구치소 접견실 안)
조경선이 접견실로 들어오면.
도현, 자리에서 일어난다.
조경선, 의자에 앉는다. 도현을 보는.

도현　조간호사님. (잠시) 김성조씨를 왜 죽였습니까?

순간, 조간호사의 눈빛이 흔들리고.

조경선　도현아..!
도현　... 자신의 복수를 위해서 김성조씨를 살해하신 건 아닌가요?
조경선　(흥분을 가라앉히며) ... 사람을 죽인 이유가 뭐가 중요해... 그 사람 죄가 사라지지 않는 것처럼, 내 죄도 사라지지 않아. 애쓰지 마. 그냥 죗값을 받게 둬.
도현　남은 사람이 더 힘듭니다. 이대로 조간호사님이 형을 받는다면 유현이씨도

준환이도 저도 오랫동안 힘들 겁니다.

눈물 맺힌 얼굴을 떨구는 조경선.

도현 진실을 말씀하실 결심이 선다면... 저도 최선을 다해 이 변호를 이어가겠습니다.

조경선 (고개를 푹 숙인 채) 내가.. 어떻게 하면 될까..

도현 조간호사님께서는... 단지 진실을 말씀해주시면 됩니다.

조경선 (눈물이 흐르는) ...

도현 그 외에는. 모두 저를 믿고 맡겨주세요.

조경선, 숙인 고개를 살며시 끄덕인다.

(CUT TO)
법정 안.
피고인석에 서 있는 조경선.
도현을 비롯한 재판정 안의 사람들, 조경선을 보고 있다.

조경선 ... 저는... 김성조를 죽였습니다.

방청석이 웅성이고.
허재만, 기가 차서 입으로 욕을 하는.

(플래시백 - 기산대학병원 김성조 병실 안)
병실에 들어서는 조경선. 잠든 김성조을 보고는 주사 팩을 갈아 끼운다. .
똑, 똑... 천천히 떨어지는 주사약.
조절기를 빠르게 조절하자 떨어지는 속도가 급속도로 빨라진다.
고통에 신음을 하는 김성조.

(CUT TO)
법정 안.

방청석, 웅성이다 잠잠해진다.

조경선 죄책감. 어쩌면 처음 저를 괴롭힌 건 죄책감일 수도 있습니다.

(플래시백 - 5회 24씬, 선양여고 체육부실 안)
김성조가 막대기로 조경선의 머리를 툭툭 친다.

김성조 그래. 그렇게 가기 싫으면 너부터 하자.
조경선 (겁에 질린) 아.. 아니요.

주저하면서도 어쩌지 못하고 문 쪽으로 걸어가는 조경선.
김성조가 유현이를 보며 씨익 미소를 짓는다.
유현이가 고개를 저으며 가지 말라는 신호를 보낸다.
조경선, 울 것 같은 얼굴로 뒤돌아 나가며.

어린경선 (혼자 되뇌는) 괜찮아. 아무 일도 없을 거야. 아무 일도 없을 거라고.

(CUT TO)
법정 안.

조경선 괜찮아.. 아무 일도 없을 거야.. (눈물이 맺히고) 매일 밤 그 말이 저를 괴롭혔습니다. 괜찮다고.. 아무 일도 없을 거라고.. 저도.. 현이도 괜찮지 않은데.. 정말 괜찮지 않은데.. 아무 일도 없지 않은데..

방청석이 웅성이고.
현준, 인상을 쓰는.
도현, 묵묵히 경선을 바라보고 있다.

조경선 (감정을 추스르고) 제가 이런 말을 한다고 해서 제 죄가 없어진다고 생각하지 않습니다. 제가 김성조를 죽인 것은 죄책감 때문이 아닙니다..

(플래시백 - 기산대학병원 김성조 병실 안)

김성조를 바라보다 한숨을 쉬고는 이건 아니라는 듯 고개를 저으며 조절기를 원래대로 조절하는 조경선.

똑.. 똑, 다시 천천히 흐르는 주사약.

김성조가 어느새 눈을 뜨고 보고 있다.

조경선, 흠칫 놀라는.

김성조 그대로구나.. 경선아...

김성조, 손을 잡으려는 듯. 손을 들어 올리는데.

조경선, 몸이 굳어 아무것도 할 수 없는.

(CUT TO)

법정 안.

방청석에서 탄식이 나오고.

조경선 그 말에... 아직까지도 밤이 되면 저를 괴롭히던... 그 순간이 떠올랐습니다...

(플래시백 - 선양여고 체육부실 안)

의자에 앉아 두려움에 떨고 있는 어린 조경선.

김성조, 음흉한 미소를 지으며 다가간다.

(CUT TO)

법정 안.

허재만, 보고 있는.

현준, 표정이 굳어 있다.

조경선 죽이고 싶다... 정말 죽이고 싶다... 그날 일이 떠오를 때마다 그 생각을 했습니다. 그 사람뿐만 아니라 할 수만 있다면 저까지 죽이고 싶었습니다.

조경선, 무너지며 흐느끼는.

(플래시백 - 기산대학병원 김성조 병실 안)

김성조, 그대로 굳어 있는 조경선의 팔을 잡는.
조경선, 순간적으로 조절기를 확 연다.
김성조가 괴로워하다 숨이 막혀하더니 몸에 힘이 풀리는.

(CUT TO)
법정 안.

조경선 그날 이후 저는 하루하루 매일 죽어가고 있습니다. 더 이상 저에게는.. 살아간다는 게 어떤 의미인지 모르겠습니다. 제 고통을 알아달라고 말하는 것도 아닙니다. 그냥... 저는... (말을 잇지 못하는)

숙연해진 재판장 안.
도현, 자리에서 일어선다.

도현 ... 재판장님. 본 변호인은 피고인의 최후발언이 자신의 행위를 정당화하기 위함이 아님을 분명히 말씀드립니다. 단지 본인의 행위에 대해 있는 그대로 밝히고, 본인이 지은 죗값을 치르는 데 있어 정당한 판결을 받고자 함입니다. 피고인은 진심으로 자신의 죄를 뉘우치고 있는바. 재판부의 선처를 부탁드립니다.

판사들, 인정한다는 듯 다들 고개를 살짝 끄덕인다.

판사 판결 선고는 본 법정에서 4주 후에 하겠습니다.

방청석의 허재만, 조경선을 보고 있고.
조경선, 여전히 흐느끼고 있다.
유현이도 안타까운 표정으로 보고 있고.
도현, 조경선을 보며 짧게 한숨을 내뱉는다.

S# 36. 법원 밖/ 오후

조경선, 여교도관에 의해 호송차 앞으로 호송되는데.

도현(E) 잠시만요!

조경선, 돌아보면.
도현, 달려와 가까이 선다.

도현 변호인입니다. 잠시 얘기 좀 하겠습니다.

여교도관, 한쪽으로 비켜주는.

도현 ... 간호사님..
조경선 ... 고마워. 나.. 조금.. 후련해졌어.
도현 ... 전 간호사님이 더 이상 과거 때문에 힘들어하지 않으시면 좋겠어요.
조경선 ... 그래. (눈물 맺힌 채 도현을 보는) ... 고마워.
도현 (보는)

조경선, 몸을 돌려 호송차로 가서 올라타는.
도현, 떠나가는 호송차를 보고 있다.

S# 37. 도현 사무실 안/ 저녁

소파에서 도현과 진여사가 차를 마시고 있다.

진여사 조경선 간호사. 어떻게 될까요?
도현 조간호사님에게 판결이 다는 아닐 수도 있겠다 싶습니다.
진여사 조경선씨는 정말 쉽지 않은 결정을 내렸어요.

도현 네.. 검찰이 항소를 해도 끝까지 부인한다면 어찌 될지 모를 일이었으니까요.

진여사 변호사님은 항소를 맡으실 생각이었나요?

도현 맡았을 거예요. 그런 다음 이번과 똑같이 설득을 했을 겁니다.

진여사 (고개를 끄덕이는) 아 참! 한종구씨 재판은 준비가 다 끝난 건가요?

도현 ... 다퉈볼 쟁점이 있긴 합니다.

진여사 그렇게까지 증거가 확실한데도, 다툴 만한 사안이 있는 거예요?

도현 ... 하는 데까지는 해봐야죠.

쓴웃음을 짓는 도현.
마주 보며 미소를 지어주는 진여사.

(시간 경과)
사무실에 도현 혼자 있다.
책상에 앉아 있는 도현. 서류를 보다 덮으면 '조경선 기산대학병원 과실 치사 사건' 표지가 보인다.
들고 일어서서 책장 폴더 서류철에 꽂는데 서류철에 반쯤만 꽂힌 서류 폴더가 보인다. 뽑아서 보면, '은서구 철거 지역 김선희 살인사건' 재판 기록이다.
생각하는 도현.

(플래시백 - 2회 23씬, 포장마차 안)
포장마차에서의 도현과 기춘호.

기춘호 마음 같아선 그냥 한종구를 유죄 판결받게 하고 싶어. 근데. 상황이 참 더럽게 꼬여버렸어.. 김선희 사건의 진범은 따로 있는데.. 한종구를 풀어줄 수도 없고.

(CUT TO)
도현 사무실 안.
김선희 살인사건 재판 기록 표지를 보고 있는 도현.

도현 진범은 따로 있는데라... 진범이 따로 있다....

다시 책장에 끼우는 도현. 역시 반쯤만 끼워 넣는다. 아직 끝나지 않았다는 듯.
책상으로 가서 앉는 도현. 책상 위 서류철에서 한종구의 조서를 펼치는.

(플래시백 - 4회 1씬, 한종구 구치소 접견실 안)
돌아서 나가려는 도현. 다시 뒤에서 들리는 소리.

한종구 나 운전병이었어. 당신 아버지가 쏴 죽인 기무사 차승후 중령 운전병.

(CUT TO)
도현 사무실 안.
도현, 한종구 존속 살인 건 조서 옆에 성준식 기자에게 받은 김선희 사진과 한종구 사진을 잠시 바라보다 서랍을 열어 서류를 꺼내 든다.
표지에 '차승후 중령 살인사건' 쓰여 있고.
도현, 한종구 조서 위에 '차승후 중령 살인사건' 서류를 올려놓고 본다.

S# 38. 유리 집 거실 안/ 밤

유리, 불 꺼진 거실로 들어온다.
불도 켜지 않고 그대로 앉아 있는 심각한 표정의 유리.

(플래시백 - 5회 10씬, 도현 사무실 안)
화이트보드 앞에 서 있는 유리와 도현.

도현 김성조씨가 심장이식 1순위였고, 준환이가 2순위였어.
유리 그래서 김성조를 죽였다는 거야? 1순위가 없으면 2순위에게 심장이 가니까?
도현 (잠시 유리의 눈을 피하는)
유리 ... 에이 아닐 거야. 뭐 결과적으로 김성조 대신 유준환이 이식 수술을 받게 된 건 사실이라 해도. 타이밍이 하필... 설마 우연이겠지.

도현 ...

(CUT TO)
유리 집 거실 안.
유리, 눈에 눈물이 고이는.

(플래시백 - 기산대학병원 하명수 병실 안 + 복도)
상복을 입은 채 짐가방을 들고 병실에서 나오는 유리.
복도에서 침대 카트에 누워 이동하는 도현을 본다.
병실에서 나오는 유리를 보는 조경선.

조경선 유리야.

침대 카트에 눈을 감고 누워 있는 도현을 보는 유리.

유리 언니, 도현이 어디 가요.
조경선 도현이 수술 들어가.

이동하는 도현의 침대 카트.
유리, 멍하게 쳐다보는.

(CUT TO)
유리 집 거실 안.
유리, 두 다리를 소파 위로 올려 감싸 안는다.
다리 사이에 얼굴을 묻는 유리의 모습에서.

S# 39. 조경선 구치소 면회실 안/ 오전

면회실 안으로 들어오는 조경선. 유리가 기다리고 있다.

유리 언니. 고생하셨어요.

조경선 네가 많이 도와준 거 얘기 들었어. 고마워.

유리 (말 꺼내기를 머뭇거리는) ... 그동안 힘드셨죠.

조경선 (쓰게 웃는)

유리 언니..

조경선 (보는)

유리 저 오늘 사실 언니한테 물어볼 거 있어서 왔는데...

조경선 응? 뭔데?

유리, 조경선을 보는.

유리 언니는 최후변론에서도 준환이 관련된 이야기는 한마디도 하지 않았어요. 준환이를 지키려고 그러신 거죠?

조경선 ...

유리 결과적으로 언니 덕분에 다음 순위였던 준환이가 새 심장을 얻은 거니까...

조경선 !

유리 (보는)

조경선 유리야...

유리 네. 언니.

조경선 (한숨 쉬는) 난 이번 일을 겪으면서 진실을 밝히고 분명 후련해졌는데... 그게 모두에게 그런 건지는 잘 모르겠다..

유리 ... 무슨 말이에요?

조경선 유리... 너... 아빠, 많이 보고 싶지?

유리, 웃음기 없는 얼굴로 조경선을 보는.

유리 언니...

조경선 있잖아.. 하기자님.. 네 아버지 돌아가셨을 때... 내가 담당 간호사였는데도.. 아무도 나에게... 어떤 것도 묻지 않았어.

유리 !

조경선 내가 아는 건 그게 다야. (억지로 미소를 띠며) 이제 가야겠다. 조심해서 가.

조경선, 일어나 면회실을 나가고.
나가는 조경선의 뒷모습을 바라보는 유리의 멍한 얼굴에서.

S# 40. 유리 차 안/ 오전

운전하고 있는 유리.

(플래시백 - 5회 39씬, 조경선 구치소 접견실 안)

조경선 네 아버지 돌아가셨을 때... 내가 담당 간호사였는데도.. 아무도 나에게... 어떤 것도 묻지 않았어..

(CUT TO)
유리 차 안.
속력을 올리는 유리의 심각한 표정에서.

S# 41. 한종구 구치소 전경/ 오전

S# 42. 한종구 구치소 입구/ 오전

교도관에 의해 호송되어 나오는 한종구.
도현을 비롯해 이형사와 경찰들 기다리고 있다.

한종구 (친한 척) 이야. 변호사님. 오셨어요?
도현 ...

이형사, 쳐다보고.
호송 차에 오르는 한종구.

S# 43. 은서경찰서 취조실 안/ 오전

덮여 있는 서류를 열어 보는 도현.
옆에 나란히 앉아 있는 한종구.
서팀장과 이형사가 들어와 앉는다.
일어나서 인사하는 도현을 투명인간 취급하며 지나가는 서팀장.

서팀장 이게 뭔 상황이야. 씨... (한종구가 쓴 진술서 쓱 보고) 너 양애란, 니 엄마 말고 또 있지?

한종구, 도현을 보면,

도현 서팀장님, 해당 사건에 대해서만 질문하시죠.

서팀장 최변 진짜... 인간적으로 이건 아니지 않냐. (한숨) 피의자 한종구씨. 진술서 잘 보시다 가세요.

피식 웃는 한종구.
서팀장, 같이 있기도 싫은. 나가버리고.
도현, 무료한 듯 하품하는 한종구를 보는.

S# 44. 도현 사무실 밖 복도/ 저녁

문밖에 서 있는 유리.
문고리를 잡고 한참을 망설이다 들어가는데.

S# 45. 도현 사무실 안/ 저녁

조서 보고 있던 도현, 들어오는 유리 힐끗 보는데.
힘없이 자리에 앉는 유리.

도현 왔어?

도현 시선 피한 채, 부산스럽게 책상 위 서류 뒤적거리는 유리.
책상 위에 올려져 있던 파일들을 가방에 넣는다.

도현 유리야.
유리 어?
도현 무슨 일 있어?
유리 ...

소파에 가 누워버리는 유리.
도현, 다시 보던 조서에 집중한다.
메모하고, 생각에 잠기다, 미간 찌푸리는 도현의 모습 가만히 바라보던 유리.

유리 ... 아빠 생각나네. 그런 책상에 앉아서 맨날 혼자 인상 팍 쓰고 뭔지 모를 거 읽어대고 한숨 쉬고... 딱 니 손에 담배가 들려 있어야 하는데.
도현 (유리 보는)
유리 아빠 살아 계셨으면 지금도 그렇게 담배 피면서 일하고, 인상 쓰고, 그래도 나 보면 웃어주고, 그랬을까.
도현 너 무슨 일 있어?
유리 (몸 일으키는) 그냥. 넋두리.

도현, 자리에서 일어나 유리 앞에 선다.

도현 무슨 일이야. 얘기해봐.
유리 (씩 웃는) 아무것도 아니라니까. 하던 거 해. 먼저 갈게.

가방 들고 나가려는 유리, 불러 세우는 도현.

도현 유리야.

유리 왜에.

도현 ... 술 한잔할래?

유리, 돌아서서 도현을 가만히 바라본다.

유리 (미소 짓는) 아니. 안 마실래.

유리, 나가고.
도현, 유리가 나가는 모습을 물끄러미 본다.

S# 46. 보안업체 경비실 안 + 은서경찰서 사무실 안/ 밤

컵라면을 먹고 있는 기춘호.
한 젓가락 하다 입맛이 없는지 젓가락을 내려놓는다.
CCTV를 이리저리 돌려 보지만. 별거 없는. 의자 깊숙이 등을 기대앉는 기춘호.
그때, 울리는 벨소리.
보면 이형사다.

기춘호 그래. 알아봤어?

이형사(F) 네. 들으시면 깜짝 놀라실 겁니다.

기춘호 뭔데 호들갑이야?

이형사가 모니터를 보며, 한 손으로 핸드폰을 막고 통화를 하고 있다. 이하 교차.

이형사 최변호사 아버지가 지금 살인죄로 교도소에 복역 중인데요. 그것도 사형수입니다.

기춘호　!!

이형사　놀라셨죠?

(목소리를 작게 하며 속삭이듯) 근데 더 놀라실 일이 있는데요.

기춘호　뜸 들이지 말고 얼른 말해.

이형사　그 최변호사 아버지를 체포한 게 바로 반장님이던데요.

기춘호　뭐라고?

이형사　(모니터를 살펴보며) 10년 전에 고급 요정에서 현역 기무사 중령이 살해된 사건인데요.

기춘호　기무사 중령?

(플래시백 - 화예 방 안)

문을 열고 들어오는 기춘호.

탁자 앞으로 쓰러져 있는 차중령.

앉아 있는 최필수. 두 손을 천천히 올리는데,

탁자 위에 권총이 놓여 있다.

(CUT TO)

경비실 안.

통화 중인 기춘호.

이형사　기억나시나요?

기춘호　...

이형사　반장님. 반장님?

기춘호　알았어. 다시 통화하자.

멍한 표정의 기춘호.

S# 47. 한종구 구치소 방 안/ 밤

한종구, 누운 채 바닥에 머리를 찧으며 생각에 잠겨 있다.

(플래시백 - 5회 8씬, 한종구 구치소 면회실 안)

기춘호　너 하나 김선희 살인범으로 만들겠다고 품이 너무 들어갔어.

(CUT TO)

구치소 방 안.

한종구, 머리 찧던 걸 멈추고.

한종구　김선희...

(플래시백 - 4회 8씬, 한종구 구치소 접견실 안)

도현이 가방에서 김선희 사진(납골당)을 꺼내 내민다.

도현　이 여자 보신 적 있으십니까?

(CUT TO)

구치소 방 안.

한종구, 다시 머리를 찧으며 생각하는.

한종구　아.. 어디서 봤더라..

(플래시백 - 최필수 법정 안)

10년 전 필수의 재판정.

방청석에 있던 한종구. 주위를 두리번거리는데.

재판정 한구석에 서 있는 김선희의 모습이 보이기 직전에.

(CUT TO)

구치소 방 안.

머리를 찧던 한종구. 멈칫.

한종구, 골똘히 생각에 잠기는.

S# 48. 도현 사무실 안/ 오전

도현, 한종구 존속 살인 건 조서를 보고 있다.
책상 위 조서 옆에 성준식 기자에게 받은 김선희 사진도 놓여 있고.
조서를 넘기던 도현. 멈추고 고개를 드는.
유리의 빈자리가 눈에 들어오는데. 벽시계를 보고 시간을 보고는
핸드폰을 들어 유리에게 전화를 할까 하다 다시 내려놓는 도현.
그때 사무실 문이 쾅쾅 울리고.
도현, 유리구나 안도하며 일어나 문 쪽으로 간다.
도현, 문을 열자마자 거칠게 밀고 들어오는 기춘호.
도현이 어리둥절한 표정으로 쳐다본다.

도현 연락도 없이 갑자기 무슨 일이시죠?

기춘호 (탐색하듯 사무실을 살피며 걷다 도현 책상 앞까지 와서는 돌아보며) 너! 한종구랑 대체 무슨 관계야.?

도현 제 의뢰인입니다.

기춘호 의뢰인? (기가 찬) 단지 의뢰인이란 거야? 정말로 그게 다야?

도현 ...

기춘호 한종구도 그렇고 너도 그렇고 한사코 얘기를 안 해주는 걸 보면 분명히 뭐가 있다는 건데... 좋아 어차피 순순히 털어놓을 거라고는 생각 안 했으니까 내가 직접 알아내면 되겠지.

하고는 가려다 책상 위의 뭔가를 보고는 표정 굳어지는 기춘호, 그 시선에서 보이는 '차승후 중령 살인사건' 재판 기록!!

기춘호 질문이 하나 더 생각났네. 너 한종구 변론 계속 맡는 거 니 아버지랑은 무슨 관계야?

도현 !!!

기춘호 무슨 관계냐고!

도현 (싸늘한) 반장님과는 관계없는 일입니다.

책상 위의 서류철 하나를 거칠게 꺼내 테이블에 뿌리듯 던진다.
서류를 꺼낼 때 수첩이 같이 빠져 밑으로 떨어지는데, 기춘호 보지 못한다.
도현, 기춘호가 던진 서류를 보는.
표지에 '차승후 중령 살인사건'이라고 적혀 있다.

기춘호 최필수! 살인죄로 감옥에 있는 네 아버지!

도현 !!

기춘호 최필수와 한종구! 두 살인범이 도대체 무슨 관계가 있는 거냐고?

도현 말 함부로 하지 말아요! 당신같이 무능한 형사가 함부로 단정할 수 있는 분이 아닙니다..

기춘호 뭐? 무능한 형사? 이 자식이!

도현의 멱살을 잡는 기춘호.
멱살 잡힌 채, 기춘호와 강하게 시선 부딪치는 도현에서...

- 제5회 끝 -

6회

S# 1. 도현 사무실 안/ 오전

도현, 문을 열자마자 거칠게 밀고 들어오는 기춘호.
도현이 어리둥절한 표정으로 쳐다본다.

도현 연락도 없이 갑자기 무슨 일이시죠?

기춘호 (탐색하듯 사무실을 살피며 걷다 도현 책상 앞까지 와서는 돌아보며) 너! 한종구랑 대체 무슨 관계야.?

도현 제 의뢰인입니다.

기춘호 의뢰인? (기가 찬) 단지 의뢰인이란 거야? 정말로 그게 다야?

도현 ...

기춘호 한종구도 그렇고 너도 그렇고 한사코 얘기를 안 해주는 걸 보면 분명히 뭐가 있다는 건데... 좋아 어차피 순순히 털어놓을 거라고는 생각 안 했으니까 내가 직접 알아내면 되겠지.

하고는 가려다 책상 위의 뭔가를 보고는 표정 굳어지는 기춘호, 그 시선에서 보이는 '차승후 중령 살인사건' 재판 기록!!

기춘호 질문이 하나 더 생각났네. 너 한종구 변론 계속 맡는 거 니 아버지랑은 무슨 관계야?

도현 !!!

기춘호 무슨 관계냐고!

도현 (싸늘한) 반장님과는 상관없는 일입니다.

책상 위의 서류철 하나를 거칠게 꺼내 테이블에 뿌리듯 던진다.
서류를 꺼낼 때 수첩이 같이 빠져 밑으로 떨어지는데, 기춘호 보지 못한다.
도현, 기춘호가 던진 서류를 보는.
표지에 '차승후 중령 살인사건'이라고 적혀 있다.

기춘호 최필수! 살인죄로 감옥에 있는 네 아버지!

도현 !!

기춘호 최필수와 한종구! 두 살인범이 도대체 무슨 관계가 있는 거냐고?

도현 말 함부로 하지 말아요! 당신같이 무능한 형사가 함부로 단정할 수 있는 분이 아닙니다..

기춘호 뭐? 무능한 형사? 이 자식이!

도현의 멱살을 잡는 기춘호.

기춘호 다시 말해봐! 뭐?

기춘호, 한 대 칠 듯한 기세.

진여사(E) (날카로운) 지금 뭐하시는 거예요!

진여사가 문으로 들어온다.
기춘호, 멱살을 잡았던 손을 풀며 탁! 도현의 가슴을 밀친다.
도현, 뒤로 밀려나다 의자에 걸려 주저앉는다.
노려보다 돌아서서 문으로 가는 기춘호, 진여사에게 고개를 숙이는 둥 마는 둥 인사를 건네고 나간다.

도현 (가슴에 손을 대며) 윽...

진여사, 놀라 도현에게 다가간다. 의식을 잃어가는 도현.

진여사 변호사님! 변호사님! 정신 차려요!

진여사, 도현의 눈을 벌려보고는 서둘러 바닥에 눕힌다.
목을 들어 기도를 열고 가슴에 손을 대고 압박을 가하는 진여사.
계속되는 진여사의 응급 처치.

S# 2. 도로 위/ 오전

도로로 구급차가 달리고 있다.

S# 3. 구급차 안/ 오전

산소호흡기를 하고 있는 도현. 도현의 손을 잡고 걱정스런 표정의 진여사.
응급대원, 비상 전화를 들어 병원에 연락하는데.
진여사, 수화기를 빼앗아 든다.

진여사 10년 전 heart transplantation(하트 트랜스플랜테이션) 이력이 있는 환자입니다. 면역 거부 반응은 아닌 것 같고, 심장 부위를 가볍게 가격당했어요, Cardiac CT(카디악 CT) 준비해주세요.

응급대원, 뭐야? 이 사람. 하는 표정.
걱정스런 표정으로 간이침대 위 도현을 보는 진여사.

S# 4. 거리/ 오전

분이 안 풀린 표정으로 걸어가고 있는 기춘호.
멈춰 서서 담배를 꺼내 물고 라이터를 찾는다.
라이터로 불을 붙이려다 뭔가를 놓고 온 것을 깨닫고는 다시 몸을 뒤지는데,

기춘호 에이...

할 수 없다는 듯 담배를 다시 집어넣고, 발걸음을 뒤로 돌리는 기춘호.

S# 5. 기산대학병원 응급실 앞/ 오전

응급차 문 열리고 이동 침대에 실려 들어가는 도현.
쫓아가는 진여사의 다급한 모습.

S# 6. 도현 사무실 안/ 오전

문이 활짝 열려 있다. 들어서는 기춘호.

기춘호 (들으라는 듯) 이놈의 수첩이 어디 간 거야!

돌아보는데, 아무도 없다. 의아한 표정의 기춘호.
그러다 책상 쪽으로 다가가 수첩을 찾는다. 책상 밑에 떨어져 있는 수첩.
기춘호, 주워 들고 책상 위에 놓인 사건 서류도 말아서 호주머니에 넣는다.
나가려다 화이트보드를 보는 기춘호.
한종구 사건에 대한 요지가 적혀 있다.
'한종구 변론 방향. 1. 사체 유기 혐의 인정. 2. 무죄? 3. 감형?'
보던 기춘호, 다가가 매직펜을 들어 무죄를 지우고 유죄!로, 감형을 지우고 사형!을 대신 써 넣는다.
매직펜을 있던 자리에 툭 던져 넣는데, 밑으로 떨어지고.

기춘호, 인상 쓰며 매직펜을 찾는데, 뒤쪽 책장까지 굴러가 있다.
화이트보드 밑으로 몸을 굽혀 펜을 줍는데, 책장 사이가 조금 벌어져 있다.
벌어진 틈 사이로 뭔가가 보이는.
기춘호, 책장을 열어보려는데, 몸을 굽힌 채로는 힘들다.
일어나서 화이트보드를 치우고 책장을 양쪽으로 미는데, 놀라는 기춘호.

기춘호 !! ......

벽에는 사진들과 각종 종이들이 붙어 있고, 매직으로 쓴 글씨들도 있다.
목격자란 문구 밑에 오회장 사진. 밑으로 유광기업에 대한 내용들.
'한종구, 차중령의 운전수. 사건 현장에 있었을 가능성. 김선희에 대해 알고 있다.' 김선희 옆에 물음표가 되어 있고, 그 옆으로 사건 관련자들인 죽은 차중령, 양인범, 로펌 대표의 사진도 있다.
놀라움과 호기심에 천천히 벽장 안 자료를 훑어보는 기춘호.
맨 밑으로 기춘호의 시선이 향하는데, 바로 자신의 사진이다.
기춘호, 미간을 찌푸린다. 기춘의 알 수 없는 표정에서

S# 7. 기산대학병원 응급실 안/ 오후

침대에 누워 있는 도현, 잠들어 있다.
안타까운 표정으로 지켜보는 진여사.

심장의(E) 선배님.

진여사, 돌아보면 심장전문의 우호진 서 있다.

진여사 검사 결과 나왔어?
심장의 내일 오전에나 나올 것 같습니다.
진여사 저 아이. 그동안 이런 일로 병원에 온 적 있어?
심장의 쓰러져서 온 적은 없습니다. 아무래도 더 이상 견디지 못하는 거 아닐까요.

진여사 검사 결과가 나오기 전까진 속단하지 마.

심장의 근데.... 어떻게 선배님께서 도현이를...

진여사 .... 나, 저 아이 사무실에서 일해.

심장의 네?

진여사 사무보조야.

심장의 (이해가 안 간다는 듯) 사무보조요? 그게 무슨...

진여사 내 심정 알잖아.

심장의 그럼.. 도현이도 알고 있는 건가요?

진여사, 고개를 가로젓는데, 신음 소리가 들린다.
도현의 앞에 다가가 앉는 진여사.
도현의 의식.
찌직.. 찌직.. 흐릿한 영상으로 마스크를 쓴 의사가 보인다. 누군지 알 수 없는.
도현, 눈을 뜨면, 걱정스런 눈길로 도현을 보는 진여사가 보인다..
다시 눈이 감기는 도현.

S# 8. 기춘호 집 안 거실/ 오전

소파에 앉아 생각 중인 기춘호.
일어나 거실 한쪽 물건을 쌓아 놓은 곳으로 가는.
기춘호, 박스를 들어 내려놓고,
박스 안에서 '차승후 중령 살인사건 보고서' 꺼내서 보는.
피의자란에 최필수 이름이 있다.

(인서트 - 6회 6씬, 도현 사무실 안)
벽장 안, 벽에 붙어 있는 기춘호의 사진.

(CUT TO)
기춘호 집 안 거실.

기춘호 왜 내 사진이 거기에. 그 자식 설마 나를 의심이라도 한다는 거야?

S# 9. (과거) 화예 대문 밖 주차장/ 밤

사이렌을 울리며 들어온 차 한 대가 급브레이크 소리를 내며 선다.
차에서 내리는 기춘호. 대문 안으로 급히 들어선다.
대문 위에는 화예라는 간판이 붙어 있다.

S# 10. (과거) 화예 별채 앞/ 밤

화예 관리인이 별채 앞에 서 있다.

기춘호 신고하신 분입니까.
관리인 나가 아니고, 저 안에 계신 양반이 헌 거 같은디요. 난 그냥 안내만 해달라고 혀서.

눈을 돌려 별채 방 쪽을 보는 기춘호..

S# 11. (과거) 화예 별채 방 안/ 밤

문을 열고 들어오는 기춘호.
보면 오회장이 팔짱을 끼고 서 있고, 차중령이 쓰러진 채 피를 흘리고 있다.
차중령 맞은편에 꼿꼿한 자세로 앉아 있는 최필수.

기춘호 신고하신 분이 누굽니까?
오회장 나요.
기춘호 어떻게 된 겁니까?
최필수 (권총을 탁자 위에 올려놓으며) 내가 죽였습니다.

기춘호 (권총을 보고는 흠칫) 움직이지 마!

수갑을 채우라는 뜻으로 두 손을 천천히 올리는 최필수.

S# 12. 기춘호 집 안 거실/ 오전

피의자란에 최필수 이름을 착잡하게 바라보고 있는 기춘호.
핸드폰을 들어 도현에게 전화를 거는데, 소리샘 멘트만 들린다.

S# 13. 유리 집 전경/ 오전

S# 14. 유리 집 거실/ 오전

유리, 거실 한구석에 웅크리고 앉아 있다

(플래시백 - 5회 39씬, 조경선 구치소 면회실 안)

조경선 있잖아.. 하기자님.. 네 아버지 돌아가셨을 때... 내가 담당 간호사였는데도.. 아무도 나에게 사실 관계를 묻지 않았어..

유리 !

조경선 내가 아는 건 그게 다야. (억지로 미소를 띠며) 이제 가야겠다. 조심해서 가.

(CUT TO)
유리 집 거실.
유리, 소파에서 일어나 책이 가득 꽂혀 있는 거실 한쪽 벽 앞에 의자를 끌고 와 올라선다.
맨 위쪽에서 박스 하나를 꺼내다 휘청거리는 유리. 박스 안 내용물이 바닥에 쏟아진다.
엑스레이며 시티를 찍은 시디들이며 각종 병원 서류들이다.

유리가 내려서서 모으는데, 서류 한 장이 눈에 띈다. '위임장'
유리, 위임장을 집어 드는.

(플래시백 - 기산대학병원 하명수 병실 안)
침대에 앉아 있는 유리.
남루한 차림의 50대 사내(친척), 다소 강압적인 느낌으로
유리에게 위임장을 들이민다.

친척 돌연사라 원래는 보상 같은 것도 없다는데 이번엔 장례비를 전액 지원해준다더라. (위임장 내밀며) 여기 위임장에 지장만 찍으면 된다.
유리 (고개 들며) 부검을 해야 하는 거 아닌가요?
친척 부검, 그거 할 거 못 된다. 사람 몸을 완전히 너덜너덜하게 만드는 거야. 아버지를 꼭 그렇게까지 해야겠어? 부검해서 아무것도 안 나오면? 그거 니 아버지 두 번 죽이는 거야. 그게 딸이 돼서 할 짓이냐?
유리 ....

(CUT TO)
거실 안.
서류를 내려다보는 유리, 눈에 눈물이 맺힌다.
유리, 눈물을 훔치며 바닥에 흐트러진 물건들을 박스에 주워 담다가
서류들을 모아 놓은 봉투에서 툭 떨어지는 낡은 열쇠를 발견한다.
거실을 둘러보면 열쇠로 열 만한 물건 없고, 유리 아버지의 서재로 간다.

S# 15. 유리 집 서재 안/ 오전

하명수 책상 앞에 선 유리.
서랍장 잠금쇠에 열쇠를 넣어 돌리고.
서랍 안에는 문서와 밑에 다이어리가 있다.
다이어리를 꺼내 첫 장을 펼치면 유리와 하명수의 사진이 붙어 있다.
유리, 사진을 손으로 쓸어내리고는 다음 장부터 한 장씩 넘겨서 보는.

별게 없는지 다이어리를 덮고는 노트 하나를 꺼내 드는 유리.
노트를 넘겨보는데 직접 손으로 쓴 원고가 있다.
원고 표지에 쓰여 있는 '누가 청와대를 움직이는가?'
원고를 넘기며 읽어보는데 딱 두 장이다.
유리, 떨리는 손길로 다시 표지를 보는.
일자가 적혀 있다. '2009년 2월 23일'

유리 2월 23일이면.. 아빠 돌아가시기 2주 전인데...

다이어리를 꺼내 첫 장을 펼치면 유리와 하명수의 사진이 붙어 있다.
유리, 사진을 손으로 쓸어내리고는 다음 장부터 한 장씩 걷어서 보는.
별게 없는지 다이어리를 덮는 유리.
유리, 다시 원고를 들어 보는.

S# 16. 기산대학병원 전경/ 오전

S# 17. 기산대학병원 응급실 안/ 오전

4인용 병실 안이다. 커튼이 쳐져 있고, 침대에 앉아 있는 도현.
도현을 걱정스레 보고 있는 진여사.

진여사 큰일 날 뻔했어요.
도현 여사님께 신세만 지네요.
진여사 무슨 말을. 신세라뇨.
도현 (일어나려는) 이제 가봐야겠어요.
진여사 (도현의 어깨를 잡으며) 아직 검사 결과도 안 나왔어요.
도현 여기서 이럴 여유가 없어서요.
진여사 절대로 안 돼요.

물러설 수 없다는 표정의 진여사.
도현, 하는 수 없다는 듯 주위를 둘러보며 뭐를 찾는다.

도현 혹시 제 핸드폰 못 보셨어요? 책상 위에 있었는데.

진여사 제가 가져올게요. 대신 여기서 꼼짝 말고 있어요. 알았죠!

도현 (할 수 없다는 듯) 네. 여사님. ... 유리에게는 말하지 말아주세요. 걱정하니까...

진여사 ...

S# 18. 최필수 교도소 전경/ 오전

S# 19. 최필수 교도소 접수창구 앞/ 오전

의자에 앉아 있는 기춘호. 생각에 잠겨 있다.
부르는 소리에 접수창구로 다가간다.

접수처 최필수씨 면회 신청이 거부됐습니다.

기춘호 거부요?

접수처 네.

기춘호 다시 한 번 연락해주십시오.

접수처 몇 번을 연락해도 마찬가지일 겁니다.

기춘호 무슨 말씀이신지...

접수처 최필수 수감자, 지난 10년간 면회 신청을 받아들인 적 없습니다. 아들이 와도 안 만나주는데요 뭐.

기춘호 (짧은 한숨) ... 그래도 한 번 더 연락해주세요. 최필수씨 사건 담당 형사라고 하면 면회 받아줄 겁니다.

접수처 거 참. 알았어요. 기다리세요.

접수처, 전화를 드는,

S# 20. 최필수 교도소 면회실 앞 + 도현 사무실 안/ 오전

별 소득 없는 표정으로 나오는 기춘호. 전화를 건다.

진여사(F) 여보세요.
기춘호 (갸웃) 잘못 건 모양입니다. 죄송합니다. (끊으려는)

이하 화면 교차.
사무실에서 나오던 진여사 손에 도현의 핸드폰이다.

진여사 반장님이시죠? 최도현 변호사 전화 맞아요.
기춘호 (누군지 알겠다는 듯) 아, 네...
진여사 변호사님. 지금 병원에 있어요. 반장님 가시고 바로 쓰러졌어요.
기춘호 네? 쓰러지다뇨?

전화를 끊는 기춘호. 면회실 쪽을 돌아본다.
진여사, 도현의 핸드폰을 가방에 넣고 사무실을 나선다.

S# 21. 기산대학병원 응급실 안/ 오전

도현, 누워 있고.
심장의, 들어오며

심장의 괜찮니?
도현 네..
심장의 다행히 당장은 수술 안 해도 될 거 같다. 대신 같이 온 분한테 고마워해야 해. 응급 조치를 제대로 안 했으면 큰일 날 뻔했어.
도현 진여사님이 응급 조치를요?

심장의 그래.

도현 얼마나 안 좋은 건가요?

심장의 너 하기 나름이다. 무리하지 말고, 잘 챙겨 먹고. 심장에 무리 가는 운동도 조심하고.

도현 ...

심장의 심장이식을 받은 환자는 통상 10년 안에 병이 재발할 확률이 50%다.

도현 전 10년이 지났으니 확률이 더 높아지겠군요.

심장의 그러니까 더 조심해야지! 니가 얼마나 운 좋게 수술을 받았는지 기억 안 나?

도현 ... 선생님. 뭐 하나만 여쭤볼게요.

심장의 (보는)

도현 10년 전... 제가 심장 수술받을 때요. 저보다 먼저 이식받기로 했던 환자 기억하세요?

심장의 음.. 기억날 거 같다. 수술 앞두고 갑자기 사망한 환자. 그건 왜.

도현 그 환자 사망 원인에 석연치 않은 점이 있다거나 그런 건 없었나요?

심장의 글쎄... 그날은 내가 당직도 아니었고... 사망 확인서는 본 기억이 나. 특별한 상황이었으니까. (생각) 갑작스런 심정지였을 거야.

도현 부검 결과는요?

심장의 .. 그건 잘 모르겠다. 부검을... 아마 안 했던 걸로 기억하는데.

도현 그런 경우에 부검을 안 하나요?

심장의 유족이 요청하지 않았다면 할 도리가 없지.

도현 ...

심장의 나가고, 천장을 보며 생각에 잠기는 도현.

S# 22. 수목장 안/ 오후

나무 앞에 서 있는 유리. 옆에 보면, '하명수, 1966~2009.'라고 쓰인 조그만 나무 팻말이 있다. 가방에서 막걸리를 꺼내는 유리. 나무 주위를 돌며 조금씩 뿌리고,
나무에 기대앉는 유리.

유리(E) 아빠. 그거 알아? 나, 아빠하고 막걸리 같이 마셔보는 게 소원이었는데. (멈춰서서) 그러게 왜 그렇게 일찍 하늘로 가서 딸하고 술 한잔도 못하는 거야.

유리, 일어나 나무 앞에 서는.

유리 아빠. 꽃 많이 피워놔야 돼. (눈물을 참으며) 또 올게요.

S# 23. 도현 사무실 안/ 오후

사무실로 들어서는 유리.
아무도 없는 사무실 안,
자기 책상에 놓여 있던 노트북 케이블을 챙겨 감으며 사무실을 둘러본다.
어수선하다(도현과 기춘호 멱살잡이하고 도현 쓰러진 후의 상태).
가방을 내려놓고 청소를 시작하는 유리.

(시간 경과)
깨끗하게 정리된 사무실, 가방 들고 나가는 유리
도현 책상에 붙어 있는 유리의 포스트잇.

"당분간 바쁠 것 같아. 보고 싶어도 울지 말 것^^;;.
유리"

S# 24. 기산대학병원 편의점 안/ 오후

음료수 박스를 계산대에 올리는 기춘호.

편의점직원 만 육천 원입니다.

기춘호, 지갑을 보면 만 원짜리 두 장뿐이다. 두 장 다 꺼내는.

S# 25. 기산대학병원 응급실 안/ 오후

들어오는 기춘호. 커튼을 열어보는데 비어 있다.
다음 커튼을 여는데, 도현이 누워 있다.

도현 어떻게 아시고...
기춘호 (음료 박스를 올려놓으며 미안한 표정) 몸은 어때?
도현 이제 괜찮습니다.
기춘호 다행이군. 나 때문인가?
도현 아닙니다. 원래 그렇습니다.

어색한 공기가 흐르고 괜히 음료수를 꺼내는 기춘호.

기춘호 이런 거 먹어도 되나? 뭐 좋아해?
도현 드시죠... 전 나중에.

음료수 놓는 기춘호, 보는데 도현이 안색이 좋지 않다.

기춘호 .... 가야겠네. 그럼 몸조리 잘하고.
도현 네.
기춘호 (가려다가 되돌아보며) 최변 사무실에서 봤어. 벽에 숨겨둔 자료들.
도현 ....
기춘호 너무 순식간에 검찰로 넘어갔어. 하지만 그럴 수밖에 없는 상황이었지. 살해 현장에서 내 손으로 직접 자네 아버지를 체포했어, 거기다 목격자가 있었고. 더욱 중요한 건 자네 아버지가 순순히 자백을 했다는 거야.
도현 ....
기춘호 그런데, 나중에 보니까. (한숨 쉬고는) 사형 선고를 받았더구만. 그것도 의아했지만 그 상황에서 항소를 안 하는 것도 이상했지. 근데 손쓸 도리가 없었어. 검찰로 이미 넘어간 뒤인 데다.. 경찰이 그 사건 하나밖에 없었겠어?

도현 그때, 조금 더 수사했더라면 달라졌을까요?

기춘호를 보는 도현의 눈빛에 고개 돌리는 기춘호.

기춘호 모르지. 안 한 건 안 한 거니까.

도현 해보지 그러셨어요.

기춘호 비난하는 투로 들리네? 좋아! 그럼 내가 묻지. 최변은 아버지가 진범이 아니라는 확신이 있어? 증거라도 있냐고.

도현 ....

기춘호 없겠지. 있었으면 재심을 청구했겠지.

도현 ....

기춘호 내 사진은 무능한 경찰이라 붙여놓은 거야? 그럼 내가 무능해서 미안하다 사과하면 되는 거야?

도현 ...

기춘호 분명히 말하지만 그 사건과 관련해서 어떠한 청탁이나 압력을 받거나 한 일은 전혀 없어. 차라리 그런 게 있었다면 내가 더 파고들었을 거야.

그때, 커튼 밖에서 어수선한 소리.

도현 나갈까요?

기춘호 최변만 괜찮다면.

침대에서 일어나는 도현.

S# 26. 최필수 교도소 감방 안/ 오후

앉아서 책을 보다 책장을 덮는 최필수. 생각에 잠기는.

(플래시백 - 최필수 교도소 면회실 안)

군복 차림의 누군가가 앉아 있다.
면회실로 들어오는 최필수. 누군가를 보자마자 경례를 붙인다.
가볍게 경례로 답하는 누군가. 보면, 어깨에 별 세 개가 붙어 있는 군복 차림의 오회장이다.

오회장 앉지.
최필수 괜찮습니다.
오회장 용건만 간단히 하지. 오늘부터 최준위, 자네는 어떤 면회도 허용되지 않는다.
최필수 네.
오회장 자네 아들도 예외는 없어.
최필수 (대답이 없는) ...
오회장 알았나!
최필수 (겨우) 알겠습니다...
오회장 자네 아들은 내가 보호하고 있을 테니까 걱정하지 말고...
최필수 ...
오회장 무슨 할 말 있나.
최필수 저나 아들에게 무슨 일이 생긴다면 그 보고서는 공개되도록 처리해놨습니다.
오회장 (노려보는)
최필수 최소한의 안전장치입니다.

최필수를 노려보던 오회장. 일어서서 휙 돌아 나가버린다.
뒤에서 차려 자세로 경례를 부치는 최필수.

(CUT TO)
다시 감방 안.
최필수, 도현이 그리운 듯 책장 끝에 꽂혀 있는 도현의 사진을 꺼내 본다.

S# 27. 기산대학병원 휴게실 안/ 오후

아무도 없이 도현과 기춘호만 있다.

기춘호 한종구가 차승후 중령의 운전병이었다는 거야?
도현 한종구씨 입으로 직접 얘기했어요.
기춘호 그놈 입에서 나온 말을 믿나?
도현 군복무 기록 확인했습니다. 한종구씨가 차중령의 운전병이었다면 최소한 사건 현장 근처에 있었다는 얘기죠.
기춘호 한종구가 목격자일 수도 있다는 거네.
도현 그것까지는 아직 모릅니다.
기춘호 그래서 변호를 맡은 거야? 한종구 입을 열기 위해서?
도현 ...
기춘호 좋아, 그렇다 치고. 김선희는 왜 한종구 옆에 붙여놓은 거야? 한종구가 죽인 게 아니잖아.
도현 ....
기춘호 아직도 날 의심하는 거야?
도현 ... (보다가) 두 사람 다 제 아버지 재판정에 있었어요.
기춘호 둘 다? 김선희도?
도현 (고개를 끄덕이는)
기춘호 그럼 원래 알고 있는 사이였다는 거야?
도현 한종구씨는 김선희씨를 알고 있는 눈치였어요.
기춘호 뭘, 어떻게 알고 있는데?
도현 (고개를 저으며) 쉽게 입을 열지 않아요...
기춘호 만약 그놈 입을 여는 걸 실패하면? 아니, 별 얘기가 아니라면?
도현 ...
기춘호 그러니까 위험한 거야. 범죄자들에게 휘둘린다는 게 어떤 건지 알아? 단서 하나 얻으려고 매달리다가 집까지 날리고 경찰에서 쫓겨난 형사도 있어.
도현 ... 저한테는 이 끈밖에는 없어서요...
기춘호 끝까지 한종구 변호를 맡아야겠다?
도현 ....
기춘호 (한숨) 내가 아픈 사람 데리고 무슨 말을 해. 몸조리나 잘하라고.
(가려다가 멈칫, 돌아서서) 여기 오기 전에 자네 아버지 면회 갔었어.

도현 ...

기춘호 그때 내가 혹시 놓친 게 있나 싶어서...

도현 ...

기춘호 만나주지도 않더군.

도현 ...

기춘호 (도현 보다가) 가볼게.

기춘호, 나가고.
휴게실에 홀로 남겨져 있는 도현.

S# 28. 유광기업 건물 전경/ 오후

S# 29. 유광기업 회장실 안/ 오후

오회장과 군복 차림의 장성 두 명이 앉아 있다.
양쪽 문이 열리며 들어오는 박시강.

오회장 어서 오십시오.

박시강 요즘 군대가 많이 편해졌다더니. 사람이 들어오는데 떡하니 앉아 있고. 진짜 편해졌나 봐요?

오회장이 눈짓을 주자 다들 엉거주춤 일어서며 인사를 한다.

오회장 자. 자. 인사했으니 다들 앉읍시다.

박시강 (앉으며) 이럴 때 군기가 빠졌다고 하는 거죠? 내가 군대를 잘 몰라서. 뭐. 가 봤어야 알지.

오회장 알아들은 거 같으니 그만하시죠.

박시강 내가 오회장님 봐서 참긴 하는데. 요새 일할 맛이 안 나서 진짜.

오회장 우리가 그래서 여기 모인 거 아니겠습니까. 우선 급한 자금부터 해결해드리려고.

박시강 돈이 돌면 그래도 일할 맛이 나긴 하지. 어디 들어나봅시다.

오회장 이번 차세대 전투기 도입 입찰 건. 여기 있는 사람들이 같이하기로 했습니다. 박의원님께서 힘만 실어주면 우리 쪽으로 되지 않겠어요?

박시강 그거 몇 번 해먹었으면 됐지. 뭐 또 하려고 그래요? 자원이나 뭐 이런 쪽도 돈 되던데.

오회장 당연히 군 출신이면 나라 지키는 사업을 해야지요. 우리 박의원님도 정치를 하시는 이유가 다 나라를 위한 일이듯 말입니다.

박시강 아. 이번에 유럽 쪽이 워낙 세게 밀고 들어와서, 나도... 이거...

박시강, 일어나 한쪽 협탁에 놓인 크리스털 병을 열고 잔에 술을 채우는데. 장성1 눈치 보다가.

장성1 추실장님은 이번에 관여 안 하십니까.

박시강 (멈칫)

장성1 추실장님이 저희 쪽으로 힘만 실어주면..

오회장 (그만두라는 듯) 어허!

박시강, 앞에 있는 컵을 깨질 듯이 내리친다.
깜짝 놀라는 사람들.
일어서는 박시강.

박시강 그러면 추실장 오라고 하지 나를 왜 부른 거야!

오회장 진정하세요.

박시강 됐어! 추실장하고나 잘해봐.

박시강, 거칠게 문을 열고, 오회장이 일어난다. 쾅! 문이 닫힌다.

S# 30. 카페 안/ 오후

심각한 표정으로 기사를 읽고 있는 성준식. 마주 앉아 그런 준식을 살피는 유리.

성준식 (넘기는데 다음 페이지가 없다) 뒤는?
유리 그게 다에요.

성준식, 하명수의 기사를 테이블에 위에 올려놓고 생각에 잠긴다.
'누가 청와대를 움직이는가.' 제목에 시선이 꽂혀 있는.

성준식 그때 소문이 파다했어. 청와대를 움직이는 이름 모를 세력이 있고 하기자님이 거기에 관련된 엄청난 걸 준비하고 있다고. 근데 몇 번을 물어도 아니라는 거야. 관심 없다고.
유리 관심 없다... 너무 보이게 거짓말을 했네. 우리 아빠.
성준식 맞아. 그래서 더 확신이 들었어. 확실한 뭔가가 있구나... 그러니까 나한테까지 함구하실 정도로 신중하게 준비하고 계신 게 아닐까... 생각했었지.
유리 그게 누구에요? 그 이름 모를 세력이라는 게?
성준식 쉽게 알 거였으면 소문으로 끝나진 않았겠지. (기사 손으로 가리키는) 여기에도 그 실체는 안 적혀 있잖아.
유리 애초에 소문이 퍼지게 된 계기는요?
성준식 당시 청와대가 문서 유출로 난리난 적이 있었어. 청와대 파견 경찰관 한 명이 비선 실세의 정체와 비리를 폭로하는 내용의 문서를 작성했고 그 문서가 유출됐다는 소문이 돌았지.
유리 그 경찰관이 누구에요, 지금 어디 있는지 알아요?
성준식 ... 자살했어.
유리 자살이요?
성준식 어. 문서 유출 혐의로 검찰에서 조사받다가.

유리, 테이블 위 하명수의 기사를 바라보는 데서.

S# 31. 도현 사무실 안/ 저녁

사무실 문이 열리며 불이 켜진다.
들어오는 도현과 진여사

진여사 며칠 입원해서 쉬시라니까... 우리 변호사님 고집 못 당하겠네요.
도현 저 정말 괜찮아요. 괜히 저 때문에 너무 고생 많으셨어요.
진여사 오늘이라도 일하지 말고 쉬어야 해요.
도현 네 그렇게 할게요. 여사님도 얼른 들어가세요.
진여사 (한숨 쉬고는) 그래요 그럼. 혹시 도움이 필요하면 망설이지 말고 언제든 전화 주세요. 제가 불편하면 유리씨한테라도요. 네?
도현 네 알겠습니다
진여사 그럼 내일 뵐게요.

진여사 나가고 적막해진 사무실.
도현 사무실 둘러보다 깔끔하게 치워진 유리 책상 본다.
그리고 유리의 메모 발견하는.

유리(E) 당분간 바쁠 예정. 보고 싶어도 울지 말 것!!

침울해지는 도현의 표정.

S# 32. 최필수 교도소 전경/ 오전

S# 33. 최필수 교도소 방 안/ 오전

교도관, 감방 앞에 와서.

교도관(E) 2066번! 면회. 기춘호씨라고 합니다.
최필수 면회. 거절합니다.

교도관 면회 신청자가 아들이 병원에 있다고 합니다.

최필수 !!!

S# 34. 최필수 교도소 면회실 안/ 오전

문이 급하게 열리며, 들어오는 최필수.
침착하려 하지만 놀란 기색이 역력하다.
면회창 앞에 설치된 마이크에 입을 댄다.

최필수 무슨 말입니까? 도현이가 병원에 있다니!

기춘호 진정하십시오. 위험한 상황은 아닙니다.

최필수 자세히 말해봐요!

기춘호 잠시 의식을 잃었던 거 같은데... 지금은 괜찮습니다.

최필수 (안도의 한숨을 쉬고는 자리에 털썩 앉는)

기춘호 저 기억나십니까.

아무 말 없는 최필수, 일어난다.

기춘호 기억을 못하시는군요.

최필수 ... 날 체포한 형사 아닙니까.

기춘호 ... 물어볼 말이 있습니다.

최필수 전 이제 더 이상 할 말이 없습니다. (돌아서는데)

기춘호 잠깐만요! 몇 가지면 됩니다.

기춘호 김선희가 죽었습니다!

최필수 (의아한) 그게 누굽니까?

기춘호 그럼 한종구는 그 사건과 무슨 관계입니까! 차중령의 운전병 말입니다.

최필수 ... 모릅니다. 그럼.

최필수, 일어나서 가려는데.
기춘호, 다급하게 일어나며.

기춘호 도대체 그날의 진실이 뭡니까!
최필수 (가만히 보다) 내가 이곳에 있는 것이 진실입니다.

최필수, 돌아서서 나가는데.

기춘호 아드님한테 전할 말은 없습니까!

최필수, 멈칫. 그대로 면회실을 나간다.
허무한 표정의 기춘호.

S# 35. 최필수 교도소 방 안/ 오전

필수, 자리에 앉아 창밖을 보고 있는.

(플래시백 - 6회 34씬, 최필수 교도소 면회실 안)
기춘호 아드님한테 전할 말은 없습니까!

(CUT TO)
교도소 방 안.
필수, 깊은 한숨. 눈에 애수가 어리는.

S# 36. 유리 차 안/ 오전

차 안에 앉아 생각에 잠겨 있는 유리.
유리, 핸드폰을 꺼내 검색창에 워드를 친다.
'청와대 파견 경찰 자살'
핸드폰 화면을 훑는 유리의 집중하는 얼굴.
'집에서 시신으로 발견된 윤철민 경위' 제목이 적힌 포토 뉴스다.

성준식(E) 청와대 파견 경찰관 한 명이 비선 실세의 정체와 비리를 폭로하는 내용의 문서를 작성했고 그 문서가 유출됐다는 소문이 돌았지.

유리, 기사 보다 '윤철민'이라는 이름을 다시 되뇌는

유리 윤철민...

S# 37. 도현 사무실 안/ 오전

도현, 붙박이 책장 뒤 벽에 적힌 사진과 문구들을 보고 있다.
한종구와 김선희 사진을 유심히 보다가.
누군가 들어오는 기척에 황급히 벽장을 닫고 돌아보면.
기춘호, 문을 열고 들어온다.

도현 (몸으로 살짝 벽을 가리는) 반장님.
기춘호 새삼스럽게. 뭐, 새로운 거라도 적어놨어? 아니면, 나에 대한 의심 거리라도 더 생겼나?

벽 쪽을 보는 기춘호.
도현, 별수 없다는 듯 한숨 쉬는.

도현 그러네요. 이제 와서 숨길 이유도 없어졌네요. (기춘호가 바꿔놓은 메모를 가리키며) 반장님 솜씨죠?
기춘호 ...

기춘호, 쓰게 웃으며 도현 바라보다가.

기춘호 저기... (주저하다) 나... 최변 아버지 면회했어.
도현 !!!

기춘호 최변이 쓰러졌다고 하니까 바로 나오시더군.
도현 (감정이 올라오지만 참는) ....

도현, 겨우 감정을 추스르며 기춘호를 돌아본다.

도현 ... 건강... 하시던가요?
기춘호 좋아 보이셨어. 세월이 흐른 건 어쩔 수 없는 거고.

도현, 고개를 돌려 울적한 표정. 심호흡을 하고, 다시 기춘호를 보는.

도현 무슨 말씀을 하시던가요...
기춘호 별로. 자기가 그곳에 있는 게 진실이라는 말을 들은 게 다야.
도현 ...
기춘호 ...
도현 ... 고맙습니다. 10년 만이에요.

도현, 씁쓸한 미소를 짓고.
기춘호, 말없이 도현을 보는.

(시간 경과)
도현과 기춘호, 의자 끌어다 놓고 앉아 책장 뒤 벽을 같이 보고 있는.

도현 아버지는 10년 동안 철저하게 침묵하셨어요. 어떤 변명도 어떤 설명도 하지 않으셨죠. 분명히 뭔가 있는데... 세상이 알고 있는 거하고는 다른 진실이 분명히 있는데... 그걸 알아내려고 10년을 필사적으로 쫓아왔는데.. 찾은 거라곤 이게 다에요.
기춘호 장기 미제로 빠진 사건을 다루는 형사의 마음 같은 거군.
도현 (보면)
기춘호 뭘 해도 언제나 제자리걸음인 것만 같은 기분.
도현 (쓰게 웃는)

기춘호, 도현 보는.

(플래시백 - 6회 34씬, 최필수 교도소 면회실 안)

기춘호 김선희가 죽었습니다.

최필수 김선희요? 그게 누굽니까?

(CUT TO)

도현 사무실 안.

기춘호 ... 최변 아버지... 김선희에 대해 정말 모르는 눈치였어.

도현 왜 김선희씨가 그 법정에 있었던 건지를 알아내야 하는데 쉽지 않네요.

기춘호 (도현 보는) ... 최변 그러지 말고 나하고 창현동 사건을 파보는 건 어때?

도현 네? 창현동 사건이면 한종구씨가 모방했다던..

기춘호 맞아. 나는 이번의 김선희 사건과 10년 전 창현동 사건이 같은 놈 짓이라고 확신해.

도현 그럴 만한 증거가 있습니까?

기춘호 확실한 물증은 없어 정황뿐인 건 맞아.
하지만 최변도, 증거는 없지만 아버지가 진범이 아니라고 확신하고 있으니까 그런 확신이 어떤 건지 잘 알잖아.

도현 ...

기춘호 지금은 두 사건이 다 막혀 있고 실마리가 전혀 안 보이지만 두 건을 묶어서 조사한다면 상황은 달라질 수 있어. 김선희를 살해한 놈을 잡으면 최변 아버지 사건과의 연결고리를 찾을 수 있을 거야. 직접 조사하면, 최변도 더 이상 한종구한테 휘둘리지 않아도 되고.

도현 (생각에 잠기는)

기춘호 같이 안 할 거면 나 혼자라도 해. 최변은 계속 한종구한테나 매달리던가.

도현 잠시만 생각할 시간을 주세요.

기춘호 결정이 늦으면 늦을수록 김선희를 죽인 놈이 바깥공기 자유롭게 마시는 시간도 늘어나는 거야.

도현, 기춘호를 가만히 응시하는 데서.

S# 38. 도현 사무실 밖/ 오전

사무실에서 나와 차로 걸어가는 기춘호.

S# 39. 기춘호 차 안/ 오전

기춘호, 차 키를 꺼내는데, 호주머니에 걸려 밑으로 떨어뜨린다.

기춘호 너까지 왜 그러냐.

고개를 숙여 찾고는 시동을 거는데, 옆문이 열린다. 조수석으로 타는 도현.

기춘호 ??
도현 (앞을 보며) 가시죠. 창현동.

출발하는 기춘호의 차.

S# 40. 창현동 언덕 중간 + 언덕 위/ 오후

언덕 고개 위로 기춘호가 걸어오고 있다.
창현슈퍼, 창현세탁소... 창현동이라는 걸 알려주는 가게 간판들이 보이고.
그 뒤를 따르고 있는 도현. 조금 힘들어하는 표정이다.

기춘호 며칠 더 쉬었어야 하는 거 아냐?
도현 하루라도 살인범이 바깥공기 마시지 못하게 하자는 건 반장님이셨어요.
기춘호 그렇다고 굳이 그 몸으로 여기까지 따라올 필요는 없는데.
도현 저도 현장을 봐야죠.

기춘호　이거 아무래도 혹 하나 붙은 느낌이네.
도현　(미소 짓는)
기춘호　(멈춰 서는) 여기가 창현동 사건 피해자 사체가 발견된 곳이야.

산동네 언덕 밑에 멈춰 선 도현과 기춘호.
주위에 쓰레기들이 간간이 널려 있고, 곳곳에 잡초가 무성하다.

기춘호　그럼 이쯤에서 정리 한번 해보자고. 김선희 사건과 창현동 사건에 어떤 공통점이 있나.

(몽타주 영상과 함께 내레이션)
1. 골목을 걷고 있는 여성의 뒤에 따라붙어 후두부를 강타하는.

기춘호(E)　피해 여성 뒤에서 후두부를 가격해 기절시키고.

2. 누워 있는 시체의 옷을 벗기는 장면.

기춘호(E)　피해자의 옷을 벗겼으나 성범죄는 없었고.

3. 바닥에 놓인 병을 깨서 누워 있는 시체를 찌르는 모습.

기춘호(E)　흉기를 준비한 것이 아니라 사건 현장 근처의 병을 깨서 사체 여러 곳에 자상을 남겼고,

4. 옷가지를 불에 태우는 장면.

기춘호(E)　마지막으로 벗긴 옷가지는 불에 태워 흔적을 없앴던 거지.

(CUT TO)
몽타주 끝나고.

기춘호 두 사건의 중간에 한종구가 끼어들어서 혼란이 있었지만 한종구 건을 제쳐두고 두 사건을 비교하면 모든 정황이 쌍둥이처럼 정확히 일치해.

도현 김선희씨를 살해한 범인은 한종구씨가 출소되기를 기다렸다 범행을 저질렀어요. 반장님 가설이 맞다면 범인에게는 두 가지 목적이 있는 거겠죠.

기춘호 하나는 한종구가 괘씸했던 거야. 자기 수법을 모방했으니까.

도현 두 번째는요?

기춘호 원래 타깃이 김선희였을 가능성. 무작위로 고른 게 아니라. 김선희를 없애면서 한종구를 같이 엮었다고 볼 수 있는 거지. 일석이조의 방법으로.

도현 무능한 형사는 아니네요.

기춘호 그 말 한 번만 더 꺼내면...

도현 농담입니다.

기춘호 농담 자체를 하지 말라고. 어울리지도 않아.

S# 41. 창현동 언덕 계단 위/ 오후

도현과 기춘호가 계단 위에 서 있다. 밑을 보면 꽤 긴 계단이다.
그 밑으로 연립주택들이 자리하고 있다.

도현 아무리 밤이었어도 여기까지 오려면 목격자가 있었을 텐데요.

기춘호 당시엔 아직 여기가 개발 전이었어. 저기 연립들이 지어진 건 사건 이후야.

도현 피해자 주변에서 뭐 드러난 건 없었나요?

기춘호 (사건 기록을 보며) 피해자가 20대 여성인데. 이 여자, 양다리를 걸쳤던 모양이야. 당시 남자친구 둘이 용의선상에 올랐어.

도현 남자친구 신원은요?

기춘호 한 명은 군인. 이름이 조기탁인데. 이 사람 빼도 박도 못하는 알리바이가 있었어.

도현 뭔데요?

기춘호 사건 당시에 국군교도소에 수감 중이었다나 봐.

도현 확실하네요. 다른 한 명은요?

기춘호 지금 만나러 가야지.

도현과 기춘호, 눈이 마주치고.

S# 42. 창현동 언덕 위 길가/ 오후

도현, 기춘호 차를 주차해논 장소로 걸어오고 있다.

기춘호 (당황하는) 어? 어!

견인차가 기춘호의 차를 견인해 가고 있다.
기춘호, 달려가보지만 쫓기엔 역부족.
다시 돌아와보면, 도현이 견인증을 들고 있다.

기춘호 (도현이 들고 있던 견인증을 낚아채며) 오늘은 좋쳤네.
도현 창현동 살인범 바깥공기 많이 마시겠는데요.
기춘호 지금 비꼬는 거지?
도현 아니요.
기춘호 앞으로 농담도 말고, 눈으로 욕하지도 말고, 비꼬지도 말고. 또 뭐 있지? 아무튼 미리 얘기하는 거니까 아무튼 하지 마.

미소 짓는 도현.

기춘호 그렇게 웃지도 마!

S# 43. 창현동 언덕 중간 길가/ 오후

도현, 기춘호. 걸어오고 있다.

기춘호 걷는 것도 운동되고 좋잖아.

도현 저 아직 환자인데요.

기춘호 (등을 툭 치며) 그럴수록 더 운동해야지.

기춘호, 앞질러 걸어가고, 뒤에 있는 도현이 멈춰 서서 주위를 둘러본다.
언덕을 올라오고 있는 빈 택시 보이고.

(CUT TO)
걸어가고 있는 기춘호. 옆으로 택시가 천천히 내려간다. 걷는 속도보다 조금 빠르게. 기춘호, 지나가는 택시 안을 보면 도현이 타고 있다.

기춘호 어? 어? 잠깐!

택시는 천천히 앞서가고,

기춘호 저게!

기춘호가 뛰어가는데, 택시가 한참 앞에서 멈춰 선다.

S# 44. 택시 안/ 오후

택시 안으로 들어오는 기춘호. 택시 출발하고.
기춘호, 도현 보면, 천진난만한 미소를 보이는 도현.

기춘호 한 번만 더 장난하면... (말을 말자) 어휴. 근데 어디 가는 거야?

도현 동선동이요. 살해당한 고은주씨가 다니던 병원에 먼저 가려고요. 우현석내과였던가요?

기춘호 피해자 애인이었던 강상훈 찾으러 가는 거 아니었어?

도현 아까 주소 보니까 고은주씨가 근무하던 병원이 강상훈씨 집보다 더 가까워요. 어차피 피해자 주변 조사도 해야 하니까 거기부터 들르는 게 더 효율적이죠.

기춘호 (혀 내두르는) 하여간 머리는. 아까 한 번 본 주소를 다 기억하네.

미소 지어주는 도현.

S# 45. 유리 집 서재 안/ 오후

하명수의 서재 책상 앞에 앉은 유리.
유리, 노트북을 켜놓고 모니터를 뚫어지게 쳐다보고 있다.
'청와대 파견 경찰 윤철민 경위. 집에서 자살. 타살 흔적 없어.'
유리, 옆에 놓인 하명수가 쓰다 만 기사로 눈길이 가고.

유리 휴... (한숨을 쉬다) 윤철민? 어디서 봤드라... 분명...

그러다 뭔가 생각난 듯 벌떡 일어나
서둘러 서랍에서 다이어리를 꺼내는 유리.
1월 일정표를 손으로 짚어가며 보는데, 대부분 청와대 신년 기자회견, 청와대 기자 회의에 대한 일정들이 적혀 있다.
2월로 넘기면, 일정이 텅 비어 있는데, 한 군데 잡혀 있는 날짜가 보인다.
2월 19일 날짜에 '윤철민, PM 2, 라온호텔'
유리, 눈이 커지고.

유리 아빠가 윤철민 경위를... 만났었어...

떨리는 유리의 손. 유리의 시선에 또 하나의 날짜가 들어온다.
2월 28일자. 적혀 있는 이름과 시간.
'노선후, AM 10, 장소 미정'

유리 노선후...

'노선후'라는 이름으로 다시 검색해보는 유리,

검색 결과 확인하고는 표정 굳어진다.
'부패방지처 소속 검사 교통사고로 뇌사...' 등의 기사 제목들 보이는 모니터.

유리 !!!

S# 46. 우현석내과 병원 안/ 오후

진료 대기하는 사람이 두어 명 있는 한산한 개인병원 안.
기춘호와 도현, 안으로 들어선다.
데스크에 있는 간호사(이하 전간호사)에게 다가가는 도현.

전간호사 저희 병원 처음이신가요?
도현 아파서 온 건 아니고요. 뭣 좀 여쭤볼 게 있어서요.

도현, 명함을 건네면.
전간호사, 명함을 본다. 변호사 최도현.

전간호사 (갸웃) 변호사님이 무슨 일로...
도현 여기서 간호사로 일했던 고은주씨라고 혹시 아시나요?
전간호사 고은주요? 은주를 알긴 아는데... 그 앤 이미...
도현 네. 저도 알고 있습니다.
전간호사 (의아한) 그런데, 왜....
도현 그 사건에 대해 좀 더 알고 싶어서요. 고은주씨가 사망하기 전에 뭐 이상한 점 없었습니까?
전간호사 글쎄요. 알고 있던 건 예전에 형사님들한테 다 말씀드렸어요.
기춘호 혹시 그 뒤로 뭐 또 생각나신 건...
전간호사 글쎄요.. 워낙 오래전 일이라 기억도 안 나고...
기춘호 조서에 보니까 고은주씨와 각별한 사이였다는데.. 아직 살인범이 잡히지 않았습니다. 이번에 꼭 그놈을 잡을 겁니다. 생각나는 거 아무거나 말씀해주시면 도움이 될 거 같은데...

전간호사 (곰곰이 생각하다) 이걸 말해줘도 되나 모르겠네.

도현 (보면)

전간호사 은주가 죽고 한참 지나서 밝혀진 건데요. 약이 좀 없어졌어요.

기춘호 !

도현 약이요?

전간호사 페티딘이라고... 몰핀 비슷한 거예요.

도현과 기춘호, 서로 보는.

S# 47. 편의점 밖 + 은서경찰서 안/ 오후

밖에서 기춘호가 통화를 하고 있다.
창을 통해 편의점 안에서 음료수 하나 놓고 기춘호를 보고 있는 도현이 보인다.
은서경찰서 안에서 전화 받고 있는 이형사. 이하 교차.

기춘호 강상훈 이사 갔던데, 전화번호도 바뀌었고. 최근 집 주소, 전화번호 나와 있어?

이형사 여기에는 재작년 거로 되어 있습니다.

기춘호 보내줘.

이형사 아, 그리고 반장님. 강상훈이 약물 전과가 있어요.

기춘호 약물 전과? 확실해?

이형사 네. 여기 그렇게 나와 있는데요?

S# 48. 편의점 안/ 오후

도현, 빨대를 꽂아 음료수를 마시는데 들어오는 기춘호

기춘호 고은주 남자친구, 약물 전과가 있어.

도현 국군교도소에 있었다는 용의자요?

기춘호 아니, 그다음 남자친구. 강상훈이란 놈.

도현 아... 고은주씨가 빼돌렸다는 약과 연관이 생겼네요. 근데 그 사람도 확실한 알리바이가 있다면서요.

기춘호 난, (손가락 두 개로 자기 눈을 가리키며) 직접 확인하기 전까진 안 믿어. 더구나 약쟁이 얘긴.

도현의 음료에서 빨대를 빼고 벌컥 마시는 기춘호.

S# 49. 연립주택 반지하 앞/ 오후

연립주택 앞에 서 있는 기춘호와 도현. 기춘호, 전화를 건다.
받지 않는 강상훈. 다시 걸어보는데, 반지하 방에서 계속 울리는 벨소리.
기춘호, 끊었다 반지하 창문 앞에서 다시 건다. 안에서 울리는 벨소리.

기춘호 안에서 소린 울리는데 안 받네.

기춘호, 앉아서 슬쩍 반지하 창문을 열어보는. 의외로 열린다.
방 안을 살펴보는데, 약쟁이 흔적 소품들.
기춘호, 도현에게 보라고 손짓하다 걸어오는 강상훈을 본다.
강상훈, 걸어가다 자기를 보고 있는 기춘호를 보고는 멈칫,
뒷걸음질 치다 몸을 돌려 도망가기 시작한다.

기춘호 (한숨) 아까 운동했는데. 다녀올게.

뛰어나가는 기춘호. 도현, 두 사람이 뛰어가는 방향을 본다.

S# 50. 기춘호 추격 몽타주/ 오후

골목을 달리는 강상훈과 뒤를 쫓는 기춘호. 골목을 돌아다니는 강상훈.
폐자재가 널려 있는 건물 쪽으로 뛰어 들어가는.

S# 51. 건물 밖/ 오후

도망가다 철문에 막힌 강상훈, 둘러보다 자재를 덮어놓은 방수 천을 뒤집고 숨는다.

기춘호(E) 응. 여기가 어디냐 하면, 아이 씨. 어디라고 해야 돼, 이거. 야! 너 여기 주소 알아?

강상훈, 밖에서 들리는 소리에 살짝 열어보는데, 기춘호가 쭈그려 앉아서 자기를 보며 통화를 하고 있다.

(CUT TO)
죽을상을 하고 쭈그려 앉아 있는 강상훈.
위압적으로 내려다보는 기춘호, 지켜보고 있는 도현.

강상훈 제발 한 번만 봐주세요. 저 이번에 들어가면...
기춘호 그니까 불어.
강상훈 뭘 불어요!
기춘호 너 10년 전부터 약 했잖아. 약쟁이가 숨기는 게 한두 개야? 10년 전에 네가 다 말 안 한 거, 그거 불어.
강상훈 그런 거 없어요!
기춘호 도망가는 놈이 범인이야. 니가 고은주 죽인 거지? 너지?
강상훈 (눈이 휘둥그레지며) 고은주요?
기춘호 그래. 고은주! 10년 전 창현동에서 죽은 니 애인!
강상훈 뭔 소리를 하는 거예요? 나 아니라니까! 그때 알리바이, 형사님들도 다 확인했어요!
기춘호 그럼 너 아니면 누구야? 너 말고는 의심할 만한 놈이 하나도 없는데

강상훈 영창에 있었던 조기탁도 있잖아요! (순간 말을 잘못했다는 듯 움찔)
기춘호 조기탁? 걔는 군교도소에 있었다고 네가 방금 얘기했잖아.

강상훈, 불안한지 손톱을 깨무는.

기춘호 좋아. 그럼 너 아닌데 왜 도망갔어?
강상훈 몰라서 물어요? 형사님이니까...
기춘호 너, 죽은 고은주한테 약 받았지?
강상훈 몰라요.
기춘호 페티딘. 니가 고은주한테 빼돌리라고 시킨 거 아냐?
강상훈 ...
기춘호 빼돌린 양이 엄청나던데 너 말고 또 누가 받은 놈 있어?
강상훈 (울 듯한 표정으로) 모른다니까요.
기춘호 (핸드폰을 들어 전화하는) 어. 이형사, 나야. 약쟁이 하나 넘겨줄게. 응. 여기 어디냐 하면.
강상훈 (포기한 듯) 맘대로 해요! 이래 죽으나 저래 죽으나.

고개를 돌리는 강상훈. 절대로 말 안 하겠다는 표정.

기춘호 (보다가) 아냐. 나중에 전화할게.

기춘호, 강상훈을 노려보는.

S# 52. 카페 안/ 오후

성준식과 마주 앉아 있는 유리. 테이블에 노트북 놓여 있고
유리가 하명수의 다이어리 펼쳐 탁자 위에 올려놓는다.
성준식, '윤철민. PM 2. 라온호텔.'을 보고 있다.

성준식 하기자님은 역시 윤철민을 만났던 건가...

유리 혹시 아빠가 윤철민씨한테 청와대 문서를 받았을 수도 있다고 생각해요?

성준식 윤철민은 문서 유출 혐의에 대해 끝까지 부인했지만 그게 정말인지는 확인할 길이 없지.

유리 ... (뭔가를 골똘히 생각하는)

성준식 (그런 유리 보다가 안타깝다는 듯) 하유리, 너 도대체 무슨 생각을 하고 있는 거야? 두 분이 만났고 또 비슷한 시기에 세상을 떠났다는 것만으로 뭔가가 있을 거라고 추측하는 건 너무 심한 비약 아니야?

유리, 물끄러미 준식을 보다가

유리 그렇죠. 비약일 수 있어요. 그런데.. 둘이 아니고 셋이라면요?

성준식 뭐?

유리, 다이어리의 '노선후' 짚어주며

유리 아빠가 돌아가시기 직전에 만났던 또 다른 한 사람 '노선후'

하고는 노트북에서 '노선후' 검색해 보여주면,
'부패방지처 소속 검사 교통사고로 뇌사...' 등의 기사 보이고

성준식 !!!

유리 2009년, 3월. 정치부 기자였던 아빠가 갑작스럽게 돌아가셨고 청와대 파견 경찰 윤철민은 자살을 했고 부패방지처 검사 노선후는 교통사고로 사망했어요. 이 모든 사건이 불과 2주 안에 일어났고 이 세 분은 돌아가시기 직전에 서로 만났어요..

성준식 ...

유리 이 모든 게 정말 우연일까요? 이분들의 죽음에 우리가 모르는 뭔가가 있지 않을까 의심해보는 게 정말.. 비약일까요?

눈물 그렁한 유리, 심각해진 표정의 준식 아무 말 못하고 듣고만 있고
유리, 감정 수습하고는

유리 선배가 나 좀 도와줘요. 이분들 유족들이라도 만나봐야겠어요. 친한 검사랑 경찰들 많잖아요. 가족 관계나 주소.. 뭐가 됐든 알아볼 수 있는 거 좀 전부 알아봐줘요. 부탁해요 네?

성준식 ....

성준식, 복잡한 얼굴로 유리를 보다 한숨 쉬고
그런 성준식을 보는 유리의 표정에서.

S# 53. 골목 거리/ 오후

골목을 빠져나오는 도현, 기춘호.
뭔가를 생각하며 걷고 있다.

기춘호 아무래도 고은주가 살해된 이유가 빼돌린 약물과 관련이 있을 가능성이 높은 거 같은데...

도현 ...

기춘호 무슨 생각을 그렇게 해?

도현 (보다) ... 그 사건 기록 좀 보여주세요.

기춘호, 의아한 표정으로 핸드폰에 저장되어 있는 사진을 내민다.
핸드폰 속 사건 기록을 넘기며 훑어보다 사진을 확대하고는. 기춘호에게 내보이며.

도현 강상훈씨는 조기탁을 모른다고 진술했거든요. 고은주에게 다른 남자친구가 있었다는 사실도 사건이 일어난 후에 알았다고 했고. 근데 반장님이 너 아니면 누구냐고 다그치니까 조기탁이라는 이름이 바로 나왔어요. 보통은 그냥 모른다고 하지 않나요?

기춘호 !!!

도현 그리고 10년 전 일인데 이름을 그렇게 정확하게 기억하고 있다는 거는...

기춘호 조기탁을 원래부터 알고 있었다는 거지!

도현 !!

서로 눈빛 마주치고는 오던 길을 급히 되돌아가는 두 사람.

S# 54. 연립주택 반지하 현관 앞 + 반지하 방 안/ 오후

강상훈의 집으로 서둘러 가는 기춘호와 도현.
현관 앞에 서 있는 기춘호, 도현. 문을 두드리는 기춘호.

기춘호 야! 강상훈! 문 열어!

안에서는 대답이 없고.
기춘호, 손잡이를 여는데, 돌아간다. 문을 여는.
안을 보고 놀라는 기춘호. 급히 안으로 들어가고, 도현 따라 들어간다.
방 안에 누워 있는 강상훈. 입에서 침을 흘리고 정신을 잃은 채 있다.
기춘호, 강상훈에게 급히 다가가고, 도현, 119로 전화한다.
기춘호, 강상훈의 얼굴을 때리며.

기춘호 정신 차려! 강상훈! 정신 차리라고!

강상훈, 눈을 떠서 기춘호 보는... 눈빛이 희미하다. 신음 흘리는.

강상훈 (겨우) 아... 까... 그.. 짭새네...

기춘호 누가 이런 거야!

강상훈 (거의 쥐어짜듯) 처... 음... 보는...

기춘호 됐어. 그만 말해. 119 불렀으니 금방 올 거야.

강상훈 조... 기탁... 은주... 죽던.. 날... 봤... 어....

(인서트 - 창현동 일각)

병 조각을 들고 고은주를 참혹하게 찔러대는 조기탁의 실루엣이 보이고.
벌벌 떨며 그 모습을 지켜보는 강상훈.
조기탁의 시선으로 강상훈 쪽을 보는.
강상훈, 휙 몸을 돌리며 입을 막고 그대로 얼어붙는다.
조기탁의 실루엣. 다시 고은주의 사체를 훼손하는.

(CUT TO)
반지하 방 안.

강상훈 (마지막 힘을 내서) 페.. 티딘도... 조기... 탁...

강상훈, 서서히 고개를 떨구고.
기춘호, 강상훈의 몸을 흔들어대며.

기춘호 강상훈! 정신 차려! 강상훈!

방 밖으로 응급 사이렌 소리가 들리고...

S# 55. 연립주택 반지하 현관 앞/ 오후

기춘호가 형사로 보이는 사내와 얘기를 나누고 있다.
인사를 하고 도현 곁으로 오는 기춘호.

기춘호 나중에 참고인 진술하러 서에 한번 들러야겠어.
도현 누구 짓일까요?
기춘호 처음 보는 놈이라고 했으니까. 경찰이 수사해봐야겠지.
도현 강상훈씨가 남긴 말이 맞다면 조기탁씨를 알고 있었다는 얘기네요.
기춘호 고은주 죽던 날 봤다고 했으니 알리바이가 깨진 거지. 죽어가면서 거짓말을 할 이유가 없으니까. 고은주한테서 페티딘을 빼돌린 것도 그놈이고.
도현 ... 강상훈씨 죽음이 조기탁씨하고 연관이 있을까요?

기춘호 그러니까 우린 이제 조기탁을 찾아보자고.

연립주택 사건 현장을 돌아보는 도현. 뭔가를 생각 중인 표정.
누군가의 시선. 도현, 기춘호의 모습을 멀리서 지켜보고 있다.

S# 56. 주택가/ 저녁

높은 담벼락이 즐비한 고급 주택가.
주소를 확인하며 집을 찾는 듯 두리번거리는 위로

성준식(E) 노선후! 1978년생. 부패방지처 검사. 서울시 중앙구 평원동 산26번지.

2층짜리 주택 앞에 선 유리, 주소지가 일치하는 듯 멈춰 서서 올려다보는.

S# 57. 골목길/ 저녁

걸어가고 있는 도현, 기춘호.

기춘호 조기탁 주소가 10년 전 주소이긴 한데...

걸어가다 연립주택 앞에서 멈춰 서는 두 사람.

S# 58. 조경선 연립주택 2층/ 저녁

도현과 기춘호가 연립주택 2층에 서 있다.

도현 203호. 여기 같은데요?
기춘호 (핸드폰의 사건 기록에 나와 있는 주소를 보며) 그런 거 같네.

기춘호, 벨을 누른다. 대답이 없다. 다시 누르는, 옆 창문으로 보는 도현.

도현 아무도 없는 것 같은데요.
기춘호 이거 추운데 잠복하게 생겼네. 가서 따뜻한 거라도 먹고 오자고.

S# 59. 진여사 주택 앞/ 저녁

유리, 심호흡하고 벨을 누르려는 순간, 집 차고 문이 올라간다.
깜짝 놀란 유리, 차 한 대가 막 차고 쪽으로 들어가다 선다.
차 안 운전석에 있는 사람을 확인하고는 눈이 휘둥그레지는 유리.
누군가 차 안에서 내리는데, 진여사다!

유리 아니? 왜 여사님이 여길?
진여사 내가 묻고 싶은 말이네요. 유리씨가 왜 여기 있어요?

여전히 얼굴에 당혹감이 서려 있는 유리. 진여사도 마찬가지다.

S# 60. 조경선 연립주택 입구/ 저녁

계단으로 내려오는 도현과 기춘호. 입구에 멈춰 서는 기춘호.

기춘호 (으쓱거리듯) 최변은 형사 일은 못하겠어.
도현 형사 할 생각은 없는데요.

203호 우편함에 꽂힌 봉투들을 확인하는 기춘호.

기춘호 주소를 파악했다면 우편물부터 봐야지. 그중에서도 세금 고지서. 실 거주자를 확인하는 데 가장 확실한 방법이야.

도현 세입자라면 건물주의 이름으로 납부되기도 하죠.
기춘호 (제법인데 하는 표정으로) 그렇지. 미납 요금은 없고 세대주 이름이 (하다가)

웃으며 다가오는 도현에게 우편물을 넘기던 기춘호, 멈칫한다.

도현 왜 그러시죠?

의미심장한 눈빛으로 도현에게 봉투 하나를 건네는 기춘호.
도현, 받아 보는데.
우편물에 적힌 수신자 이름. 조경선 보이며.

도현 !!! 조경선...

도현, 우편물에 적힌 조경선 이름에서 눈을 떼지 못하고 있는.
서로 마주 보는 도현과 기춘호, 유리와 진여사 네 사람의 모습에서....

- 제6회 끝 -

7회

S# 1. 조경선 연립주택 입구 + 입구 밖 골목/ 저녁

계단으로 내려오는 도현과 기춘호. 입구에 멈춰 서는 기춘호.

기춘호 (으쓱거리듯) 최변은 형사 일은 못하겠어.
도현 형사 할 생각은 없는데요.

203호 우편함에 꽂힌 봉투들을 확인하는 기춘호.

기춘호 주소를 파악했다면 우편물부터 봐야지. 그중에서도 세금 고지서. 실 거주자를 확인하는 데 가장 확실한 방법이야.
도현 세입자라면 건물주의 이름으로 납부되기도 하죠.
기춘호 (제법인데 하는 표정으로) 그렇지. 미납 요금은 없고 세대주 이름이 (하다가)

웃으며 다가오는 도현에게 우편물을 넘기던 기춘호, 멈칫한다.

도현 왜 그러시죠?

의미심장한 눈빛으로 도현에게 봉투 하나를 건네는 기춘호.

도현, 받아 보는데.
우편물에 적힌 수신자 이름. 조경선 보이며.

도현 !!! 조경선...

도현, 우편물에 적힌 조경선 이름에서 눈을 떼지 못하고 있는.

기춘호 아는 사람 아닌가? 최변이 맡았던 간호사 변론 건 그 피의자 맞지?
도현 ... 네..
기춘호 조경선, 조기탁... 같은 성씨에 같은 주소면...
도현 ... 가족일 수도 있겠군요.
기춘호 조기탁은 창현동 살인사건 용의자고... 조경선도 과실 치사가 아니라 살인 혐의였다며. 이거 우연치고는...
도현 ... 일단 조간호사님을 만나봐야 할 거 같아요.

우편함에 고지서를 넣고 연립 입구 경비실에 다가가는 기춘호.
졸고 있는 경비를 보고 창문을 두드리려다 손을 거두는 기춘호.
기춘호, 도현 연립 밖으로 나와 주변을 둘러본다.
그런 도현과 기춘호를 바라보는 누군가(조기탁)의 시선에서.

S# 2. 진여사 집 거실 안/ 저녁

유리가 거실을 둘러보는데 커다란 회화 작품도 있고, 고급스런 물건들이 많다.
차를 내오고는 소파에 앉는 진여사.

진여사 차 좀 들어요. 몸이 풀릴 거예요.
유리 (신기하게 둘러보는) ... 네...
진여사 (천천히 차를 입에 대며) 여긴 어떻게 온 거예요? 유리씨가 설마 내 뒷조사를 하고 있었을 리는 없고... 아닌가?

유리 저야 여사님 정체가 늘 궁금하긴 했지만... 여사님 댁은 맞는 거죠?

진여사 ... 네 우리 집이에요. (웃는) 우리 집인 줄 모르고 온 거네요...

유리 아... 네 그게... 음 (말을 고르고)
여사님 혹시 노선후 검사와 어떤 관계이신지...

진여사 ... 유리씨가 어떻게 우리 선후를 알죠? 선후는 제 아들이에요.

유리 !!!

진여사 .. 지금은 여기 없지만..

유리 (무슨 말인지 알기에) ...... 죄송해요... 여사님 아드님이신 줄은 ...

진여사 (애써 웃는) 선후가 여기 없는 것도 알고 왔구요.

유리를 살피는 진여사.
유리, 대답 대신 하명수의 다이어리를 꺼내 일정이 적힌 페이지를 보여준다.
진여사 보면, 다이어리 일정에 보이는 이름.
'(09. 2. 28) 노선후, AM 10, 장소 미정'

진여사 누구 다이어리에요?

유리 아빠 거예요. 아빠가 돌아가시기 직전의 행적을 쫓고 있는데... 다이어리에서 노선후 검사의 이름을 발견했어요.

진여사 (다이어리를 계속 보는)

유리 아드님께 혹시 저희 아빠에 대해 얘기 들으신 적은 없으세요? 하명수 기자라고 정치부 기자셨어요.

진여사 하명수 기자님... (고개를 저으며) 아뇨. 들은 기억 없는 거 같아요. 그리고 선후가 기자를 만나는 게 특별한 일은 아니었을 거 같은데요..

유리 (잠시 망설이다) 이건 아빠가 돌아가시기 직전 작성하시던 기산데요. (탁자 위에 노트를 올려놓는) 제 생각에는 노선후 검사님과도 관련이 있을 것 같아요.

진여사, 끌어당겨 노트의 원고를 훑어본다.

유리 청와대 문건을 유출한 혐의로 조사를 받던 경찰관 한 분이 스스로 목숨을 끊었어요. 그분도 돌아가시기 직전에 아빠를 만났거든요...

진여사 ! ......

유리 아빠와 청와대 파견 경찰관 그리고 노선후 검사, 이 세 사람이 보름도 안 되는 기간 안에 갑작스럽게 세상을 떠났어요. 세 분은 돌아가시기 직전에 서로 만났고요. 그냥 우연이라고 하고 넘기기엔 아무래도..

진여사 !!! ...

유리 ... 이런 말씀 당황스러우시겠지만... 혹시 아드님 사고가 단순 교통사고가 아닐 가능성은 없었나요?

진여사 ... 아 아니에요. 검찰에서도 다 조사했어요.

그러면서도 충격으로 멍한 진여사, 그런 진여사를 조심스럽게 살피는 유리

진여사 ... 유리씨. 미안한데 더 이상 이 얘기는 그만하면 안 될까요? 너무 갑작스러워서...

유리 ... 죄송해요.. 제가 너무 제 생각만... 마음이 급했어요.

진여사 아녜요.

유리 ... 정말... 죄송합니다.

유리, 차마 진여사의 눈을 마주하지 못하고 다이어리를 가방에 챙겨 넣는데,

진여사 잠깐만요. 두 사람이 만나기로 한 날이 언제였다구요?

유리 (다시 다이어리를 펼쳐 보며) 2월 28일이요.

진여사 선후 사고 나기 전날이에요...

유리 !

진여사, 눈빛이 흔들리고 아무 말도 할 수 없는 두 사람.

S# 3. 도현 사무실 안/ 밤

도현, 책상 앞에서 두툼한 조경선 변론 서류 묶음 첫 페이지(조경선의 인적사항 - 나이, 주소지, 가족사항 등 기재)를 들여다보고 있는 도현.

도현이 보는 서류로 카메라 들어가면 부-사망, 모-사망, 형제 없음.
형제 없음에 주목하는 도현의 시선.

도현 조기탁의 가족은 아니라는 건데, 조간호사님과 조기탁... 대체 무슨 관계일까...

S# 4. 진여사 거실 안/ 밤

거실에 어두운 조명만이 켜져 있다.
그대로 식어버린 찻잔을 앞에 두고 생각에 잠겨 있는 진여사.

(플래시백 - 7회 2씬, 진여사 집 거실 안)

유리 아빠와 청와대 파견 경찰관 그리고 노선후 검사, 이 세 사람이 보름도 안 되는 기간 안에 갑작스럽게 세상을 떠났어요. 세 분은 돌아가시기 직전에 서로 만났고요.

(CUT TO)
진여사 집 거실 안.
창문 앞에 서 있는 진여사.

유리(E) 혹시 아드님 사고가 단순 교통사고가 아닐 가능성은 없었나요?

진여사, 창밖을 보며 생각에 잠기는.

S# 5. 지하도 안/ 밤

지하도를 걷고 있는 유리. 문득, 생각난다는 듯 멈춰 서는.

(플래시백 - 7회 2씬, 진여사 집 거실 안)

진여사 두 사람이 만나기로 한 날이... 언제였다구요?

유리 2월 28일이요.

진여사 선후 사고 나기 전날이에요...

유리 !

(CUT TO)

지하도 안.

다시 왔던 길을 되돌아가는 유리.

그러다가는 멈춰 서는.. 어디로 가야 할지, 어떻게 해야 할지 막막한 유리.

S# 6. 진여사 집 이층 방 안/ 밤

문을 열고 들어서는 진여사. 노선후의 방이다.

진여사, 서랍을 열어 서류들을 살펴보는 진여사. 별로 눈에 띄는 게 없자 서랍을 닫고 책장 옆 구석에 놓여 있는 박스를 꺼내는데.

열어보면, 시계, 검사 임명장, 학창시절 상장, 앨범을 비롯한 노선후의 유품들이 들어 있다.

그때의 아픔이 떠오른 듯 눈을 감는 진여사.

잠시 후, 감았던 눈을 뜨고 박스를 살피다 핸드폰을 집어 드는 진여사.

전원을 눌러보지만 켜지지 않는다.

S# 7. 조경선 구치소 앞/ 오전

구치소 입구로 들어서는 도현. 통화 중이다.

도현 네, 반장님, 저는 구치소 도착했어요.

뭐라도 발견되면 바로 연락 주십시오. 저도 접견 마치는 대로 연락드리겠습니다.

S# 8. 거리 일각/ 오전

횡단보도 앞에 서는 기춘호
기춘호, 도현과의 전화 끊고, 이형사에게 전화 거는 기춘호.

기춘호 신원조회 하나만 하자. 이름, 조기탁.

S# 9. 조경선 구치소 안 접견실/ 오전

말없이 조경선을 바라보는 도현.
조경선, 무슨 일인가 도현을 바라보는데.

도현 조기탁씨 아시죠?
조경선 (깜짝 놀라는) 누, 누구?
도현 조기탁씨 주소가 조간호사님 집으로 되어 있어요. 간호사님과 어떤 관계에요?
조경선 !
도현 (대답을 못하는 경선을 바라보다 작심한 듯) 10년 전, 창현동에서 젊은 여성의 온몸을 찌르고, 옷을 모두 벗겨 불에 태워버린 끔찍한 살인사건이 있었어요.
조경선 ...
도현 사건 당시 유력한 용의자로 지목되었던 사람이 피해자 고은주씨의 남자친구.. 조기탁씨였어요.
조경선 !!

그런 조경선을 유심히 살피는 도현

도현 당시에는 국군교도소에 수감돼 있는 것으로 확인돼 혐의를 벗었지만 사건 당일, 밖에서 조기탁을 봤다는 목격자가 나타났어요.

조경선 ...

도현 ...

조경선 ... 내 오빠야... 하나뿐인.

도현 !

조경선 하지만 10년 동안 그 이름도 잊고 살았어. 그때 살인 혐의 벗었다는 얘기 듣고 난 후로는 그 이름 오늘 처음 듣는 거야.

도현 ......

조경선 도움이 못 돼서 미안해. 먼저 일어날게.

조경선, 일어서는데

도현 고은주씨뿐만이 아니에요.
최근에 제가 변론했던 김선희씨 살인사건.. 알고 계시죠?

조경선 ...

도현 그 사건도 조기탁씨가 연관돼 있을 가능성도 있어요.

조경선 ! (눈빛이 흔들리지만) 미안해 모르는 일이야...

복잡한 표정으로 돌아서는 조경선, 그런 경선을 다급하게 부르는 도현.

도현 조간호사님. 그럼 부탁 하나만 드릴게요.

조경선 부탁?

그런 조경선을 바라보는 도현의 얼굴에서.

S# 10. 연립 경비실 앞 + 경찰서/ 오전

기춘호, 연립 입구 경비실 앞에 경비와 나란히 입구 위 CCTV를 보며 서 있다.

기춘호 그러니까... (손으로 가리키며) 저 CCTV에 녹화된 게 없단 얘기죠?

경비　누가 갖다 버린 거 달아 논 거요. 하도 분리수거를 엉망으로 해놔서 가짜로 달아 놓은 거라니까.

기춘호　(실망스런) ... 저기 203호 간호사 집 아시죠?

경비　간호사가 살아?

기춘호　(슬쩍) 그 간호사 집에 사는 남자 어때요?

경비　난 몰라요. 남자가 왔다 갔다 하는지 어쩐지 관심 없어.

기춘호　아... 그렇습니까...

이형사에게 전화 오고 계단 내려오며 전화 받는 기춘호.
은서경찰서 안에서 전화하고 있는 이형사. 이하 교차.

기춘호　어, 뭐 좀 나와?

이형사　이상한데요. 정보가 전혀 안 나옵니다.

기춘호　정보가 안 나온다니? 그게 무슨 소리야?

이형사가 보고 있는 모니터에 뜨는 화면.
'조회하신 신상정보는 확인되지 않습니다.'

이형사　그게.. 저도 이런 건 처음 보는데요 아무런 정보가 없어요.

기춘호　확실히 입력했어?

이형사　사건 기록에 나와 있는 자료로 입력해서 역추적한 겁니다.

기춘호　주민등록에서 갑자기 누락이라도 됐다는 거야?

이형사　(당황스런) 그건 저도 잘 모르겠는데요.

기춘호　그럼 뭐야... 사망도 실종도 아니고, 신상정보가 통으로 사라졌다는 건데. 이 자식 이거 뭐하는 놈이야.

전화 끊고는 의혹 가득 찬 눈으로 조경선 집을 바라보는 기춘호

S# 11. 전자기기 오피스텔 빌딩 전경/ 오전

전자상가의 허름한 오피스텔 빌딩이 보이고.

S# 12. 전자기기 복원업체 사무실 안/ 오전

자질구레한 전자 장비들이 널려 있는 좁은 사무실 안.
진여사, 앉아서 두리번거리고.

업자 (핸드폰을 들어 보며) 이걸 복구하시려고요?
진여사 고장 난 것 같은데 가능할까요?
업자 기다려보세요.

핸드폰을 열어 살펴보는 업자.

업자 사진이나 녹음 파일은 해봐야 알 거 같고... 통화 목록 정도는 뭐 가능할 것도 같은데요?
진여사 부탁 좀 드릴게요.
업자 서너 시간이면 되니까 (시계 보고) 오후 한 시 이후에 찾으러 오세요.

S# 13. 전자기기 오피스텔 빌딩 로비/ 오전

로비 의자에 멍하니 앉아 있는 진여사.
로비 데스크 벽시계를 올려다보면 겨우 이십 분 남짓 지나 있다.
초침의 움직임이 멈춰 있는 듯 느껴진다.

S# 14. 조경선 집 앞/ 오전

계단에 앉아 있는 기춘호, 올라오는 도현.

기춘호 조경선은 뭐래?

도현 친오빠랍니다. 그런데 연락이 끊긴 지 10년도 넘었대요.

기춘호 설사 안다고 해도 쉽게 말해주겠나. 가족이라면. 그 말을 믿는 건 아니지?

생각에 잠기는 도현.

도현 그런데 조기탁씨 신상기록이 사라졌다니... 그게 가능한 일인가요?

기춘호 (핸드폰 꺼내 찍어놓은 조서 보여주며) 여기 창현동 고은주 살해사건 조서에는 있었잖아. 그 후에 지워졌다는 건데...

도현 ... 누락됐을 가능성은요.

기춘호 버젓이 있던 주민등록이 삭제됐고 그게 하필 조기탁일 확률이 얼마나 될 거 같아?

도현 ...

기춘호 ... 조경선한테 그거 말고 건진 건 없어?

도현 분명히 뭔가 더 있는 것 같은데 말을 안 해줘요. 그러니까 이제 우리가 직접 알아봐야죠.

하고는 조경선 집 현관으로 향하는 도현, 기춘호 따라붙으며

기춘호 직접? 어떻게...

도현 집을 좀 살펴보겠다고 하니까 그것까지 거절은 못하더라고요.

현관 앞 도어락 비밀번호 누르면, 덜컹 열리는 현관문

S# 15. 조경선 집 안/ 오전

암막 커튼에 가려 오전이지만 빛이 안 들어오는 어두운 실내.
불을 켜는 도현. 기춘호가 따라 들어선다.
거실을 둘러보다 방으로 들어가는 도현.
여자 혼자 사는 방다운 소품들, 가구 침구들이 깔끔하고 정돈된 상태이고

욕실에 들어가 보는 기춘호,
욕실 역시 여성 1인의 물품들뿐이고. 깔끔한 거실서 다시 만나는 두 사람.

기춘호 뭐 좀 찾았어?
도현 글쎄요. 특별한 건 없는 것 같은데요.
기춘호 남자나 다른 식구들 흔적은 없고 여자 혼자 사는 집은 맞는 것 같은데...

거실 한구석에 꽂혀 있는 앨범들 발견한 기춘호.
앉아 앨범을 펼치는 기춘호.

기춘호 (계속 앨범을 넘기며) 여기도 조기탁이라고 추정되는 사진은 없어. (앨범을 도현 쪽으로 펼쳐놓고) 최변 사진은 있네. (다른 앨범을 넘기는) 이게 마지막인데.

도현, 펼쳐진 앨범 보면, 옥상에서 유리, 도현, 김간호사, 조간호사가 찍힌 사진이 있다. 장난치며 즐거워하는 표정들.
기춘호의 손이 앨범을 넘기는데 군데군데 사진이 비어 있고, 페이지를 더 넘겨보는데 더 이상 사진이 없다.
도현도 다른 한 권의 앨범을 넘겨보는데, 사진 한 장이 신경을 끈다.
어릴 적 조간호사가 밝게 웃는 사진. 어린 조간호사의 손이 누군가의 손을 잡고 있다.
사진을 꺼내고 보면, 사진이 접혀 있다.
사진을 펴면, 무뚝뚝한 표정의 어린 남자 아이.
하지만, 손만큼은 어린 조간호사의 손을 꼭 잡고 있다.

도현 반장님. 이거요.

도현, 사진을 들어 보이고. 기춘호가 받아서 본다.

기춘호 너무 어릴 적 사진인데?
도현 그래도 확인은 해봐야죠.

도현, 핸드폰으로 사진 찍고는 다시 앨범에 끼운다.

기춘호 그럼 가보자고.

현관에 서서 안을 바라보다 불을 끄는 도현.
바로 다시 불이 켜진다.
기춘호, 전등 스위치에 손을 대고 있는.

기춘호 조경선 수감된 지 얼마나 됐지?
도현 한 달 정도요.
기춘호 (거실 안을 보며) 너무 깔끔하지 않아?

다시 거실로 들어오는 기춘호. 손으로 TV 위에 먼지를 닦아보고, 옆의 거울도 닦아본다.

기춘호 집을 한 달을 비웠는데 먼지도 하나 없어.

거울 앞, 바닥을 살피고는 고개를 갸웃거리고. 주방 쪽으로 걸어간다.
냉장고 앞에 서서 손잡이 쪽을 유심히 보는 기춘호.
뒤따라온 도현 같이 냉장고를 보고.

기춘호 (다시 거실 쪽을 바라보며) 흐트러진 물건이 하나도 없어. 손자국도 하나 안 보이고. (바닥을 가리키며) 심지어 머리카락 하나도 없어.
조경선이 이렇게 꼼꼼히 청소할 경황이 있었을까?
도현 ...
기춘호 내가 형사 노릇 하며 사건 현장을 몇 번이나 봤을 것 같나. 이건 그냥 청소하고 다녀간 정도가 아니야. 의도적으로 흔적을 지운 거지.

둘러보며 눈을 빛내는 기춘호.
집 안을 보는 도현의 모습에서.

S# 16. 곰탕집 안/ 낮

식당 테이블에 마주 앉아 있는 도현, 기춘호.

기춘호 누가 다녀간 거라고 생각해?

도현 ... 조기탁일 가능성이 높겠죠.

기춘호 다시 올 거 같아?

도현 이미 흔적을 다 지웠는데... 올 이유가 있을까요?

기춘호 (생각하다) 그건 아무도 모르는 일이야. 흔적을 지운 놈 자신도. 완전범죄랍시고 흔적 다 지운 놈들이 가장 많이 저지르는 실수가 뭔지 알아?

도현 (보면)

기춘호 지가 없앤 흔적 잘 지웠나 확인하러 와서는 뭔가를 흘리는 거야.

도현 무슨 우화 같군요.

국밥을 놓아주는 종업원.
기춘호, 수첩을 꺼내 몇 장 걷어 보다 닫고, 식탁 위에 놓는.
기춘호, 국밥 한술 뜨는데.
도현, 기춘호의 수첩을 바라본다.

도현 그 수첩, 한종구씨 재판에 증거로 제출하신 거 아니었어요?

기춘호 음? 이거... 관련된 건 그때 다 제출했지.

도현 많이 낡아 보이네요.

기춘호, 수첩 모서리를 만지고 살피다가 씩 웃는다.
닳아서 너덜너덜해진 비닐 가죽 커버.

기춘호 옛날 얘기 하나 해줘?

도현 (보는)

기춘호 내가 막 경찰이 되었을 때 말이야. 퇴임을 얼마 안 남긴 대선배가 계셨어. 미제 사건 남겨두고 퇴임할 수 없다면서 날 데리고 밤낮으로 뛰어다녔는데... 퇴임 일주일 남기고 드디어 용의자가 특정된 거야.

도현 (관심이 가기 시작하는)

기춘호 삼 일을 잠복해서 그놈이 숨어 있는 곳을 찾아냈어. 놈이 모습을 드러냈고, 나랑 선배님이 그놈을 잡으려는 순간! 그놈이 나한테 칼을 휘둘렀지.

도현 다치셨어요?

기춘호 칼을 맞은 건 선배였지. (깊은 한숨) 내가 급하게 달려들다 위험해지니까... 나를 보호하겠다고...

도현 (숙연한) ..... 그럼 그분은....

기춘호 열여덟, 아니 열아홉이었나?

도현 네?

기춘호 꿰맸다고. 그대로 퇴임식도 못하고.

도현 (허무한) .... 아.

기춘호 그 양반, 그렇게 다쳐놓고 어찌나 팔팔한지, 수사 마무리한다고 난리 난리 치는 걸 가족들이 애걸복걸 말리는 통에 이 수첩이 나한테 넘어온 거야. (도현 얼굴 보다가) 표정이 왜 그래?

도현 아. 아니요. 그냥. ... 뭐, 깊은 사연이라도 있을 줄 알았죠.

기춘호 사연? 사연은 무슨... 뭐, 영웅담이라도 기대한 거야?

도현 (웃는) 그랬나 봐요. 반장님 같은 분, 쉽게 볼 수 없거든요.

기춘호 내가 어때서. (조금 남은 국물을 들이켜는)

도현 형사 그만두시고도 계속 이렇게 범인 찾으시잖아요. ... 딱히 개인적인 원한이 있는 것도, 특별한 일이 있는 것도 아닌데.

기춘호 나 같은 형사도 있는 거지. 꼭 이유가 있어야 몸과 마음 바쳐 형사 하나? ...... 그냥 내 직업이 형사니까. (피식) 아직도 누가 직업 물어보면 나도 모르게 형사요 하고 튀어나와.

도현 (웃는)

기춘호 형사는 범인 잡는 사람이니까 그 일에 최선을 다하는 거야.

도현 왜 그만두셨어요, 형사일.

기춘호 ... (허공을 보다가) 부끄러웠어.

도현 (보면)

(플래시백 - 1회 18씬, 법정 안)

도현 증인과 함께 갔던 동료 형사 가운데 한 분은 발로 문을 차기까지 했다는데, 이 또한 사실인가요?

기춘호 ...... 흠......

도현 혹시 범행 현장에 설치된 미닫이문이 피고인이 익숙하게 사용해왔던 문과 같은 방식인 것을 확인한 후, 정황 증거가 사라질 수도 있다는 판단에서 보인 반응은 아닙니까?

기춘호 (대답 않고 도현을 쳐다보는)

(CUT TO)

곰탕집 안.

기춘호 그때. 범인 잡겠다는 형사가 법정에서 거짓말한 꼴이 됐잖아. 범인 잡는 것에만 목매다 보니 어느샌가 형사의 자부심을 잃어버린 거 같아서..

도현 ...

기춘호 (말 돌리는) 조기탁이 찾을 방법이나 생각해보자고. 신상정보도 없고. 가진 거라고는 달랑 어릴 적 사진 한 장인데, 난감하네.

도현, 생각하며 시선을 돌리다 그대로 시선이 고정된다.

도현 반장님.

기춘호 (도현이 보는 곳을 보는)

벽에 붙어 있는 '미귀가자를 찾습니다.'라고 쓰인 전단.
나이 변환 몽타주를 통해 어릴 적 모습과 현재 나이 추정 모습을 같이 담아 놓은 경찰에서 발행한 전단이다.
전단을 보다 서로 눈이 마주치는 도현과 기춘호.

S# 17. 은서경찰서 모니터실 안/ 오후

팔짱을 낀 채 취조 상황을 모니터 중인 서팀장.
노크 한 번과 동시에 열리는 문, 기춘호다.

서팀장 형님...
기춘호 5분만 시간 내.
서팀장 (마이크에 대고 취조실에) 5분 휴식. 커피 한잔 달게 타다 줘라. 불현듯 생각나게. (기춘호에게) 무슨 일이에요?
기춘호 (핸드폰 속 조기탁 어린 시절 사진을 보여주며) 이거 창현동 살인사건 용의자인데 알리바이가 조작된 거 같아. 사건 당일 날, 국군교도소에 있었다는데 그날 밖에서 봤다는 목격자가 나왔어. 이거 복원 좀 하자.
서팀장 (한숨) 아이고 참... (겨우 사진 보고) 이거 어린애 사진이잖아요.
기춘호 아... 현재 성인 모습으로 복원 좀 해줘. 나이 변환 복원하는 거 말야. 급하게 좀 부탁해. 얼마나 걸릴까?
서팀장 이게 허가받고 어쩌려면 시간 좀 걸려요. 장기 실종아동 위주로 돌아가는 프로그램이고 우리 관할 사건도 아닌데... 게다가 지금 인사철이라 잔뜩 민감한데... (하는데)
기춘호 알리바이가 무너졌고 그 당시 용의자로 조사받았던 놈이 지금은 신원조회조차 안 돼. 목격자는 그놈을 봤다는 증언을 하고는 그날 바로 죽어버렸어. 이상하지 않냐?
서팀장 !!
기춘호 근표야 김선희 죽인 진범, 너도 잡고 싶잖아!
서팀장 잡고 싶죠. .... 이 사진 저한테 보내주세요. 제가 잡겠습니다. 형님은 이제 형사 아니잖아요.
기춘호 (말문이 막히고) ... 일해. 5분 지났다.

취조실 나가는 기춘호,
서팀장, 보며 이게 아닌데 하는 표정으로 머리를 버벅거린다.

S# 18. 은서경찰서 사무실 안/ 오후

모니터실에서 나와 사무실 안을 슥 보는 기춘호.
이형사가 없다. 기춘호, 인상 쓰며 나가는.

S# 19. 전자기기 오피스텔 빌딩 주차장 + 진여사 차 안/ 오후

오피스텔 빌딩 주차장에 주차되어 있는 진여사의 차.
차 안에서 복원된 통화 목록을 보고 있는 진여사.
맨 위에 있는 이름 '인범이형' 두 번째 발신자는 '설화'이다.
설화를 클릭하자 핸드폰 번호가 뜨고.
자신의 휴대폰을 들어 설화 옆에 쓰인 전화번호로 전화를 건다

진여사 여보세요? (사이) 혹시 설화라는 분 전화인가요? (사이) 아니에요? 그럼 혹시 노선후라고 아시나요? (사이) 아.. 네. 알겠습니다. 죄송합니다.

진여사, 전화 끊고 노선후 휴대폰 목록 중 '인범이형'을 바라본다.
자신의 휴대폰을 들어 주소 목록에서 '양인범 검사'를 찾는 진여사,
진여사, 양인범 검사에게 전화를 거는.

S# 20. 양인범 부장검사실 안/ 오후

책상에 앉아 있는 양인범.
진동 소리 울리고, 휴대폰을 꺼내 보는데, '선후 어머님'이 떠 있다.
멈칫하는 얼굴로 바라보는. 망설이다가 전화를 받는다.

양인범 네.. 저 양인범입니다. ...
진여사(F) 선후 교통사고에 이상한 점이 있어서요.
양인범 선후 교통사고가 이상하다니 무슨 말씀이신지... (사이) 네, 알겠습니다.

심각해지는 양인범.

S# 21. 도현 사무실 안/ 오후

핸드폰으로 찍은 어린 조기탁의 사진을 손가락으로 확대했다, 줄였다 하는데.
확대하면 픽셀이 깨지며 희미해지는 사진.
도현, 휴대폰을 들고 유리에게 전화하려다 던져놓고 잠시 생각하는.
도현, 다시 휴대폰을 들어 유리에게 전화를 건다.

도현 (신호음 가다가) ... 어, 유리야. 바빠? 니 도움이 필요해서... (듣는) 아무 때나 너 시간 될 때. 그래? 그럼 이따 사무실에서 봐.

(시간 경과)
유리, 사무실 안으로 들어온다.

유리 오늘은 무슨 도움이 필요하실까?
도현 ... (어색한) 왔어?

가방 내려놓는 유리에게 커피 가져와 건네는 도현.

도현 하는 거는 잘돼가?
유리 (멈칫) ... 내가 뭘 하고 있는지 알아?
도현 ... 아니, 사무실에도 잘 안 나오니까. 바쁜 거 같고. 궁금해서.
유리 ... 나, 아빠가 쓰던 기사 조사하고 있어.
도현 응... 어떤데?
유리 아직은 막막하네... 아 참 나 진여사님 만났어. 뜻밖의 장소에서 우연히.
도현 응? 그게 무슨 말이야?
유리 음.. 여사님 계실 때 얘기하자. 부탁할 거 있다며, 뭔데?

(CUT TO)

책상 의자에 앉아 노트북으로 포토샵 프로그램을 다루고 있는 유리.
도현, 옆에 서서 유리가 하는 작업을 바라보고 있다.
컴퓨터 모니터에 선명하게 복원된 조기탁 어린 시절 사진 속 얼굴이 떠 있고.

유리 됐어?
도현 확실히 선명해졌네.

유리, 외국 실종아동 찾기 도와주는 홈페이지를 띄우는.

유리 이거 미국에서 실종아동을 찾기 위해 운영하는 사이튼데.
도현 (보는)
유리 일단 나오는 걸 봐.

유리, 마우스를 클릭하고. 프린트로 결과를 출력하는.
프린터에서 추정 복원된 사진이 출력된다.
도현, 집어 드는.

유리 (돌아보며) 어때?
도현 글쎄.. (인쇄된 결과를 보며) 낯이 익은 것도 같고.. 현재 얼굴을 모르니 비교할 수가 없어.
유리 흠... 어른이 돼도 점이 사라지는 건 아니니까... 점 분포도를 (가리키며) 별자리처럼 이렇게 연결하면...
도현 (묵묵히 사진을 보는)...
유리 (도현 보다가) ... 나 이제 가봐야겠다.
도현 .. 유리야.
유리 (보는)
도현 내 도움 필요하면 언제든지 말해.
유리 (도현 마음 알 것 같은) ... 그래. 나 간다.

유리, 나가고. 고개를 들어 문 쪽을 보는 도현의 안쓰러운 눈빛.
도현, 사진을 들어 보는.

S# 22. 유광기업 회의실 안/ 오후

회의 테이블 상석에 앉아 있는 오회장.
간부들 둘러앉아 있다.
간부1, 프레젠테이션을 하고 있는.
오회장, 손에는 만년필을 잡은 채 눈을 감고 듣고 있다.
화면에는 '을지 4호' 사업 자료 떠 있다.
오회장 뒤쪽으로 서 있는 황비서.

간부1 국방부에서 국군 선진화의 일환으로 노후 방독면 교체 사업을 비공개 입찰 방식으로 진행하기로 했습니다. (화면 넘기는) 입찰 담당자는 국방부 조달본부 소속 오두식 대령. (오두식 프로필 읽는) 육사 42기 출신으로..

오회장 육사 42기 위아래로 누가 있나?

오회장, 둘러보는.

간부2 제가 41기입니다. 오두식 대령 제 직계 후임입니다.

오회장 얘기가 쉽겠네. 필요한 건.

간부2 오두식 대령 저희 한성회 사람이긴 하지만 명분 차원에서 대가를 좀 마련해 주는 게 좋을 것 같습니다.

오회장 명분? 말이 좋아 명분이지 커미션 나눠주는 거 당연하게들 생각하는 거 이거 보통 일이 아니야. 아직 성사도 안 된 돈벌이에 뭔 놈의 각다귀들이 잔뜩 들러붙어서는.

자기를 향한 힐책이라도 듣는 듯 고개 숙이고, 반대로 자기 일이 아닌 듯 끄덕이는 다른 반응들.

오회장 ... 그래, 두 장이면 되나? 더 필요한 건.

간부2 행자위 쪽을 한번 만나주시면 좋을 것 같습니다.

오회장 거기 우리 쪽 사람이 누구지?

간부1 밝은정치당 김하선 의원입니다.

오회장 약속 잡아. 나 대신 누가 좀 나가. 그 인간 면상 꼴도 보기 싫어. 총 한번 안 잡아본 게 떡하니 앉아서 애국은 혼자 하는 거처럼 호들갑을 떨고 말야. 다음..

간부2 이번 차세대 전투기 사업은, 부품 검수가 강화될 것 같습니다. 아무래도 예전 헬기 추락 사고 여파가 커서 어쩔 수 없는 (하는데)

오회장 (버럭) 그러니까 돈 갖다 바르는 거 아니야?! 지금까지 낼름낼름 잘도 받아 처먹고는 이제 와서는 딴소리야! 그놈들한테 분명히 전해!! 이번 건 틀어지면 여러 놈 목 날라간다고. 내가 못할 것 같아!

아무 말 못하는 간부2.
오회장, 일어나면 앉아 있던 간부들 일제히 기립한다.
오회장, 밖으로 나가고.
황비서, 그 뒤를 따른다.

S# 23. 북부지검 앞 주차장/ 오후

주차한 차에서 내리는 진여사.
검찰청 건물을 올려다보는 얼굴이 씁쓸하다.

S# 24. 양인범 부장검사실 안/ 오후

소파에 앉아 있는 진여사.
양인범, 직접 차를 가져와 진여사에게 건네고 자리에 마주 앉는다.

양인범 이렇게 바로 오실 줄은 몰랐습니다.

진여사 바쁜데 찾아온 건가요?
양인범 괜찮습니다. 근데 10년 전 선후 사고를 왜 지금...
진여사 (잔을 내려놓으며) 갑작스럽긴 한데... 선후 사고 기록 좀 구해줄 수 있을까요?

의아한 표정으로 보는 양인범.

진여사 그냥 좀 알아볼 게 있어서요.
양인범 ... 오래전 일이라... 한번 알아보겠습니다.
진여사 그리고... 혹시... 사고 날 때쯤.... 선후한테 뭐 이상한 점 같은 건 없었나요?
양인범 이상한 점이요?
진여사 뭘 특별히 조사하고 있었다거나 아님 평소와는 다른 행동을 했다거나... 생각나는 거 아무거나요.
양인범 ... 특별히 기억나는 건 없습니다. 검사들이야 워낙 사건에 치여서 사는 사람들이니까요.
진여사 네...
양인범 (진여사 얼굴 살피다가) .. 어머님, 무슨 일 있으셨어요?
진여사 아... 미안해요. 오랜만에 선후 유품을 보다가 좀 생각이 나서.. (웃는)
양인범 (긴장하는) 유품이요?
진여사 선후 핸드폰 통화 목록을 복원했는데 마지막으로 통화한 사람이 양검사님이었어요. 그래서 전화해 본 것도 있고.
양인범 아! 네... 그랬군요.. 제가 그날.. 마지막으로...
진여사 아는 기자가 있는데, 선후의 죽음에 의혹이 있다며 찾아왔어요.
양인범 (의아한) 기자가요?
진여사 네. 선후의 교통사고가 단순 사고가 아닐 수도 있다고... 그런 말을 들으니, 자꾸... 생각이 나서...
양인범 ... 그러셨군요.
진여사 갑작스럽게 여러 가지 부탁해서 미안해요. 가볼게요. (일어서는)
양인범 아닙니다. (같이 일어서는) 아까 기자... 혹시 어느 언론사인지...
진여사 그냥 아는 기자에요.
참. 혹시 이 번호 주인도 같이 알아봐주실 수 있을까요? (번호가 적힌 쪽지를 건네며) 당시 사고 나던 날, 선후와 통화했던 두 사람 중 한 사람이에요. 여자분인 거 같은데.

양인범 이름은 없습니까?

진여사 설화라고 저장되어 있었어요.

양인범 ! (애써 표정 관리하는) 이건 제가 알아보겠습니다.

진여사가 나가고.
소파로 돌아와서 앉는 양인범. 뭔가 생각하는 표정...
핸드폰을 집어 드는 양인범. 황비서에게 전화 건다.

S# 25. 황비서 사무실 안 + 양인범 부장검사실 안/ 오후

책상 서랍 속에서 벨소리가 들리고.
황비서, 다가와 서랍을 열고 핸드폰을 든다.
이하 화면 교차, 부장검사실.

황비서 네. 황교식입니다.

양인범 양인범입니다.

황비서 아까는 회의 중이어서 못 받았습니다만... 직접 전화를 다 주시고... 무슨 일 있습니까?

양인범 노선후 검사의 어머니가 찾아왔었습니다.

황비서 노선후.. (표정 굳는) ... 근데요. 노선후 검사 어머니가 왜..

양인범 노검사 사고 기록을 요구했습니다.

황비서 ... 10년이나 지난 마당에 느닷없이 사고 기록을..

양인범 어떤 기자가 의혹을 제기한 것 같습니다.

황비서 기자? 어느 언론사 누구입니까?

양인범 저도 물어봤지만 누구인지는 듣지 못했습니다.

황비서 ...

양인범 그리고... 설화... 얘기도 나왔습니다.

황비서 !! (목소리를 낮추는) 설화요?

양인범 노선후의 핸드폰을 복원했더니 그 통화 목록에 설화라는 이름이 있었던 것 같습니다.

황비서 대체 노선후 검사 핸드폰에 설화가 왜 있습니까?

양인범 그게... 글쎄요..

황비서 일단 알겠습니다. 부장님께서 그 기자 신원 꼭 알아봐주십시오.

양인범 네. 알겠습니다.

황비서, 전화 끊는. 심각한 얼굴.
핸드폰을 서랍에 넣고 닫는다. 문밖으로 향하는 황비서.

S# 26. 양인범 부장검사실 안/ 오후

전화 끊은 양인범 여직원을 부른다.
여직원이 들어오면, 양인범, 메모-노선후 검사 교통사고 기록(2009년 3월)-를 건넨다.

양인범 이 사건 기록 복사본, 여기로 좀 보내줘요, (진여사에게 받은 주소 메모 건네는)

여직원 네, 알겠습니다.

양인범 아, 담당 검사 이름은 삭제해요.

여직원 네?

양인범 그냥 시키는 대로 하세요.

여직원 네.

여직원 나가고, 미간을 찌푸리는 양인범.

S# 27. 유광기업 회장실 안/ 오후

회장실에 있는 오회장. 황비서가 노크하고 들어오는.

황비서 일이 좀 생긴 것 같습니다.

오회장 (한숨) 말해.

황비서 노선후 검사의 핸드폰에서 설화라는 이름이 나왔다고..

오회장 (싸늘한) 황교식.

황비서 네!

오회장 정장 빼입고 다니면서 돈으로 일처리하고 다니니까 세상 살기 편하지?

황비서 아닙니다!

오회장 중요한 사업 앞두고 있는데 잡음이 들려서 되겠나?

황비서 죄송합니다.

오회장 그 이름 다시 듣는 일 없게 해.

황비서 네.

오회장 뭐가 네야? 가서 핸드폰 박살이라도 내란 말이야. 무슨 말인지 알아들어?

황비서 네! 알겠습니다.

오회장 나가봐.

황비서, 표정 굳은 채 회장실을 나가는.

S# 28. 진여사 집 이층 방 안/ 오후

노선후의 방, 책상 앞에 앉아 있는 진여사, 선후 핸드폰 통화 목록을 다시 본다.

진여사 설화... 사람 이름이 아니라면...

인터넷 전화번호 검색 사이트에 '설화' 쳐봐도 나오지 않는 검색 결과.

진여사 사람 이름이 맞는 걸까... 설화... 설화...

핸드폰을 만지작거리는데, 초인종 소리. 일어나 나가는.

S# 29. 진여사 집 대문 앞 + 진여사 집 거실 안/ 오후

퀵 오토바이 기사에게 서류 봉투 건네받는 진여사.
거실로 들어와 급하게 봉투를 뜯어보는데, 노선후 사고 기록 문서다.
훑으며 넘겨보는 진여사.

진여사 ... 페티딘?

전화 거는 진여사.

진여사 유리씨. 나 좀 도와줄 수 있어요?

(시간 경과)
소파에 마주 앉아 있는 유리와 진여사.
서류를 유리에게 건네는 진여사.

진여사 선후의 사고 기록이에요.
유리 (조심스레 한 장 넘겨보는)
진여사 (문서 가리키는) 거기 보면 사고를 낸 가해자가 사고 당시 만취 상태였는데, 약물까지 검출됐어요.
유리 약물요? (다시 서류를 보는)
진여사 그래요. 좀 이상한 건 그 약물 이름인데요.
유리 페티딘...
진여사 페티딘은 마약성 진통제의 일종인데 의료용으로만 쓰이는 거예요.
유리 (갸웃거리며, 혼잣말처럼) 마약성 진통제면 몰핀 같은 건가?
진여사 맞아요. 병원에서도 엄격하게 관리하는 품목이라 일반인은 구할 수 없는 거예요.
유리 (연신 끄덕거리는) 아... (빤히 보다) 그런데 여사님... 어떻게 이렇게 잘 아세요?

진여사 (핸드폰 만지며) 방금 검색해봤어요.

유리 (의심 안 하고) 그 당시에는 조서를 못 보신 거죠?

진여사 네... 조서까지는... 그때는 이상하단 생각을 전혀 못했으니까요.

끄덕이는 유리,
말없는 유리와 진여사.
유리, 소파 탁자 위에 놓인 핸드폰을 이상하게 보는.

유리 이 전화기는 뭐예요?

진여사 (핸드폰 보여주는) 이거 선후가 사고 당시 쓰던 핸드폰이에요. 통화 기록을 복원했는데...

선후의 핸드폰 통화 목록을 유리에게 보여주는 진여사.

유리 설화......

S# 30. 국밥집 안/ 오후

국밥 하나 시켜놓고 소주 마시고 있는 기춘호.
한 잔 비우고, 또 한 잔 채우려는데 앞에 앉아 소주병 뺏어 드는 누군가의 손.
보면, 서팀장이다.
서팀장, 소주병 들고 기춘호 잔 채워주는데.

기춘호 왜 나왔어, 일하는 시간에.

서팀장 어제 당직 서고 오늘 쉬는 날이었어요. 아직 퇴근을 안 한 거지.

기춘호 ... 미안했어. 낮에는.

서팀장 아이, 진짜 형님도! 그렇게 말하면 제가 뭐가 돼요... 그러니까 그냥 고민 말고 복귀하시라니까? 그럼 이럴 일도 없잖아요...

기춘호 (보면)

서팀장 일손은 부족한데 애들 경험도 부족해서 제가 진짜 죽어나갑니다. 형님 같은 진짜 형사가 몇이나 되겠습니까.

기춘호 (피식) 듣기 좋은 소리 하러 왔나.

서팀장 (신이 나서) 그러니까 형님이 컴백해야죠. 악어가 귀환해야 밑에 비리비리하던 애들도 자동으로 악어 무리가 되는 거 아닙니까?

기춘호 (천천히 술잔 비우는) ......

서팀장 맞다! 그때 얘기했던 거 있잖아요, 경력직 특채. 기회네!

기춘호 ... 그거 하면 네 밑으로 들어가는 거잖아.

서팀장 (히죽 웃는) 꼭 제 밑으로 오셔야죠.

기춘호 ... 모양 빠지게.

서팀장 언제부터 그런 거 따지셨어요? 절차, 수단 방법 관계없이 범인만 잡으면 된다더니.

기춘호, 쓰게 웃는다.
서팀장, 갖고 온 서류 봉투를 슬쩍 내민다.

기춘호 뭐야?

서팀장 지난번에 조기탁 알리바이 확인하려고 군에 보냈던 협조 요청 공문에 온 회신 문서요.

기춘호, 문서를 꺼내어 살핀다. 국방부 명의로 보낸 일반적인 공문 형식에 적힌 '대상자는 국군교도소 내 수감 중이었음. 끝.'

서팀장 관할서 전산실에 그 공문이 온 팩스번호 조회해봤어요. 형님이 부대 안 밝히고 그냥 국방부라는 게 이상하다 했었잖아요.

서팀장, 의기양양하게 수첩을 꺼내 한 페이지를 기춘호에게 보여준다.
기춘호, 페이지 보면, '기무사령부' 적혀 있다.
기춘호의 의미심장한 표정.

S# 31. 도현 사무실 안 + 국밥집 안/ 오후

도현, 유리 도움으로 얻은 현재 기탁의 추정 사진을 모니터에 띄워 보고 있다.
구글 이미지 검색을 해보지만 각종 다양한 이미지가 뜬다. 깊은 한숨...
시계 보면 11시가 넘었다, 컴퓨터를 끄는 도현. 이때, 기춘호에게 전화 온다.
이하 국밥집 안과 교차.

도현 네 반장님, 이 시간에 웬일이세요?
기춘호 조기탁 꼬리 끝은 잡은 것 같아. 그놈 기무사령부 소속이었어.
도현 네? 어디 출신이라고요?
기춘호 기무사령부 소속이었다고.

도현, 놀라는.
사무실을 왔다 갔다 하며 통화하는 도현,

도현 정리를 하자면 10년 전, 창현동에서 고은주씨가 살해당하던 그 시점에 조기탁도 기무사령부에 있었다는 거잖아요. 제 아버지도, 살해당한 차중령, 그 운전병이었던 한종구도 전부 다 기무사령부에 있었구요.
기춘호 그러니까... 이거 어떻게 흘러가는 거야? 이거 뭐 기무사 동창회도 아니고.. 자네 아버지도 조기탁을 알 수 있지 않겠어?
도현 한종구씨가 알 수도 있구요. 반장님. 나중에 다시 전화드릴게요.
기춘호 알았어.

끊고, 생각하는 도현, 벽장을 연다.
반으로 나누어져 있는 벽 한쪽. 맨 위에 〈기무사 3처〉가 보이고, 밑으로 조직도가 보인다. 오회장, 차중령, 아버지(최필수 준위)가 순서대로 쓰여 있다.
차중령 밑으로 선이 그어져 있고 운전병 한종구 이름이 보인다.
옆 끝에다 크게 조기탁 이름을 쓰고, 동그라미를 치는 도현.
그다음 김선희를 쓰고 조기탁과 한종구를 연결한다.
한종구에게도 작은 선을 따로 그어 양애란을 쓰고,

조기탁에겐 옆으로 작은 선을 그어 고은주를 쓴다.
도현, 한종구와 조기탁을 하나의 동그라미로 그린다.

도현 조기탁과 한종구 둘이 무슨 관계일까...

S# 32. 한종구 구치소 방 안/ 밤

관물대에 기대어 앉아 있는 한종구.
다른 재소자들은 벽에 여자 모델 사진들(수영복, 한복 등) 붙이며 소란 피우는 중이고

한종구 (거의 머리 쥐어뜯는)

(플래시백 - 4회 8씬, 한종구 구치소 접견실 안)
도현, 김선희 사진을 보여주는

도현 이 여자분 보신 적 있습니까?

(CUT TO)
구치소 방 안.

한종구 미쳐버리겠네. 생각이 날 듯 말 듯...

그때 재소자들 실랑이 거칠어지는
'한복 사진은 떼라는 둥', '니가 뭔 상관이냐는 둥' 다투다 시끄러워지고
그 모습 무심히 보는 종구의 눈에 들어오는 한복 모델 사진.

한종구 !!!!

(플래시백 - 화예 별채 대문 앞)

화보 속 모델이 포즈를 취하고 있는 고궁 속 장소가 화예 별채 대문으로 바뀌며,
화예 별채 대문 앞.
양복을 입은 사람들이 나오고, 따라 나오는 한복 차림의 설화(김선희). 고혹적인 웃음을 지으며 배웅하고 있다. 설화 뒤 대문 위에 붙어 있는 이름. '화예.'

(CUT TO)
구치소 방 안.

한종구 (갑자기 벌떡 몸을 일으키며) 생각났다!

의미심장한 표정의 한종구.

S# 33. 공장 앞/ 오전

화물차가 왔다 갔다 하는 공장 앞 전경이 보이고.
유리와 진여사, 공장장과 얘기하고 있다.

공장장 그 사고가 벌써 10년 전 겨울인데...
유리 사고 났던 날을 기억하세요?
공장장 기억하다마다요. 경찰들 엄청 들이닥치고 회사가 아주 난리가 났는데 어떻게 기억을 못해요.
유리 사고를 낸 문석호라는 분, 평소에도 술을 자주 드셨나요. 부검 결과 혈중 알콜농도가 만취 상태로 나와서요.
공장장 (버럭 화를 내는) 거 말도 안 되는 소리 하지도 말라 그래요.
유리/진여사 !!
공장장 (고개를 저으며) 우린 무조건 자가 음주측정을 한 후에 운전하게 돼 있어요. 한 번이라도 걸리면 아웃이라고. 근데 만취라고요? 게다가 그 성실한 석호가? 석호는 정말 특별한 날 아니고는 술을 입에도 안 대는 애에요. 경찰한테

도 내가 몇 번을 얘기했는데, 개무시하더라구...

유리와 진여사 서로 쳐다보는. 유리, 다시 공장장에게.

유리 사체에서 약물도 검출됐는데요.

공장장 에이, 그건 더 말도 안 되지. 석호 같은 친구가 약을 했다면 내 손에 장을 열 두 번도 더 지질 수 있어.

진여사 혹시... 문석호씨 그 무렵 수술 같은 거 한 적 있나요? 진통제 성분과 같을 수 있거든요.

공장장 아뇨. 내 기억으로는 그런 일 전혀 없었어요.

진여사 얼굴을 힐끔 보는 유리.
서서히 굳어가는 진여사의 얼굴에서.

S# 34. 한종구 구치소 접견실 안/ 오전

도현, 의자에 앉아 있고.
한종구가 들어온다. 도현을 보자마자 이죽이죽 웃으며 앉는 한종구.

한종구 변호사님. 왜 이렇게 오랜만에 온 거야? 기다리다 목이 빠져버리는 줄 알았네.

도현 안 그래도 접견하려 했는데 먼저 접견 신청을 하셨더라고요

한종구 그랬죠. 근데 변호사님도 뭔가 새로운 게 있는 모양이네요. 그것부터 한번 들어보죠.

도현 ... 한종구씨.

한종구 (보는)

도현 한종구씨한테 누명 씌우려 한 사람이 누군지 알고 싶지 않으세요?

한종구 뭔 말이야? 지금 김선희 죽인 게 누군지 알기라도 한다는 거요?

도현 ...

한종구 (몸을 도현 쪽으로 숙이며) 누군데!

도현 먼저 김선희씨에 대해 뭘 알고 있는지 얘기해주세요.

한종구 (몸을 세우며) 뭐야, 이거. 구라 치는 거 같은데?

도현 제가 그런 적 있나요?

한종구 (코웃음 치며) 많지. 머리 좋은 사람이 벌써 다 잊으셨나?

도현 ...

한종구 봐. 얘기 못하지. 나도 바보 아니야. 또 속으라고?

도현, 한종구를 가만히 쳐다보다 이윽고 말을 꺼내는.

도현 ... 조기탁씨. 아십니까?

한종구 !!! 잠깐, 지금 누구라고?

도현 조기탁. 한종구씨가 군 생활했던 기무사 직속 3처 소속. 아시는군요.

한종구 그 새끼 이름이 여기서 왜 나와! 가만, 지금 조기탁이가 김선희를 죽이고 나한테 뒤집어씌웠다는 거야?!

도현 (밀어붙이는) 확실치 않지만, 그럴 가능성이 있습니다. 한종구씨가 모방했다던 창현동 고은주씨 살인사건의 진범이 조기탁씨일 가능성은 아주 높구요.

한종구 창현동 살인사건? 그게 언제였지?

도현 2009년 3월, 10년 전입니다.

한종구, 잠깐 생각에 잠기는.

(플래시백 - 군용차 안)

운전석에 앉아 있는 군복 차림의 한종구.

차 안, 기기판 날짜 2009년 3월 14일.

운전석 미러로 뒷좌석을 보는데.

뒷좌석에 탄 누군가(조기탁)의 검정색 옷 위로 이질적인 색깔이 묻어 있다.

그런 종구의 눈빛을 눈치챈 누군가(조기탁), 운전석을 발로 쾅 걷어찬다.

한종구, 자존심이 상하지만 감히 대들지 못한다.

(CUT TO)

접견실 안.

한종구 조기탁, 그 새끼… 그럴 줄 알았어. 사람 죽이고도 남을 새끼지.

도현 조기탁씨 지금 어디 있는지 아십니까.

한종구 몰라. 찾아내면 가르쳐줘. 죽여버릴 테니까.

한종구, 분에 차 있는 표정.

도현 혹시 그 당시 같이 찍은 조기탁씨 사진이 있습니까?

한종구 미쳤어 그 새끼랑 사진을 내가 왜.

도현, 유리가 작업해준 추정 사진 프린트물을 내민다.

도현 조기탁씨와 닮았습니까?

한종구 글쎄, 그 새낀 눈에 살기가 가득한데… 이 사진은…

도현 … 이제 한종구씨 차례입니다.

한종구 …

도현 현재로선 조기탁씨가 김선희를 죽인 진범일 가능성이 큽니다. 조기탁씨를 찾을 단서가 김선희씨일 수도 있구요.

분을 가라앉히는 한종구.

한종구 (피식) 나, 김선희가 누군지 생각났어.

도현 ….

한종구 김선희가 누군가 하면 말이야… 화예!

도현 네?

한종구 변호사님 아버지가 차중령을 쏴 죽인데 말이야, 화예. 거기서 일하던 여자였어.

도현 !!!

한종구, 웃음 띤 채 도현 보면,
충격에 휩싸인 도현.

한종구 (킥킥대며) 변호사님도 너무 놀랐죠. 이게 도대체 어떻게 돌아가는 판인지 나도 궁금해 죽겠단 말이야.

S# 35. 한종구 구치소 앞 + 도현 차 안/ 오전

도현, 차에 올라타며 기춘호와 통화하는.

도현 반장님. 접니다. 같이 가주셔야 할 데가 있어요.

출발하는 도현의 차.

S# 36. 화예 앞/ 오후

도현의 차가 화예 앞에 도착한다.

S# 37. 화예 별채 마당 안/ 오후

화예 관리인, 입구에 있으면.
다가서는 도현과 기춘호.

도현 안녕하셨어요?
관리인 (보다 알겠다는 듯) 아, 변호사 양반. 오랜만이네. 몇 년 동안 안 보이더니 갑자기 웬일이시우?
도현 여쭤볼 게 있어서요.

기춘호를 보고는 갸웃거리는 관리인.

관리인 저분은? 낯이 익은데...

기춘호 10년 전 여기서 총격 사건이 있었을 때 왔던 형사입니다.

관리인 아, 아! 맞네. 내가 별채로 안내했던 그 형사분이구만. (의아한 표정) 근디 두 분이 뭔 일로...

도현 (품에서 김선희 납골당 사진을 꺼내며) 혹시 이 여자분 여기서 일한 적 있나요?

관리인 (받아 들고 살피다 갸웃)

도현 (재판정 사진을 보여주며) 같은 분인데...

관리인 (보니) 이건... 설화인 거 같은디?

도현 설.. 화요..? 김선희씨가 아니구요?

관리인 본명이야 모르지. 누가 여기서 본명을 쓰나, 이 담장 안에서는 설화였어...

도현과 기춘호가 서로 보는.

S# 38. 화예 별채 방 안/ 오후

문을 열고 들어서는 도현과 기춘호.
둘러보는 기춘호, 도현, 가만히 방 안을 쳐다보는.
과거 10년 전 방 안의 모습과 현재 모습이 교차로 보여진다.

기춘호 여기 와봤어?

도현 ... 네.

기춘호 그랬겠지.

도현 반장님이 그날 사건이 일어난 후 맨 먼저 오셨다고 하셨죠?

기춘호 (고개를 끄덕이는) 신고가 들어올 때 내가 제일 근처에 있었어.

도현 그때 현장이 어땠었나요?

(플래시백 - 화예 별채 방 안)
문을 열고 들어오는 기춘호.
보면 오회장이 팔짱을 끼고 서 있고, 차중령이 음식 탁자 위에 쓰러져 있다.

기춘호, 쓰러진 차중령을 보면 등 위로 총탄 자국과 함께 피가 가득 번져 있다.
차중령 맞은편에 꼿꼿한 자세로 앉아 있는 최필수.

(CUT TO)
현재, 별채 방 안.

도현 ... 피해자가 맞은 세 발의 총알 중 한 발은 가슴, 두 발은 등에 박혀 있었어요. 굳이 피해자 등 뒤로 돌아가서 두 발을 더 쏠 이유가 있었을까요. 확실하게 죽이고 싶었다면, 가슴에 한 발을 더 쏘는 게 자연스러운 순서 아닌가요.
기춘호 상황이 어땠는지는 모르지. 자네 아버진 취조 내내 세 발 다 본인이 쐈다는 얘기만 했으니까.
도현 ...
기춘호 (말을 돌리듯) 그럼 김선희가 여기서 일했다는 건......
도현 ... 김선희씨가 그날 총격 사건의 목격자일 가능성이 생기는 거죠.
기춘호 ... 내가 그때 조금 더 조사를 했어야 했는데, 검찰이 너무 빨리 끼어들었어. 김선희가 죽은 이상 이제 끈이 사라진 건가?
도현 .. 아뇨. 저희에겐 이제 끈이 하나 생긴 겁니다. 만약 김선희씨가 목격자이고, 그래서 죽었다면 그날의 진실이 왜곡됐을 수 있다는 반증이 되어주니까요.

도현, 방 안을 이곳저곳 둘러본다.

기춘호 그만 가자고.
도현 (돌아보며) 네.

문을 닫기 전 다시 한 번 방 안을 보는 도현. 문이 닫히고.
빈 방 안. 카메라가 천장을 향하다가 안쪽까지 들어가면, 구석 모퉁이에 먼지가 쌓인 채 놓여 있는 소형 녹음기 하나!!!

S# 39. 도로 위 + 진여사 차 안 + 도로 가/ 오후

차가 도로 위를 달리다 멈춰 선다.
도로 가에 정차되어 있는 차 안.
운전석의 진여사와 옆자리에 앉아 사건 조서에 첨부된 사고 지점이 빨간색으로 표시된 지도를 보고 있는 유리.

유리 (차창 밖으로 사고 지점을 가리키며) 저기가 당시 사고가 났던 지점이에요. 이상한 건.. (지도, X자 표시와 떨어진 도로, 화물차업체 지점부터 납품업체까지 짧은 선을 긋고는) 공장장님 말로는 이 길이 납품업체로 가는 길이었다는데, 왜 그날만 다른 길로 갔을까요?

진여사 .... (사고 지점 보던 시선 돌려 지도 보는)

유리 (화물차업체-사고 지점-납품업체까지 도로 선으로 이어보는, 멀다) 심지어... 얼핏 봐도 세 배 이상 돌아가는 경로에요. 화물차는 시간이 돈인데, 먼 길로 돌아갈 이유가 없는데...

진여사 ... (사고 지점 보는, 차마 내려 그곳으로 가지 못하는)

유리, 진여사를 바라보면. 진여사, 괴로운 얼굴이다.

유리 ... 여사님.

진여사 괜찮아요.

유리와 진여사, 말없이 한참을 앉아 있는.

S# 40. 도현 차 안/ 오후

도현, 운전하고 있고. 조수석에 기춘호가 앉아 있다.

기춘호 김선희가 사건의 목격자라서 살해했다면 그놈들은 왜 10년이 지나도록 가만히 나뒀다가 이제 와서 처리했을까?

도현 ..... 김선희씨의 사망 직전 행적을 다시 조사해봐야 할 것 같아요.

기춘호 그렇지!! 김선희가 지난 10년 동안은 놈들한테 위협이 되지 않았는데 최근에, 다시 말해 사망 직전에 뭔가 위험한 일을 벌였다는 거지.

도현 변심… 이겠죠. 뭔가 대가를 받고 입을 다물기로 했던 목격자가 마음을 바꾼 거죠.

기춘호 뭔가 어렴풋이 그림이 그려지는 것 같은데…

도현 (뭔가를 골똘히 생각하는)

기춘호 무슨 생각을 그렇게 해?

도현 반장님이 계속 놈들! 이라고 하시는데 이런 일을 벌인 자가 한 명이 아니라고 생각하시는 거죠?

기춘호 당연한 거 아냐? 최변도 이 모든 게 김선희 살해범 한 놈 잡는다고 끝난다고 생각하는 건 아니잖아? 안 그래?

도현 …

S# 41. 도로 가/ 오후

(39씬과 같은 도로)
진여사가 결심한 듯 차에서 내린다.
지나다니는 차량이 없어 가로등만 도로를 비추고 있는.
진여사, 도로 가에 서서 가만히 눈을 감는다. 눈물이 맺히고.
화물차가 한 대 빠르게 지나가며 바람을 일으켜 진여사의 옷자락을 날린다.
유리, 차 문을 열고 나와 문에 기대선 채 서글프게 진여사의 모습을 바라보는데.

S# 42. 도현 차 안 + 도로 위/ 오후

도로를 달리는 차 안.
운전하는 도현, 말없이 창밖을 바라보고 있는 기춘호.
기춘호의 시선으로 멀리 화물차가 오는 것이 보이는데.
갑자기 심장에 무리가 오는 듯, 인상 쓰는 도현.

기춘호 왜 그래?
도현 아닙니다. 아무것도.
기춘호 왜 그래? 최변! 괜찮아?

기춘호가 도현을 보는데.
마주 오던 화물차가 크게 경적 소리를 울리며 덮치듯이 달려든다.
경적 소리에 심장에 통증이 오는 도현.
찡그리는 도현, 시야가 천천히 뿌예진다.

기춘호 최변! 브레이크 밟아!!

괴로워하는 도현 대신 핸들을 급히 꺾는 기춘호.
타이어 파열음이 들리고. 도현의 차가 급하게 멈춰 선다.
운전대를 잡고 고개 숙인 도현.

기춘호 (도현을 흔들며) 내 말 들려? 정신 좀 차려봐!

기춘호, 도현의 안전벨트를 푸는데,
도현, 눈을 뜬다.

기춘호 괜찮아?

도현, 겨우 고개를 끄덕이는데...

소리(E) 똑! 똑! 똑!

누군가, 창문을 두드리고.
창밖을 보고 놀라는 도현과 기춘호.

S# 43. 도로 가/ 오후

차에서 내리는 기춘호.
차 앞에 유리와 진여사가 서 있다.
도로 맞은편에 주차되어 있는 진여사의 차.
마지막으로 내리는 도현.
의문 가득한 얼굴로 서로를 바라보는 네 사람에서...

- 제7회 끝 -

8회

S# 1. 도현 차 안 + 도로 위/ 오후

도로를 달리는 차 안.
운전하는 도현, 말없이 창밖을 바라보고 있는 기춘호.
기춘호의 시선으로 멀리 화물차가 오는 것이 보이는데.
갑자기 심장에 무리가 오는 듯, 인상 쓰는 도현.

기춘호 왜 그래?
도현 아닙니다. 아무것도.
기춘호 왜 그래? 최변! 괜찮아?

기춘호가 도현을 보는데.
마주 오던 화물차가 크게 경적 소리를 울리며 덮치듯이 달려든다.
경적 소리에 심장에 통증이 오는 도현.
찡그리는 도현, 시야가 천천히 뿌예진다.

기춘호 최변! 브레이크 밟아!!

괴로워하는 도현 대신 핸들을 급히 꺾는 기춘호.

타이어 파열음이 들리고. 도현의 차가 급하게 멈춰 선다.
운전대를 잡고 고개 숙인 도현.

기춘호 (도현을 흔들며) 내 말 들려? 정신 좀 차려봐!

기춘호, 도현의 안전벨트를 푸는데,
도현, 눈을 뜬다.

기춘호 괜찮아?

도현, 겨우 고개를 끄덕이고. 기춘호, 겨우 한숨을 돌리는데...

소리(E) 똑! 똑! 똑!

누군가, 창문을 두드리고.
창밖을 보고 놀라는 도현과 기춘호.

S# 2. 도로 가/ 오후

차에서 내리는 기춘호.
차 앞에 유리와 진여사가 서 있다.
도로 맞은편에 주차되어 있는 진여사의 차.
마지막으로 내리는 도현.
의문 가득한 얼굴로 서로를 바라보는 네 사람.

진여사 좀 어때요? 괜찮아요?
도현 (심호흡하고) 네. 괜찮아요.
유리 진짜 괜찮아? 지금이라도 119 부를까?
도현 (겨우 고개 젓는)

유리, 진여사, 걱정스런 얼굴로 도현 보는.
도로로 차가 한 대 쌩- 지나가고.

기춘호 여기서 이러지들 말고 어디라도 들어가는 게 나을 거 같은데.
진여사 그게 좋겠어요.
도현 사무실로 가시죠.
진여사 그러죠. 대신. 운전은 안 돼요.
기춘호 제가 하겠습니다.

기춘호, 운전석에 오르고.
도현 보조석으로 가는데 멈칫.
도현, 이상한 느낌에 휩싸여 주위를 둘러본다.
막 어둠이 내리기 시작하는 시각.
오가는 차량도 드문. 하지만 어딘지 익숙한 풍경과 느낌들...
이때, 일제히 불이 켜지는 가로등 불빛.
차에 타기 전. 그런 도현의 모습을 주위 깊게 바라보는 진여사.

기춘호 왜? 또 이상해...?
도현 아뇨.

괜찮다는 듯 차에 오르는 도현.

S# 3. 도현 사무실 안/ 밤

도현의 책상에 기대어 서 있는 기춘호.
소파에 앉아 있는 도현과 유리, 진여사.
유리가 진여사의 찻잔에 찻물을 더 부어준다.

유리 화예?
도현 (끄덕) 김선희씨는 화예의 종업원이었어...

유리　! 화예.. 라면 너희 아버지 사건이 일어났던.. (말을 잇지 못하는)..

도현　맞아. 그리고 김선희씨가 일했던 시기가 사건 당시와 겹치고.

유리　그럼... 법정에서 찍힌 사진은 우연이 아니라는 거네... 화예 직원이었다면 사건 현장에 있었을 수도 있는 거잖아. 목격자일 수도 있고.

동시에 다른 대답하는 도현과 기춘호.

도현　아니.

기춘호　네.

서로 마주 보는 도현과 기춘호. 서로 피식 웃는.

도현　... 근데 넌 왜 거기 있었던 거야? 그것도 여사님과 같이...

유리　... (진여사를 보면)

진여사　(말하라는 듯 고개를 작게 끄덕이는)

유리　10년 전, 청와대 파견 경찰 한 분이 문서 유출 혐의로 조사를 받다 스스로 목숨을 끊은 사건이 있었어요. 윤철민 경위라고.

기춘호　기억하지. 그 친구 자살로 문건 유출 사건이 흐지부지 처리됐지. 정작 문건에 무슨 내용이 담겼는지도 묻혀버렸고.

도현　(유리 보면)

유리　아빠에게 기사 소스를 준 사람이 그 윤철민 경위였어요. 아빠가 마지막으로 준비하던 기사가 청와대 비선 실세에 관한 거였구요. ... 그리고 그 기사와 관련돼 아빠가 만났던 또 한 사람이 있었는데... 부패방지처 소속 검사였어요.

진여사　..

유리　그런데 그분도 아빠와 만난 다음 날 교통사고로 사망했어요. 아까 그 도로에서...

도현　!!

기춘호　그 검사가 누굽니까?

S# 4. (과거) 화물차 안 + 도로 위 + 선후 차 안/ 밤

도로에 주차되어 있는 화물차 안.
사내(문석호)가 고개를 조수석에 숙인 채 문에 기대어 앉아 있고,
운전석에 앉아 있는 누군가, 약병을 드는데, 페티딘이라는 문구가 보인다.
따서 내용물을 주사기에 옮기고 옆 사내의 팔에 주사한다.
다시 주사기로 자신의 팔에도 주사하는 누군가. 의자를 뒤로 젖혀 눕는.
핸드폰 진동 소리. 핸드폰의 통화 버튼을 누르는 누군가.
핸드폰에서 나오는 소리.

소리 실행해.

누군가, 몸을 일으켜 목을 스트레칭 하듯이 까닥거리고는, 의자를 바로 하고 시동을 건다. 사내의 목에 군번줄.

(CUT TO)
달리는 화물차. 멈춰 있는 승용차를 그대로 들이받는다.
화물차가 멈춰 서 있고, 노선후의 차가 저 멀리 밀려나 있다.
화물차에서 내리는 누군가.
노선후의 차로 천천히 다가간다.
얼굴에 피를 흘리며 운전석에 앉아 있는 노선후.
남자, 노선후의 지갑에서 운전면허증 꺼내 이름을 확인하고 차 안을 살펴보다 뒷좌석의 카메라 가방을 챙기고는 자리를 뜬다.
천천히 감기는 노선후의 시선으로 그 모습을 쫓고 있다.

S# 5. 도현 사무실 안/ 밤

진여사 ... 그 검사... 제 아들이에요.
도현 !!
기춘호 !!

도현과 기춘호 놀라서 진여사를 보고 유리, 낮은 한숨을 쉰다.

진여사 저는 사실 유리씨가 찾아오기 전까지는 한 번도 선후의 사고에 대해 의심을 품어본 적이 없었어요. 단순한 음주운전 사고라고 생각했으니까요. 그런데... 조사하면 할수록 이상한 점이 너무 많았어요.

조서를 꺼내 도현에게 건네는 진여사.

진여사 특히... 사고를 낸 운전자에게서 약물 검출이 됐는데...
도현 !!! 페티딘...

놀란 도현, 기춘호 보면 기춘호 도현이 들고 있던 조서를 가져와 본다.
도현, 기춘호. 서로 보는.

기춘호 (믿기지 않는 듯) 페티딘이 검출됐다고...?!
유리 (보면)
도현 10년 전 창현동 사건의 살해 방식이 김선희씨를 살해한 방식과 유사해서 같이 조사하고 있는데... 그 사건에도 페티딘이 연관돼 있어요.
유리/진여사 !!!
기춘호 우리가 범인으로 주목하는 놈이 페티딘이라는 약물을 빼돌렸습니다.

모두가 충격으로 말을 잇지 못해 잠시 침묵이 흐르고

유리 그러니까 이게 어떻게 되는 거예요. 너무 복잡해서 뭐가 뭔지는 모르겠지만 모든 게 다 연관돼 있을 수 있다는 거네요. 김선희, 한종구, 10년 전 창현동 살인사건, 거기에 도현이 아빠, 우리 아빠, 그리고 노선후 검사 사고까지도...

다시 침묵이 흐르고,
진여사, 이마에 손을 얹는. 이내 자리에서 일어나는 진여사.

진여사 ... 죄송해요. ... 오늘은 저 먼저 들어가볼게요. (일어서는)

유리 (따라 일어나며) 여사님 제가 모셔다... (하는데)

진여사, 소파 언저리에 주저앉으며 울음을 터트리는.

진여사 선후가 사고를 당했을 때 그보다 더한... 고통은 없을 줄 알았는데...

도현, 고개 숙이고, 어쩔 줄 몰라하는 기춘호.
유리, 눈물이 흐르고. 말없이 진여사 어깨를 감싸 안아준다.
얼굴을 감싸고 소리 없이 흐느끼는 진여사.

기춘호 제가 모셔다드리죠.

유리 아니에요. 제가 모셔다드릴게요.

유리와 진여사 나가고, 기춘호도 따라 나간다.
따라나서는 도현을 막고 문 닫는 유리.
문이 닫히고 소파에 앉는 도현.

S# 6. 진여사 집 대문 앞/ 밤

유리 차 도착하면 내리는 두 사람.
유리 진여사 부축해 따라 들어가려 하면,

진여사 괜찮아요. 들어가볼게요.

진여사, 혼자 들어가는.
걱정스럽게 진여사를 바라보는 유리.
그런 둘을 지켜보는 누군가의 시선.

S# 7. 도현 사무실 옥상/ 밤

난간에 서서 전경을 바라보고 있는 도현.

유리(E) 모든 게 다 연관돼 있을 수 있다는 거네요. 김선희, 한종구, 10년 전 창현동 살인사건, 거기에 도현이 아빠, 우리 아빠, 그리고 노선후 검사 사고까지도...

도현, 혼란스럽다.

S# 8. 진여사 집 이층 방 안/ 밤

어두운 방 들어와 불을 켜고는 책상 앞에 가만히 앉아보는 진여사.
책상 위 액자 속 선후 사진을 바라보는.

(플래시백 - 7회 24씬, 양인범 부장검사실 안)
소파에 양인범과 진여사 마주 앉아 있다.

진여사 선후 핸드폰 통화 목록을 복원했는데 마지막으로 통화한 사람이 양검사님이었어요. 그래서 전화해본 것도 있고.
양인범 아! 네... 그랬군요.. 제가 그날.. 마지막으로...

난처한 표정의 양인범.

(CUT TO)
이층 방 안.
진여사, 생각하다 가방 안에서 조서를 꺼내 본다.

유리(E) ... 왜 그날만 다른 길로 갔을까요? 얼핏 봐도 세 배 이상 돌아가는 경로에요.

(플래시백 - 7회 33씬, 공장 앞)

공장장 약물이라니. (손을 내저으며) 에이, 그건 더 말도 안 되지. 석호 같은 친구가 약을 했다면 내 손에 장을 열두 번도 더 지질 수 있어.

(CUT TO)

이층 방 안.
슬픔을 떨쳐내듯 마음을 잡는 진여사.
사건 파일을 다시 살피는...

S# 9. 도현 사무실 전경/ 아침

S# 10. 도현 사무실 안/ 아침

소파에 도현, 기춘호와 진여사가 앉아 있다.
핸드폰을 들고 있는 진여사.

진여사 선후 핸드폰 통화 목록을 복원했는데 사고 직전 두 사람과 통화했어요. 한 사람은 검찰 선배고,

진여사, 통화 목록이 떠 있는 핸드폰을 도현에게 건네는.

진여사 또 한 사람은 전혀 들어본 적이 없는 이름이었어요.
도현 설화.
기춘호 !!!
진여사 (의아한) 설화를 아시나요?
도현 설화는 김선희씨가 화예에서 쓰던 이름이었어요.
진여사 김... 선희요?
도현 네. 김선희와 설화는 동일 인물입니다.
진여사 !!!

도현, 자리에서 일어나 붙박이 책장으로 향한다.
진여사, 의아한 듯 보고.
도현, 결심한 듯. 책장을 연다.
책장이 열리며 벽에 쓰인 그동안 도현이 정리한 자료들이 보이는.
새로 추가한 듯 한쪽에 하명수 기자, 노선후 검사, 윤철민 경위의 이름도 보이고

진여사 !!!

진여사, 놀란 표정으로 벽장 안 화이트보드에 붙은 자료들을 보고,
진여사의 시선이 양인범의 사진에 꽂히는.

도현 양인범 검사는 제 아버지 공판 담당 검사였어요. 그 전까진 별다른 특이점을 찾지 못했는데...

진여사 이제 특이점이 생긴 건가요?

도현 네.

진여사 (조기탁 이름을 가리키며) 여기 조기탁이라는 인물이 두 분이 좇고 있는 10년 전 사건의 용의자인가요?

기춘호 (소파에 앉은 채) 그렇습니다. 페티딘을 빼돌린 놈이기도 하구요.

진여사, 마음을 다잡고. 도현을 보는.

진여사 ... 저도 두 분을 돕게 해주세요.

기춘호 그건 좀...

진여사 두 분이 좇고 있는 사건 어딘가에 선후 사건 진실도 숨어 있는 게 틀림없어요.

기춘호 (일어서며) 가능성은 있지만, 단정 지을 수는..

진여사 (말을 끊으며) 페티딘은 결코 흔한 약물이 아니에요. (벽장 안을 가리키며) 어떤 식으로든 이 조기탁이라는 인물이 제 아들 사고와 관련 있을 거예요.

도현 ....

유리(E) 그럼 나도 같이 움직여야지.

도현, 기춘호, 진여사 돌아보면. 유리, 들어오며.

유리 원래 여사님하고 난 한 팀이었거든.
진여사 (눈빛으로 동의하는)

유리, 화이트보드를 보며,

유리 그동안 이렇게 꽁꽁 숨겨놓고 혼자 고민하고 있었던 거야? (다시 화이트보드의 인물들 훑으며) 아무리 봐도 혼자 감당하기엔 무리인 거 같은데 어떻게 생각하세요 변호사님?

도현 아무 말 못하고 있자 기춘호 분위기 바꾸려는 듯.

기춘호 현재 상황에서 가장 급한 건 여기 이 조기탁이라는 인물을 찾는 겁니다.. (도현을 보면)
도현 조기탁은 조경선 간호사의 친오빠야
유리 뭐?
진여사 !
도현 근데 조간호사님이 아무 얘기도 안 하려고 해. 아예 접견도 거부하고 있고.
기춘호 하나뿐인 혈육을 감싸주려는 거겠지. 그건 이해 못할 바는 아닌데 진짜 놀라운 건 조기탁이라는 인물의 모든 전산상의 자료가 깨끗이 지워졌다는 거야.
유리 !!!... 그게 있을 수 있는 일이에요?
도현 있을 수 없지. 우리가 아는 상식선에선.
유리 그럼, 누군가 뒤에 있다는 거야?
도현 추측이지만 그렇지 않고선 이해할 수 없는 부분이지.
진여사 모르긴 몰라도 생각보다 훨씬 어려운 싸움이 될 거란 얘기네요.
도현 네... (조기탁의 어린 시절 사진을 조기탁 이름 옆에 붙이며) 현재로서는 이 사진이 우리가 갖고 있는 유일한 실마리입니다.

네 사람 모두 조기탁의 사진을 바라보면
환히 웃고 있는 어린 조경선과 조기탁. 그 너머로 보이는 벽화가 유난히 눈에 띈다.

기춘호 이러고 있지 말고 움직이자고. 나는 페티딘과 관련된 사건이 더 있는지 경찰 쪽 자료를 찾아보고 김선희 남자친구도 다시 만나볼 테니까. 최변은..
도현 한종구씨를 다시 만나보겠습니다.
유리 그럼 우리는..
진여사 저 사진의 배경에 대해 알아볼게요.

사진이 클로즈업되며...

S# 11. 유광기업 황비서 사무실 안/ 오전

통화하고 있는데...
문 벌컥 열리며 들이닥치는 오회장. 벌떡 일어나는 황비서.

오회장 야! 이 새끼야! 최필수 아들놈이 어제 화예까지 찾아갔었다며?!
황비서 네 그게..
오회장 너, 그게 무슨 의민지 몰라? 가만히 보고만 있을 거야?
황비서 하지만 최도현을 건드리면 그 보고서가...
오회장 그러니까, 보고서부터 찾고, 그놈들을 죽이든 살리든 해야 할 거 아냐?! 황상사, 넌 일 순서가 엉망진창이야.
황비서 죄송합니다. 곧 해결하겠습니다.
오회장 (폭발한다) 죄송, 죄송!!! 그놈의 죄송은 언제까지 할 거야!!! 지금 당장 가서 해결해.
황비서 알겠습니다.

오회장, 자기 방으로 들어가버리는

S# 12. 유광기업 회장실 안/ 오전

들어와 앉으며 화가 풀리지 않는, 그러다 생각에 잠기는..

(플래시백 - 기무사 사령관실 안)

소파에 앉아 있는 오중장(젊은 오회장)
어깨 위 견장에는 은빛 별 세 개가 빛나고 있다.
노크 소리와 함께 문을 열고 들어오는 최필수. 경례를 붙인다.

오중장 여기로 와서 앉아.

최필수 (열중쉬어 자세를 한 채) 괜찮습니다!

오중장 거 참. 내가 부임한 후로 난 최준위가 편히 있는 것을 본 적이 없어. 확실히 자넨 군 체질이야.

최필수 감사합니다.

오중장 그게 감사한 일이야? 하여간 이 사람 꽉 막혀가지고.

최필수 …

오중장 가서 직접 검수해보니 어떻던가?

최필수 어떤 대답을 원하십니까.

오중장 내가 듣기 좋은 대답으로.

최필수 (아무 말이 없다)

오중장 알았어. 그럼 솔직하게 얘기해봐.

최필수 (머뭇거리다) 솔직히 말씀드리면... 블랙베어 프로젝트는 이쯤에서 멈춰야 합니다. 독일 오데베 전투 헬기는 우리 산악 지형에 맞지 않아 실제 전투에서 무용지물이 될 가능성이 큽니다. 동력과 기어 박스에도 심각한 결함이 발견됐고 (하는데)

오중장 그 말은 국방부에다 (보고서를 최필수 앞으로 던지듯 내려놓으며) 이 보고서를 꼭 제출해야겠다는 건가?

(인서트)

보고서 표지 보인다.
제목 : 블랙베어 검수 보고서/ 검수 참가자 : 중령 차승후, 준위 최필수/ 작성 : 중령 차승후
작성 일시 : 2009년 *월 *일

최필수 네, 차중령께도 그렇게 보고드렸습니다.

오중장 (픽! 무시하는 웃음) 독일 헬기는 우리 산악 지형에 맞질 않아? 그럼 니가 국산을 만들든지! 우리 산악 지형에 꼭 맞게!

최필수 블랙베어 프로젝트는 공군의 기동력을 증강시킴으로써 육상과 해상을 지원하기 위한 우리 군의 핵심 사업입니다. 하지만 지금 이대로 추진된다면 군의 전력 증강은 고사하고, 막대한 예산만 낭비하게 될 것입니다.

최필수를 노려보는 오중장.
최필수는 허공에 시선을 띄워 눈 하나 깜빡이지 않는다.

(CUT TO)
오회장 사무실.
여전히 생각에 잠겨 있는 오회장.

오회장 깔끔하게 그때 다 처리를 했어야 했는데...

S# 13. 유광기업 황비서 사무실 안/ 오전

의자에 앉으며 전화기를 꺼내는 황비서.
화가 나 벌게진 얼굴로 떨리는 손, 핸드폰 비번이 자꾸 오류가 난다.
핸드폰을 여는 황비서, 전화 건다.

황비서 어디 기자인지 알아냈어요? 사진만...
일단 보내요. 나머지는 내가 알아서 처리할게요

전화 끊고 분을 참는 황비서.
핸드폰 문자로 온 사진을 열면, 진여사와 함께 집으로 들어가는 유리의 옆모습.
그리고 그녀의 차량과 번호판.
전화 거는 황비서.

황비서 아무래도 움직일 때가 된 거 같다...

S# 14. 한종구 구치소 교도관 탈의실 안/ 오전

전화 끊는 누군가의 뒷모습.
사복을 벗고 교도관복으로 갈아입는 사내의 타이트한 컷들.
사내의 얼굴은 드러나지 않는다.
사내의 목에 군번줄이 걸려 있다.
군번줄 클로즈업.

S# 15. 도현 사무실 안/ 오전

조기탁의 어린 시절 사진의 배경인 벽화 그림(혹은 특징이 될 만한 건물)이 컴퓨터 화면에 가득 확대되어 있다.
진여사, 낡은 건물의 한쪽 벽면 벽화에 주목한다.

유리 이게 무슨 그림일까요... 꽃이랑 어린이들이 많고 뭔가 희망찬 분위기에... 막 잘 그린 건 아니고...
진여사 그쵸? 전문가 솜씨는 아닌 거 같아요.
유리 네 열심히 그린 건 느껴지는데...
진여사 (마우스로 옮겨가며) 벽화라는 게 카피가 안 되는 거니까... 비슷한 컨셉은 있을 수 있지만 이 벽화는 딱 하나밖에 없는 거죠.
유리 네. 이 벽화만의 특징을 찾아야겠어요.

진여사, 화면을 들여다보고,

S# 16. 경찰청 소회의실 앞/ 오전

반짝이는 구두.
깔끔한 양복바지. 그리고 와이셔츠에 재킷.
깔끔하게 면도까지 한.
방금 전까지의 막 자다 깬 듯 지저분한 모습은 찾아볼 수 없는 기춘호.
한쪽 벽에 기댄 채 서팀장과 통화 중인 기춘호.

기춘호 그래 페티딘. 도난이나 유출 사고든 뭐든 페티딘에 관련된 사건은 죄다 조회 좀 해줘. 듣고 있어? 부탁 같은 거 마지막이다.

서팀장(F) 듣고 있어요... 형님. 이럴 거면 복귀를 하세요, 그냥. 나 화내는 거 아니라 진심으로 드리는 말씀이에요. 삐치셨나? 왜 대꾸가 없으셔... 진짜 마지막 맞죠?

기춘호 응, 마지막... (전화 끊고) 전직 경찰로서 마지막.

전화 끊고 보면 회의실 문 앞에 안내문이 쓰여 있다.
'경찰 경력자 특별 채용 면접 심사'
기춘호, 문에 붙어 있는 안내문을 한번 쳐다보고는 들숨을 내쉬고 들어간다.

S# 17. 한종구 구치소 접견실 안/ 오전

주의 산만한 한종구.
한종구를 살피는 도현.
사진 한 장 꺼내어 내미는.
어린 조기탁의 사진이다.

한종구 (갸우뚱하다 노려보는)

사진을 도현 쪽으로 던지는 한종구.

도현 (손가락으로 사진 속 어린 기탁 짚으며) 조기탁씨의 어릴 적 사진입니다. 한종구씨에게 김선희씨 살인 혐의를 덮어씌웠죠.

투명 유리창 통해 두 사람을 보는 시선.
도현과 한종구는 알지 못하고...

한종구 (적대감 가득한 눈으로 사진을 보며) 이게 조기탁이라는 거야?
도현 ...... 조기탁씨는 군대에서 어땠습니까?
한종구 그 새끼 내 평생 본 인간 중에 최고로 미친놈이야.
도현 혹시 약물도 했나요? 항정신성의약품이나 마약 종류요.
한종구 (피식) 하긴... 그 인간 한 짓거리 생각하면 맨정신에 그럴 순 없지.
도현 어떤 혐의로 군교도소에 간 거죠?
한종구 아이 진짜. 기억하기 싫거든 그 새끼에 관한 건.
(도현 보며) 변호사야, 형사야...
도현 ......

홍분이 가시지 않는지 씩씩대는 한종구. 그러다가 긴 호흡을 하고는.

한종구 사람을 두 시간 동안 팼어. 그러니까 죽더라고... 그걸 내가 봤어. 그것도 바로 앞에서.

(플래시백 - 한종구 군대 공동욕실)
무릎 꿇은 채 벌벌 떨고 있는 한종구, 두려워하며 고개 돌려 보면 실루엣으로 보이는 무자비한 폭행 장면.
얼굴은 안 보이지만 건장한 체격의 조기탁이 후배 병사를 패고 있다. 얻어맞아 붓고 터져 알아볼 수 없게 짓무르고 온몸이 피떡이 되어 한종구 앞에 쓰러지는 병사.

기겁하는 한종구.

(CUT TO)
구치소 접견실 안.

한종구 내가 전부... 처음 한 대 칠 때부터 마지막에 숨 끊어지는 거까지... 전부 다 봤어. 그걸 보게 했어 미친 새끼가...

눈을 질끈 감는 한종구, 그때의 기억이 떠오르는 듯 손을 떨기 시작한다.

도현 한종구씨? 괜찮으세요?
한종구 으........ (머리를 쥐어뜯기 시작하는)
도현 !

그런 모습을 지켜보는 제복 입은 누군가의 모습.

S# 18. 한종구 구치소 복도/ 오후

도현, 온통 생각에 빠진 채 교도관A 뒤를 따라 복도를 걸어가고 있다.
반대편에서 교도관들이 걸어오다 교도관A를 향해 인사를 하며 지나가는데,
교도관들 중 하나가 모자를 눌러쓰고는 스쳐 지나간다.
교도관들이 모퉁이를 도는데, 모자를 눌러쓴 교도관만 갑자기 멈춰 선다.
도현도 교도관A를 뒤따르다 문득! 멈춰 서고. 뒤돌아보는.
멈춰 선 교도관도 뒤돌아보고.
도현의 시선으로 자신을 보고 있는 교도관이 보인다.
교도관의 시선으로 자신을 보고 있는 도현이 보인다.
모자를 슬쩍 올리면 드러나는 얼굴, 허재만이다!

도현 (의외라는 듯) 허재만씨!

도현, 뜻밖의 인물을 마주쳐 놀라는.

S# 19. 한종구 구치소 휴게실 안/ 오후

휴게실 탁자 위에 음료수 병이 놓여 있고, 도현과 허재만이 마주 앉아 있다.

도현 여기 교도관이신 줄을 몰랐네요. 너무 뜻밖이라..
허재만 네, 지방 근무하다 지난주에 발령받았습니다.
도현 네...

그러고는 서로를 살피는 듯한 두 사람.

허재만 아, 인사가 늦었네요. (고개를 숙이며) 경선이 일은 감사했습니다.
도현 아닙니다. 제가 별 도움이 못 돼서 죄송합니다. 근데.. 조간호사님과 어려서부터 알고 지내셨다니까... 조기탁씨도 아시겠네요?
허재만 .. 조기탁. 참 오랜만에 듣는 이름이네요. .
도현 아시는군요. 지금도 연락하시나요?
허재만 아뇨. 얼굴 본 지가 워낙 오래돼서요.

허재만, 도현. 서로를 응시하는.

허재만 ... 기탁이는 왜...

도현, 대답 없이 어린 기탁 사진 꺼내 보이는.
허재만 들어서 본다.

도현 혹시 이 사진 기억하십니까?
허재만 (사진을 내려놓으며, 도현 보는) (천연덕스럽게) 이 사진, 오랜만에 보네요. 근데 기탁이 일이라면 경선이한테 물어보셔야죠.
도현 (시선 마주 보며) 조간호사님도 연락이 끊긴 지 오래라 그러셔서.

허재만 경선이하고도 연락 끊겼다면 저는 말할 필요도 없죠. 그런데 그 친구는 왜 찾습니까?

도현 꼭 만나봐야 할 일이 있어서입니다.

허재만 ... 글쎄요. 도움이 못 돼서 죄송합니다. 이제 그만 가봐야 할 것 같네요. 교대 시간이라. (사진 도현에게 돌려주는)

도현, 사진 건네받다가 떨어뜨린다.
허재만, 사진을 줍는다. 그때, 살짝 드러나는 군번줄. 도현, 군번줄을 본다.
허재만, 군번줄을 급히 집어넣고.

허재만 그럼.

허재만, 사진을 도현에게 주고 목례하고는 가는.
도현, 허재만의 뒷모습 의구심으로 본다.

S# 20. 한종구 구치소 복도/ 오후

뚜벅뚜벅... 잔뜩 굳은 얼굴로 복도를 걸어가는 허재만.
복도 위로 그의 구두 소리만이 유난히 크게 울린다.
그러다 쾅~ 힘껏 문을 여닫고 나가는 허재만과 함께,

S# 21. 도현 사무실 안 + 양인범 부장검사실 안/ 오후

진여사와 유리, 컴퓨터 앞에 앉아 있고, 모니터엔 어린 기탁의 사진 파일과 인터넷 창(이미지 검색 창)이 떠 있다.

유리 (뻑뻑한 눈 마사지하며) 와, 인터넷에 올라온 벽화 사진만 천 장, 아니 만 장은 본 것 같아요. 하지만! 앞으로 만 장은 더 볼 수 있습니다.

진여사 (씩씩한 척하는 유리가 예쁜, 웃는다)

그때, 진여사 핸드폰이 울린다. 발신인 양인범.
슬쩍 구겨지는 진여사의 인상.
잠시 울리는 핸드폰을 빤히 바라보다 전화를 받는다.

진여사 (전화 받고) 네 부장님.... 어쩐 일이세요?

이하, 도현 사무실과 양인범 사무실 교차.

양인범 어머님이 걱정돼서요. 그리고..., 전에 말씀하신 기자를 제가 만나보면 어떨까 싶습니다. 구체적으로 어떤 의문을 갖고 있는지 제가 오히려 도움을 받을 수도 있을 것 같습니다.

진여사 다행히 도와주시는 분들이 계셔서 양검사님께까지는 부탁을 안 드려도 되겠네요.

양인범 예??? 다른 도와주시는... 분들이요?

진여사 예. (그러면서 쓱 유리를 보면)

유리, 진여사 시선 못 느끼고 모니터 보며 벽화 찾기에 열중인데,
그러다가 한 사진에 시선 머문다.
어린 기탁 사진 속 벽화와 같은 벽화가 그려진 어떤 건물.
순간, 지켜보던 진여사도 깜짝 놀란다.

진여사 죄송하지만 제가 급한 용무가 생겨서요. (전화를 끊는...)

유리 찾은 거 맞죠?

진여사 (진지하게 모니터 속 두 건물을 비교하며) 그런 거 같은데, 나도.

순간, 진여사와 유리의 입가에 지어지는 환한 미소와 함께,

유리 (벌떡 자리에서 일어나) 오케이~~~

한 건 했다는 듯 과장된 액션을 취하는 유리.

(CUT TO)
양인범, 갑자기 끊어진 전화에 살짝 벙찐...

양인범 도와주는... 분들???

의아한 표정의 양인범.

S# 22. 이철수 집 앞/ 오후

슬리퍼와 추리닝 차림의 이철수. 겁에 질린 표정. 한 차례 맞은 듯 얼굴이 많이 상해 있다. 덩치 둘이 끌고 가 태우려는데, 무릎 꿇고 비는 이철수.

기춘호(E) 그거 납치야.

사채 사내들이 돌아보면, 그사이 기춘호 다가오고 있다.

사채1 (손짓하며) 그냥 가던 길 가쇼.
기춘호 납치, 감금은 5년 이하의 징역, 여기에 폭행이 수반된 경우 7년 이하의 징역이야. 너 방금 폭행까지 했지?
이철수 (알아보고는 반갑게) 사.. 살려주세요. 저 가면 죽어요.
사채1 (이철수의 머리를 때리며) 이 새끼가. 죽이긴 누가 죽여. 조용한 곳에 가서 대화 좀 하자는 건데.
기춘호 (옆에 주차된 차에 기대어 서서 담배를 꺼내 툭툭거리며) 그 대화 여기서 해.
사채1 뭐래... (사채2에게) 야! 빨리 태워.

사채2, 이철수를 끌어 올려 태우려 하고, 이철수 안 타려고 발버둥 친다.

기춘호 (담배를 집어넣으며) 니네 참 말도 안 듣는다. 야! 너 일로 와 마.

기춘호, 양복 외투 단추를 풀며 가까이 다가서고. 사채1, 피식 웃다 갑자기 주먹을 날린다.
슬쩍 피하며 배에다 한 방 꽂는. 바닥에 나뒹구는 사채1.
사채2 달려들면, 그대로 잡아 업어치기를 하는 기춘호.
그런 기춘호를 경이롭게 보는 이철수.

S# 23. 이철수 집 앞 공터/ 오후

팔짱 끼고 이철수를 보고 있는 기춘호.

기춘호 뭐든 좋으니까 다 얘기 좀 해봐, 김선희에 대해 알고 있는 거.
이철수 그때 다 말씀드린 것 같은데...
기춘호 (주먹이 올라가며) 이게 진짜....
이철수 아.. 알았어요... 솔직히 전후 사정은 잘 모르고...... 필리핀에 있다가 한국이 그리워서 다시 왔다고 했어요. 7년인가 살다가요.
기춘호 김선희하고는 언제부터 알고 지낸 거야?
이철수 ... 3년 전 선희가 한국 돌아오고 나서요. 작은 바를 하나 차렸는데 그때 도와주다 알게 됐죠.
기춘호 (혼잣말) 7년, 그리고 3년, 그럼 외국으로 나간 게 딱 10년 전이네.. 잘나가던 설화가 왜 갑자기 한국을 떠났을까?
이철수 네? 설화요?
기춘호 김선희가 예전 일하던 곳에서 쓰던 이름이야. 들어본 적 있어?
이철수 아니요.
기춘호 그래... 가게는 잘 안 됐던 건가?
이철수 네. 뜨내기들만 드나들고 계속 손해만 봐서 빚만 늘어나고 그랬죠, 뭐.
기춘호 옛날에 고급 술집에서 일했으면 아는 사람도 많았을 텐데 정말 연락하는 사람이 없었어? 잘 생각해봐.
이철수 (고개 저으며) ...... 없어요...
기춘호 (한숨)
이철수 (뭔가 생각났다는 듯) 아! 그러고 보니 선희가 죽기 얼마 전이었는데요...

S# 24. (플래시백) 김선희의 원룸 안/ 밤

탁자 위에 소주병들이 놓여 있다. 띠디디딕! 현관문이 열리고 김선희가 들어온다.
가방을 소파 위에 던져놓고, 옷을 갈아입는 김선희.
이철수가 TV를 보며 술을 마시고 있다.

이철수 (고개를 돌리며) 돈은? (대꾸 없자 다시) 입금 왜 안 했어!
김선희 더 이상 돈 나올 데가 없다고 했잖아! 가게도 넘어가게 생겼다고.
이철수 (가방 안의 김선희 지갑 뒤지는) 오늘까지 이자 입금해야 된댔잖아. (지갑 테이블에 툭 던지고) 아 씨...

이철수를 한심하게 보는 김선희, TV로 눈이 간다.
리모컨으로 채널을 돌리려는 이철수.

김선희 (다급하게) 잠깐만! 그냥 둬!
이철수 (의아한 표정) 지가 언제부터 뉴스를 봤다고.

심각한 표정으로 TV에 집중하는 김선희.
이철수, 리모컨을 바닥에 던지고, 일어서서 화장실로 간다.
뉴스 화면은 날씨 소개로 넘어가 있다.
물 내리는 소리가 들리고 화장실에서 나오는 이철수.
김선희, 곰곰이 생각에 잠겨 있다.

김선희 잘하면 돈을 좀 마련할 수 있을 것 같아.
이철수 ?!

S# 25. 이철수 집 앞 공터/ 오후

이철수 그리곤 며칠 고민을 하더라고요. 왜 그러냐고 물어봐도 대답도 안 해주고. 그러다가 그렇게...

기춘호 (솔깃한 듯) 무슨 뉴스였는데?

이철수 (당연하다는 듯) 모르죠.

기춘호 그럼 정확히 그때가 언제인지는 기억나?

이철수 (머리를 긁적이다) 이자 내는 날이었으니까... 선희 죽기 한 열흘? 보름 전쯤이었나?

수첩에 적는 기춘호.
이때, 기춘호 핸드폰으로 유리로부터 문자 온다.
'찾았어요! 사진 속 장소'
자리에서 일어나는 기춘호.

이철수 어... 어... 전 어떻게..

기춘호 전화해. (수첩으로 머리를 때리며) 열심히 좀 살아.

자리를 뜨는 기춘호.

S# 26. 최필수 교도소 방 안/ 오후

사물함을 열어둔 최필수.
조그만 상 위에 종이 폴더를 내려놓는 최필수.
폴더를 열면 신문 스크랩과 복사한 종이들이 다닥다닥 붙어 있다.
모두 도현이 승소한 재판 관련 기사들이다.
최필수, 그중 김선희 사건 기록을 보는데.

교도관(E) 2066번!

최필수, 돌아보면.

교도관 황교식씨가 면회 신청했습니다.

의아한 표정의 최필수.

S# 27. 최필수 교도소 면회실 안/ 오후

면회실 안으로 들어오는 최필수. 기다리던 황비서. 일어서서 맞는다.

황비서 오랜만입니다.

최필수 용건은?

황비서 여전히 딱딱하시군요. 최도현 변호사가 차중령 사건을 캐고 있습니다. 멈춰 주셔야겠습니다.

최필수 내가 여기 있는데, 뭐가 걱정인가. 그것도 10년이나 지난 상황인데.

황비서 10년이 지나도 아드님께서 여전히 의문을 갖고 있다는 게 문제죠.

최필수 의문만으로 해결되는 건 없어. 내가 입을 열지 않는 한 그날 일은 영원히 묻히는 거야.

황비서 아드님이 위험에 처해도 좋습니까?

최필수 (눈빛이 매서워지는, 낮지만 단호하게) 황상사!

황비서 (지지 않고 노려보는)

최필수 경고하는데, 내 아들 손끝 하나 건드리면 사령관님도, 그날 거기 있었던 사람들 모두 무사하지 못해.

황비서 ... 그 사람들은 준위님 생각보다 더 무서운 사람들입니다. 자기들 안전을 위해서는 무슨 짓이든 할 수 있는 자들입니다.

최필수 이미 경고했잖아. 보고서는 아직 내 손에 있어. 내 아들만 건드리지 마. 그럼 되는 거야.

황비서 ....

노려보는 최필수, 황비서도 지지 않으려는 듯 노려본다.

S# 28. 식당 안/ 저녁

양복 입은 기춘호 들어오면 먼저 와 있는 도현, 유리, 진여사.

유리 아니 갑자기 웬일로 정장에 면도까지 하셨어요?
진여사 아침에는 그 옷이 아니셨는데... 잘 어울리시네요.
기춘호 (양복을 보며) 취직 좀 해보려고 면접 좀 봤습니다.
진여사 식사들 못하신 거 같아서 이리로 오시라고 했어요.
기춘호 네. (유리 향해) 그래, 거기가 어디죠?
유리 새하늘고아원이요. 천양시에 있는 곳이에요.
기춘호 고아원??? 고아원 출신이었어, 조경선이?
도현 네. 저도 그런 얘기는 처음 들었어요.
기춘호 그럼 거기에는 기록이든 사진이든 조기탁에 관한 게 남아 있겠군.
도현 내일 당장 가보죠.
기춘호 그래야지.
유리 그나저나... 우리 팀은 이렇게 중요한 걸 알아냈는데 반장님은요?
기춘호 나 김선희의 애인을 만나고 오는 길인데...
도현 (보는)

(플래시백 - 8회 24씬, 김선희 원룸 안)
기춘호(E) 김선희가 죽기 전에 말이야.

심각한 표정으로 TV에 집중하는 김선희.
곰곰이 생각에 잠겨 있다.

김선희 잘하면 돈을 좀 마련할 수 있을 것 같아.

(CUT TO)
식당 안.

기춘호 (수첩을 꺼내 펼쳐 보며) 그 날짜가 대략 1월 마지막 주 정도인 거 같아.

도현 뉴스에서 뭔가를 봤다는 거군요.

유리 누굴 봤다거나.

도현 한국에 돌아온 지 3년 만에 뉴스에서 보게 된 사람이면 평소 연락을 하고 지낸 사이는 아니었을 테고...

유리 뉴스에 나올 만큼 영향력이 있는 사람이고...

기춘호 돈이 많으면서 약점이 있는 사람이겠지

도현 일단 이철수씨가 얘기한 날짜 주위로 뉴스를 다 뒤져봐야겠어요.

진여사 그건 제가 할게요.

유리 저도 같이 할게요. 그리고 우리 최변호사께선 뭘 건지셨나?

도현 한종구씨 접견 마치고 나오다 허재만씨를 만났어요. 그곳 교도관이더라고요.

기춘호 그런데?

도현 허재만씨는 조간호사님이랑 어렸을 적부터 가족같이 지낸 관계라고 했어요. 그런데 조기탁에 대해 아무것도 모른다는 게 아무래도 석연치가 않아요.

유리 경선 언니 변론까지 부탁한 거 보면 꽤 가까운 관계인 거 같은데...

도현 그리고 (어린 조기탁 사진 꺼내 테이블에 놓고) 제가 이 사진을 보여줬을 때도 반응이 이상했어요. 어떻게 이 사진을 갖고 있는지, 전혀 궁금해하지 않더라구요. 마치 제가 이 사진을 갖고 있다는 걸, 미리 알고 있던 사람처럼.

기춘호 (의아한 표정) ......

S# 29. 허재만 집 안/ 밤

땀으로 가득한 누군가의 상체. 팔뚝 곳곳에 도드라져 보이는 근육과 힘줄들. 상의를 탈의한 채 팔굽혀펴기를 하고 있는 허재만이다.
그렇게 몇 번 더... 거친 숨을 내쉬며 멈추는 허재만이 한쪽으로 가 서랍을 열면, 날이 시퍼렇게 선 칼이 보인다.
칼을 꺼내 칼끝에 손끝을 대보면 시뻘겋게 피가 몽글몽글 맺히는 손끝과 함께, 기이한 미소를 지어 보이는 허재만.

S# 30. 식당 안/ 밤

음식 나와 있고 아직도 얘기 중인 네 사람.

기춘호 조경선이 입을 다문 것처럼 허재만도 조기탁을 보호하려는 거 아닐까?
도현 그럴 수도 있겠죠. 하지만 제가 받은 느낌은.. 뭐랄까 뭔가를 감춘다기보다는... (하는데)
진여사 식사들 하고 마저 얘기하세요. 음식 다 식겠네요.

열심히 먹는 유리.
잠시 이야기 중단되는 데서...

S# 31. 도현 사무실 밖 + 사무실 계단/ 밤

온통 까만 복장에 모자를 눌러쓴 허재만이 도현의 사무실을 쳐다보고 있다.
그러다 건물로 들어가 천천히 계단을 오르는 허재만.

S# 32. 식당 앞/ 밤

나오는 네 사람. 인사하고 헤어지면 사무실로 향하는 도현.

S# 33. 도현 사무실 복도/ 밤

걸어와 사무실 문 앞에 서는 허재만.

S# 34. 도현 사무실 안/ 밤

문이 열리고, 플래시로 여기저기 살펴보고 있는 허재만.
화이트보드를 비추자 매직으로 써놓은 글씨들이 보인다.
김선희(목격자에 물음표)와 조기탁이 선으로 연결되어 있고, 옆에 고은주 이름과 조기탁이 연결되어 있다. 그 옆에 허재만(물음표)도 쓰여 있다.
추정 복원된 조기탁의 사진이 조기탁과 허재만 사이에 붙어 있다.
조기탁과 한종구가 동그라미로 묶여 있고,
페티딘 양편에 조기탁과 노선후도 쓰여 있다.
가만히 노려보던 허재만.

S# 35. 도현 사무실 계단 + 도현 사무실 복도 + 도현 사무실 안/ 밤

사무실 계단으로 올라가는 도현...

(CUT TO)
도현의 의자에 앉아 한껏 몸을 젖히고 눈을 감는 허재만.

(CUT TO)
사무실 복도를 걷는 도현...

(CUT TO)
마치 누군가를 기다리는 듯 발을 탁자에 올리고 머리에 깍지를 낀 채 몸을 기대 있는 허재만.
이때, 사무실 밖에서 들려오는 누군가의 발소리.
순간, 반짝하는 허재만과 재빨리 품에서 날이 선 칼을 꺼내 드는 허재만.

(CUT TO)
사무실 앞까지 다가온 도현.
도어락 버튼을 누르려는데, 도어락이 살짝 떼어져 있다.

도현 ???

긴장한 표정의 도현, 손잡이를 서서히 돌리는데, 손잡이가 돌아간다.
어둠에 묻힌 사무실.
잔뜩 긴장한 채 사무실 벽에 손을 가져가며 불을 켜려는데....

E 따르릉~~~

깜짝 놀라는 도현과 함께 사무실 한쪽 책상 위에서 불을 밝히며 울리는 핸드폰.
재빨리 불을 켜는 도현.
하지만..... 아무도 없고 창문이 열려 있고 로프가 걸쳐져 있는...

도현 !!!

따르릉~ 따르릉~~~ 여전히 울리는 핸드폰.

S# 36. 도현 사무실 밖/ 밤

어느새 빠져나와 건물 밖에서 불 켜진 도현의 사무실을 올려다보고 있는 허재만.

S# 37. 도현 사무실 안/ 밤

창문 앞에서 밖을 내다보다 돌아서는 도현 뭔가를 발견하고 멈칫하는!
천천히 그 뭔가를 향해 다가가는 도현.
바로 사무실 벽 한가운데 도현 사진이 붙어 있고, 그 위에 칼이 꽂혀 있다.
박혀 있던 칼을 빼면....
도현의 사진 뒤에 겹쳐져 있던 진여사, 유리 사진이 같이 바닥에 떨어지는.

도현 !!!

(CUT TO)

사무실에 와 있는 기춘호와 유리. 그리고 진여사.
테이블 위에는 사진 놓여 있고. 모두가 심각한 분위기.

유리 누구 짓일까...

도현 우리가 찾는 그자겠지. 조기탁.

기춘호 이런 경고가 왔다는 건 우리가 제대로 쫓고 있다는 반증이겠지? 그놈도 위협을 느꼈으니까 이런 짓을 벌였겠지.

도현 그만큼 우리도 위험해졌다는 뜻이기도 하죠. (그러면서 진여사와 유리를 보는...)

진여사 ...

기춘호 이젠 저와 최변 둘이서 해나가겠습니다. 당분간 여사님하고 유리씨는...

유리 걱정하시는 건 알겠는데요 이건 저희 아빠 일이기도 해요. 그리고 여사님은...

하고 진여사 보면, 손을 떨고 있는 진여사.

도현 ... 여사님 오늘은 이만 들어가 쉬시는 게... (하는데)

진여사 ... 선후를 보내고 10년을 절망 속에서 살았어요... 내가 아무것도 몰랐다는 게... 이제야 그 진실을 만나게 된다는 게 너무 두렵고 떨려요.

모두 한동안 말을 잇지 못하는데,
진여사 감정을 수습하려는 듯 애써 밝게

진여사 제 몸 하나 어떻게 되는 건 하나도 안 무서워요. 하지만 두 분이 걱정하시는 맘도 너무 잘 아니까 당분간 유리씨와 저는 뒤에서 조용히 돕는 걸로 하죠. (유리 손을 잡으며) 괜찮죠 유리씨?

유리 ...

기춘호 그래요. 그게 좋을 거 같네요.

도현 ... 그래주시면 정말 고맙겠습니다.
유리 대신 두 분도 정말 조심하셔야 해요. 네?

그렇게 서로를 걱정하고 위로해주는 네 사람 모습에서...

S# 38. 송일재단 대회의실 안 + 유광기업 회장실 안/ 아침

넓은 회의실 안. 회의용 탁자도 엄청 길다. 제일 안쪽 자리에 앉아 있는 누군가. 뒤로 몸을 돌리고 있어 보이지 않는다. 통화를 하고 있는 누군가.

(CUT TO)
유광기업 회장실 소파에 앉아 있는 오회장.
소파에 앉아 있음에도 자세를 꼿꼿이 하고 있다.
이하 교차.

누군가 어떻게, 사업은 차질 없이 진행됩니까.
오회장 국방위 위원들이 계속 제동을 걸고 있습니다.
누군가 그쪽은 박의원을 통하면 되지 않겠습니까.
오회장 안 그래도 계속 박의원을 설득하고 있습니다.
누군가 알아서 잘하시리라 믿어요.
오회장 저기... 국방위 쪽에 어르신이 힘을 한번 실어주시면...
누군가 ... 오회장님. (나지막하지만 힘 있는) 꼭 저까지 나서야겠습니까.
오회장 ... 아닙니다. 제가 알아서 하겠습니다.
누군가 ... 최필수 준위는 잘 있지요?
오회장 (의도를 파악하고는) 걱정 마십시오. 아들이 있는 한 보고서가 밖으로 나올 일은 없습니다.
누군가 그래요. 이 시기에 그게 나와서 좋을 일은 없겠지요. 근데, 왜 최필수 아들은 설화 사건을 조사하는 겁니까.
오회장 네?
누군가 내가 재단에 파묻혀 있다고 귀까지 먼 건 아니에요. (혀를 차는) ... 내가 신경 쓰지 않도록 잘하세요.

오회장 알겠습니다.

통화를 끊고 의자를 돌리는 누군가. 드러나는 모습.
노회하지만 눈빛이 살아 있는. 추명근이다!
일어서서 창가로 가는 추명근. 뒷짐을 지고 창밖을 바라본다.

S# 39. 도현 사무실 문 앞/ 오전

보안업체 직원 와서 CCTV 설치하고, 도어락 다시 달고,
도현 그 모습 지켜보다 들어가면.

S# 40. 도현 사무실 안/ 오전

유리, 진여사 소파에서 노트북으로 같이 검색하며 상의하고 있는.
그 모습 다소 걱정스레 보는데 기춘호 들어온다.

기춘호 출발하자고.
도현 천양시에 다녀오겠습니다. 두 분 꼭 같이 계셔야 합니다.
유리 어허 물가에 애 내놓은 엄마 같은 소리 그만하시고 변호사님이나 조심해서 다녀오세요.
진여사 (밝게 웃으며) 그래요 우리 걱정은 마시고 다녀오세요.

인사하고 나서는 도현, 기춘호.

S# 41. 한종구 구치소 복도/ 오전

운동 시간인 듯 복도를 걸어오는 한종구와 일행들.

복도 맞은편에서 모자를 눌러쓴 교도관(허재만)이 다가온다.
서로 간의 거리가 좁혀지고.
찰나의 순간, 서로 스쳐 지나가는 한종구와 허재만.
한종구는 허재만을 못 보고 지나치는데
들려오는 소리.

허재만 종구야... 종구야...

그대로 멈춰 서는 한종구. 새하얗게 얼굴이 질리는.
휙, 돌아보면 멀어져가는 허재만의 뒷모습

(플래시백 - 군부대 공동욕실)
그날 밤의 욕실. 피떡이 돼 있는 후배 병사 보이고
샤워기로 목이 감긴 채 캑캑대는 종구, 그런 종구를 내려다보는 조기탁

조기탁 종구야,,, 종구야...
한종구 끅끅
조기탁 너는 오늘 아무것도 못 본 거다

한종구 필사적으로 고개 끄덕이는.

(CUT TO)
구치소 복도.

교도관A 596번. 왜 그래? 596번!

한종구, 몸이 굳어 움직이지 못하고.
허재만, 소란에 잠시 뒤돌아본다.
모자를 위로 올려 얼굴을 보이는 허재만. 입꼬리가 올라가는. 미소가 싸늘하다.
주먹을 폈다 쥐었다 하는 허재만.

교도관A가 몸을 흔들어도 여전히 얼어붙은 채 서서 보고 있는 한종구.

S# 42. 도로 위 + 기춘호 차 안/ 오전

달리는 도현의 차. 기춘호 운전하고 조수석의 도현.
〈천양〉 이정표 보이고, 말없는 두 사람.

S# 43. 한종구 구치소 운동장 구석/ 오전

불안해하며 한쪽 구석에 혼자 앉아 있는 한종구.
두리번대다 멈칫 어딘가를 보면
거침없이 한종구를 향해 걸어오는 군화!.
얼어붙은 한종구 앞에 와 서는 허재만.

한종구 !!!!
허재만 그대로구나. 종구야.
한종구 ...
허재만 변호사가 궁금한 게 많은가 봐. 니가 궁금한 게 많거나.
한종구 !!!
허재만 나 보면 죽여버린다며?
한종구 !!!

(플래시백 - 7회 34씬, 한종구 구치소 접견실 안 + 밖)
마주하고 있는 도현과 한종구.

도현 조기탁씨 지금 어디 있는지 아십니까.
한종구 몰라. 찾아내면 가르쳐줘. 죽여버릴 테니까.

접견실을 지켜보며 피식 웃는 허재만.

(CUT TO)
구치소 운동장 구석.
허재만, 한종구의 어깨에 손을 슬쩍 올리는.
한종구, 그대로 얼어붙는.

허재만 종구야 너는 아무것도 못 본 거야. 10년 전에도, 이번에도.

(플래시백 - 10년 전, 창현동)
고은주를 무참히 살해하고 훼손하고 불태우는..
일렁이는 불길에 드러나는 조기탁의 얼굴!

(CUT TO)
구치소 운동장 구석.

한종구 나, 나는... 제발 ... 암 말도 안 했어요. 10년 전 창현동 일도.. 설화도..
허재만 스.... 겁도 없이 니가 내 흉내를 냈더라.

(플래시백 - 5년 전, 은서구 공사장)
양애란을 살해하는 한종구의 얼굴,

(CUT TO)
구치소 운동장 구석.
허재만, 한종구의 어깨를 세게 움켜쥐고.
한종구, 아파하지면서도 저항하지 못하는

(플래시백 - 골목길 안)
벽돌로 김선희를 내리치는 조기탁.

(CUT TO)
구치소 운동장 구석.

한종구의 목을 쥐고 있는 허재만.

한종구 !!! 그,, 그거는..

허재만 설화 살인범 누명을 씌우는 정도로 벌을 주려고 했는데 변호사 잘 만난 덕분에 용케도 빠져나왔더라.

한종구 ...

허재만 잘 들어. 입 잘못 놀리면 이번에는 변호사고 뭐고 다 필요 없게 될 거야. 무슨 말인지 알아듣지?

한종구 뭔가 말하려는데 운동시간 종료 알리는 사이렌 소리 들린다.
허재만이 자리를 뜨고.
한종구, 넋이 나간 표정으로 앉아 있다.

S# 44. 새하늘고아원 밖/ 오후

낡고 오래된 건물 앞에 도현의 차가 멈춘다.
도현과 기춘호 내려서 보면 담 벽 옆에 새하늘고아원이라는 팻말이 붙어 있다.
핸드폰 거치대에 그대로 놓여 있는 도현의 전화.

S# 45. 새하늘고아원 원장실 안/ 오후

원장실 소파에 앉아 있는 기춘호와 도현. 고개를 돌려 주변을 살펴보는데, 안으로 들어오는 원장(60대 중반). 손에 명부를 들고 있다.
소파에 앉는 원장. 소파 탁자 위에 명부를 올려놓는다.

원장 (목에 걸린 돋보기안경을 끼며) 아까 찾는 원생이 누구라고 하셨죠?

도현 조, 기, 탁입니다.

원장 (명부를 넘기며) 조기탁... 조기탁이라... 아, 여기 있네요. (명부를 돌려 기춘호가 보게끔 놓으며) 1984년에 들어와서 1999년도에 나갔네요.

기춘호 1999년이라면 몇 살 때입니까.

원장 (안경을 벗으며) 만 열여덟 살 때겠죠. 만 열여덟 살이 지나면 여기서는 더 이상 있지 못하니까요.

도현 혹시 사진 같은 게 남아 있는 건 없을까요?

원장 안 그래도 찾아봤는데 워낙 오래전이라 남아 있는 게 없네요.

도현 ... 그럼 조기탁씨에 대해 뭐 기억나는 건 없으세요?

원장 글쎄요. 1999년이면 20년 전인데..

기춘호, 주머니에서 핸드폰을 꺼내 어릴 적 사진을 띄워 보여주며.

도현 이건 조기탁씨 어릴 적 사진입니다. 오른쪽 아이요.

원장 (사진을 들고 살펴보다 갸웃하며) 비슷한 애가 있었던 것도 같은데... 모르겠습니다.

기춘호, 실망하는 표정.
원장, 명부를 닫으려는데, 기춘호의 눈에 들어오는 또 하나의 이름.

도현 잠깐만요.

S# 46. 한종구 구치소 복도/ 오후

소각장(또는 작업장)으로 이동하는 한종구와 구치인 몇몇.
허재만은 보이지 않고
주변을 탐색하듯 두리번거리는 바쁘게 움직이는 한종구의 눈동자.
교도관 둘이 이들을 가드하며 잡담하며 뒤따라오고 있다.
주변을 살피다 급히 교도관에게 가는.

한종구 저 화장실 좀.

교도관A 작업장 가서.

한종구 안 돼요. 너무 급해요.

교도관A 거 참...

한종구와 교도관A 일행과 떨어져 다른 길로 들어서자 한종구 태도 돌변해.

한종구 사람 살려준 적 있어요?

교도관A 뭐?

교도관A 간절하게 보는 한종구.

S# 47. 한종구 구치소 공중전화 앞/ 오후

전화기 앞에 서 있는 한종구.
주위를 두리번거리고는 수화기를 든다. 번호를 누르는데,
전화기 안에서 소리샘 멘트가 들려온다.
전화를 끊고는 실망한 표정의 한종구.
다시 수화기를 들고 전화를 건다. 소리샘으로 넘어가고.

한종구 (낮은 목소리로) 왜 이렇게 전화를 안 받아!

(인서트 - 도현 차 안)
거치대에 있는 도현의 핸드폰이 울리고...

(CUT TO)
구치소 공중전화 앞.

한종구 조기탁, 그 새끼. 여기 있다고! 빨리 나 좀 어떻게 해줘. 차중령! 차중령 죽을 때....

그 순간. 박스 안으로 뛰어 들어가는 허재만의 뒷모습.

카메라 따라 들어가면 불투명 유리를 통해 보이는 모습.
전화기 케이블에 목이 감겨 캑캑대는 한종구!!!.
허재만, 한종구 뒤에 서 있다!!

S# 48. 새하늘고아원 안/ 오후

명부 속 이름 하나를 가리키는 도현.
도현이 가리키는 손끝을 보면.... 허재만.

도현 허재만씨도 여기 출신이었군요...
기춘호 그렇네. 어려서부터 가족같이 지낸 사이라는 게 틀린 말은 아니었네.
원장 누구라고요 허재만?
도현 (명부를 원장에게 보이며) 혹시... 알고 계시나요?
원장 그 아이라면 당시에 실종된 아이인데.
도현 (의아한) 실종이요?
원장 예. 고아원뿐만이 아니라 마을 사람들까지 죄다 나서서 찾았는데 못 찾았어요. 경찰에 실종 신고도 했었고. 그 후로도 봤다는 얘긴 들은 적 없고.
기춘호 그럼... 교도관이라는 허재만은....
원장 (놀라며) 교도관이요!!! 그럴 리가...
도현 !!! 혹시 생김새도 기억하십니까. 뭔가 특이한 점이나.
원장 예쁘장하게 생긴 아이였어요. 애들한테도 인기가 많았던 걸로 기억해요. 아! 그러고 보니... 큰 흉터가 있었어요.
기춘호 흉터요?
원장 어릴 때 크게 화상을 입어서 (손으로 귀 부분을 만지며) 여기 귀에서 밑까지 흉터 자국이 꽤 컸었어요.

마주 보는 도현과 기춘호.

기춘호 그럼 뭐야? 지금 허재만은 가짜고 조기탁이 허재만으로 신분 세탁을 한 거란 말이네.

도현 ... 가야겠어요.
기춘호 왜 그래?
도현 한종구씨가 위험해요.

서둘러 뛰어나가는 두 사람.

S# 49. 새하늘고아원 앞 + 도현 차 안/ 오후

입구에서 뛰어나오는 두 사람, 차에 올라 급 출발하는.

S# 50. 한종구 구치소 건물/ 오후

공중에 뜬 채 버둥거리는 발.
카메라 위로 움직이면 끈으로 목이 졸린 채 손으로 목을 잡고 컥컥대는 한종구.
한종구, 온몸을 뒤흔들다 이내 잠잠해지며 고개가 툭 꺾인다.
카메라, 빠지면 3층 건물 옥상에 줄이 연결되어 있고, 이층 벽 앞에 한종구가 마치 처형된 모습으로 축 늘어져 있다.

S# 51. 도로 위 + 도현 차 안/ 오후

도로를 질주하는 도현의 차.
액셀러레이터를 거침없이 밟는 도현.
엔진 소리 상승하면 보조석 손잡이를 잡는 기춘호.
도현 전화에 뜨는 음성 메시지 알람, 엔진 소리에 묻힌다.

S# 52. 한종구 구치소 건물 옥상/ 오후

옥상 위에서 밑에 한종구를 보고 있는 허재만. 싸늘한 미소를 짓고.
쿵! 소리 나고. 허재만, 소리가 들리는 쪽으로 고개를 휙 돌리는...
호루라기의 날카로운 소리가 퍼져나간다.

- 제8회 끝-